Pierre Assouline

Grâces lui soient rendues

Paul Durand-Ruel, le marchand des impressionnistes

Gallimard

Pierre Assouline est journaliste et écrivain. Il est l'auteur d'une vingtaine de livres, dont trois romans ainsi que des biographies, notamment du marchand des cubistes D.-H. Kahnweiler, du collectionneur Moïse de Camondo et du photographe Henri Cartier-Bresson.

À Me Yvan Assouline

« De quels tourments Durand-Ruel sauva Monet en lui permettant d'être et de demeurer lui-même à travers toutes entreprises des coalitions de médiocrités ! Grâces lui soient rendues. »

Georges CLEMENCEAU,
Claude Monet, Plon, 1928
(Perrin, 2000.)

Jean-Marie Fortuné
DURAND
(1800-1865)

Marie-Ferdinande
RUEL
(1795-1870)

11.10.1825

4.1.1862

Jeanne-Marie-Eva
LAFON
(1841-1871)

Marie-Thérèse DURAND-RUEL
(1827-1856)

Paul-Marie Joseph
DURAND-RUEL
(1831-1922)

Charles-Marie-Paul
(1865-1892)

Georges-Marie-Jean
(1866-1931)
ép. Margaret TIERNEY

Marie-Thérèse
(1868-1937)
ép. André-Félix AUDE

Jeanne-Marie-Aimée
(1870-1914)
ép. Albert DUREAU

Joseph-Marie-Pierre
(1862-1928)
ép. Jenny LEFEBURE
(1868-1960)

Marie-Louise
(1897-1991)
ép. Jean D'ALAYER
DE COSTEMORE D'ARC

Pierre-Marie-Georges
(1899-1961)
ép. Geneviève ROMAN

Anne-Marie
(1901-1990)
ép. Jacques LEFEBURE

Charles-Marie-Paul
(1905-1985)
ép. Madeleine BREGUET

Philippe

Annie

Paul-Louis

Evelyn

Jacques

Caroline

*Passé le pont, les fantômes
vinrent à sa rencontre...*

« We few, we happy few, we band of
brothers... »

Cet escalier, je ne suis pas près de l'oublier. En soi, il est assez anodin. Et pourtant... « Quand on songe à ceux qui ont caressé le pommeau de cette rampe, on voudrait remuer ciel et terre pour le faire classer monument historique... » Une simple boutade peut avoir une résonance insoupçonnée. Celle-ci a fait surgir un livre qui n'attendait que cela.

Étrange, ce sentiment que des passerelles invisibles relient des récits de vie entre eux quand ils sont du même auteur. Pour les avoir publiés, on croit les avoir mis à distance par le travail du temps et l'érosion de la mémoire. Or, ses héros ne cessent d'habiter le biographe, plus sûrement que ses personnages ne rattrapent le romancier. Impossible de s'en débarrasser.

« Passé le pont, les fantômes vinrent à sa rencontre », avait écrit Murnau sur un carton de *Nosferatu le vampire*. Vingt ans que les miens ne m'ont jamais lâché depuis la traversée du fleuve. À mon insu, les invisibles se sont transmis le témoin.

J'aurai mis autant de temps à l'éviter avant qu'il ne s'impose, Paul Durand-Ruel.

Quand on approche ce genre de personnage, on sent vite que sa vérité est dans sa légende. Si elle reste à écrire, c'est qu'on sort rarement de l'ambiguïté à son avantage. Ne dit-on pas que quand quelqu'un gagne à être connu, c'est qu'il y gagne en mystère ? Celui-ci avait tout à gagner à quitter l'ombre dans laquelle la postérité a la mauvaise habitude de confiner ses magnifiques passeurs.

Aussi loin qu'il m'en souvienne, ça s'est passé ainsi. J'avais fait sa connaissance par l'entremise discrète de Gaston Gallimard, un ami qui travaillait dans l'édition. Dans la maison de son enfance, quand celui-ci levait le nez de ses cahiers, son œil tombait sur des tableaux de Renoir. Il y en avait partout sur les murs, et des dizaines d'autres encore de Courbet, Delacroix, Degas, pour la plupart griffés au revers de l'étiquette « Galeries Durand-Ruel », prestigieuse garantie appelée à devenir un label mythique. Paul Gallimard, père de Gaston, était l'un de leurs clients les plus assidus. Il passait pour l'un des plus importants collectionneurs privés de Renoir qui devint un ami de la famille, commensal de la villégiature de Bénerville et compagnon de voyage, quelques portraits en témoignent.

Un jour de 1912, pour se mettre à distance d'un père à la personnalité écrasante, Gaston publia sous sa propre signature l'un de ses rares articles dans *La Nouvelle Revue française* : « Devant ses toiles, je ne ressens jamais aucune inquiétude : tout en elles est entièrement déployé et amené à la lumière parce qu'y chante la plus spontanée confidence de soi-même et que la réalisation en est complète. Il est le don même, mais cela seulement... » Un vrai règlement de comptes que cette critique particulièrement caustique d'une exposition. De portraits de Renoir. Prêtés par Paul Gallimard. À Paul Durand-Ruel... Puis, entre les deux guerres, l'héritier n'eut qu'à vendre *La Source* en vue d'acheter, sans avoir à emprunter aux banques, un hôtel rue Sébastien-Bottin afin d'y installer son petit comptoir d'édition.

Quand tout dans l'air du temps me suggérait d'emprunter la voie psychanalytique, je préférai alors creuser la piste impressionniste tant la personnalité de l'ami de son père m'intriguait. Non le peintre, mais le marchand. Celui dont on ne parlait jamais sinon entre spécialistes. Il m'intriguait déjà. Car il en est des marchands de tableaux comme des éditeurs. L'ombre leur sied si bien qu'elle rend impénétrable leur part d'ombre. Cela n'en excitait que davantage la curiosité. Mais à trop suivre l'un, j'allais perdre la trace de l'autre. Ainsi abandonnai-je à regret Paul Durand-Ruel sur le bord de la route. La solitude du biographe de fond est pleine de ces renoncements minuscules.

Quelques années plus tard, il me fut à nouveau présenté par Daniel-Henri Kahnweiler, un ami qui œuvrait dans l'art. J'avais l'impression de retrouver une vieille connaissance. En enquêtant sur le marchand des cubistes, je ne cessai de retomber sur celui des impressionnistes. Son modèle, son maître, le patron incontestablement, bien qu'ils ne se soient pas connus. Dans les premières années du siècle, alors qu'il était sérieusement travaillé par sa vocation, le jeune Juif allemand fraîchement installé à Paris n'osait pas franchir le seuil d'une galerie de tableaux, celle de Durand-Ruel moins que les autres. Trop impressionnant, trop inhibant. Il croyait que, lorsqu'un visiteur pénétrait dans le sanctuaire, il était obligé d'en repartir avec un tableau sous le bras. Comme si l'on avait juste le droit d'y acheter et non celui de regarder pour rien, pour le seul plaisir des yeux. Un jour, il eut un choc, tant en raison de la grâce des Monet de Londres exposés à l'entrée, que de la violence des commentaires suscités par ce spectacle : « Il faut enfoncer la devanture d'une boutique qui montre des saloperies pareilles ! » lancèrent deux cochers de fiacre d'un ton haineux qui ne s'oublie pas. Le jeune homme fut dès lors convaincu pour la vie qu'un marchand de tableaux est un homme qui impose son goût au public au risque de le choquer. Il se signale plus par sa capacité de refus que par ses compromis ou ses complaisances. Marchand, galeriste, négociant, qu'importe la désignation, il a une idée de l'art et s'y tient jusqu'au bout. Moins une question de goût qu'une attitude morale. Ainsi devient-on le plus grand, celui qui ose.

Paul Durand-Ruel passait déjà à ses yeux pour celui qui avait fait rupture. La référence absolue.

Pourtant, tout les séparait : génération, origines, milieu, convictions, personnalité... Mais ce qui les réunissait était bien plus fort. Juste une idée de leur place dans le monde. Au soir de sa vie, Kahnweiler continuait à payer sa dette à son modèle. On a perdu l'habitude d'une telle fidélité, si gratuite. L'époque nous a si bien corrompus que nous cherchons toujours l'intérêt derrière l'hommage. Une telle obstination dans la reconnaissance m'intriguait. D'autant que de sa vraie vie, telle que je pouvais l'entrevoir dans l'entrebâillement des expositions, sourdaient ce charme et ce mystère qui rendent moins invraisemblables les romans de Balzac. Mais là encore, dans l'urgence de l'heure, il me fallut abandonner cette ombre qui menaçait de devenir familière.

Quelques années passèrent avant qu'elle vienne me hanter à nouveau lors d'un souper aux chandelles offert en son absence dans le jardin de son hôtel de la rue de Monceau par le comte Moïse de Camondo, un amistocrate de mon cercle intime. Au dernier étage, sanctuaire à reliques, là où étaient rassemblés quelques souvenirs de sa famille, je tombai par hasard sur des factures de la galerie Durand-Ruel adressées à son cousin Isaac, éminent collectionneur d'impressionnistes. On ne pouvait inventer plus fidèle reflet de celui qui passait pour surpayer ses tableaux afin de les soustraire à la convoitise des autres grands collectionneurs. À nouveau, je me laissai envahir par ce monde-là sans pour autant franchir la limite

qui me ferait renoncer à un héros pour un autre.
Malgré l'émotion de ces retrouvailles, l'attraction
des Camondo fut si prégnante que je dus encore
une fois me déprendre de cet homme qui décidément ne me lâchait pas. Quand on dit que la biographie est une machine à broyer les destins, on
ne devrait pas omettre d'y inclure celui du biographe.

Le temps passa. J'aurais pu l'oublier. Jusqu'à
ce jour où je raccompagnai chez lui Henri Cartier-Bresson, un ami qui prend des photos. En
attendant l'ascenseur, il flatta de sa main le pommeau de la rampe. Son émotion, le tremblé de sa
voix, son regard disaient toute sa nostalgie d'un
siècle dont il était issu, celui du monde d'avant :
« Monet, Pissarro et leur marchand, et tant
d'autres l'ont touché avant moi... Des années que
j'essaie de le faire classer ! »
J'eus l'explication une fois rendu chez lui en ad-
mirant du balcon l'impeccable ordonnancement
inventé par Le Nôtre. Nous étions à deux pas du
Louvre, au cinquième étage d'un immeuble de la
rue de Rivoli. Le collectionneur Victor Choquet
avait vécu à l'étage juste en dessous. De ses petits
balcons aménagés dans les combles, Monet et Renoir avaient peint ces jardins des Tuileries que
Cartier-Bresson souvent photographia d'un point
de vue distinct de quelques centimètres à peine.

On passe une vie ou presque à tourner autour
de quelques êtres, et ils finissent par nous habi-

ter à notre insu. Des ombres que l'on n'abandonne jamais sans mélancolie. Paul Durand-Ruel
fut la présence secrète de tous ces livres discrètement coalisés pour faire naître celui-ci. Venant
d'un biographe, grâces ne pouvaient décemment
lui être rendues que sous la forme d'un récit impressionniste, aussi sensible à ce qui part de dedans qu'à ce qui arrive au-dehors. Ils m'avaient
tous mené à lui, mes héros devenus mes amis,
we few, we happy few, we band of brothers, même
ceux qui n'avaient pas eu à le fréquenter, Marcel,
Jean, Albert, Lucien et les deux Georges.

> *Et Crépin Crépinien ne reviendra jamais,*
> *De ce jour à la fin du monde, sans que soit évoqué*
> *Notre souvenir, celui d'un petit nombre,*
> *D'un heureux petit nombre, d'une bande de frères.*

Merci, Shakespeare, de m'avoir rendu mes fantômes si fraternels quand la postérité en avait fait
une élite. À croire qu'elle faisait partie du vrai
décor de *Henri V*, cette simple boule en métal
doré à la naissance d'une rampe d'escalier, cares-
sée par tant de mains d'où naquit tout un monde.

1

Ce jour-là, deux hommes de l'art de part et d'autre du chevalet

1910

Qui saura jamais ce qui passe dans ces instants hors du temps entre le peintre et son modèle ? L'essentiel s'écoule moins par les paroles échangées que par les regards. Mais eux seuls peuvent en conserver l'intime souvenir. C'est leur secret. Pour prétendre le partager, il faudrait connaître leurs rêves, ce que nul jamais ne saura.

De quoi pouvaient-ils se parler quand il fallait bien briser ces silences si féconds en mélancolie ? Au début de l'été 1910 à Paris, la crue exceptionnelle de la Seine n'était déjà plus qu'un mauvais souvenir ; on pouvait enfin sourire de la traversée du boulevard Haussmann en barque et du mètre d'eau à l'intérieur des Galeries Lafayette. Entre la visite du tsar de Bulgarie et celle du roi des Belges, *On purge bébé* consacrait le triomphe de Feydeau aux Nouveautés. À la galerie Durand-Ruel, on exposait des toiles de Renoir, Pissarro, Sisley, Monet que le marchand avait en sa possession. Et pour la toute première fois, des bandits qui avaient arraché la sacoche d'un caissier s'étaient enfuis à bord d'une automobile.

Bref, l'écume des jours. Rien qui mérite que
l'on s'arrache à la méditation à deux, surtout
quand elle est de celles qui font défiler une existence commune en quelques heures dans la quiétude d'un atelier au 73, rue Caulaincourt, de part
et d'autre du chevalet. Car Renoir était de cette
race de portraitistes qui non seulement parlent et
bougent, mais apprécient que leurs modèles en
fassent autant, même s'il s'agissait du « père
Durand », surtout lui.

Quarante ans ou presque qu'ils se connais-
saient, s'estimaient, se soutenaient. Le voussoie-
ment n'empêchait pas une affection sans mélange.
Des amis, bien sûr. Et des partenaires, tout de
même. Mais l'artiste l'était également dans ses affaires. Rien à voir avec les exigences d'un Degas
ou la dureté d'un Monet.
Deux cents francs, c'est ce que Durand-Ruel
paya en 1872 la première fois qu'il acheta un tableau de Renoir, intitulé *Vue de Paris, pont des
Arts*. Depuis, leur conversation était ininterrom-
pue, épistolaire quand elle ne se tenait pas de
vive voix. À travers elle, on pourrait raconter
toute l'histoire de la fin de siècle artistique. Sur
la durée, leur relation fut d'une fidélité exemplaire, malgré quelques écarts aux heures les
plus noires, d'autant que Renoir s'exaspérait de
son esprit de monopole. Durand-Ruel pratiquait
le pardon des offenses mais n'oubliait pas les
Baigneuses exposé en 1887 pour la première fois
chez Georges Petit, le rival honni. Toute victoire

sur la durée ne devait-elle pas payer son tribut de
petites défaites ponctuelles ? Renoir lui avait toujours donné, à lui et à lui seul, la première vue de
son nouveau travail, même s'il s'énervait de le savoir encore nostalgique de son ancienne manière, et cela n'avait pas de prix.

Nul besoin de contrat entre eux. Un tel morceau de papier eût introduit la méfiance là où
chez tant d'autres il garantissait la confiance. De
toute façon, le marchand n'avait conclu de traité
avec aucun de ses peintres. Avec Renoir, la parole suffisait, et la poignée de main. Un vrai cas
d'école que cette fidélité, il faut donc croire que
ce n'était pas si courant. Entre eux, la gratitude
semblait être un sentiment également partagé.
Jamais Renoir ne la marchanda à son marchand.
Ce trait suffisait à le distinguer de tous les autres
impressionnistes. Une loyauté pareille semblait
unique, même s'il travailla également avec Vollard et Bernheim-Jeune. Sur la durée et la profondeur, ce fut Durand-Ruel et nul autre.

Sans ses peintres, un marchand n'était rien.
Sans leur marchand, les peintres n'en auraient
pas moins peint, mais dans des conditions qui
auraient influencé la qualité, sinon la nature, de
leur art. Et combien auraient renoncé face à l'adversité ? Le mythe romantique de l'artiste maudit
ne leurre plus personne, mais il faut louer la
gratitude de ces grands peintres qui paient leur
tribut à leur marchand. En lui achetant des tableaux pour la première fois, Durand-Ruel lui

avait permis de s'offrir un plus grand atelier, rue Saint-Georges.

« Sans lui, nous n'aurions pas survécu », disait Renoir à son fils, et il précisait parfois en tirant vers la métaphore : « Sans Durand-Ruel les ortolans auraient été encore plus rares. » Encore l'hommage ne rend-il compte que de la situation matérielle des artistes et non de la promotion de leur art, autre volet de la dette.

Curieusement, ils avaient attendu d'être au soir de leur vie pour que l'un fît le portrait de l'autre. Quel étrange duo que ces deux retirés du monde, et non de ces vrais mondains faussement isolés, mi-réguliers mi-séculiers en fonction de leurs intérêts du moment, de ces ermites qui savent les horaires des chemins de fer. Ils croyaient sincèrement que le monde s'en allait alors que c'étaient eux qui s'en éloignaient. Mais en 1910, en un temps où de moins en moins de monde avait connu Napoléon, de ces deux modernes d'un modèle ancien nul n'aurait dit qu'ils étaient venus trop tard dans un monde trop vieux.

On aurait tant voulu les écouter se regarder. Écouter jusqu'à la plénitude de leurs silences plutôt que de se laisser prendre par l'inexactitude de l'observation immédiate, ce fameux faux qui est l'œuvre de nos yeux puisque, le plus souvent, observer, c'est imaginer ce que l'on s'attend à voir. À leur âge, ils continuaient à avoir une haute idée non de ce qu'ils faisaient mais de ce qu'ils pourraient faire un jour. Paul Valéry, qui avait parfai-

tement pointé tout cela, y décelait le véritable
orgueil, antidote de toute vanité. Mais il souhai-
tait à ces hommes-là de demeurer toute leur vie
poursuivis par leurs spectres car un artiste qu'une
présence de cette intensité a déserté devient un
être inhabité promis à un destin de terrain vague.

Ce jour-là, il n'y avait peut-être pas deux artistes face à face, mais deux créateurs certainement, chacun à sa manière.

Renoir, autant surpris de son succès à soixante-
neuf ans qu'il était surpris de ne pas en avoir eu à
trente-neuf, la peau sur les os, le visage émacié
mangé par sa barbe blanche, la vision abîmée par
une atrophie partielle d'un nerf de l'œil gauche,
un corps supplicié et des mains martyrisées par
les rhumatismes. De plus en plus souvent, celle
qu'il appelait « ma médecine » et qui n'était autre
que son infirmière préparait sa palette sous ses
ordres avant de la lui accrocher entre ses doigts
tordus. Quelques touches puis quelques taches sur
fond blanc, un peu de jus étalé, des rondeurs au
mépris d'une ligne droite jugée contre nature, et
voilà lancé à l'assaut du ciel celui qui ne se dépla-
çait plus qu'avec des béquilles depuis des années.
Il oubliait son état dès qu'il renouait avec le bonheur de peindre. Le face-à-face avec le chevalet
transfigurait l'homme souffrant. Alors on l'aurait
dit touché par la grâce, mais de cette sorte de
grâce mâtinée de volupté à laquelle ont accès les
esprits les plus sensuels. Tel Flaubert en littérature, il s'étourdissait en peinture comme dans une

orgie perpétuelle, seul moyen de supporter l'existence.

Nulla dies sine... Pas un jour sans peindre.

Combien de fois s'était-il montré moins idéa-
liste que son marchand !

« Si je ne vendais que des bonnes choses, je
mourrais de faim... », lui disait-il il y a quelques
années encore, lui qui ne passait pas pour avoir
un tempérament de lutteur. Le spectre s'était définitivement éloigné, si quelque situation put être
jamais acquise dans le monde de l'art. Ce jour-là,
il n'y avait plus qu'un portraitiste en lutte avec
son sujet. Car quels que fussent les difficultés ou
les problèmes posés par l'exécution, face à un
modèle, il apportait une tension d'esprit sans
commune mesure avec celle qu'exigeait un vase
de fleurs. On l'avait déjà vu souffrir le martyre
mais jamais s'ennuyer. Lui qui ne détestait rien
tant que les modèles professionnels, il devait être
comblé par cet amateur de choix.

Durand-Ruel, soixante-dix-neuf ans, dans ses
habits et ses attitudes familiers comme tous les
modèles de Renoir, un petit bonhomme à moustache, des yeux qui ne laissaient rien échapper, un
bourgeois qui paraissait si naturellement apaisé
que les philistins auraient eu du mal à imaginer
tous les combats qu'il avait menés. Le « dur désir
de durer », en chair et en os. Il s'apprêtait alors à
se lancer dans la rédaction de ses mémoires, une
manière d'autoportrait par petites touches, ce qui
était bien le moins pour celui qui n'avait cessé de
se dérober au regard des peintres. Loin, très loin

de l'excentricité de son confrère Brame qui avait posé pour Corot en hallebardier.

Trois portraits à peine dans toute une vie d'adulte : pour un homme de l'art qui eut mille et une occasions de poser, on ne pouvait être moins ostentatoire. Hugues Merle exécuta le premier à l'huile et en pied en 1866, Marcelin Desboutin le deuxième en buste à la pointe sèche en 1882, enfin Renoir vint. Il avait d'ores et déjà donné ses lettres de noblesse au portrait impressionniste, lequel le lui avait bien rendu si l'on en jugeait par la sécurité matérielle que cette spécialité finit par lui autoriser. Il faut dire qu'il y excellait. Marcel Proust ne s'y était pas trompé, qui tenait ses portraits de Marguerite Charpentier en son salon de la rue de Grenelle pour le plus véridique reflet de son monde. Mais la médaille avait un revers car, contrairement à Bonnat ou Carolus-Duran, il avait tout à perdre à passer durablement pour un portraitiste mondain obéissant à la commande. L'expression de ses visages exprimait une grâce qui toucherait au-delà des âges, quand les leurs ne reflétaient que leur virtuosité. Lui était peintre quand eux faisaient de la peinture.

De toute façon, depuis plus d'une dizaine d'années, il n'était plus dans cette logique-là. Quelles que fussent les conditions exactes de la réalisation de ce tableau, on n'imaginait pas que le portrait de Paul Durand-Ruel par Auguste Renoir pût relever de l'esprit traditionnel de la commande. Le pur plaisir de se plaire commandait le choix. Ils avaient tant en commun que ce qui pouvait les distinguer n'en était que plus saillant.

Ce qui les séparait ? Pas l'argent. Ils n'en manquaient plus désormais, ni l'un ni l'autre. La nature de leur fortune était même leur point commun : elle était entièrement en peinture, l'artiste la sienne, le marchand celle des autres, puisqu'ils n'avaient jamais cru qu'à ça. Ce qui les séparait ? Pas leur conception du métier qui les préservait tous deux de plaire à la multitude. Alors quoi ? Un détail vestimentaire et ornemental, mais si chargé de sens que le symbole avait valeur de consécration. L'un avait obtenu la croix de la Légion d'honneur, quand l'autre aurait tant voulu l'avoir. Dix ans auparavant, pour lui apprendre la nouvelle, Renoir avait eu la délicatesse de l'ironie :

« Oui, mon cher Durand-Ruel, c'est moi le coupable. Aussi j'espère que la Maison Durand-Ruel va se cotiser pour me décerner une chaise percée d'honneur... »

Durand-Ruel, lui, savait qu'on lui ferait payer ses convictions jusqu'au bout. La loi de Séparation des Églises et de l'État avait cinq ans à peine. Les cicatrices étaient encore vives. On ne lui pardonnait toujours pas son engagement. Il lui aurait pourtant suffi de faire amende honorable, mais c'était bien mal le connaître, car ce retournement lui eût paru pire qu'une apostasie. Aux antipodes d'un Montaigne, il n'aurait pas dit que tous les hommes étaient ses compatriotes. Lui était pour l'autel et le trône. Celui qui avait risqué sa

réputation, son honneur, sa fortune et l'avenir des
siens pour défendre une certaine vision de l'art à
l'avant-garde du goût officiel et de l'air du temps
était le même qui, depuis sa propre nuit des
temps, défendait Dieu et le Roi. Sa France intérieure ne correspondait pas à un régime ou à un
territoire, mais à une idée immémoriale.

En 1910, ses peintres avaient gagné et lui à travers eux. Il ne lui manquait que l'onction de la
République. Moins un hochet de vanité comme
pour la plupart, que la reconnaissance pleine et
entière par l'ennemi abhorré. Une consécration
officielle débarrassée de cette trace d'amertume
qui colle à l'esprit de revanche. Mais elle ne venait pas. Alors que Renoir l'avait eue. Un demi-
siècle avant, Jules Dupré et Théodore Rousseau,
deux artistes dont l'influence était si parfaitement réciproque que tous les croyaient liés d'une
amitié indéfectible, se fâchèrent à jamais peu
après que le premier eut été fait chevalier de la
Légion d'honneur, et pas le second.

Tout ça pour ça ? On peut mettre une vie dans
un détail.

Nul mieux que Renoir ne pouvait le comprendre. Il voyait certes Durand-Ruel comme un
bourgeois rangé, bon père et ami délicat, fin et
courtois, clairvoyant et persuasif, doté d'une
culture aussi vaste que sa mémoire était exacte,
monarchiste fidèle et catholique pratiquant, sans
oublier le joueur parfaitement capable de spé-
culer sur la valeur des tableaux. À ses yeux, son
marchand avait toutes les qualités requises pour

faire un excellent président de la République. Ou plutôt, eu égard à ses opinions, un roi de France.

C'était Renoir le premier, et peut-être le seul, qui avait compris, malgré le paradoxe apparent, que toutes ces attitudes coalisées, au premier rang desquelles une foi inébranlable, avaient fait de lui le grand marchand de l'avant-garde artistique. Lui qui avait pointé que la peinture était l'autre religion de ce missionnaire. Lui encore qui encourageait le marchand à passer la main et à se retirer des affaires au profit de ses fils qu'il considérait comme « presque » les siens. Lui enfin qui avait été ébranlé par la dignité d'un homme qui ne s'était pas laissé publiquement entamer par la mélancolie et le ressentiment chaque fois que le destin s'était montré injuste envers lui. Un homme qui avait refusé le renoncement et l'abandon quand il avait touché la limite inférieure de lui-même. Preuve qu'on pouvait être né coiffé et prendre la vraie mesure de l'aventure humaine pour avoir réellement éprouvé la cruauté du monde.

Paul Durand-Ruel n'était pas protégé de tout. Tant matériellement que moralement, il avait plusieurs fois touché le fond. Sa vie avait aussi été un inventaire de chagrins. Il avait souffert juste assez pour qu'on le distinguât de ces hommes aux mains gantées qu'il faudrait plaindre d'avoir échappé au sort commun. Et cela, nul mieux que Renoir n'avait pu le saisir.

Ce qu'il pensait de lui, il n'avait pas eu besoin de le dire, il lui avait suffi de le peindre. Son por-

trait disait tout car toutes les opinions du pinceau s'y exprimaient pour laisser surgir la vérité
sous la lumière unique de l'atelier, moins variée
qu'au grand air mais si peu distrayante qu'elle lui
permettait justement de se consacrer entièrement à la composition.

On lui donnait de la boue, il en faisait de la
chair. Pour y être née, cette toile-là n'eut pas à
repasser par l'atelier. Les traces du travail s'y
effaçaient au fur et à mesure que l'œuvre s'ac-
complissait. Les repentirs de détail devenaient
invisibles. Mais il subsistait toujours d'infimes
traces de sa formation première dans le regard
cotonneux qu'il portait sur le monde ; Cézanne
assurait qu'il l'avait hérité de sa période de por-
celaine.

Avec l'âge, sa palette s'était simplifiée. D'abord
et en abondance, du blanc d'argent, puis, en petites crottes, le jaune de Naples, l'ocre jaune, la terre
de Sienne, l'ocre rouge, la laque de garance, la
terre verte, le vert véronèse, le bleu de cobalt, enfin
celle qu'il avait couronnée Reine des Couleurs depuis qu'il avait reçu la révélation des maîtres italiens chez eux, en leurs musées et leurs églises, le
noir d'ivoire...

Le fils du peintre dira un jour que Paul Durand-
Ruel en son portrait avait « une peau à la Renoir »
tant il paraissait rose, soigné et sentant bon le propre ; elle ne repoussait pas la lumière. On ne décelait en effet aucun reflet de cette austère grandeur
qui le rendait impénétrable. On le sentait prêt à
considérer la peinture comme une chose sacrée

dont on tire profit. Il ne fallait pas trop solliciter
les symboles pour l'imaginer faire sienne la devise
de la maison d'Orange : « Je maintiendrai. »

On serait étonné d'apprendre que Renoir pût
n'être pas comblé par son tableau car, pour parler comme lui, la peinture ne puait pas le modèle, cela n'avait rien d'un procès-verbal, on avait
envie de la caresser. Le peintre avait réussi là un
authentique portrait de famille en ce qu'il ressus-
citait par une émeute de détails le monde d'un
grand bourgeois. Cette main posée sur le revers
du veston était une attitude si familière qu'on la
retrouvait également sur les photographies réalisées à la même époque dans son cabinet. Dans la
chaleur des rouges et le doré des ocres, on pressentait derrière cette atmosphère un univers bal-
zacien de tradition de silence, de stratégie de
petits secrets et de choses tues. Le parfum d'une
France rassurante, tant elle paraissait très ancienne et solidement enracinée, s'en dégageait.
Le phénomène devait certainement à la manière
souple et ouatée avec laquelle Renoir avait re-
noué depuis des années.

Ce sentiment ineffable était suffisamment puissant pour faire oublier l'évolution du monde aux
deux hommes, le modèle le subissait avec une
complicité sans mélange comme s'il était d'essence divine et royale, il lui paraissait immuable
de la nuit des temps à la consommation des siècles, c'était l'ordre des choses. Ce portrait, parmi
les plus réussis de Renoir, lui devait en partie sa
vérité. Sous des dehors de notaire de province,

Durand-Ruel exprimait un léger air d'éternité non celle de ces grandes machines italiennes pleines de drapés, de muscles et de plis, mais l'éternité ordinaire qui se donne au coin de la rue sans effets de manches ni roulements de tambour.

Le modèle lui était bien entré dans le pinceau, voilà tout. Ils n'en auraient pas dit plus. Raconter la technique réduit le mystère. Monet avait cent fois raison de tonner contre ceux qui brûlaient de savoir si ses vues de Londres avaient été faites d'après nature ou pas, et quelles couleurs il avait employées : en quoi cela les regardait-il ? Expliquer l'art, c'est l'anéantir.

Ce portrait reflétait un ami et non un marchand, alors que deux ans auparavant, Renoir avait figuré Ambroise Vollard en expert scrutant le plâtre original de *La Femme accroupie* de Maillol. C'était bien le reflet du « père Durand », ainsi qu'il l'évoquait devant ses enfants, un marchand qui pendant des années n'aima pas ce qui se vendait mais ne réussissait pas à vendre ce qu'il aimait. Non conformiste plutôt qu'anti-conformiste. À mille lieues de l'entrepreneur roi entouré de ses artistes caudataires tel que le raillaient les caricaturistes.

Il était marchand, fils de marchand, père de marchands. Sa fibre capétienne s'exprimait jusque dans sa vision dynastique du commerce. Son souci de la transmission de ses valeurs et de la pérennité de son nom était tel qu'il fallait aussi lire « Maison Durand-Ruel » en conservant à l'esprit l'évocation des lignées aristocratiques. Cela

aurait plu à Maurice Barrès, si curieux de suivre
sur quelques personnages une âme de famille.

Marchand de tableaux : l'appellation finissait
mieux qu'elle ne commençait. D'ailleurs, dans le
long portrait qu'il s'apprêtait à consacrer à Paul
Durand-Ruel dans la revue berlinoise *Pan*, le critique Arsène Alexandre ne put s'empêcher dès le
titre d'encadrer « marchand » de précieux guille-
mets destinés à atténuer la limite et l'offense.
Sauf que l'intéressé n'en demandait peut-être pas
tant. À défaut du mot lui-même, la vocation lui
parut noble dès lors qu'on la pratiquait comme
un art et qu'on la ressentait comme un apostolat
— loin, si loin d'un Montesquiou traitant un
Éphrussi de « manager » de Puvis de Chavannes.

Était-ce bien Delacroix qui les évoquait comme
les financiers du mystère ? Ça ne leur aurait pas
déplu, tant certains d'entre eux supportaient mal
de n'être assimilés qu'à des commerçants, eussent-
ils conclu un pacte avec la Beauté, de même que
les éditeurs avec l'Esprit. On en connut même qui,
gênés par une dénomination par trop mercantile,
lui substituaient celle de « propriétaire de galerie », il est vrai plus seyante, en tout cas en plus
nette harmonie avec leurs aspirations sociales.
Pourtant, le métier de marchand d'art évoluait en
un sens qui les tirait de plus en plus vers le marché au risque de les éloigner de l'art. L'amateur se
faisait spéculateur au fur et à mesure que l'œuvre
se dégradait en marchandise, comme Charles
Péguy le dira plus tard de la mystique lorsqu'elle
sombre en politique. Renoir et ses amis avaient vu

le « père Durand » s'imposer au tournant du siècle,
au moment où l'art et l'économie établissaient
entre eux des rapports d'un type nouveau, bien
que la notion de cote remontât au XVIIe siècle.

L'idée de l'art pour l'art devait s'adapter au fait
que, désormais et plus que jamais, le marché entendait fixer les règles. Le principe de l'exclusivité, ou du monopole, dont Durand-Ruel désirait
ardemment qu'il le liât aux artistes, renforçait
cette tendance même si ce n'était pas assimilable
à un salaire puisqu'il ne pouvait leur imposer les
conditions de leur travail. D'ailleurs, Degas ironi-
sait en se plaçant en situation de fournisseur
lorsque, dans la conversation, il désignait ses toiles comme des « articles ».

Renoir, tout à sa méfiance du grand commerce,
se résignait à celui de ses marchands. Son fils
Jean pouvait témoigner de sa mauvaise humeur à
l'endroit des spéculateurs :

« Maintenant, ce n'est plus un tableau qu'on ac-
croche à son mur, c'est une valeur. Pourquoi ne
pas exposer une action de Suez ! » s'énervait-il.

Il avait ses têtes et ses colères. Il ne pardonnait
pas à ceux qui lui avaient enlaidi la vue. Viollet-
le-Duc par exemple, coupable d'avoir esquinté
Notre-Dame de Paris et la cathédrale de Rouen.
« J'adore le théâtre, mais au théâtre ! » répétait-il
en prétendant que l'architecte avait été plus préjudiciable à nos monuments que les bombarde-
ments allemands, les révolutions et les guerres.
Tout à sa détestation d'Haussmann, il avait la
nostalgie des rues étroites, d'un temps où il y

avait un jardin derrière chaque immeuble et où l'on savourait le plaisir de cueillir la laitue juste au moment de la manger. Le mot « terroir », trop connoté à Millet, lui faisait horreur ; mais rien ne le comblait comme l'expression de Monet disant « capter la lumière afin de la jeter directement sur la toile ». Pour lui, un mufle était un homme qui, à table, arrachait directement les raisins de la grappe.

Trop pragmatique pour s'abîmer le reste de sa vie d'artiste dans la nostalgie des Médicis, il avait fini par considérer le commerce moderne de l'art comme un pis-aller nécessaire au même titre que la banque, les chemins de fer, le tout-à-l'égout et l'opération de l'appendicite.

Loin du traditionnel intermédiaire, ou du marchand de la Renaissance qui versait une rente à l'artiste en échange de sa production, Paul Durand-Ruel intervenait en amont et en aval de tout son travail. Quand le Renoir des débuts de leur relation ne croyait guère à son talent et qu'il oubliait ses toiles dans les auberges de passage, il le réprimandait. Et quand le même, en quittant son atelier de Montmartre, voulut régler son terme par le troc de quelques tableaux, il l'en dissuada fermement.

Son marchand pour un peintre — et Durand-Ruel pour Renoir —, ce pouvait être tout cela et aussi l'homme vers lequel il se retournait spontanément quand, voyageant en Sicile avec sa femme, il perdit son portefeuille et compta sur lui pour lui procurer de quoi poursuivre le séjour.

Sous l'Ancien Régime, particulièrement au XVIIᵉ siècle, Paul Durand-Ruel aurait été le plus heureux des marchands de tableaux entre Langlois et Picard. Alors les Français étaient gouvernés selon son vœu par Dieu et par le Roi, avant de l'être par des ministres. Sauf que les négociants en art étaient mal considérés : si Élisabeth Vigée-Lebrun eut tant de mal à être reçue en 1783 à l'Académie, c'était aussi que son mari Jean-Baptiste Lebrun vivait du commerce des tableaux.

La providence l'ayant fait naître deux siècles plus tard, comme il ne pouvait changer de contemporains, il tâcha de se concilier son temps sans se compromettre avec ses pires représentants. Durand-Ruel faisait cas du marché tout en prenant des risques pour soutenir un art en rupture avec l'art officiel. Cette innovation eût suffi à faire de ce nouveau type de négociant un entrepreneur à part entière tel que Werner Sombart le décrira. Amour du gain, esprit d'entreprise, faculté de calcul, vertus bourgeoises... Mais un « bourgeois vieux style » était tapi en lui, c'est-à-dire quelqu'un pour qui l'homme demeurait la mesure de toutes choses. Jamais l'accumulation de richesses ne lui apparut comme une fin en soi. Ces fameuses qualités bourgeoises, l'économiste allemand les avait trouvées dans les *Mémoires* de Benjamin Franklin. Véritable concentré de sagesse capitaliste, son schéma des vertus s'organisait autour de treize commandements que la pratique quotidienne de Durand-Ruel, telle que Renoir avait pu l'observer depuis tant d'années, incarnait parfaitement : tempérance, silence, ordre, décision, modération, zèle, loyauté, équité, maîtrise de soi, propreté, équilibre moral, chasteté, humilité. Surtout rien d'ostentatoire. Sans négliger la dimension religieuse ; Werner Sombart l'envisageait exclusivement sous l'angle du thomisme, lequel imprégnait toute la catholicité depuis le Moyen Âge : « C'est ici que la doctrine du gain licite se confond avec celle des vertus spirituelles, écrivait-il. L'une et l'autre reposent sur la même idée fondamentale : l'activité et le goût de l'entreprise sont agréables à Dieu et il a en horreur les nobles prodigues, les casaniers indolents, les usuriers oisifs. »

Tout ce que n'était pas Paul Durand-Ruel sous le regard de « ses » peintres. Mais rares étaient ceux qui avaient perçu aussi finement que Renoir les contradictions que devait surmonter ce pionnier qui, dès sa jeunesse, avait eu le négoce en aversion. Sa vision du métier l'avait inscrit de plain-pied dans la modernité, tandis que son âme poursuivait son aventure spirituelle dans un passé immémorial. Or, si le marchand ne peut plaire à Dieu, selon un adage des Anciens souvent repris au Moyen Âge, le spéculateur ne peut que lui déplaire. L'argent demeurait leur outil commun. Le profit et tout ce qui lui est attaché (vénalité, corruption, mensonge) avait acquis de longue date une réputation satanique. Il avait fait l'objet d'un soupçon permanent au cours des siècles. Sauf qu'à la fin du XIXe siècle plus d'un s'opposait à l'esprit de commerce en tant qu'esprit de l'époque.

Qui aurait osé s'immiscer entre le peintre et son modèle quand de surcroît celui-ci était son marchand ? La disposition de l'atelier n'invitait pas les éventuels visiteurs à se faire importuns. Pas de meubles, un vieux divan fort embarrassé, de rares chaises surchargées de toiles. Peu importait, le portraitiste passait pour un rapide. Rien à voir avec un Manet devant lequel Zola avait fini par tomber de sommeil au sens propre, ou d'un Faure à qui le même avait imposé quelque trente-huit séances pour le figurer en Hamlet ; rien à voir non plus avec un Cézanne face à qui Vollard avait également renoncé à l'issue de quelques mois de pose.

Ils étaient là en tête à tête après avoir été si longtemps côte à côte, l'un en clochard céleste rallumant sans cesse son mégot, l'autre en bourgeois confortable et apaisé, mais à égalité de situation dans l'espace puisque depuis plusieurs années déjà le peintre en action n'avait plus la force de se tenir debout, réunis plutôt que mis à distance par un chevalet et une toile de 65 x 54 centimètres.

Celle-là, Durand-Ruel ne s'en séparerait pas, de même que les portraits de ses enfants bien qu'ils l'aient déçu, la nouvelle manière ingresque qui était alors celle de Renoir l'ayant laissé sceptique, ou *La Loge*, ou d'autres encore achetées l'année de leur création et jalousement conservées au domicile telle *Les Deux Sœurs (sur la terrasse)*, contrairement à celles que le peintre avait conçues spécialement pour son salon privé de la rue de Rome et qu'il avait cédées quelques mois avant à

Eugène Hirsch pour 7 500 francs pièce. Mais tout
abandon ne lui était-il pas pénible ? Quand un
marchand rechigne à vendre, c'est qu'il a décidément une âme de collectionneur. Il suffisait de le
visiter dans ses meubles pour s'en convaincre. Les
étrangers y avaient accès, cela se faisait, à la manière des cabinets d'amateurs de l'Ancien Régime.
Il y avait même un jour pour ça. Après tout, certaines collections privées valaient haut la main
celles de bien des musées. Le propriétaire de la
plus grande collection privée d'œuvres de Renoir
était alors Georges Viau, un dentiste.

Eux comme les autres, il leur avait fallu attendre 1910 pour comprendre que l'impressionnisme
était mort en 1880 en conquérant la société. Il ne
s'imposait plus dès lors qu'il s'exposait en majesté. Révolue l'époque où certaine critique prétendait que cette peinture était de nature à faire
cabrer les chevaux d'omnibus. Pour autant, la
partie n'était jamais gagnée aux yeux de Paul
Durand-Ruel : malgré ses voyages en Europe, ses
navettes entre Paris et New York, et toutes les expositions qui s'ensuivirent, il n'avait jamais réussi
à imposer qu'un seul Renoir, *Femme assise au
bord de la mer* (1883), à l'Américain Havemeyer,
ce qui en disait long sur l'influence du fournisseur sur l'un de ses clients les plus chevronnés.

Une volonté sans pareille alliée à une obstination sans violence, un certain goût du risque mâ-
tiné de véritable audace qui suffisait à le distinguer
de ces notables aux vertus sans éclat, un homme si

convenable qui fomenta une révolution du regard, un personnage du monde d'avant qui aura choisi ce qui le portait en avant... Paul Durand-Ruel tel qu'en lui-même au plus profond de ses années héroïques comme au soir de son portrait par Renoir une décennie avant de partir. De part et d'autre du chevalet, deux hommes de l'art également convaincus que le chef-d'œuvre, le vrai chef-d'œuvre, c'est de durer.

Le souffle hugolien nous le fit ressentir mieux que nul ne sut jamais nous l'expliquer : tout limite l'homme mais rien ne l'arrête...

2

Du temps où l'on mettait les tableaux en pension dans les familles

1831-1856

Il fut un temps où cette famille n'existait pas. Il y avait les Durand et il y avait les Ruel. Un jour, leur union poussa l'un d'entre eux à inventer les Durand-Ruel, puis un autre à légaliser cette rencontre. Un bon demi-siècle s'écoula entre ces deux moments de leur histoire.

Inouï tout ce qu'on peut mettre de symbole, de fierté et d'orgueil dans un nom. Plus il est répandu, plus il devient impératif de le distinguer de la masse de ses semblables. Des Durand, on en trouvait beaucoup dans tout le pays, à l'exception de la Bretagne et de l'Alsace. Le dissocier du plus grand nombre exprimait déjà une certaine ambition sociale. Point n'était besoin de se sentir de haute extraction pour transmettre aux siens le culte des ancêtres. La fièvre généalogique ne relevait pas nécessairement d'une question de quartiers.

Tout à sa critique des gens de Nemours, Balzac avait observé dans *Ursule Mirouet* que nobles et bourgeois partageaient une même tendance au cognomonisme. Par ce néologisme forgé à partir du latin *cognomen* qui signifie surnom, il entendait décrire un phénomène social selon lequel les familles enrichissaient leur patronyme en lui en ajoutant un autre en suffixe. À partir de la présence ou de l'absence de trait d'union entre les deux, d'aucuns s'enhardissaient à déduire un certain nombre d'informations sur l'ancienneté ou la situation des intéressés. En donnant un état civil à son personnage de maître de poste sous le nom de Minoret-Levrault, l'écrivain consacrait l'occulte puissance des noms qui tantôt raillent et tantôt président les caractères. En ses vieux jours, Paul Durand-Ruel eût été horrifié de découvrir que vu d'en face, dans les salons du faubourg Saint-Germain, cette anodine petite barre horizontale trahissait plutôt des mœurs républicaines.

Le côté des Durand était peuplé de vignerons établis dans la vallée de l'Yerres, à Solers (Seine-et-Marne). Leur famille plongeait ses racines dans l'Oise, à Clermont. Cette géographie leur tenait lieu d'histoire.

Du côté de chez Ruel, c'était autre chose. Plus riche, plus cultivé, plus relationné, plus aisé en tout, du moins à l'origine. L'un d'eux, notaire royal de père en fils à Belgentier (Var), avait dû fuir la France précipitamment en 1793 et se réfugier en Toscane pour éviter l'arrestation dont il se savait menacé. Ruiné par les événements, il s'installa avec sa femme et ses deux fils à Livourne où naquit leur fille deux ans plus tard. Ils survécurent grâce aux leçons particulières qu'il donnait aux adolescents de la noblesse et de la grande bourgeoisie locales, à l'instar d'autres émigrés dans le besoin. Le mal du pays, et les nouvelles encourageantes — Robespierre ayant été guillotiné avec ses partisans, le règne de la Terreur devait s'achever ; la Convention avait accordé aux émigrés la possibilité de rentrer à condition de n'être ni nobles ni prêtres et de travailler de leurs mains. La restitution de leurs biens leur était même promise, à condition qu'ils ne fussent pas déjà vendus.

Tout cela était de bon augure, d'autant que d'un même élan, la France signait la paix avec le grand-duché de Toscane. Il n'empêche. Rentré un peu trop tôt, François-Hyacinthe Ruel fut inquiété, puis vite rassuré grâce à une intervention. Il devint alors secrétaire de Jean de Dieu Soult, lequel fut élevé à la dignité de maréchal d'Empire et promu au grade de colonel général de la garde impériale en 1804, tandis que les familles se liaient d'affection durablement.

L'adversité ni les revers de fortune n'avaient entamé la qualité des réseaux d'amitié des Ruel, ni l'excellence de l'éducation qu'ils donnaient à leurs enfants. L'une d'entre eux, Marie-Ferdinande, bénéficia d'une sorte de cadeau que leur firent les Guillot, un couple de leur cercle : « Au Maître de Tout », une papeterie payable dans des conditions inédites dans le commerce officiel, située 174, rue Saint-Jacques, mitoyenne d'un fameux vide-bouteilles à l'enseigne de l'Académie où étaient entreposés en permanence quelques dizaines de tonneaux d'alcool. La jeune Ruel tint l'affaire en dépit de son inexpérience, jusqu'à ce que l'entourage eût un jour l'idée de favoriser son union avec le principal employé de la papeterie, Jean-Marie Fortuné Durand. Elle fut consacrée en l'église Saint-Étienne-du-Mont en 1825. Quatre enfants leur naquirent, dont Paul-Marie-Joseph, le 31 octobre 1831, qui y fut baptisé. À l'initiative de son chef, la famille ne tarda pas à accoler les deux patronymes sans se soucier de donner une forme légale à l'évolution de son identité. Ils étaient désormais les Durand-Ruel parce qu'ils l'avaient décidé, voilà tout.

Il est toujours instructif, sinon édifiant, d'analyser la manière dont les enfants se souviennent des parents. Ce qu'ils en disent et ce qu'ils n'en disent pas. Ce qu'ils projettent sur eux et le reflet qu'ils espèrent en recevoir en retour. Des siens, Paul Durand-Ruel confia non sans fierté au soir de sa vie qu'ils n'étaient pas des gens d'argent, qu'ils avaient toujours négligé les questions matérielles à l'excès, qu'ils étaient très chrétiens et bien français.

On eût dit un autoportrait en creux.

Ils habitaient au-dessus des magasins. Outre le jeune couple, la grand-mère et la tante Louise vivaient dans ce grand appartement situé au premier étage où l'on n'imaginait pas, du moins pas encore, que les gens s'y faisaient servir par des domestiques plutôt que par des bonnes.

Paul avait été précédé par un frère disparu à la naissance, puis par une sœur décédée au bout de quelques mois. Quand on parle de présence des morts, il ne faudrait jamais oublier ces

absents-là. Ce n'est pas parce qu'on les a frôlés
sans les connaître qu'ils ne nous habitent pas.
Paul n'avait qu'une sœur, Marie-Thérèse, de quatre ans son aînée.

« La tendre compagne de ma jeunesse, mon
guide et mon soutien en bien des circonstances »,
reconnaissait-il.

Dès que le jeune couple eut l'entière responsabilité de l'affaire, il la développa dans une direction qui parut rien de moins que naturelle. Ainsi,
outre les articles de pure papeterie, papiers de
France et de Hollande pour l'écriture et le dessin,
ils ne tardèrent pas à sacrifier à une pratique
anglaise en proposant également l'encadrement
ainsi que toutes les fournitures dont les artistes
pouvaient avoir besoin, des supports en papier
ou en toile aux chevalets en passant par les couleurs à l'huile, brosses, palettes, pinceaux fins
pour lavis, bordures dorées, passe-partout et sty-
ratores (terme énigmatique qui ne figure dans
aucun dictionnaire mais bien sur la réclame de
la maison Durand-Ruel en ce temps-là...). Le métier avait sa noblesse : Ange Ottoz, marchand de
couleurs et fournisseur de matériel pour artistes
rue de la Michodière depuis 1827, ne se disait-il
pas « élève de Belot », à l'égal d'un créateur ?

L'idée avait été soufflée au père de Paul par son
entourage. Par trois de ses amis surtout, Alfred
Marsaud, secrétaire général à la Banque de France
et aquarelliste du dimanche qui avait connu la
fierté de l'accrochage au Salon, le Lyonnais Claude
Schroth, éminent expert en tableaux et gravures

établi rue de la Paix, qui se dépensa sans compter pour promouvoir l'art de Constable et de Bonington à Paris, enfin le marchand John Arrowsmith, un Français anglophile lié aux Orléans, véritable introducteur de la peinture anglaise en France. À ce trio fraternel, dont l'influence fut décisive en ce qu'elle offrit des perspectives infinies au commerce du 174, rue Saint-Jacques, il convient d'adjoindre le nom d'un Irlandais, M. Brown, riche négociant à Bordeaux, grand amateur d'aquarelles et lui aussi ardent défenseur de Bonington.

Avec de tels parrains, on comprend que pour ses premiers pas en marge de la papeterie, Jean-Marie Durand-Ruel fut particulièrement sensible à l'école anglaise en général, et aux aquarellistes en particulier. L'air du temps, les progrès de la technique d'imprimerie et une certaine anglomanie le poussèrent à s'intéresser de près à l'impression en taille-douce et en lithographie. Le procédé était alors balbutiant. Le principe consistait à jouer sur l'antagonisme entre l'eau et les corps gras pour reproduire à plat sur une pierre dure et homogène en calcaire fin. Dans la foulée des fameux *Voyages pittoresques* (1820) du baron Taylor, Goya avait réussi de brillants essais avec ses *Taureaux de Bordeaux* (1825) avant que cette école moderne qui ne s'appelait pas encore la « génération de 1830 », emmenée par Delacroix, Géricault, Daumier, auxquels se joindront Charlet, Decamps, Théodore Rousseau, Jules Dupré et d'autres, ne participe à cet essor foudroyant.

Tant l'aquarelle que la lithographie paraissaient être un prolongement naturel de l'activité première de Jean-Marie Durand-Ruel. Mais il ne négligeait pas les toiles, d'autant que les artistes étaient les mêmes, seul le moyen d'expression différait, la technique en quelque sorte, et il était déjà assez averti pour savoir à quel point elle était secondaire. Sacrifiant à une pratique largement répandue, il acceptait leurs œuvres en paiement du matériel qu'il leur fournissait. Ainsi devient-on collectionneur puis marchand, à l'insu de son plein gré en quelque sorte. Quand il n'échangeait pas, il achetait, tout de même, à la mesure de sa mince trésorerie.

Progressivement, de jeunes artistes apprirent à connaître le chemin de la rue Saint-Jacques. Chacun avait déjà sa voix propre, mais ils partageaient une même défiance vis-à-vis de David, père de famille jusque dans l'autorité qu'il exerçait sur ses élèves, et de son école néo-antique, jugée trop doctrinaire. Comment suivre un maître qui, pour être un grand peintre d'histoire et un portraitiste d'exception, avait néanmoins éprouvé l'impérieuse nécessité de retourner en Italie juste pour exécuter son *Serment des Horaces* dans une atmosphère antique ? À la fréquentation de ses ateliers, trop inspirés par l'imitation de la Rome républicaine, ils préféraient celle du Louvre dont certaines collections devaient beaucoup à de fameux musées d'Europe visités à la hussarde par quelques futurs maréchaux d'Empire. La Grande Armée avait eu la main leste en faisant main basse. À ce pillage

éhonté il fallait bien que succédât une action aux
dimensions plus culturelles pour que les campa-
gnes napoléoniennes ne fussent pas totalement en-
ténébrées par l'Histoire. C'est là en tout cas que
nombre de jeunes peintres éduquèrent leur regard
à défaut d'avoir pu, comme Gros, passer huit ans à
Gênes, Milan et Florence.

Quand ce n'était dans les galeries du Louvre et
celles du Salon, ils se retrouvaient chez les marchands. L'ambitieuse papeterie ne tarda pas à devenir l'un de leurs points de rendez-vous, d'autant
que Jean-Marie Durand-Ruel ne se contentait pas
de proposer leurs œuvres à une clientèle acquise
au goût pour l'art classique : il tentait de les aider
par des achats qui ne s'imposaient pas toujours. Il
n'avait certes rien d'un de ces *connoisseurs* formés
aux arts comme peintre ou graveur et qui tenaient
boutique tel le Gersaint de *L'Enseigne* de Watteau.
Il n'était pas du sérail mais parfois, cela valait
mieux, si l'on en jugeait par l'impécuniosité de
certains de ceux qui prétendaient en être.

Le jour où il se sentit de moins en moins pape-
tier et de plus en plus marchand de tableaux, il se
décida à franchir la Seine, son Rubicon. Il ne
s'agissait pas seulement de séparer les deux com-
merces afin que la modestie de l'un ne portât pas
ombrage aux ambitions de l'autre. En confiant à
l'un de ses employés la gestion quotidienne de la
papeterie, il n'envisageait pas seulement de s'installer plus loin. Tout en continuant à vivre avec les
siens dans l'appartement du dessus le temps de
voir venir, il lui fallait quitter le quartier des

universités pour rejoindre celui plus huppé du
luxe où résidaient nombre de ses amateurs. Plus
loin des étudiants, plus près des bourgeois d'affaires, il trouva un magasin à l'angle de la rue des Pe-
tits-Champs et de la rue de la Paix, dans les locaux
de Mme Hulin, une consœur qui partageait ses
goûts pour une autre peinture que celle imposée
par le goût officiel. Obéissant à une saine logique
commerciale, le fournisseur se rapprochait de sa
clientèle. Celle-ci déjà consistante ne pouvait que
grossir, d'autant que la cédante aurait le bon goût
de disparaître quelques mois après la signature de
l'acte sans laisser de successeur. Les concurrents
n'étaient guère nombreux. On les trouvait du côté
de la Bourse ou de l'église de la Madeleine. On en
citait trois, toujours les mêmes, Giroud, Susse et
Biriant. Encore ceux-ci vendaient-ils également
qui des articles de luxe, qui des bronzes, qui du
matériel de peinture, quand Jean-Marie Durand-
Ruel avait déjà renoncé à cette prudence.

L'art, rien que l'art. Mais le sien, si l'on peut
dire, se propageait dans des cercles si restreints,
et entraînait des marges bénéficiaires si faibles
qu'il lui imposait de trouver d'autres ressources
dans une pratique qui n'avait rien de déshonorant et qui offrait l'avantage de lui permettre de
ne pas quitter sa sphère d'influence. Il s'agissait
de louer des tableaux et des dessins à des particuliers qui n'avaient pas les moyens de les acheter. Certains en avaient besoin ponctuellement,
pour éblouir leur monde l'instant d'une soirée et
leurrer leur société sur l'excellence de leur goût

artistique. D'autres, amateurs plus sincères, crai-
gnaient d'avoir été trompés par leur mouvement
premier vers une œuvre inconnue, ou de se
lasser de la nouveauté ; or la location autorisait
un remords immédiat que la vente rendait plus
compliqué à court terme. D'autres encore ensei-
gnaient la peinture et le dessin selon le principe
cher à Goethe en vertu duquel ce qui n'a pas été
copié n'a tout simplement pas été vu, au
contraire d'un Monet qui se flattait de ne s'être
jamais plié à l'exercice, et on conçoit qu'ils se
soient résolus à louer les œuvres qu'ils devaient
proposer à l'édification de leurs élèves. Parfois,
des jeunes femmes de la bonne bourgeoisie co-
piaient à la maison comme elles auraient brodé,
à défaut d'être happées par la mondanité. Tous
participaient également d'un usage largement
répandu qui faisait facilement tourner le fonds
des galeries en procurant quelques liquidités
bienvenues.

« On mettait des tableaux en pension dans les
familles... »

Cela se passait au début des années 1830. Le
souvenir du scandale d'*Hernani* au Théâtre-Fran-
çais était encore vif. Au grand bal donné au Palais-
Royal par Louis-Philippe, duc d'Orléans, en l'honneur du roi de Naples, le comte de Salvandy nota
à quel point la fête était napolitaine : « Nous dan-
sons sur un volcan... », fit remarquer le conseiller
d'État devant Leurs Altesses dans l'espoir qu'elles
l'aideraient à ouvrir les yeux au roi. Six mois
après, ledit volcan était en éruption. Charles X

ayant suspendu la liberté de la presse et, au moyen d'ordonnances, dissous la Chambre dans l'espoir de maîtriser les turbulences de la démocratie, l'insurrection armée mit Paris en état de siège et la France en émoi. La semaine folle s'acheva quand le duc d'Orléans prêta serment à la Charte adoptée par les Chambres et prit le titre de Louis-Philippe Ier, roi des Français.

Les drames de Victor Hugo se succédaient au théâtre sans triompher, tandis que le baron Gros se suicidait en se jetant dans la Seine après que la critique eut éreinté son *Hercule et Diomède* exposé au Salon. Les gens du commerce, eux, avaient l'œil fixé sur la Bourse et le cours record de la rente 5 %. À la fin de cette même décennie, l'expérience était suffisamment concluante pour que le marchand de tableaux congédiât définitivement en lui le marchand de papiers. Il vendit l'affaire qui avait permis à son couple de démarrer dans la vie et installa sa famille dans des appartements situés au cinquième étage d'immeubles du boulevard des Capucines, puis de la rue de la Paix

À la suite d'un différend avec le propriétaire des murs au début des années 1840, Jean-Marie Durand-Ruel décida d'émigrer... juste en face. Les lieux étaient plus vastes, la lumière plus adéquate au spectacle de l'art et des appartements au premier étage pouvaient loger la famille. En période d'intense activité, il arrivait que les murs du premier prolongent les salons du rez-de-chaussée. Ainsi, tout au long de son adolescence,

Paul Durand-Ruel eut-il sa chambre encombrée d'œuvres trop fraîches pour être aussitôt offertes au regard du public. Lui-même portraituré pour la première fois à treize ans par un obscur artiste, Jean-Paulin Lassouquère, il vécut parmi la peinture, grandit en faisant corps avec elle, sombra dans le sommeil et émergea de ses rêves en baignant dans cet univers-là. À la maison, on ne parlait que de cela. L'art en était si peu intimidant qu'il se laissait tutoyer. Les artistes allaient et venaient. Le dévouement du marchand à l'objet de sa passion était tel qu'il forçait le respect, à commencer par celui de son fils. D'avoir été ainsi nourri à la peinture dès sa naissance le soutint plus tard secrètement dans sa bataille contre le goût public, du moins en fut-il toujours intimement convaincu.

Pouvait-on inventer meilleure éducation de l'œil et imaginer plus belle formation du goût que de frotter en permanence et sans contrainte une jeune intelligence et une sensibilité en plein épanouissement à cette atmosphère si propice ?

Il y avait une solution, à laquelle il sacrifia naturellement jusqu'à la fin de ses jours, comme tout peintre bien né. Non pas l'apprentissage dans une académie, mais la consultation permanente du Louvre comme un livre.

Son père ne lui apprit pas seulement le Louvre, il lui apprit également Drouot. L'hôtel était déjà la plus grande galerie de tableaux modernes de Paris ; l'exposition y était quasi permanente et renouvelée. Le plus souvent, une collection y naissait et y mourait. Tristesse de la dispersion, mélancolie d'une diaspora sans espoir de retour. Pour peu qu'un propriétaire de galerie surveille la cote d'un peintre, elle se faisait à Drouot, meilleur sismographe de sa valeur vénale.

Paul Durand-Ruel était né marchand de tableaux : il ne lui restait plus qu'à le devenir. Cela ne lui fut pas plus aisé ni plus difficultueux qu'à un autre. Ce fut autre chose, qui eût pu aussi bien le mener à un tout autre destin.

Malgré ses promesses, la situation financière de la petite entreprise ne s'améliorait guère. Le chœur des créanciers menaçait de former une cohorte inquiétante. Plutôt que de réduire ses ambitions et de se recroqueviller en attendant des jours meilleurs, Jean-Marie Durand-Ruel choisit la fuite en avant. Quand d'autres auraient fermé, il ouvrit une succursale. Sans rien modifier à sa politique d'achat et de vente, il décida d'investir 15 000 francs dans la location d'un autre magasin situé en un lieu stratégique, à l'angle du boulevard des Italiens et de la rue de Choiseul. Le montant du bail était très élevé mais il se justifiait par l'affluence propre à l'endroit, essentiellement des habitués de la Bourse et des touristes. « Les Italiens », comme disaient les Parisiens, était devenu « le » boulevard par excellence, celui de Hardy, de La Maison Dorée, de Tortoni, du Cardinal, du Riche et du Grand-Balcon, ces cafés et restaurants qui avaient si bien contribué à l'éclat de la capitale que les étrangers les visitaient avec plus de hâte encore que les plus célèbres monuments.

La lumière du jour n'entrait pas dans le salon principal, mais il était spacieux, cossu et confortable. Un lustre central éclairait les tableaux disposés au coude à coude, du sol au plafond et de gauche à droite, sans un espace pour laisser le regard respirer. On avait collé des fauteuils aux murs. Au centre, une grande table pour y étaler des documents et y dérouler des gravures.

Par cette initiative audacieuse, le marchand voulait conquérir une autre clientèle, peut-être plus éphémère mais certainement plus rapide dans l'acte d'achat. Cherchait-il une personne de confiance sur laquelle se reposer ? Craignait-il que sa descendance fût un jour indifférente à sa passion ? Ou entendait-il précipiter le cours des choses afin de conjurer toute mauvaise surprise ? Toujours est-il qu'à la faveur de cette expansion de ses affaires, et pour mieux lui en donner le goût, il demanda à son fils de le rejoindre afin de le soutenir sur ce double front.

Au début de 1847, quand son père lui mit le pied à l'étrier, Paul Durand-Ruel n'avait pas seize ans. Il abandonna ses études qu'il poursuivait en qualité d'externe libre au collège Bourbon, futur lycée Henri-IV. Le double pari tenté par Jean-Marie Durand-Ruel s'amorça sous les meilleurs augures : au fil des mois, les curieux ne se firent pas prier, et son fils pas davantage. L'avenir de leur famille s'annonçait sous le signe d'une prospérité enfin assurée, n'eût été l'impensable, de cet inattendu qui déjoue tous les plans et fausse toutes les prévisions, la Révolution.

La campagne des banquets s'était étendue à la France entière. Le mouvement avait été initié par l'opposition dynastique afin de hâter une réforme électorale et précipiter une réforme parlementaire, mais Louis-Philippe ne voulait rien entendre tandis que la presse ne bruissait que d'affaires de corruption. L'opinion avait le sentiment que jamais les élites n'avaient été ainsi gangrenées par la concussion. Bientôt, l'esprit des banquets se retrouvait en pleine rue dans un cadre nettement moins convivial. Le 22 février 1848, on releva un mort à l'issue d'une manifestation près de l'église de la Madeleine. Le lendemain, les affrontements se multiplièrent en différents points de la capitale. Le gouvernement ne pouvait même plus compter sur la majorité des bataillons de la garde nationale. Sa défection joua un rôle décisif. Il fallut qu'à son tour elle réclame la réforme pour que le roi plie enfin.

Les Durand-Ruel étaient aux premières loges. Leurs magasins et appartement se situaient à l'épicentre du séisme. L'émeute se métamorphosa en révolution quand en début de soirée, sur le boulevard des Capucines, la fusillade fit une cinquantaine de morts parmi les insurgés. Les cadavres des martyrs furent aussitôt promenés sur une voiture dans les rues de la ville afin d'édifier le peuple sur le sort fait aux siens. La foule construisit des barricades jusqu'à la place Vendôme, avant que les Tuileries et le Palais-Royal ne fussent mis à sac. La crise politique aboutit à dix mois de gouvernement provisoire au cours desquels l'unanimisme des premiers temps ne tarda pas à se lézarder. Malgré la proclamation solennelle de la IIe République, le cours de la rente 5 % ne cessait de dégringoler et le boulevard était à nouveau livré aux manifestations des clubs et corporations. Un temps, on crut la fièvre calmée. Quand, à la fin du mois de juin, des cortèges d'ouvriers se mirent à défiler spontanément du Panthéon vers la Bastille à la suite de la publication par *Le Moniteur* d'un arrêté stipulant que les hommes âgés de dix-sept à vingt-cinq ans seraient envoyés sous les drapeaux et les autres dans des chantiers en province. Pour maintenir l'ordre dans un Paris de nouveau en état de siège, le général Cavaignac fit donner l'armée, la garde mobile et les bataillons de la garde nationale sur lesquels il pouvait compter. Les combats, qui durèrent plusieurs jours, furent d'une extrême violence et le bilan terrible : 4 000 morts du côté des insurgés, 1 600 du côté des représentants de l'ordre, sans compter les milliers d'arrestations arbitraires et d'exécutions sommaires.

Comme tous les Parisiens, et plus encore dans la mesure où ils vivaient et travaillaient sur la ligne de front, les Durand-Ruel vécurent les journées de 1848 dans l'angoisse et dans la peur, celles de juin plus que celles de février, car le père de famille faillit être tué lorsque son bataillon de la garde nationale se lança à l'assaut d'une barricade. Cette fois, l'alerte avait été si chaude que, sans pour autant glisser la clef sous la porte, ils se résignèrent à mettre leurs activités en veilleuse afin de faire face aux échéances les plus inquiétantes. Le local du boulevard des Italiens, dont le loyer constituait leurs frais fixes les plus lourds, fut sous-loué à un tiers. L'essentiel de l'effort commercial fut porté sur le magasin de la rue de la Paix par la location d'œuvres d'art aux particuliers et aux ateliers qui était d'un rapport plus immédiat. La situation avait eu raison des grands projets de Jean-Marie Durand-Ruel. C'était d'autant plus regrettable que cela paraissait bien parti.

Le 2 décembre 1851, le coup d'État de Louis Napoléon Bonaparte dit le prince-président, dit encore Napoléon le petit, acheva la IIe République. Celui-ci s'employa à convaincre la France qu'il n'était sorti de la légalité que pour rentrer dans le droit. Tout allait revenir dans l'ordre pour un certain temps. La reprise économique s'annonçait déjà mais les Durand-Ruel s'étaient désengagés trop tôt pour revenir dans le circuit à temps. Leur magasin le plus rentable leur était indisponible. Absorbés par le quotidien éparpillé et fastidieux du commerce de détail, ils ne purent s'offrir le luxe d'exercer leur vrai métier à la veille d'une reprise annoncée, contrairement à leurs anciens concurrents et à leur futurs rivaux. Le nombre des marchands ayant pignon sur rue à Paris avait doublé depuis les années 1820 où on en comptait une trentaine. Sentant le vent tourner à nouveau en faveur des affaires, tous se donnaient les moyens de se distancier du commerce des lithographies pour se consacrer à celui des tableaux. Ils avaient nom Petit, Weyl, Beugniet... Pour ne citer que lui, Goupil, qui était devenu Goupil et Cie en s'installant sur le boulevard Montmartre, n'allait pas tarder à ouvrir une succursale à Berlin en sus de celle de Londres.

À la suite de cette expérience malheureuse dans un contexte parfois dramatique, leur fils Paul, qui n'était pas encore convaincu d'avoir de vraies dispositions pour le commerce de l'art, s'était pris de détestation pour tout ce qui relevait du négoce. Il faut dire qu'il avait toujours vu son père acheter sans savoir comment il paierait, ce qui en angoisserait plus d'un ; même si au final il réglait toujours. Sérieusement refroidi par ce premier contact avec la vie active, il s'était résolu à suivre sa pente, ce que les sages conseillent, pourvu que ce soit en montant. À vrai dire, il éprouvait une double vocation qui l'entraînait alternativement vers le sabre ou le goupillon. Mais qu'il s'agît d'entrer dans l'armée ou dans l'Église, les deux sacerdoces exigeaient qu'il satisfît d'abord à un niveau scolaire décent. Avec l'aide d'un oncle maternel qui s'improvisa précepteur, il reprit donc ses études afin de préparer le baccalauréat, obtenu un jour de mars 1849, alors que la capitale ressentait les premiers effets d'une épidémie de choléra qui allait y provoquer une hécatombe.

Ses parents furent atterrés par sa décision de servir son pays sous l'uniforme. Non que la qualité d'officier supérieur leur parût une perspective indigne, mais elle l'éloignait de la famille et de l'entreprise au sein de laquelle son avenir aurait dû naturellement s'inscrire. Après tout, les Petit en étaient à la deuxième génération de marchands et la relève se préparait déjà. Résolu malgré cela à rejoindre l'armée au plus tôt, Paul intégra le lycée Bonaparte — qui ne portait pas encore le nom de Condorcet —, dans l'ancien noviciat des Capucins de la rue du Havre. Il y suivit l'année préparatoire au concours d'entrée à l'École spéciale militaire créée près d'un demi-siècle avant par Napoléon Ier à Saint-Cyr, dans l'arrondissement de Versailles. Reçu cn 1851, alors que venait d'être promulguée une nouvelle loi sur la garde nationale prévoyant l'exclusion de nombreuses catégories de citoyens, il n'intégra pas l'armée pour autant. Longtemps après, à l'heure du souvenir, il évoqua ainsi sa résolution :

« Après mes examens qui m'avaient fatigué, j'étais tombé malade et je fus assez long à me remettre. Mes parents et mon médecin me représentèrent que mon état de santé s'opposait absolument à mon entrée à l'École et, après bien des hésitations, j'envoyai ma démission au ministre de la Guerre, me résignant par devoir, à rester avec mes parents pour les seconder. »

Le comte Randon n'est plus là pour témoigner et on doute que cette défection méritât d'être consignée dans ses *Mémoires* entre la bataille de la Moskowa et la pacification de la Kabylie. En fait, l'élève-soldat fut bien admis à Saint-Cyr, un certificat d'acceptation dûment délivré le 10 novembre 1851 par les autorités militaires en fait foi. Mais son versement au 20ᵉ régiment d'infanterie légère était assorti d'un engagement de sept ans... L'armée française y perdit peut-être un commandant, mais l'histoire de l'art y gagna un passeur.

Oubliée la carrière des armes, oublié également le service des âmes. Car l'alibi de la santé déficiente fut évoqué dans un cas comme dans l'autre, même si l'on a du mal à imaginer qu'une méchante bronchite eût fait plier un jeune homme de caractère au point de le faire renoncer à des appels de cette intensité. Il ne fut ni officier ni missionnaire, mais l'ardent désir que sous-tendait cette double destinée ne disparut jamais. Il fut l'essence même de sa réussite dans le métier auquel le jeune homme finit par se résoudre après quelques détours. Le métier de son père.

« J'étais né pour être missionnaire, confia-t-il un jour. J'en avais le tempérament et l'énergie persuasive. »

D'aucuns en conclurent qu'il était devenu un marchand malgré lui. À moins qu'il n'ait accompli par d'autres voies cette vocation si profonde qui lui faisait en permanence interroger sa conscience et propager ce qu'elle lui dictait.

À vingt ans, on est fait. Paul Durand-Ruel avait une âme d'apôtre. Elle ne l'a jamais déserté.

Dès son retour dans cet univers au sein duquel il était né et avait grandi, il ne se contenta pas de retrouver le chemin du magasin. Comme s'il avait conçu le projet de façonner son jugement en formant son regard, il se mit à fréquenter régulièrement les galeries et les ventes publiques. Certaines étaient organisées par les artistes eux-mêmes afin de stimuler des amateurs échaudés par la crise récente. Pourtant, la reprise était bien là mais les prix ne suivaient pas encore, non plus que le volume des transactions.

À vingt ans, Paul Durand-Ruel se passionnait pour les univers des peintres qui avaient peuplé sa chambre d'adolescent. Celui de Prosper Maril-hat, qui paya de sa vie son orientalisme puisqu'il venait de disparaître d'un mal contracté au cours de ses lointaines expéditions. Celui de Jules Dupré dont le romantisme conservait encore les traces de l'influence des maîtres hollandais du XVIIe siècle et des paysagistes anglais. Celui de Narcisse Diaz de la Pena dit Diaz, un fou de forêts que sa conversation étincelante et sa pittoresque silhouette d'unijambiste à pilon rendaient particulièrement populaire auprès de jeunes artistes déjà conquis d'admiration. Et puis celui de Jean-François Millet, Cherbourgeois installé depuis peu à Paris, que le choc de la révolution de 1848 fit se déprendre de l'art du portrait dans lequel il excellait jusqu'alors pour célébrer les vertus de l'homme du peuple et du paysan en lui, tel que *Le Semeur* venait de l'illustrer avec éclat au Salon.

Certains l'accrochaient plus que d'autres, sans qu'il pût toujours dissocier dans son enthousiasme la situation de l'artiste de la véritable originalité de l'œuvre. Ainsi de Théodore Rousseau dont la désolation le marqua durablement, le peintre s'étant résigné à demander à Jean-Marie Durand-Ruel de soutenir ses prix lors d'enchères publiques et malgré leur faiblesse, de racheter nombre de ses toiles pour finir par organiser une sincère mais peu glorieuse exposition d'invendus dans sa galerie.

D'autres encore qui avaient en commun de vivre à demeure ou par intermittence à Barbizon, un hameau en forêt de Fontainebleau où des artistes osèrent libérer le sentiment de la nature. À la suite de Millet et Rousseau, qui s'y étaient installés depuis quelques années, ils furent nombreux à s'y retrouver en toute indépendance pour y partager une certaine idée du paysage. Peindre des arbres en pleine nature, c'est-à-dire loin des ateliers, ça ne se faisait pas. Moins rigoureuse que ne le fit croire plus tard l'appellation d'« école de Barbizon », elle était l'âme secrète de cet agrégat d'individualistes à l'esprit d'équipe. En éclaircissant sa palette jusqu'à lui donner une intensité lumineuse inédite, l'improbable colonie de solitaires intranquilles n'avait pourtant pas conscience d'ouvrir une voie. Mais si la partition paraissait parfois leur être commune, chacun avait bien sa note.

Quand ce n'était chez Ganne, la seule auberge des lieux, ou depuis 1850 chaque samedi dans la grange de Rousseau, salon bucolique qui accueillait tout aussi bien artistes que critiques, amateurs et écrivains, c'était dans le motif même. On put dire qu'ils avaient inventé Barbizon. Avant eux, les gorges d'Apremont et la lande d'Arbonne existaient bien, et le plateau de Belle-Croix et la plaine de Chailly, mais on ne les avait pas vus. Ils ne les avaient pas créés mais donnés à voir en retirant tout ce qui empêchait qu'on les vît dans leur simple vérité. De ces sites que l'on eût dit préservés, ils firent des lieux touchés par la grâce, ce qu'ils demeurèrent jusqu'à ce que l'histoire de l'art s'en empare pour en faire le laboratoire désincarné du paysage moderne. Leurs regards en plein air n'étaient certes pas vierges d'influences ; seuls les ingrats auraient nié leur dette à leurs aînés de l'école anglaise, bien que Turner et Constable, Bonington et Gainsborough, exécutassent dans l'atelier des études réalisées en plein air ; et, plus loin encore, leur dette à ceux de l'école hollandaise du XVIIe siècle, les uns agissant comme les passeurs des autres. Ainsi, un pont invisible enjambait la Stour puis la Tamise, pour relier les buissons, marais et marécages chers à Ruysdael aux forêts d'un Corot si attaché à l'endroit que quelque quatre-vingts de ses œuvres évoquaient Fontainebleau dans leur titre même.

Si la compassion de Paul Durand-Ruel était bien réelle s'agissant d'un artiste aux abois que son impécuniosité forçait à ravaler tout orgueil, l'émotion que le spectacle des Delacroix suscitait en lui était d'une tout autre nature. Au début des années 1850, quand le jeune homme lui vouait une admiration sans bornes, celui que certaine rumeur publique désignait encore comme le fils naturel de Talleyrand entrait dans son ultime décennie. Son œuvre était derrière lui, néanmoins il échouait pour la énième fois à présenter sa candidature à l'Institut. Autant que sa santé le lui permettait, il ne se consacrait plus qu'à l'exécution de vastes ensembles décoratifs ; après le plafond central de la galerie d'Apollon au Louvre, il y eut le salon de la Paix à l'Hôtel de Ville de Paris et surtout, dans la chapelle des Saints-Anges de l'église Saint-Sulpice, *Héliodore chassé du temple*, et *La Lutte de Jacob avec l'ange*, qui passa pour son testament. Mais en ce temps-là, tout à son éblouissement et avec l'intelligence du monde de l'art qui était la sienne, le jeune homme n'en était pas encore à se demander si le génie qui le touchait si profondément était le dernier des renaissants ou le premier des modernes.

L'évidence de Delacroix s'imposait à lui et cela lui suffisait. Sa leçon de peinture n'était pas qu'une leçon de goût. L'air de rien, il enseignait le regard comme un art. Il ne se contentait pas de louer l'école anglaise pour cette finesse grâce à laquelle elle dominait les intentions de pastiche, contrairement à certaine lourdeur bien française. Il apprenait à retrouver non la preuve mais la trace de l'élégance et de la légèreté anglaises dans le moindre détail du plus petit de leurs dessins.

Seul le travail du temps révéla bien plus tard à celui qui devint le héraut de l'impressionnisme ce que cette révolution du regard devait aux réflexions sur la division des couleurs d'un Delacroix et au travail pionnier des habitués de Barbizon. En attendant, un événement de portée internationale lui apporta la confirmation qu'il espérait. Le maître de la touche dite en flochetage, l'affolé de mouvement, le banni des milieux académiques, l'indépendant absolu, Delacroix exposait à la deuxième Exposition universelle, organisée à Paris quatre ans après celle de Londres. Pour son inauguration, en mai 1855 au palais de l'Industrie, on joua le *Te Deum* de Berlioz pour la première fois.

Trente-six de ses toiles, retraçant l'évolution du peintre depuis 1822, y étaient accrochées pour une rétrospective aux allures de consécration, ce qui ne fut pas une mince victoire pour un artiste réputé pour avoir été parmi les entravés de son temps. Ses jeunes partisans, ravis de le soutenir dans son hostilité à la manière d'Ingres, étaient aussi grisés que s'ils participaient à une nouvelle querelle historique des Anciens et des Modernes, dessinateurs contre coloristes, académiciens contre romantiques. Comme si la tradition avait pérennisé le besoin de clivage, et qu'il fallût nécessairement peindre contre. On

ne dira jamais assez à quel point l'antithèse ras-
sure les esprits. Toutes choses qui n'entamaient
guère sa solitude, le maître ne trouvant pas de
mots assez hauts pour louer le sien, « cet Ho-
mère de la peinture », comme il disait en pré-
cisant qu'il était plus homérique que certains
antiques, plus que Virgile et certainement plus
qu'Ingres, « qui n'a d'homérique que la prétention ». Rubens bien sûr, tel un absolu. De toute
façon, de son point de vue, la question de l'art
était réglée si l'on voulait bien considérer que,
depuis le XVIe siècle, tout n'était que décadence.

Delacroix et Ingres étaient avec Decamps et Horace Vernet parmi les peintres français les plus représentés à l'Exposition universelle, eu égard aux
dizaines d'œuvres qu'ils y avaient envoyées, quand
Millet n'en avait fait porter qu'une seule, *Le Gref-
feur*, que son ami Rousseau acheta sous un nom
d'emprunt afin que les 4 000 francs de la transaction le sauvent de la misère sans l'humilier. Perdu
au milieu d'une foule considérable de touristes et
de badauds, Paul Durand-Ruel arpentait toutes les
galeries dans le sillage des *connoisseurs*. Mais ses
pas le ramenaient toujours dans le salon central
qui servait d'écrin à l'ensemble exceptionnel proposé par Delacroix. Il ne savait plus ce qu'il devait
porter au plus haut, de ses dons de coloriste, de la
finesse ou du sens de l'harmonie.

Qu'avait-il de commun avec les autres visiteurs de cette exposition ? Ils étaient d'accord
sur une convention primordiale en vertu de laquelle les tableaux sont faits pour être regardés,

mais au-delà ? À la différence des autres spectateurs, il semblait irradié par l'intensité de ce
qu'il regardait. À croire que seuls les tableaux
de Delacroix avaient en commun avec des vitraux d'église de projeter la lumière au lieu de la
recevoir. Le jeune homme avait le sentiment
que non seulement le génie du maître fanait ce
qui l'avait précédé, mais qu'il éclipsait ce qui
surgissait. Tant et si bien qu'il n'imaginait pas
que l'accueil ne fût pas unanime.

« C'était le triomphe de l'art vivant sur l'art
académique, se souvint-il un demi-siècle après
avec une qualité d'émotion intacte. [Ces œuvres]
m'ouvrirent définitivement les yeux et me forti-
fièrent dans la pensée que je pourrais peut-être,
dans mon humble sphère, rendre quelques services aux vrais artistes en m'employant à les faire
mieux comprendre et aimer. »

La vraie vocation de Paul Durand-Ruel naquit-
elle ce jour-là face aux *Deux Foscari* et aux *Femmes d'Alger dans leur appartement*, ou entre *Le
Roi Jean à la bataille de Poitiers* et *Le Christ au
tombeau* ? Ce serait tellement pratique pour
notre intelligence des événements si l'on pouvait
situer l'origine du mystère qui fait s'engager les
hommes. On suppose, on imagine, on devine à
partir de bribes, à défaut de connaître ces secrets, amassés en un misérable petit tas ou élevés
en une somptueuse pyramide, qui parfois tien-
nent une vie d'un bout à l'autre. Le spectacle des
Delacroix en majesté a certainement compté
mais il ne fut qu'un élément parmi d'autres, et les

plus spectaculaires sont toujours les plus facilement avouables.

Toujours est-il qu'en ces journées de 1855 durant lesquelles il fréquentait assidûment les galeries de l'Exposition universelle, il s'émancipa également du goût familial. Car, en reportant son admiration sur Delacroix, il la retirait d'un même élan à Decamps, un artiste dans l'univers duquel il avait toujours baigné tant il était abondamment représenté à la maison. Soudain, l'inévitable comparaison rendait insupportables la violence excessive de ses effets et la lourdeur de son exécution. Aux yeux du jeune homme, encore ébloui par *L'Entrée des croisés à Constantinople*, ses tableaux ne tenaient plus. C'était comme s'ils n'existaient plus. Du moins étaient-ils ramenés avec le reste à de plus justes proportions. Delacroix lui servait désormais de mètre-étalon. Il n'était pas de plus impitoyable instrument de mesure.

Tout à ses découvertes, le jeune visiteur remarquait l'habileté d'un Thomas Couture. Il pouvait être impressionné par ses *Romains de la Décadence* ou par ses portraits si fidèlement démarqués des Anciens qu'ils étaient exécutés selon les règles de Titien ou de Van Dyck. Cela lui était d'autant plus naturel que, nourri d'esprit Grand Siècle, il faisait de l'imitation une vertu, les grâces des modernes venant rehausser les lumières de l'Antiquité. Il alla jusqu'à prendre langue avec Couture, mais jamais il ne ressentit cette qualité d'émotion qui suscite une admiration sans mélange — d'autant que

l'artiste, qui n'était pas vraiment animé par la
haine de soi, se révéla dès le premier contact fidèle
à sa détestable réputation.

Il en était de même avec les Meissonier, Bouguereau, Cabanel, Gérôme ou Rosa Bonheur,
pour ne citer que les plus connus. Dans ses *Mémoires*, sans nier l'originalité de leur talent propre,
Paul Durand-Ruel eut quelques expressions involontairement cruelles, quoique dénuées de mépris
ou de condescendance, pour évoquer leurs toiles
« à la portée du public » ou encore « signées par
des membres de l'Institut et ceux qui suivaient
leurs traditions ». Tout était dit.

Pour autant, la domination de Delacroix dans
son champ de vision n'était pas exclusive
puisqu'elle ne diminua en rien son émerveillement devant les scènes de genre ou les paysages
de Corot, Rousseau, Jongkind et Courbet. Ce
dernier en particulier, autant pour son génie
que pour son courage puisque, fort mécontent
de ce qu'une dizaine de ses toiles seulement
avaient été admises par le jury alors qu'il lui en
avait envoyé beaucoup plus, il fit édifier un pavillon non loin de l'Exposition dans le seul but
de montrer tout ce qu'il avait décidé de donner
à voir. Il avait dû renoncer à son projet initial
de chapiteau de cirque, mais pas à la provocation présidant à l'esprit de ce qui se voulait une
exhibition. Surmontée du titre de manifeste
« Du réalisme — Courbet » en gros caractères,
l'entrée annonçait déjà le défi lancé par *L'Atelier
du peintre* et la quarantaine d'œuvres qui lui

faisaient cortège aux cinq mille tableaux représentant le reste du monde. Le geste ne manquait pas de panache, encore fallait-il avoir les moyens de son audace.

On comprend que Paul Durand-Ruel ait jugé « mémorable » l'Exposition universelle de 1855. Plus tard, « ses » peintres ne s'y trompèrent pas qui y décelèrent le terreau de son flair, sinon de son goût. Renoir sut résumer l'essentiel d'un trait : « Il n'avait pas vingt-cinq ans et défendait les Delacroix contre l'Empereur qui n'aimait que les Winterhalter. »

La fin de la guerre de Crimée y était peut-être pour quelque chose, à moins que la naissance du prince impérial ou le succès immédiat des *Contemplations* de Hugo n'y fussent pas étrangers ; toujours est-il qu'au lendemain de la triomphale Exposition universelle à propos de laquelle Ernest Renan disait que l'Europe s'y était déplacée pour voir des marchandises, dans ce monde-là, l'air du temps favorisait les plus grandes espérances.

Jean-Marie Durand-Ruel sentit le moment propice pour relancer son affaire en déménageant sans quitter le quartier, au premier numéro de la rue de la Paix, à l'angle de la rue Neuve-des-Capucines, quitte à voir son loyer annuel passer du simple au double. La place Vendôme toute proche, la clientèle revint rapidement, enrichie, c'est le cas de le dire, de nouveaux amateurs étrangers. Aussi le père jugea-t-il opportun d'envoyer son fils se faire l'œil dans les ateliers d'artistes parisiens puis provinciaux, du côté de Bordeaux et de Lyon, chez Bénouville et Bouguereau, chez Émile Lévy et Cabanel, chez Carolus Duran et Bonnat aussi bien que chez Couture et Gustave Moreau, avant de sacrifier au rituel observé depuis le XVIIIe siècle par les aristocrates et *gentlemen* anglais qui avaient l'art de voyager dans l'art. Il offrit à son fils d'accomplir son Grand Tour, non dans les palais et églises de l'Italie profonde comme l'usage l'exigeait, mais dans les musées et galeries les plus importants du reste de la vieille Europe. Comme il n'avait pas l'intention de former un dilettante au goût très sûr, ni un *connoisseur* au flair éprouvé, mais bien un marchand de tableaux dans toute l'acception du terme, il le chargea également de négocier la vente d'un certain nombre d'œuvres, et d'en acquérir d'autres.

Paul Durand-Ruel se rendit donc aux Pays-Bas, en Belgique, en Allemagne et surtout en Angleterre où il retourna à maintes reprises. Cette dilection était bien naturelle eu égard à la qualité d'ambassadeur de l'école anglaise dont son père pouvait s'enorgueillir avec quelques autres galeristes parisiens. Mais il n'y avait pas que cela. Londres, capitale d'empire, n'était pas seulement le siège de grandes maisons à l'enseigne de Gambart, Wallis ou Agnew. Au sud-ouest, dans sa banlieue résidentielle de Twickenham, elle abritait un collectionneur qui jouissait d'un statut particulier dans le panthéon personnel du jeune homme, le dépositaire d'une certaine idée de la France, l'héritier des quarante qui la perpétuèrent, le roi de France en quelque sorte.

De neuf ans son aîné, le duc d'Aumale vivait à Orléans House où Louis-Philippe, son père, avait vécu avant lui durant l'Empire. Très riche à sa naissance et plus encore à sa mort, il ne se contentait pas de vivre du prestige que lui conférait sa victoire sur la smala d'Abd el-Kader, du temps qu'il était gouverneur général de l'Algérie. Dès son installation en Angleterre, son premier geste avait été d'un amateur éclairé puisqu'il y fit construire une galerie pour les tableaux et une bibliothèque pour les livres. Des classiques de toujours y voisinaient avec des classiques modernes, le manuscrit enluminé des *Très Riches Heures du duc de Berry*, une *Vierge à l'enfant* de Raphaël ou encore deux Van Dyck venus des Condé, avec le *Corps de garde marocain* de Delacroix récupéré du pillage des Tuileries. Bien qu'il favorisât l'intercession du marchand Colnaghi pour tout ce qui touchait à l'achat et la vente des œuvres anciennes, il faisait volontiers jouer la concurrence pour donner l'éclat qu'il méritait à ce musée français en exil.

Paul Durand-Ruel avait fait la connaissance des princes d'Orléans dans leur jeune âge, quand ils étaient élèves au collège Henri-IV. Comme ils se fournissaient en papeterie chez son père, ils prirent l'habitude de fureter du côté des dessins et des lithographies. Devenus l'un duc d'Aumale, l'autre prince de Joinville, ils demeurèrent de

fidèles clients. Leur attitude était d'autant plus
remarquable que la maison Durand-Ruel ne passait pas pour être un défenseur du goût officiel.
Il arriva d'ailleurs que l'un des deux jeunes gens
se fît réprimander par le roi son père pour avoir
osé y acheter un tableau de Marilhat refusé par
le Salon.

Que le jeune marchand choyât particulièrement
son royal client en le visitant en sa résidence de
Twickenham était dans l'ordre des choses, moins
par intérêt personnel que par dévotion à la personne, à l'idée qu'elle représentait et à la cause
qu'elle pouvait incarner. Être accueilli par lui revenait à être reçu par l'histoire de France dans
son meilleur.

Porté sur les fonts baptismaux par Godefroy de
Bouillon pendant la première croisade et mort le
jour où Louis XVI signa la Constitution civile du
clergé, Paul Durand-Ruel était de toutes ses fibres
un homme de l'Ancien Régime. Il le demeura au
long de sa vie, d'un siècle à l'autre, solidaire de
tous ses âges mais pas de son temps. Rien ni personne n'entama jamais ses convictions de jeune
homme. On l'eût vraiment cru habité par le sentiment radieux d'une France immémoriale guidée
par Dieu et le Roi. Il demeurait du temps que les
manières ne s'appelaient pas encore des mœurs.
Ouvert mais sans abus, de crainte que les idées
des autres ne corrompent les siennes.

Réactionnaire, il l'était en ce qu'il jugeait impie
la prétention de l'homme démocratique à organi-

ser le monde et la société à sa guise au lieu de se soumettre à la loi divine et à la tradition héritée des ancêtres. La marche de l'Histoire, lorsqu'elle se voulait synonyme de progrès, ne lui apparaissait pas comme une inexorable fatalité à laquelle il fallait se résigner quand tout dans son éducation était une injonction à y résister. On aura compris que, dans son système de valeurs, la Révolution incarnait le mal absolu car tous les maux de la France procédaient de cette matrice-là. Une catastrophe s'était produite en 1789, il y avait à peine plus d'un demi-siècle, c'était hier. Tout pouvait encore advenir qui restaurerait l'ordre ancien, l'harmonie retrouvée, la paix et la concorde entre les Français comme cela avait été le cas pendant des siècles avant la funeste invention de la République. Après tout, il y a peu encore, dans les premiers jours de 1852, la devise « Liberté, égalité, fraternité » avait disparu des frontons des monuments publics sur l'injonction des préfets. Il ne fallait donc pas désespérer du sens commun.

Ainsi rêvait-il la France.

On n'allait pas refaire l'Histoire comme si Voltaire avait été pendu et Rousseau envoyé aux galères puisqu'ils ne l'avaient pas été. Mais dans son imaginaire, le crime imprescriptible des révolutionnaires était d'avoir touché au corps sacré du Roi. Sa décollation séparait la cité des hommes de la cité de Dieu. Paul Durand-Ruel ne pardonnait pas cet attentat contre la souveraineté, attentat aux innombrables complices puisque commis au nom de la nation. Il ne pardonnait pas davantage

aux philosophes des Lumières d'avoir sapé les
fondements traditionnels de la famille en l'entraî-
nant sur la pente de l'égalitarisme. À ses yeux, elle
ne devait sa survie qu'à l'application du principe
monarchique à peine adapté : autorité du père,
transmission du patrimoine et indissolubilité du
mariage. L'homme démocratique n'était qu'un
passant dans le siècle que son statut d'individu
condamnait à ne pas laisser de traces, tandis que
par la famille l'homme monarchique s'enracinait
dans un passé et se maintenait comme tel dans un
avenir. La France s'était perpétuée depuis des siècles grâce à cette idée de la famille que les idéaux
de 89 avaient ruinée en même temps que la
propriété foncière à laquelle elle était indisso-
lublement liée. Leur couple assurait la stabilité de
ce monde d'avant dont Paul Durand-Ruel était
d'autant plus nostalgique qu'il ne l'avait pas
connu, sinon par les récits de sa mère, profondément marquée, elle, par le souvenir de l'émigration.

Depuis, ce que d'aucuns présentaient comme
un progrès moral, et dans lequel il ne voyait
quant à lui que décadence des mœurs, ne cessait
de gagner du terrain, qu'il s'agisse de l'égalité des
époux, de la suppression du droit d'aînesse, de la
laïcisation du mariage ou de l'autorisation du divorce. Petit à petit, la famille quittait la sphère du
sacré à cause d'« eux », ces philosophes dont l'an-
ticléricalisme avait annoncé l'union libre prônée
par ces littérateurs qui dénonçaient dans la vision

ancienne de la famille un féodalisme propre à
nier l'individu.

Il avait reçu cela très tôt de sa mère en héritage.
Les escales du jeune marchand de tableaux ne
pouvaient donc être mues exclusivement par l'ap-
pât du gain. Outre l'Angleterre du duc d'Aumale,
il y eut également la Hollande du comte de Chambord.

Royaliste porté à la réconciliation de la famille
monarchiste, bien que la fusion menaçât de devenir une soumission, Paul Durand-Ruel pouvait
aller des Orléans aux Bourbons, et de l'un à
l'autre, même si le premier persistait à appeler le
second Monsieur de Trop.

À maintes reprises, il lui avait été donné d'assister à des conversations, dans le salon de ses
parents, avec quelques-uns de ses proches,
d'éminents royalistes qui lui demeuraient fidèles. Mais jamais il n'avait encore rencontré ce
personnage déjà précédé par sa légende d'enfant
du miracle, puisqu'il était né sept mois et demi
après l'assassinat de son père, le duc de Berry.
Dans ce milieu-là, les fameux vers de Lamartine
conservaient toute leur puissance d'émotion :
« Il est né, l'enfant du miracle / Héritier du sang
des martyrs / Il est né d'un tardif oracle / Il est
né d'un dernier soupir. »

Né duc de Bordeaux, il avait pris le titre de
courtoisie de comte de Chambord, ayant reçu
en cadeau à sa naissance le château du même
nom, acquis par souscription nationale. Selon

une interprétation très personnelle de saint
Paul, il estimait qu'il tenait son pouvoir de
Dieu, puisqu'il n'est d'autorité qui ne vienne
de Lui. S'opposer à l'un revenait donc à attirer
sur soi le jugement de l'Autre. Christianiser la
France lui paraissait être le meilleur moyen de
restaurer la monarchie. Ultime héritier de la
branche aînée des Bourbons, il avait été écarté
de la succession et contraint à l'exil par Louis-
Philippe, chef de la branche cadette des Orléans. Mais il n'avait pas renoncé pour autant, il
s'en faut.

Dans le missel de Paul Durand-Ruel, on aurait
pu trouver des spécimens d'images pieuses à la
gloire de Henri V, tel ce relief de sa figure enca-
dré de tiges de lys et surmonté d'une couronne
royale avec pour seule inscription : « Le petit-fils
de Saint Louis n'est pas un prétendant mais un
principe », adaptation de sa formule « Ma personne n'est rien, mon principe est tout ».

Ces dernières années, à plusieurs reprises, les
légitimistes avaient espéré son retour, sinon
son rappel. Pendant la révolution de 1848 tout
d'abord, puis trois ans après, dans les jours qui
suivirent le coup d'État du 2 décembre, lorsqu'il
se rapprocha de la frontière, prêt à rentrer en
France si les circonstances s'y prêtaient. Mais
elles ne lui furent pas généreuses et il passa le
Second Empire comme spectateur de son pays
depuis le balcon de Gorizia, sur l'Isonzo, dans
cette Autriche qu'il quitta provisoirement pour

la Hollande, car il ne voulait pas vivre en pays ennemi pendant la guerre d'Italie.

C'est donc là que le trouva Paul Durand-Ruel, ce prince très chrétien mais trop prudent et trop réservé, qui se voulait au-dessus de la mêlée républicaine des partis. Même ses partisans finirent par prendre son immobilisme politique pour la plus inactive des neutralités, et celle-ci pour de l'indifférence aux questions sociales qui préoccupaient tant les Français.

L'été 1856 à Paris ne fut pas seulement marqué par la parution en librairie de la première partie de *L'Ancien Régime et la Révolution*, le maître livre d'Alexis de Tocqueville. Il le fut également par un événement plus personnel, que Paul Durand-Ruel vécut comme un séisme affectif, le premier de sa jeune existence. En perdant sa sœur Marie-Thérèse à l'issue d'une longue et douloureuse maladie, il perdait celle qu'il considérait comme son guide et son soutien depuis toujours.

« Cette mort a beaucoup abrégé la vie de mon père et a eu une grande influence sur l'orientation de mes idées dans le cours de ma vie », confia-t-il.

Elle avait vingt-neuf ans, et lui vingt-cinq. Dès lors, il y eut un avant et un après car pour la première fois, la mort avait un visage.

3

On ne parle bien de peinture que devant de la peinture

1856-1871

Dans son souvenir, la disparition de sa sœur demeura indissociable de celle de son père. À croire que les neuf années séparant ces deux bouleversements s'étaient réduites en peau de chagrin pour n'en faire plus qu'un tant ils étaient en résonance. La pudeur du mémorialiste laisse juste transparaître que, dès lors, le chef de famille se survivait. Quel que soit son âge, la vocation d'un père n'est pas d'enterrer son enfant.

En 1865, l'année même où Jean-Marie Fortuné Durand dit Durand-Ruel rendit son âme à Dieu, le marquis d'Havrincourt écrivait à l'évêque d'Arras des lignes dignes d'être méditées :

« En France maintenant, on n'hérite de ce qu'ont été ses pères qu'à la condition d'être quelque chose par soi-même. »

Paul Durand-Ruel adhérait parfaitement à cette tradition, lui qui était trop habité par le passé glorieux de la France pour en nier le legs ou en refuser la transmission, mais suffisamment embourgeoisé pour vouloir réussir par le mérite et le travail. Ne dater que de soi, quoi de plus vil ; ne dater que des siens, quoi de plus vain. Il se

tenait entre ces deux logiques, en un équilibre
que les circonstances rendaient parfois précaire,
mais que sa foi autorisait au-delà de la prudence.

Un événement radieux réussit à s'inscrire à mi-
parcours de cette sombre décennie bornée par des
pierres tombales. Le 4 janvier 1862, Paul-Marie
Durand-Ruel prit pour épouse Jeanne-Marie Lafon, dite Eva, de dix ans sa cadette, fille d'un hor-
loger de Périgueux. Ils avaient lié connaissance
chez M. Choiselat, un important fabricant d'orne-
ments ecclésiastiques. La famille alliée, qui plongeait ses plus anciennes racines en Dordogne, était
tout autant catholique ; elle comptait le fameux
journaliste monarchiste Louis Veuillot, rédacteur
en chef de *L'Univers*, dans ses relations. Parmi les
témoins de la mariée, l'assistance reconnaissait
son oncle Émile Lafon, peintre de sujets religieux
et auteur de la décoration de l'une des chapelles de
l'église Saint-Sulpice où l'union fut scellée.

Dix mois plus tard leur naissait un premier enfant, Joseph. Il fut suivi par deux autres garçons
et deux filles, dont le point commun était de tous
les cinq abriter Marie dans leur prénom complet,
comme leurs parents et leurs grands-parents
avant eux.

Le jeune marié était déjà un jeune marchand en
titre et en droit. Depuis quelques années, son père
avait effectivement passé la main. La transition
s'était effectuée en douceur afin de ne pas bouscu-
ler les habitudes des vieux clients, le baron de Vil-
lars et les autres. Jean-Marie se déchargeait de ses
responsabilités sur les épaules de son seul héritier.

La galerie demeurait au 1, rue de la Paix, mais le couple choisit bientôt de vivre dans un autre quartier et non « au-dessus » comme il avait été d'usage jusqu'alors dans la famille. Il s'installa au cinquième étage du 7, rue Lafayette.

Une adresse avait son importance. S'agissant du marchand, celle de ses appartements de parade primait naturellement sur celle de ses appartements de commodité, ce qui n'était pas le cas des collectionneurs dont la situation géographique dans la capitale se devait de refléter la situation. Elle figurait sur le papier à lettres en cachet sec à l'exclusion de toute autre mention. Le lieu se voulait plus éloquent que le nom. En ce temps-là, lorsqu'on entretenait une clientèle du côté du noble Faubourg, on pouvait encore écrire à Mme la comtesse de Chanaleilles, en son hôtel de Chanaleilles, rue de Chanaleilles.

Homme de droite, d'une droite intégrale et absolue, Paul Durand-Ruel se rattachait au courant de la contre-Révolution non comme à un parti politique mais comme à un état d'esprit ou, mieux encore, un état d'âme. Sa droite incarnait d'abord la rectitude et le bon côté. Dans son imaginaire, la place d'honneur se situait nécessairement à la droite du Père, et la main droite était celle par laquelle le Christ du Jugement dernier indiquait le salut.

Il n'avait pas à forcer sa nature ni son tempérament pour rester proche de ce monde-là mais sans exclusive, négoce oblige, qu'il s'agisse de l'armée des ombres des légitimistes fidèles au comte de Chambord, des orléanistes attachés à leurs chefs et à la famille royale, et même des bonapartistes loyaux au prince Joachim Murat.

Des trois, le Bourbon se voulait le très-chrétien, au point que certains monarchistes l'envisageaient moins comme un roi que comme une sorte de pape de la royauté. Cela ne pouvait déplaire à Paul Durand-Ruel, habité par le souci dynastique ; mais celui-ci demeurait plus proche de ses préoccupations spirituelles que ne l'étaient nombre de courtisans qui effectuaient le voyage jusque dans son exil autrichien dans l'espoir d'une audience. Ils faisaient parfois salon pendant des jours en conversant sur la bonne prononciation de Frohsdorf, d'aucuns évoquant avec insistance « Frochedorf » comme il fut rappelé plus tard par l'arrière-grand-père d'une duchesse de Guermantes dans un roman promis à une certaine notoriété. En sa qualité de petit-fils de Charles X, le comte de Chambord était désormais devenu Henri V pour ses partisans, lesquels étaient présentés *de facto* comme des henriquinquistes, ce qui ne les faisait même pas sourire. Comme la cour hors-les-murs et ses tragédies minuscules paraissaient loin vues de Paris..

Rue de la Paix, Paul Durand-Ruel apprenait son métier sur le tas sans savoir qu'il allait devoir l'inventer.

On comptait alors une centaine de marchands de tableaux à Paris, la plupart installés entre l'Opéra et les quais de la Seine, notamment dans le périmètre de l'Académie et du Louvre ; le musée demeurait l'un de ses points d'ancrage privilégiés tant il était convaincu qu'on ne parle bien de peinture que devant de la peinture, sinon on verse dans la littérature.

Il n'était pas de ces marchands tels qu'on en avait vu émerger à la fin de l'autre siècle, en fait des peintres mineurs qui eurent la lucidité de faire commerce de peintres confirmés plutôt que de s'obstiner à devenir des peintres ratés. Il ne se rêvait pas davantage Gersaint étreignant Watteau à l'agonie, après que l'artiste l'eut fait dépositaire de ses dessins. Il voulait juste prendre la suite de son père dans le même esprit que lui, en assurant la promotion de l'école moderne. Delacroix avait fini par être élu à l'Institut, il ne fallait donc pas désespérer du système, lequel commençait enfin à être ébranlé après des décennies qui parurent des éternités à ses bannis. Inventé au Grand Siècle, supprimé par la Révolution, rétabli par l'Empire, il régissait l'activité des arts.

Le monde de l'art reposait jusqu'alors sur quatre piliers. Tout artiste en puissance devait emprunter cette voie royale hors de laquelle, officiellement, il n'était point de salut puisqu'elle seule assurait des commandes de l'État : l'École nationale des beaux-arts, l'Académie de France à Rome, le Salon annuel et l'Institut. Le plus souvent, une existence de peintre s'écoulait au rythme des qualités successives de lauréat, pensionnaire, médaillé et enfin élu. Ainsi la vie artistique française se déroulait-elle en quatre temps selon un processus immuable

ponctué par les travaux et les jours de ces institutions. L'artiste en rupture avec le dogme de l'imitation payait cher le prix de son indépendance. Si
bien que seule sa rencontre avec un nouveau type
de marchand lui en donnait les moyens. Car avant,
le système ne permettait pas de telles aventures
pionnières.

Le Salon était un exemple unique de concentration de l'activité artistique en un même lieu à
une même époque. Ça se passait quand on se
disait peintre, la gloire, l'argent, la réputation, la
haine, la carrière, la solitude, l'exclusion, l'indifférence... Il se tenait naturellement à Paris. Il s'était
transporté d'une partie du Louvre réservée à cet
effet au palais de l'Industrie, dans l'immense salle
d'exposition cousine de la très victorienne Crystal
Palace de Londres. Maupassant, qui l'évoquait
volontiers comme la halle centrale de la peinture,
soutenait qu'il était la conséquence directe de
l'art protégé à la façon de l'agriculture et de la
prostitution. Le Salon n'était pas seulement le
plus grand événement annuel de la vie artistique :
il faisait l'événement. La Révolution étant passée
par là, il n'était plus réservé aux seuls académiciens mais à tous, Français et étrangers.

L'Académie de peinture et de sculpture faisait
fonction de juge et d'arbitre. Sa forme était figée
depuis 1816 : quarante fauteuils dont quatorze
pour les peintres, huit pour les sculpteurs, huit
pour les architectes, quatre pour les graveurs et
six pour les compositeurs. Pour se débarrasser
des indésirables, il eût fallu les tuer, ou s'armer

de patience, car ils étaient élus à vie. Le jury
d'admission au Salon se voulait gardien du Beau.
Persuadé d'être la police du Louvre, il tranchait
catégoriquement dans l'incertain. Le goût académique restait très marqué par son origine italienne. Il n'était de thème ou d'attitude nobles
que classiques et chrétiens, la composition obéis-
sait aux règles anciennes de l'harmonie telles que
la Renaissance les avait transmises, rien ne dépassait la figure humaine dans l'ordre de l'absolu
esthétique, et seul le dessin incarnait la probité
de l'art. Tout était subordonné à la hiérarchie
des genres (peinture d'histoire, paysage, nature
morte, portrait...), à la prééminence du sujet et
au format du tableau, car comment attirer le regard dans une salle pleine de centaines d'autres
œuvres, autrement que par le gigantisme de
l'exécution ?

Si la bourgeoisie devait se sentir coupable de la
décadence du goût français, c'était bien d'avoir
laissé l'État se décharger de ses devoirs sur ces
institutions afin qu'elles jugent et désignent, sélec-
tionnent et excluent, fixent les règles et régle-
mentent. Mais si l'État avait repris la main, que
n'aurait-on entendu sur l'absence de contrôle et de
contre-pouvoir à ses intolérables prérogatives ?

Il n'empêche, cette confusion des genres et des
responsabilités favorisa par la suite une vision
manichéenne des institutions artistiques, nécessairement rétrogrades, conservatrices et réactionnaires, en fonction d'un amalgame hâtif mais
tellement pratique entre l'académique et l'officiel,

auréolant des vertus de progrès tout ce qui n'en était pas.

Hors du Salon, point de salut. En un temps où tout était fait pour favoriser « le » chef-d'œuvre d'un artiste au détriment de son œuvre, il n'existait pas, et son auteur non plus, s'il n'était pas montré. Certains peintres se seraient damnés pour y être admis. Il y en eut même un à la fin du Second Empire, Jules Holtzapfel, qui se tira une balle dans la tête au lendemain d'un seul refus du jury du Salon, alors qu'il avait accepté ses toiles les années précédentes.

Ses débats plus ou moins feutrés résonnaient encore du grand conflit entre la peinture d'histoire, genre qui se donnait pour noble tant il exaltait les grandes batailles et leur cortège de héros, les fameuses figures de l'Antiquité romaine et les puissants du jour, et la peinture de genre, que l'on voulait réduire à l'économie de ses natures mortes, paysages et scènes de la vie domestique, sinon à la modestie de ses formats. Il est vrai que sur ce plan-là, la première ne risquait pas de décorer les salons bourgeois puisqu'elle ne pouvait pas y pénétrer, l'impossibilité était déjà matérielle, contrairement aux chefs-d'œuvre de Chardin, par exemple, pour ne citer que le maître négligé d'un siècle en disgrâce dont certains voulaient faire un peintre de second rayon au motif qu'il s'était consacré à un genre mineur (l'envers du décor, la maison, la cuisine...), un petit genre par opposition au grand genre, alors que Chardin conférait du génie à l'humilité. Trop intime, trop

simple, trop discret en regard des grandes machines allégoriques portées par l'air du temps.

La montée en puissance de Paul Durand-Ruel
dans l'entreprise familiale coïncida avec le boule-
versement d'un ordre des choses que l'on eût dit
imperturbable. Il fallut pour y parvenir que l'Empereur en personne s'en emparât. Il ne se contenta
pas de favoriser l'essor des musées de province.
Les artistes, et non plus leurs œuvres considérées
isolément, allaient désormais dominer. L'artiste et
son œuvre entière plutôt que le dernier morceau
exécuté spécialement pour plaire au public du Salon. Une vraie révolution dans un monde plutôt
familier des frondes plus ou moins feutrées.

Quelques journées d'avril 1863 suffirent à ren-
verser l'ordre des choses, et les aventures du corps
expéditionnaire français au Mexique n'y étaient
pour rien. La crise était dans l'air depuis que le
jury du Salon avait rejeté tant de candidats à l'accrochage que les gazetiers commençaient à parler
de record. Les ateliers ne bruissaient que d'un
unanime mouvement de colère. Le divorce paraissait consommé entre les académiciens et les ten-
dances de la jeune peinture. Alors, l'Empereur
s'en mêla. Dans un grand élan de libéralisme,
d'autant plus surprenant qu'il n'en avait guère ma-
nifesté dans la vie politique, Sa Majesté fit annoncer par *Le Moniteur universel* qu'Elle mettait une
autre partie du palais de l'Industrie à la disposition des refusés. Ainsi, le public pourrait juger par
lui-même si le hourvari déclenché par les refusés

exprimait autre chose qu'un excès de vanité. Libre
à chacun d'y exposer, libre à chacun de le visiter.
Certains artistes, les moins audacieux, retirèrent
leurs tableaux dans l'espoir de revenir au prochain Salon présenter un travail plus conforme.
D'autres allèrent jusqu'au bout de la logique impériale et transformèrent son initiative en contre-
exposition. Les mêmes établirent hâtivement un
catalogue doté d'une préface aux accents de manifeste. Quelque 781 numéros s'y tenaient au coude
à coude : Manet, Pissarro, Whistler, Fantin-Latour...

« Une exhibition à la fois triste et grotesque »,
ricana Maxime Du Camp dans la *Revue des Deux
Mondes*, qui n'en sauvait pas un du lot. Ailleurs,
mais sans plus d'aménité, Manet était brocardé
comme un Espagnol de Paris, autant dire le Goya
du pauvre, ou, pis, un pasticheur du Greco, et ses
toiles étaient rejetées dans des salles de la honte.
C'est que son *Déjeuner sur l'herbe* faisait scandale.
On ne lui pardonnait pas d'avoir osé installer un
nu féminin parmi des hommes vêtus. En pénétrant dans le réel, la statue était devenue chair.
Aux yeux de l'Académie, il incarnait l'Antéchrist.
Un barbare comme tout ce qui n'était pas grec.
En ne ressemblant pas aux autres, il signait son
crime.

Bientôt, après avoir peint le portrait en pied de
Théodore Duret, et comme le journaliste ne pouvait le remercier qu'avec une caisse de cognac, il
allait lui demander en échange de se livrer à une
expérience pour le plaisir : dissimuler sa signature

au bas du tableau pendant quelque temps afin de piéger les visiteurs en présentant son portrait comme étant l'œuvre de Goya ou de Fortuny, selon la qualité du bourgeois.

1863 resta comme une date clef, bien que depuis plusieurs années déjà, l'art moderne eût basculé à la faveur d'une évolution plus significative : le triomphe du paysage sur le cadavre de la peinture d'histoire. Le décor devenait le sujet, et le sacro-saint principe de l'imitation dans l'exactitude était enfin foulé aux pieds. Dans l'immédiat, la prise de pouvoir était peut-être moins spectaculaire car elle s'étalait dans le temps et ne se manifestait pas par un événement fondateur, mais le phénomène s'inscrivait tellement plus en profondeur.

La grande métamorphose ne touchait pas seulement artistes et marchands. Le public s'en trouvait également modifié. Plus il était large, plus son assentiment prenait de la valeur. Fini le temps où les arts étaient jugés par une élite d'aristocrates et d'amateurs éclairés. En se démocratisant, le jugement s'était dilué dans le nombre, et tant pis si la foule n'avait reçu ni formation ni éducation en ce sens. Mais qui a jamais prétendu en sonder l'âme et le cœur quand elle réclamait de l'artiste qu'il la surprenne par son originalité, mais ne l'acceptait que lorsqu'il se fondait dans le moule commun ?

Au final, le goût bourgeois l'emportait, avec son obsession du travail et sa passion du mérite. Leur traduction esthétique, le « lisse » et le fameux

« fini » des tableaux, devenaient l'alpha et l'omega du nouveau discernement. À cette aune, argument qui se voulait rationnel, nombre de Manet paraissaient effectivement maladroits, bâclés et vulgaires. Dans cette querelle, Durand-Ruel savait de quel côté il se rangeait, lui qui goûtait la manière dont un Théodore Rousseau aimait à « faire la toile » sans l'achever, sans rajouter le détail qui l'aurait fait pactiser avec l'esprit de compromis, sans que le travail s'obsède à effacer les traces du travail. Après tout, Michel-Ange et Léonard de Vinci n'avaient-ils pas eux-mêmes exalté les vertus du *non finito*, ce goût d'inachevé qui élevait parfois une esquisse au statut d'œuvre accomplie ?

À tort ou à raison, il n'en fallut pas plus pour décréter qu'un style bourgeois était né, et qu'il écrasait l'originalité sous la tyrannie de l'achevé. En élargissant considérablement le cercle des spectateurs, les révolutions avaient gâté la qualité du regard. On en voulait pour preuve que, au cours des siècles précédents en Europe, les grands artistes novateurs avaient été généralement acclamés en leur temps, non parce qu'ils étaient appréciés par leurs contemporains, mais parce qu'ils étaient jugés par des connaisseurs. Mais la règle souffrait tellement d'exceptions qu'elle invitait au scepticisme. Pour être moins péremptoire sur les dégâts du goût bourgeois, il suffisait de relever la présence des œuvres parfaitement « finies » de Paul Delaroche au milieu des Titien et des Vélasquez dans les plus grandes collections de mécènes aristocrates.

Paul Durand-Ruel, lui, avait fait sa religion une fois pour toutes sur la question : de grands créateurs demeureront incompris de leurs contemporains, parfois rejetés dans la misère et l'humiliation par leur hostilité, tant que la mode viendra d'« en bas » et non plus comme jadis d'« en haut », de cette élite d'hommes de goût et de culture au jugement sûr car formé et éclairé. En cela au moins, en leur nostalgie des valeurs de l'Ancien Régime et des principes de la monarchie héréditaire, l'homme et le marchand réagissaient à l'unisson.

Napoléon III avait donné un formidable coup de pouce au désenclavement du système de l'art. Car, outre l'organisation du Salon des refusés, qui eût déjà compté même si elle n'avait eu qu'une importance symbolique, il avait fait en sorte qu'à l'avenir les artistes fussent sollicités pour faire partie du jury d'admission au Salon.

Cette même année 1863, en ces journées d'avril, Durand-Ruel le Jeune endossait officiellement ses nouveaux habits aux yeux du monde. La consécration eut lieu lors de la première vente aux enchères à laquelle il participait non plus comme spectateur, mais comme acteur aux côtés de Mᵉ Boussaton, commissaire-priseur, sous le ministère duquel des tableaux de Guillemin, Decamps, Bonheur, Diaz ou Fromentin appartenant à diverses galeries étaient dispersés. Ici une aquarelle de Bonington, là une chasse au lion de Delacroix, là encore une vue des bords de l'Oise de Daubigny, un débutant ne pouvait être mieux accueilli en terrain de connaissances. *La Chronique des arts et de la curiosité*, que recevaient gratuitement les abonnés de *La Gazette des Beaux-Arts*, eut le bon goût de saluer son entrée en première page :

« C'était son début dans la carrière délicate de l'expertise, et il a été très brillant. M. Durand-Ruel fils est un jeune homme très affable, très attentif, pendant l'exposition, aux questions du public et suivant bien, pendant la vente, le mouvement des enchères. Il a vu passer dans la galerie de son père une grande partie des bons tableaux modernes ; ils ne sont donc pas, pour lui, des nouveaux venus. Cette question est fort importante lorsqu'il s'agit de fausses attributions ou de copies trompeuses. M. Durand-Ruel nous paraît réunir toutes les conditions de tact et d'honorabilité. »

Une manière d'adoubement que cet article. Il ne lui restait plus qu'à se faire un prénom. Rien de moins évident. On peut mettre toute une vie à ne pas y parvenir.

Les Durand-Ruel étaient les marchands de Bonvin et ceux de Bouguereau. L'attitude du jeune marchand vis-à-vis de l'un comme de l'autre contenait déjà les prémices de sa future manière. Du premier, il prisait l'esprit pieux qui lui avait valu nombre de commandes de l'État, même si les collectionneurs préféraient qu'il exerçât son art dans les natures mortes plutôt que dans les scènes de genre conventuelles. Dans un premier temps, le soutien du marchand Brame lui avait

permis de se libérer de son travail à la préfecture
de police pour se consacrer à son œuvre. Puis
Durand-Ruel, d'accord avec son confrère, vint en
renfort.

Bouguereau, lui, se consacrait à une peinture
de genre dont les figures n'auraient pu renier
leur imitation de l'Antiquité, du moins tant que
Durand-Ruel père s'occupait de lui. Quand ce
n'étaient de telles allégories, c'étaient des scènes
d'inspiration italienne dans lesquelles une mère
et son enfant baignaient dans une atmosphère de
tendresse sinon de dévotion, un genre que son
marchand qualifiait d'« aimable », mais le son et
l'image nous manquent pour savoir comment il
l'entendait lorsqu'il prononçait le mot. Il lui avait
même présenté le peintre Hugues Merle, qui
réussissait fort bien dans la peinture de genre,
pour mieux le convaincre que le marché, notamment en Angleterre et aux États-Unis, y était très
propice. Mais du jour où il quitta la galerie Durand-Ruel pour Goupil, le peintre donna un tour
nettement plus naturaliste à ses tableaux. Il n'en
fallut guère plus pour que l'on y pointât l'influence déterminante de l'intermédiaire sur le
créateur. Tout en prenant acte de sa loyauté, Durand-Ruel le Jeune le libéra de tout engagement,
lui suggérant de n'obéir qu'à son intérêt financier
plutôt qu'à une quelconque dette morale. Puis il
vendit son stock de Bouguereau à la maison Goupil, une cession à l'amiable puisqu'ils restaient à
compte à demi pendant deux ans et que Durand-
Ruel conservait l'exclusivité fort lucrative de la

vente des reproductions photographiques de ses œuvres (et de leur encadrement par les soins de la galerie...). Les deux hommes n'en gardèrent pas moins d'excellentes relations, continuant à suivre de concert les fameuses conférences du père Lacordaire à Notre-Dame.

Les deux artistes avaient pris chacun leurs distances avec leur marchand au moment où celui-ci succédait à son père. Mais rien ne fut tenté pour les retenir. D'un même élan, il se forgeait sa propre philosophie de l'action. Si elle devait tenir en un mot, ce serait « exclusivité ». Il n'appartenait pas alors au lexique usuel du milieu. Paul Durand-Ruel était convaincu qu'il le ferait triompher un jour, fût-ce lorsque les grands peintres de son temps auraient disparu de l'horizon des vivants.

Par affinité ou par intérêt, mais rarement pour les deux raisons, il privilégiait quelques collectionneurs dans sa clientèle. Un prince de légende orientale, le cosmopolitisme fait homme, figurait au premier rang de ses préoccupations en ces années 1860.

Ce diplomate d'origine turque et égyptienne était évoqué simplement sous le nom de Khalil-Bey, bien que l'imagination populaire gratifiât volontiers Khalil Shérif Pacha d'un état civil à courants d'air et d'un titre à rallonges. Sa présence dans la capitale était généralement justifiée par sa francophilie éprouvée, et par sa volonté de quitter son ancien poste pour des raisons de santé liées au climat. En fait, il semble que les rigueurs de l'hiver

russe aient moins joué dans sa décision que la
présence à Paris de médecins qui passaient pour
les meilleurs spécialistes du traitement de la syphilis. Les gazettes faisaient grand cas des déplace-
ments dans la capitale de ce « Levantin », ainsi
qu'étaient désignés avec un certain mépris les
Orientaux que leur fortune autorisait à s'intégrer à
la grande société parisienne quand leurs mœurs et
leurs manières détonnaient, ou encore le « Turc
du boulevard », comme s'il s'était échappé d'un
opéra de Rossini. L'espèce était alors *fashionable*,
et d'autant plus courtisée qu'elle était riche et
puissante, à condition toutefois qu'elle n'eût pas
l'ambition de se fondre dans la haute société française, comme ce fut le cas avec les comtes de Camondo.

Les échotiers ne rataient pas une occasion de
transporter leurs lecteurs dans les appartements
de ses maîtresses, au premier rang desquelles la
scandaleuse Jeanne de Tourbey, ou les cercles qui
étaient le théâtre de parties de baccara aux gains
et aux pertes historiques. Nul Parisien bien né
n'aurait eu le mauvais goût d'ignorer les derniers
bons mots du fastueux étranger, à l'entracte de
l'Opéra ou dans les vernissages d'expositions.
Quand il ne promenait pas son épaisse et brève
silhouette dans le monde, et son visage particulièrement disgracieux rehaussé de lunettes bleues, il
traitait le monde avec un sens de la fête particulièrement inventif dans son hôtel à l'angle de la
rue Taitbout et du boulevard des Italiens. Il savait
recevoir comme un seigneur, d'autant que ses

commensaux se sentaient rapidement chez eux entre ces murs fameux qui avaient abrité au rez-de-chaussée le Café de Paris et dans les étages de prestigieux prédécesseurs tels que le duc de Lau-raguais, le prince Demidoff, la marquise de Hert-ford et enfin son fils lord Seymour, lequel avait légué l'hôtel à l'Assistance publique qui le louait.

On disait Khalil-Bey richissime et il n'était pas nécessaire de préciser l'immensité de sa fortune. S'il est vrai qu'on ne prête qu'aux riches, on peut imaginer ce que la grande société prêtait d'ini-maginable à un personnage tombé des pages des *Mille et Une Nuits*.

Malgré son peu d'ancienneté dans la profession, Paul Durand-Ruel était le fournisseur de ce Pari-sien considérable. Il avait formé l'essentiel de sa collection. Il faut croire que le marchand jouissait déjà d'une bonne image, mélange d'audace artisti-que, de flair pour la nouveauté et de goût pour la qualité. Pour Khalil-Bey, collectionneur aussi cu-rieux et raffiné que le spéculateur était prévoyant, il traquait le paysage et la peinture de genre, géné-ralement en petit format, donc plus facile à reven-dre le cas échéant. La galerie de son hôtel se devait d'être la plus commentée de Paris. Elle l'était, même si *L'Origine du monde*, tableau acheté direc-tement à Courbet dans son atelier, demeurait au secret dans un cabinet de toilette. Il fallait moins que ce mystère de la toison sombre pour le crédi-ter d'une sulfureuse réputation d'amateur de nus un peu particuliers.

Ceux qui avaient eu le privilège d'une invitation se répandaient avec force détails sur la collection, non sans remarquer l'extrême discrétion de ses tableaux orientalistes, huit à peine dont des Delacroix, Gérôme, Marilhat et Chassériau, mais quoi de moins étonnant puisqu'il était à lui seul la plus singulière peinture orientaliste vivante que l'on pût concevoir ? Durand-Ruel comprit rapidement qu'il était inutile de flatter ainsi ses origines en lui, quand tout dans son esprit voulait au contraire exalter ce que la civilisation occidentale avait produit de meilleur.

Khalil-Bey s'intéressait autant à l'œuvre qu'à son pedigree. Peu lui importait que Durand-Ruel lui fît payer 39 000 francs *L'Assassinat de l'évêque de Liège*, un Delacroix que le duc d'Orléans avait eu avant lui pour 1 500 francs, puisqu'en achetant ce massacre il s'inscrivait dans une prestigieuse lignée de collectionneurs. De même, en se rendant propriétaire de *Mademoiselle B.*, de Boucher, il prenait en quelque sorte la suite du roi de Bavière ou encore, avec tel ou tel tableau ancien, celle de l'impératrice Joséphine ou du cardinal Fesch, oncle de Napoléon Ier.

Cette réunion, exceptionnelle par sa qualité, passait alors pour la plus belle collection dont un particulier pouvait jouir à Paris. Jusqu'au jour où le mythe s'écroula. Non que sa réputation fût usurpée, mais son vice eut raison de sa situation. La passion du jeu le contraignit à se séparer de sa collection afin d'honorer ses dettes. La vente, qui se tint trois jours durant en l'hôtel Drouot au début de 1868, fut un événement.

Dans sa préface au catalogue, l'écrivain Théophile Gautier, célébrant la grandeur de ce capitaine Fracasse oriental, augmenta la curiosité du public en annonçant que cette rare collection était « la première qu'ait formée un enfant de l'Islam ». Alors seulement on sut vraiment les trésors que recelait son hôtel de la rue Taitbout : nombre de Hollandais ainsi que des Fragonard et Boucher s'agissant des maîtres anciens ; quant aux contemporains, des Meissonier et des scènes de chasse de Decamps et Courbet y voisinaient avec des Corot, Daubigny, Diaz, Dupré, et *L'Allée de châtaigniers* entre autres paysages de Rousseau.

De ces deux réunions, la plus récente emportait le morceau par sa cohérence et son audace mesurée, symbolisée par la présence du bijou auquel elle semblait servir d'écrin, *Le Bain turc* d'Ingres, tandis que la plus ancienne paraissait moins convaincante, d'autant que l'authenticité de certaines œuvres était suspecte, tel ce *Voyage à Cythère* que Watteau n'aurait peut-être pas reconnu de sa main (Fromentin pas davantage pour deux toiles qui lui étaient faussement attribuées...). C'était la collection d'un amateur moderne mais raisonnable, parfait reflet de l'influence de son principal marchand, que sa défense et illustration de l'école de Barbizon n'avait pas encore débarrassé de ses accointances avec certains artistes académiques au goût du jour, un marchand qui n'allait pas tarder à sauter le pas le menant à une avant-garde vraiment révolutionnaire, Paul Durand-Ruel. En attendant, il rachetait à la vente Khalil-Bey *L'Assassinat de l'évêque de Liège* et *L'Allée de châtaigniers* pour convaincre peu après sa cliente Mme Cassin que ce Delacroix et ce Rousseau ne pouvaient décemment lui échapper.

Khalil-Bey, quant à lui, s'en retourna dans son pays, évoquant des problèmes de santé afin de dissimuler des ambitions éloignées de toute mondanité. Après avoir découvert que derrière le plus snob des nababs se dissimulait un authentique amateur d'art, on s'avisa que l'ancien ambassadeur de la Sublime Porte à Athènes puis à Saint-Pétersbourg était également un homme politique libéral, qui se préparait à un destin d'homme d'État à Constantinople dans le fol espoir de réformer l'Empire ottoman pour le sauver.

Cette spectaculaire dispersion coïncida à quelques mois près avec l'inauguration d'une nouvelle adresse pour la galerie Durand-Ruel. Il ne s'agissait pas vraiment d'une émigration, puisqu'elle ne quittait guère le quartier de l'Opéra. Mais le besoin de locaux plus vastes, agréablement éclairés et mieux conçus se faisait ressentir à proportion de l'augmentation de son volume d'affaires. Maintes fois, Paul Durand-Ruel avait dû renoncer à acheter certains tableaux au format imposant de crainte de ne savoir où les conserver. Il n'était jusqu'aux artistes et aux collectionneurs eux-mêmes qui le pressaient de s'agrandir afin de se donner les moyens de ses ambitions. L'enjeu était de taille, d'autant que, les amateurs rechignant à se transporter dans les ateliers, seules les expositions permanentes pouvaient décider la plupart d'entre eux à acheter. Il y a peu encore, sur le boulevard des Italiens, il n'y avait guère que dans l'hôtel du quatrième marquis de Hertford que, par les talents d'organisateur de Martinet, l'on pouvait voir pendant des mois des réunions de tableaux nombreuses et variées en un local approprié.

Un temps, Durand-Ruel songea à de belles salles du boulevard des Italiens avant de se décider finalement pour un local à double entrée, l'une rue Le Peletier, l'autre rue Laffitte. Mais c'était bien cette dernière qui donnait son adresse à la galerie : déjà une raison sociale, un symbole, tout un monde.

Rue Laffitte, c'est là qu'il fallait être quand on se voulait un marchand d'art entreprenant sous le Second Empire. D'ailleurs, on l'appelait communément la « rue des tableaux », un « musée des rues » ou, plus lyrique encore, une « vallée de la tentation ». Pourtant Durand-Ruel courait un risque en s'éloignant du boulevard et de son brassage ininterrompu d'étrangers, de dandys et de Parisiens fortunés. En signant un bail de dix-huit ans pour un loyer ruineux de 30 000 francs par an et en engageant des corps de métiers pour six mois de travaux, il regrettait déjà de s'être ainsi tenu à l'écart de la foule si proche. Malgré le lustre qu'il contribua à donner à la rue Laffitte, laquelle tiendra son rang dans la mythologie artistique de l'époque, il se reprocha amèrement l'abandon de ses locaux de la rue de la Paix comme une faute

professionnelle. Tout à sa culpabilité, il s'accablait
d'un péché d'orgueil.

L'enjeu dépassait la seule question de la fréquentation en ce qu'il remettait en cause sa philosophie de l'exposition. Comment montrer le
spectacle de la rareté et présenter les chefs-d'œuvre sans paraître immodeste : ce pourrait être l'art
poétique des marchands bien nés. La qualité artistique ne se dévoile pas n'importe quand, n'importe
où, n'importe comment, à n'importe qui. Il y faut
un rituel dans lequel le silence des murs vides ren-
voie au blanc des mises en page de poèmes. Question de sens du rythme, de goût de la composition,
d'organisation de l'espace. Trop de chefs-d'œuvre
tuent le chef-d'œuvre. La mise en scène du mystère requiert un talent bien particulier dont tout
négociant n'est pas naturellement doué. Tout marchand de tableaux n'a pas une âme ni un doigté
d'accrocheur, même si celui-ci n'avait pas lésiné
pour doter sa galerie d'un éclairage zénithal.

Durand-Ruel se reprocha longtemps d'avoir
compris trop tard que l'intérêt des expositions
pour la notoriété d'un artiste était inversement
proportionnel à leur intérêt pour ses affaires.
Contrairement à une idée reçue, la renommée et
le profit n'allaient pas de pair. À ses yeux, ils en
devenaient même antagonistes.

« On voit trop de choses à la fois, on hésite, on
écoute les avis des visiteurs et on remet les achats
à plus tard, se souvint-il. En outre, dans les grandes salles tous les objets paraissent plus petits et
par suite les prix que l'on demande des tableaux

semblent plus élevés que si on les montre dans un petit local. Combien de fois n'ai-je pas constaté ce fait moi-même dans mes acquisitions. Ce que j'avais trouvé bon marché chez mon vendeur me paraissait cher une fois placé dans mes galeries et, de plus, souvent moins bon, car le voisinage d'autres tableaux nuit toujours à ce que l'on regarde, surtout si ce sont des œuvres d'un ordre supérieur. »

Jamais il ne voulut en démordre : en quittant la rue de la Paix pour la rue Laffitte, la rue du luxe pour celle de l'art, il s'engageait dans un quart de siècle de souffrances en châtiment de cette très grande faute, quand on aurait pu croire que la damnation se serait plutôt exercée s'il avait emprunté le chemin inverse. Il faut dire qu'en s'agrandissant il laissait libre cours à ses emballements. Désormais, l'exiguïté de ses locaux n'était plus un frein, ce qui lui faisait oublier que l'état de sa trésorerie aurait dû en être un.

Tout changeait sauf ça : les problèmes d'argent. Sauf que tout changement n'était pas sans conséquence sur la manière d'appréhender l'argent. Ainsi du mystère qui, de ce temps à nos jours, prévalut sur l'art et la manière de fixer le prix des œuvres. Rien n'était plus subjectif, rien n'échappait autant à la raison des banquiers.

Jusqu'à l'arrivée de la génération de marchands à laquelle appartenait Paul Durand-Ruel, le montant d'un tableau était généralement justifié par le genre dont il relevait, le sujet qu'il traitait, la manière dont il l'était et la cote du peintre. Une fois admis ces critères, les variations n'excédaient pas les limites raisonnables, même si certains excipaient par exemple de la difficulté à représenter des vaches passant au gué et de la nécessité d'en augmenter le prix si les sabots étaient visibles sous le reflet de l'eau tant leur exécution était tenue pour hautement délicate... Était-ce le passage du statut d'artisan à celui d'artiste ? Ou la naissance de la photographie dont le principe de reproduction faisait perdre de sa valeur à l'idée même de perfection dans l'imitation ? Toujours est-il que vers le milieu du XIXe siècle, au moment où des marchands tels que Durand-Ruel tentaient d'intéresser les amateurs à l'ensemble de l'œuvre d'un créateur et non plus seulement à son morceau de bravoure annuel, le prix de la peinture était aussi fixé en fonction de critères tels que l'originalité et la nouveauté.

Le prix, pas la valeur.

La rue Laffitte, longue de cinq cents mètres à peine, commençait au début du boulevard des Italiens et s'achevait dans les premiers numéros de la rue de Châteaudun. Sans passer pour une de ces rues tirées à quatre épingles, elle avait son charme et son élégance, sans rien d'ostentatoire. Le IXe arrondissement savait tenir son rang. Pour s'en convaincre, il suffisait au visiteur de mettre ses pas dans ceux du facteur de lettres et de humer l'âme du quartier fondé par le fermier général Laborde.

Quelques hôtels particuliers, juste assez pour
ne pas décevoir. Au numéro 1-3, le Choiseul-
Stanville, devenu Cerutti, tandis que l'hôtel meu-
blé d'Artois justifiait la proximité d'une rue dé-
nommée d'après le comte de Provence, et qu'au
17 se tenait le Bollioud de Saint-Julien, dans les
murs duquel la reine Hortense tenait brillam-
ment salon et qui avait vu naître le futur Napoléon III.

Au numéro 5, la banque Morel avait succédé à
la banque Thornton Richard Power et Cie dans la
propriété des murs de l'hôtel d'Aubeterre. Mais
des banquiers vécurent non loin, Jonas Hagerman
puis Salomon de Rothschild au 13, Martin Doyen
puis Mayer de Rothschild au 19, Joseph Périer
puis James de Rothschild au 23-25, concentration
qui était bien le moins dans une rue qui portait le
nom d'un grand financier. Si la fameuse famille
dominait par le regroupement de ses propriétés,
l'hôtel du baron James, reconstruit sur un modèle
néo-Renaissance alors très en vogue, était considéré comme le plus exceptionnel par la qualité
des artistes engagés pour sa décoration intérieure.

La musique n'était pas en reste puisque au 11
vivait déjà le compositeur Jacques Offenbach, depuis peu propriétaire de son propre théâtre aux
Bouffes-Parisiens.

Fouché, duc d'Otrante, mais aussi le comte
Greffulhe et le duc de Rovigo, et d'autres encore,
avaient vécu dans cette petite artère où la Sublime
Porte entretenait son ambassade. Le souvenir
trouble et capiteux de l'aventurière irlandaise Lola

Montès, créée baronne de Rosenthal puis comtesse de Landsfeld par son époux le roi Louis Ier de Bavière, flottait encore du côté d'un hôtel, au numéro 40, dans lequel il l'avait installée après qu'elle eut été chassée de Munich par une insurrection.

Il y avait peu encore, on pouvait croiser dans la rue, en voisins, le journaliste le plus répandu de Paris, l'homme d'une idée par jour, Émile de Girardin, mais aussi la poétesse Marceline Desbordes-Valmore, la modiste Mme Guichard et la couturière Palmyre, ou encore la mezzo soprano Rosine Stolz, sans oublier le photographe et caricaturiste Carjat qui avait logé au numéro 56 la rédaction de son nouvel hebdomadaire, *Le Boulevard*.

Mais puisque la rumeur publique la désignait comme la « rue des tableaux », il fallait bien qu'une nette domination justifiât cette notoriété. Il semble que le fermier général Le Bas de Courmont, qui remplissait également l'office de régisseur général du Trésor, ait possédé au numéro 14 une galerie fort réputée dans les lendemains de la Révolution. Parmi les contemporains, Adolphe Beugniet fut un des premiers à y avoir un magasin. Weyl, Cachardy, Détrimont également y tinrent boutique. Gustave Tempelaere venait juste d'ouvrir sa galerie au 28. Enfin, au 16, on trouvait celui dont la présence un jour inspirerait celle des autres jusqu'à les aimanter, les Bernheim-Jeune et Georges Bernheim, les Clovis Sagot et Ambroise Vollard, et celui qui regretta le plus de s'y être

installé avant de donner à la rue ses lettres de noblesse, Paul Durand-Ruel.

Le jardin de l'hôtel de la reine Hortense, qui
commençait rue Laffitte pour s'achever rue La
Fayette, était l'insoupçonné trait d'union entre sa
galerie et son domicile.

Les murs, sis sur un terrain appartenant à Émile
de Girardin, avaient une histoire. Des restaurants,
le café Le Divan Le Peletier, puis une banque s'y
étaient succédé avant qu'un marchand n'inventât
d'en faire une suite de salles d'exposition, à ses risques et aux périls de ses commanditaires, car il ne
se lançait pas seul dans l'aventure. Il possédait
deux mille des trois mille actions de la Société générale des arts qui gérait la galerie. Le reste de
l'actionnariat était constitué de financiers tels
qu'Isaac Pereire, ou de confrères. Mais c'était la
solution du moindre mal car il n'aspirait qu'à devenir son seul maître.

En attendant, il devait composer avec des
commanditaires. Le terme n'exprimait rien de
désobligeant, même si d'aucuns, plus familiers
que financiers, en usaient surtout pour évoquer
comme jadis l'entretien d'une maîtresse. Le commanditaire était celui qui pourvoyait une personne en capitaux. L'énoncé de son nom avait
valeur de sésame. Paul Durand-Ruel, qui flairait
mieux l'art et les artistes que l'argent et les argen-
tiers, accorda sa pleine confiance à un M. de Mar-
ninac, fabricant de bronzes, quand il sut que M.
de Dubeyran, directeur du Crédit foncier, et Émile
Froment-Meurice, le grand orfèvre dont la maison

fournissait toutes les cours européennes, le commanditaient. Il s'ouvrit auprès de cet homme à l'entregent certain de sa propre quête d'un bailleur de fonds. C'est ainsi qu'il fut présenté à Charles Edwards.

Le personnage était déjà fameux à Paris. Il enrichissait la galerie de portraits à charge des banquiers levantins que les caricaturistes tenaient à jour dans les colonnes des gazettes. Quel chemin parcouru depuis Constantinople où naquit son fils Alfred, futur propriétaire du quotidien parisien *Le Matin* ! Rien à voir pourtant avec celui emprunté par la famille Camondo. Il n'en était pas moins mystérieux puisque, si son état civil était banalement britannique et sa mère née à Montauban comme tout le monde, on ignorait l'origine exacte de sa fortune. Certains prétendaient qu'il avait été le dentiste d'Abdul-Medjid Ier, lequel avait favorisé son trafic de fausses dents, d'autres assuraient qu'il avait été le médecin du roi Fouad au Caire, toutes choses invérifiables qui ajoutaient à sa légende.

Tout impressionnait en lui : son somptueux appartement du boulevard Haussmann, ses relations, sa puissance, d'autant qu'il était précédé par sa réputation. Après quelques entretiens, Paul Durand-Ruel fut convaincu par son envergure à défaut d'être conquis par ses manières. Il se livra d'autant plus volontiers qu'il ne voyait aucune raison de s'en méfier. Il faut reconnaître à leur accord le mérite de la simplicité : le banquier avançait l'argent nécessaire au marchand, lequel s'engageait en échange à lui donner en garantie une quantité de toiles dont la valeur équivalait à cette avance. Celles-ci seraient accrochées sur ses murs en permanence comme si elles constituaient sa collection particulière, jusqu'au jour où Durand-Ruel organiserait une vente publique de la « collection Edwards », label sous lequel elle éveillerait plus de curiosité et d'intérêt que si elle l'était sous celui du marchand. Ce dernier ne tarda pas à douter de la viabilité de cet arrangement, eu égard au taux d'intérêt perçu sur des avances et jugé digne des pires usuriers. Seule la perspective de financer la promotion de ses artistes grâce à ces liquidités bienvenues lui laissait entrevoir une rapide hausse de leur cote, des remboursements anticipés et la valorisation de son stock. Sauf que cela lui prit beaucoup plus de temps qu'il ne l'espérait...

À mi-parcours du siècle, un tel type de marchand-entrepreneur faisait figure d'innovateur tant il entendait cumuler des fonctions jusqu'alors dispersées. Ne se voulait-il pas à la fois bailleur de fonds, organisateur et intercesseur exclusif entre un artiste et ses collectionneurs ? Seules les circonstances ne lui permettaient pas encore de prendre seul tous les risques. Mais il prenait déjà celui de ne pas se cantonner au plus confortable commerce d'un art reconnu sinon consacré, un art à l'abri des révolutions, et cela suffisait à le distinguer de sa corporation.

Il y avait du militaire et du militant en lui. Ne disait-il pas avoir entrepris une véritable « campagne » pour la plus grande gloire des artistes en lesquels il croyait ? Sa stratégie, telle qu'il ne cessa d'essayer de la traduire en actes, reposait sur quelques principes : l'exclusivité dans les rapports entre le marchand et l'artiste ou, à défaut, la première vue de ses nouvelles œuvres ; l'organisation d'expositions-ventes individuelles dans sa galerie, et pas seulement collectives dans le cadre des salons ; le recours à des commanditaires du milieu de la banque et de la finance afin de suppléer aux carences de trésorerie ; la diffusion du travail de ses artistes à l'étranger par le biais d'un réseau solidement implanté.

Sa philosophie du métier tel qu'il entendait le pratiquer relevait au fond d'un pragmatisme bien tempéré. Son instinct le guidait plus sûrement que l'esprit de système, et sa conscience plus que les grandes théories. En ce temps-là, cela ne se faisait pas pour un marchand de soutenir un artiste en lui versant un salaire mensuel en échange d'œuvres promises. Pourtant les mécènes de la grande époque n'agissaient guère autrement, et l'attribution d'une bourse académique telle que le prix de Rome relevait d'une semblable logique.

Sauf que Paul Durand-Ruel n'était pas un prince, mais un marchand. Cette manière de faire révélait surtout la volonté de monopoliser le travail d'un artiste afin de maîtriser sa cote et sa valeur, tout en lui offrant les moyens d'œuvrer en paix, dégagé des soucis matériels.

Tout amateur pouvait entrer chez Durand-Ruel et y revenir autant qu'il le désirait admirer des toiles régulièrement changées. La visite s'effectuait gratuitement, ce qui n'allait pas de soi non plus. Le visiteur était surtout assuré de découvrir un choix certainement arbitraire, subjectif et discutable, mais un choix tout de même, opéré par un homme de convictions quand ailleurs, dans la plupart des cas, le droit d'exposition appartenait à tous et à chacun. Sa responsabilité personnelle, que Durand-Ruel engageait à chaque accrochage, ne prémunissait pas seulement contre l'activisme des faussaires et celui des spéculateurs ; elle était le gage d'une certaine qualité, dût-elle heurter plus d'une sensibilité, notamment chaque fois qu'il avait l'audace de consacrer une ou deux salles à mettre en valeur le travail d'un seul artiste.

Cela non plus ne se faisait pas.

Théodore Rousseau fut de ceux qui essuyèrent les plâtres à titre posthume. Peu avant sa mort, Durand-Ruel s'était associé à son confrère Hector Brame, aussi ardemment républicain que lui ne l'était pas, pour consacrer 130 000 francs à l'achat de son atelier, soit quelque soixante-dix toiles et études d'après nature. M. Guet, son banquier et néanmoins ami d'enfance, jugea l'initiative déraisonnable eu égard aux finances de la galerie, mais le marchand ne voulait pas laisser passer pareille occasion de réunir un ensemble aussi exceptionnel de l'artiste qu'il considérait comme le plus représentatif de ceux de Barbizon ; du même coup, il monopolisait une part suffisamment grande de son œuvre pour maîtriser sa cote ; aussi s'empressa-t-il de l'exposer dans les salles du cercle de la rue de Choiseul en attendant que les siennes pussent l'accueillir. Les créanciers aux basques du peintre avaient permis au marchand de mettre ses grands principes en pratique. Mais il n'était pas mû que par la passion du trust : il s'agissait aussi de soutenir la cote d'un artiste qui risquait de s'écrouler si le marché se trouvait soudainement inondé par ses œuvres. Peu après, chargé de la vente du fonds d'atelier, il compléta encore son stock en rachetant nombre de toiles et d'esquisses de Rousseau. Mais, curieusement, il le fit en exprimant tous les symptômes de la passion qui étaient aux yeux de Balzac si caractéristiques des tableaumanes. Car il déployait une frénésie de collectionneur à rassembler la totalité d'une œuvre, avec ce que cela suppose d'obsessionnel, alors que l'ensemble était en principe destiné à une revente prochaine, donc à la dispersion.

Son confrère, le très actif Hector Brame, avec qui il partageait la responsabilité de la vente Rousseau, était en compte à demi avec lui dans un certain nombre d'affaires à l'amiable. Le banquier Mosler escomptait en argent liquide les achats en billets à ordre sur le Trésor. Car nombre de tableaux étaient en fait échangés plutôt que vendus ferme ; et quand ils étaient vraiment achetés, c'était souvent avec des billets à long terme.

Ils affichaient des goûts semblables. Leur association aurait pu être féconde si la rigueur comptable et le sens de l'organisation chez l'un avaient compensé les carences de l'autre. Sauf que, sur ce plan-là, Brame, surtout remarqué pour ses qualités de vendeur, se révéla pire encore que Durand-Ruel, lequel reconnaissait déjà avoir une conception assez artistique de la gestion d'une galerie d'art. Le registre sur lequel celui-ci consignait ses opérations quotidiennes, dit parfois « grand livre » ou « livre de stock », portait opportunément le surnom de « brouillard », ainsi que les marchands avaient usage de désigner leur main courante depuis le XVII\ siècle sans songer qu'un jour on y ferait entrer nombre d'effets de brouillard. On n'aurait pu mieux dire tant ses notes seraient apparues floues à un commissaire aux comptes des plus orthodoxe, et la clef du code permettant de crypter les sommes n'arrangeait rien (le nom d'une ville de France commençant par un M, et agrémenté d'une faute d'orthographe à la fin pour mieux brouiller les pistes...)

« Je ne fus décidément pas fait pour être commerçant... » Tel était le lamento de ce missionnaire raté durant toute sa vie de marchand ; il n'est pas sûr qu'il faille y voir uniquement l'ombre de la fausse modestie, ou le seul reflet d'une quelconque coquetterie, surtout s'il comparait son évolution à celle d'autres marchands, Goupil par exemple. Trente ans après sa création sous la forme d'un commerce de gravures, Rittner et Goupil était devenu Goupil et Cie, une maison prospère possédant plusieurs succursales en Europe et en Amérique, des salles d'exposition boulevard

Montmartre et place de l'Opéra, ainsi qu'un hôtel particulier 9, rue Chaptal comprenant un atelier, une imprimerie, une galerie, des appartements. Adolphe Goupil était prépondérant dans sa société avec 40 % des parts, le reste se partageant à égalité entre Léon Boussod et un marchand de La Haye, Vincent Van Gogh dit « Oncle Cent » par ses neveux Théo et Vincent.

La concurrence n'avait encore rien de brutal. Du fait de la direction prise par Durand-Ruel, les rivaux ne se bousculaient pas. Mais, le marché n'étant pas extensible à l'infini, il fallait impérativement se développer sous peine de stagner. Qu'il ait agi par prosélytisme afin de mieux défendre son art d'élection, ou qu'il ait été mû par des motifs de propagande aux fins plus commerciales, à moins que la réalité n'ait emprunté tant à l'idéalisme qu'au pragmatisme, peu importe. Toujours est-il qu'il jugea indispensable de doter sa galerie d'une revue artistique.

Marchand, expert et désormais commanditaire d'une revue artistique : ainsi la boucle était bouclée. Les artistes par la galerie, les amateurs par l'hôtel Drouot et les critiques par le journal : il tenait son monde. Mais à sa manière, avec une certaine noblesse de caractère et non avec la vulgarité d'âme d'un parvenu du négoce. Sur le fond, cela ne changeait pas grand-chose, mais le style qu'il y mettait faisait oublier à quel point la modernité de son système tranchait avec des siècles de pratiques.

Après consultation de quelques amateurs de son entourage, il se lança dans cette aventure qui, d'ordinaire, permet d'engloutir une fortune en beaucoup moins de temps qu'il n'en fallut pour l'amasser, généralement pour un profit artistique incertain.

Le 15 janvier 1869, Paul Durand-Ruel tenait entre ses mains le premier numéro de la *Revue internationale de l'art et de la curiosité.* « Sa » revue. Une arme de guerre au service d'une noble cause, tous intérêts bien compris. Le libraire-éditeur Léon Techener fils en assurait le dépôt au 52, rue de l'Arbre-Sec. Comme il n'était évidemment pas question que le monde de l'art sentît la patte d'un marchand derrière cette entreprise qui se voulait désintéressée, il demanda à Ernest Feydeau, frère d'un de ses clients, de la diriger en prenant soin de s'assurer la collaboration d'éminents critiques, romanciers et conservateurs de musée. La mission qu'il leur assigna tenait en quelques mots : « Défendre les saines doctrines et soutenir spécialement nos grands peintres, seuls vrais maîtres de l'École moderne française. »

Encore eût-il fallu s'assurer de l'art et de la manière d'y parvenir, et s'accorder autour de quelques noms. Dans le sommaire, un compte rendu de la vente Laforge à Lyon, des notices nécrologiques, des échos du petit monde de la curiosité et une chronique d'éducation artistique se bousculaient avec une réflexion sur l'utilité des Salons en ces temps d'exhibition universelle, le nouveau Ribera du Louvre, une exposition à Marseille, la

peinture dans les églises de Paris et la statue de
Voltaire.

Dès son premier éditorial, Ernest Feydeau, qui
était le seul à s'autoriser un ton volontiers com-
batif, donnait naturellement le *la*. Il pointait
dans les peintres les rois de l'époque puisqu'ils
jouissaient selon lui d'une situation que les poètes, statuaires et compositeurs pouvaient leur envier. Il osait même juxtaposer des notions aussi
mal assorties en principe qu'art et commerce.
Mais la chute de l'article fleurait bon l'esprit de
manifeste, malgré ses silences et ses ellipses, son
exigence et son intransigeance, ses prudences
bien calculées et ses audaces bien maîtrisées, qui
se voulaient d'un bretteur déterminé alors qu'elles cultivaient un flou fort artistique :

« La revue dont nous publions le premier numéro
aujourd'hui avec le concours de quelques-uns de nos
amis qui n'en sont plus à faire leurs preuves dans les
questions esthétiques, ne sera pas une œuvre de pure
analyse et de ménagements, mais une machine de
guerre et de polémique. Il nous a toujours paru singulier, lorsque dans les questions politiques, sociales,
philosophiques, littéraires, religieuses, deux camps
sont en présence, chacun cherchant à détruire l'autre,
il nous a toujours paru singulier, disons-nous, qu'il
n'en fût pas de même dans les questions d'art. Entre
nous et nos adversaires, il n'est pas de transaction possible. Nous représentons des principes radicalement
opposés, et l'affirmation des uns comporte nécessairement la négation des autres. Nous gênerons donc et
nous contrarierons, de toutes nos convictions et de
toutes nos forces, toutes les tentatives qui s'écarteront
des principes formulés ici. Nous les poursuivrons sans
relâche, sans repos ni trêve, et nous n'aurons égard,

pour les combattre, à aucune considération d'aucune
sorte. De même, nous soutiendrons et nous protége-
rons tout essai, si timide, si juvénile qu'il soit, qui ten-
dra à faire rentrer l'École française dans la voie saine
et naturelle tracée et laborieusement suivie par les
maîtres. C'est pour cette tâche, et parce que nous
étions fatigués de la coupable bienveillance et du ca-
price qui ne président que trop souvent aux œuvres de
critique en matière d'art, que nous avons fondé la
Revue internationale. Nous espérons que les artistes dignes de ce nom et les appréciateurs éclairés — dont,
après tout, nous allons faire les affaires — nous sou-
tiendront. »

Las ! Ce Feydeau-là n'était pas le bon. Médiocre écrivain de romans à clefs, il n'avait vraiment
connu son heure de gloire qu'avec *Fanny*, une
sorte de sous-*Madame Bovary* à laquelle son amitié avec Flaubert n'était pas étrangère. Durand-
Ruel n'avait peut-être pas fait le bon choix mais
la personnalité de son directeur n'expliquait pas
tout, ainsi qu'il eut le bon goût de le reconnaître :
« Je supportai seul les frais de cette revue dont
le succès fut très limité parce que la rédaction ne
fut pas du tout ce que j'espérais. Elle manquait
de vie, d'intérêt et ne remplissait pas le but que
je m'étais proposé. »
Qui pouvait être dupe en lisant dans la revue,
sous la plume d'Ernest Feydeau, un compte
rendu de la vente de la galerie de tableaux anciens du comte Koucheleff, une collection dont
celui-ci était devenu propriétaire avec sa femme à
la suite de partages de famille et qui avait été
constituée à l'origine par le prince Alexandre

Besborodko, grand chancelier de l'Empire sous
Catherine II, et enrichie d'achats faits aux émigrés français ? Une quarantaine de tableaux, dont
une *Femme adultère* de Véronèse, un *Saint Jean*
de Murillo, des marines de Joseph Vernet, un
grand paysage de Ruysdael et puis des Canaletto,
des Rembrandt, des Van Dyck, dont la disparité
de cote était jugée désolante. Et le chroniqueur
de se plaindre du despotisme du marché, du
chaos de ce négoce qui échappe à toute logique et
défie la raison, autant d'arguments qui paraissaient refléter l'esprit, sinon la lettre même, de
Paul Durand-Ruel... expert de cette vente !

Le marchand ne semblait pas vraiment maîtriser la machine qu'il avait inventée. On devait rester perplexe dans le milieu sur ce que l'invisible
mais omniprésent commanditaire (un secret de
polichinelle) revendiquait ou désapprouvait de ce
qui paraissait dans ses colonnes, lorsque par
exemple Ernest Feydeau s'en prenait aux procédés d'une critique incapable de trouver une voie
entre l'éreintement et la réclame, cette critique
dont Delacroix disait qu'elle suivait les produc-
tions de l'esprit comme l'ombre suit le corps.

Quand l'intérêt immédiat de Durand-Ruel pouvait être en jeu, sa solidarité avec tel ou tel rédacteur était patente. Mais dans les autres cas ?
Baudelaire n'était pas mort depuis deux ans qu'un
certain A. Ranc l'y éreintait. Selon lui, le poète
s'était fait critique d'art dans le seul but de célébrer non l'art, qu'il n'aimait pas, mais le seul
artiste qu'il aimât, Delacroix justement. Sur tout

autre peintre, ses jugements étaient sinon superfi-
ciels, du moins dotés d'une certaine sagacité littéraire, quand il ne l'empruntait pas à Stendhal. Au
fond, un homme de bon sens, mais d'un bon sens
un peu vulgaire. Voilà ce qui se disait sur dix
pages de ce poète aux obsèques duquel nul représentant du gouvernement, du ministère ni même
de la Société des gens de lettres n'avait daigné se
mêler à Manet, Nadar et Verlaine à Saint-Honoré-
d'Eylau.

Quel qu'en fût le véritable inspirateur, la *Revue
internationale de l'art et de la curiosité* ne manquait pourtant pas d'idées heureuses. Ainsi, ayant
constaté que les cabinets des amateurs parisiens
n'étaient connus du public que le jour de leur dispersion, il convenait sans plus tarder de devancer
les ventes et de faire visiter aux lecteurs les collections dans leur jus. Tant il est vrai que jamais
un catalogue d'enchères ne suffira à épuiser le
charme d'une collection, puisque son âme échap-
pera toujours à l'inventaire. M. Laurent-Richard,
qui s'enorgueillissait d'avoir été le tailleur du roi
si l'on en croyait son enseigne du 2, rue Laffitte,
essuya les plâtres ; il se fit guide pour l'envoyé de
la *Revue* dans sa villa de Saint-James. Rien de tel
pour étudier la formation du goût que la découverte de la physionomie d'une aussi rare réunion.

Les mésaventures de la revue laissèrent Paul
Durand-Ruel un peu plus déçu, quoiqu'elle scellât
une alliance culturelle qui fera date entre un
marchand et des critiques ; son lien avec Alfred

Sensier, *alias* Jean Ravenal, biographe de Rousseau et de Millet, en témoignait ; d'autres, plus
éminents encore, tels Théodore Duret, Gustave
Geffroy et Philippe Burty, avaient été mis à contribution pour rédiger des articles ou des préfaces
aux catalogues avec une constance qui témoignait
de l'activisme de Durand-Ruel dès qu'il s'agissait
d'influencer l'opinion de son temps, mais aussi de
favoriser dans son sens l'écriture de l'histoire de
l'art en train de se faire.

L'expérience de la revue le laissa également un
peu plus désargenté, constat d'échec qui ne fit
qu'accentuer une tendance inquiétante. Au grand
dam de son banquier, il avait beaucoup de mal à
se retenir d'acheter, et il n'était pas toujours pressé
de revendre ce qu'il venait d'acquérir. Une forme
de compulsion s'emparait de lui dès qu'il était en
présence de l'objet de son admiration. La tentation
était si grande et le désir si impérieux qu'il aurait
pu se faire interdire de salle des ventes comme
d'autres de casino. Les enchères n'étant pas toujours soutenues, certains tableaux de maître se
laissaient emporter pour des sommes assez dérisoires. Parfois, c'était plus fort que lui. Ainsi, à la
vente de tableaux anciens des écoles italienne, es-
pagnole, hollandaise et flamande de la collection
Alphonse Oudry, il ne put décemment abandonner
le *David et Saül* de Rembrandt à un sort jugé indigne de lui et l'emporta pour 12 500 francs. Il le
revendit peu après en réalisant un bénéfice de
2 500 francs. Ce même 17 avril 1869, il se fit adjuger un Vélasquez (2 200 francs), une *Femme à la*

guitare (4 200 francs) et une *Femme à l'éventail* (2 200 francs) de Goya, ainsi qu'un Ruysdael pour un millier de francs.

Quand ce n'était dans les ventes publiques, cela se passait chez les collectionneurs et dans les ateliers. Rarement l'acte d'achat se dérobait à l'enthousiasme. Plus rarement encore Durand-Ruel et Brame se contentaient de tableaux isolés, leur préférant des séries ou des lots afin de ne pas mesurer leur passion pour l'artiste.

Ni irresponsable ni dilettante, ce grand bourgeois exprimait sa folie intérieure par cette fuite en avant qui l'exposait à la catastrophe. Les dépenses excédaient les recettes, la trésorerie s'en ressentait, mais n'avait-il pas toujours vu son père agir ainsi ? Eussent-ils été dotés d'une personnalité plus portée à la prudence, ni le père ni le fils ne se seraient aventurés dans la défense et illustration de l'école de Barbizon. Un tempérament précautionneux les aurait poussés à rester jusqu'au bout les marchands conventionnels de la peinture réclamée par leurs contemporains, guettant le retour des prix de Rome afin de ne pas rater l'achat de leurs œuvres. Sauf que l'un comme l'autre firent, un bref instant de leur parcours ici-bas, le pas de côté qui les entraîna dans une spirale au centre de laquelle d'autres avaient déjà été submergés.

Qu'importe si elle n'est pas tout à fait exacte, si elle se joue parfois de la chronologie et doit un peu à la reconstruction, l'essentiel dans l'empreinte que les hommes laissent sur leurs

contemporains est dans la force de la trace et
non dans l'exactitude de la preuve. Pour le mémorialiste Arthur Meyer, le dernier Salon avant
le grand séisme qui allait emporter le Second
Empire resurgit ainsi :

« On commençait à parler des trois grands artistes que sont Monet, Degas et Renoir et j'enten-
dais prononcer tout bas le nom de Rodin. Manet
était très discuté, et devant ses toiles s'arrêtaient
plus de railleurs que d'admirateurs. Il n'avait vraiment qu'un défenseur, qui était son seul acheteur : M. Durand-Ruel, que les soi-disant malins
critiquaient sous cape... »

En attendant, poursuivant sa visite des cabinets
d'amateurs parisiens, la *Revue internationale de
l'art et de la curiosité* commanditée par Paul Durand-Ruel ne pouvait décemment éviter de consacrer sa rubrique à celui de Charles Edwards,
commanditaire de la galerie Durand-Ruel. Le reporter ne manquait pas d'humour quand il remarquait que son hôte avait eu le bon goût de
suivre cette méthode sûre :

« Acheter des tableaux de maîtres incontestés
et les choisir là où l'on peut être sûr de les trouver non seulement authentiques, ce qui est un
mérite élémentaire, mais encore d'une qualité supérieure. »

Et pour cause... De formation toute récente,
cet ensemble pouvait s'enorgueillir de fleurons
au nombre desquels des Rousseau, des Dupré et
un Millet, mêlés à des spécimens des écoles
étrangères tels le *David et Saül* de Rembrandt ou

des portraits de Goya, et à des œuvres anciennes, sans oublier une exceptionnelle réunion de dix Delacroix aux différentes époques de sa vie tant de créateur shakespearien que de voyageur marocain. La *Revue* épuisait sa réserve de superlatifs à louer la collection Edwards (de ce Charles Edwards dit Monsieur E. dans certaines ventes, qui finançait la *Revue*...), allant même jusqu'à se demander par quel étrange motif elle ne se trouvait pas encore au musée du Louvre. Un habile publiciste eût voulu la mettre sur orbite afin d'en tirer prochainement le meilleur profit qu'il ne s'y serait pas pris autrement.

La vente de la fausse collection Edwards, qui était une vraie collection Durand-Ruel, se tint en effet trois jours durant à Drouot à partir du 7 mars 1870. Un peu moins de quarante numéros y furent présentés qui, selon les mots du critique de *La Liberté*, formaient non seulement la plus splendide des assemblées, mais « le petit musée des rois de la couleur moderne ». Le marchand eut le bon goût de n'en être pas l'expert, se déchargeant de cette qualité sur son confrère Henri Haro. Mais cela ne l'empêcha pas de racheter quatorze tableaux pour 232 000 francs, geste d'un imprudent et d'un passionné, du moins est-ce ainsi qu'il s'en souvint tout en le justifiant :

« Pour maintenir les prix, il faut n'être jamais pressé de vendre et être toujours prêt, au contraire, à soutenir dans les ventes publiques les œuvres auxquelles on s'intéresse. Or je ne disposais pas de capitaux suffisants pour une tâche aussi lourde et je pus jamais trouver nulle part aucun soutien sérieux, tellement l'opinion publique, toujours si lente à modifier, était encore réfractaire... »

Il savait qu'il devait freiner son enthousiasme, mais face aux œuvres, dans le feu de l'action, il se révélait impuissant à ne pas lever la main ou jouer du menton pour enchérir. Après tout, c'étaient ses tableaux. Il en connaissait le pedigree mieux que quiconque. Il les avait achetés, conservés, caressés de la main et du regard. Comment aurait-il pu ne pas réagir en voyant le *Hamlet et Horatio* s'échapper à 21 000 francs chez Heyne et en songeant que Delacroix l'avait donné à Alexandre Dumas père, lequel le lui avait revendu, à lui Durand-Ruel, 100 francs à peine ?

Le succès de la vente Edwards fut jugé considérable en raison de sa fréquentation, son retentissement, et du montant des adjudications. À une réserve près : nul besoin d'être physionomiste de casino pour observer que la foule des amateurs était plus parisienne que cosmopolite. Pas moins de trois préfaciers, Jules Janin, Théophile Gautier et Paul de Saint-Victor avaient été mobilisés chez les gens de lettres pour promouvoir la vente aux lecteurs du catalogue. Les descriptions des œuvres étaient faites à l'économie, mais pas leur reproduction. Le produit total, qui atteignit près de 550 000 francs, fit écrire au chroniqueur de la *Revue* que pour avoir pu constituer aussi sûrement et aussi finement cette collection de trente-sept tableaux en moins de deux ans, ce collectionneur de la veille, plus épris de combinaisons financières que de passion artistique, bref, plus spéculateur qu'amateur, avait dû être guidé « sans doute par un expert de conscience ». Suivez son regard... En tout cas, dès que la nouvelle du succès de la vente Edwards se propagea, curieusement, on n'évoqua plus le personnage comme un Levantin, mais comme un Anglo-Levantin. Encore un effort dans ce même registre mondain et financier qui impressionnait si fort les Parisiens, et il serait tenu pour tout à fait anglais, ce qui était alors très bien porté.

La qualité de certains enchérisseurs défraya la chronique puisque Laurent-Richard se fit adjuger deux Rousseau, le banquier Bischoffsheim un autre du même, et que le marchand Aguado emporta à la barbe des Anglais *Le Roi Jean à la bataille de Poitiers* pour 42 650 francs sans faire mystère de l'identité de l'acheteur pour le compte duquel il agissait, et qui n'était autre que l'Empereur.

1870 aurait dû être pour Paul Durand-Ruel l'année de toutes les moissons. Il avait tant et tant investi en s'installant dans ses nouveaux locaux et en multipliant les achats de tableaux qu'un retour sur investissement s'imposait dans des délais assez rapprochés, sans quoi des nuages de plus en plus sombres plomberaient définitivement le ciel au-dessus du 16, rue Laffitte.

Dans le petit monde du quartier de l'Opéra, l'air du temps exhalait encore un étrange parfum d'insouciance. Tout allait comme si rien n'annonçait

la chute des Aigles. Il était moins question de la
formation du nouveau gouvernement présidé par
Émile Ollivier que de l'ouverture du magasin de
la Samaritaine devant le Pont-Neuf par Ernest
Cognacq, un camelot qui avait réussi. Les duels
provoqués par le polémiste Henri Rochefort
passionnaient moins que celui qui avait opposé
Édouard Manet à Duranty, le critique ayant eu
des mots malheureux sur les intentions du peintre
dans tel tableau, donc à son endroit, les plus per-
fides de vive voix et les plus ironiques dans *Paris-
Journal*. En ce temps-là, il n'en fallait guère plus,
même chez les hommes de l'art, pour se retrouver
vers 11 heures du matin en forêt de Saint-Germain afin de laver son honneur au fil de l'épée.
D'après le procès-verbal, trop sec pour qu'on y re-
connût la patte d'Émile Zola, l'un des témoins du
peintre, l'engagement fut des plus bref et violent,
faussant aussitôt les lames jusqu'à la garde. L'in-
sulteur ayant été légèrement blessé au-dessus du
sein droit, l'insulté s'en trouva satisfait.

Loin de tenir la revue de presse à l'égal d'un
Goethe comme la « prière du matin », car il était
de ceux qui prenaient au mot les vraies prières
du matin, Paul Durand-Ruel n'en demeurait pas
moins un fidèle lecteur de journaux. Il se nourrissait quotidiennement d'informations et d'analy-
ses, dans la presse de droite évidemment. En ce
début d'été, alors qu'il n'était question que des
décisions du Corps législatif de réduire les effec-
tifs du contingent, ou d'approuver le retour en
France des princes d'Orléans, une affaire éclata

qui mobilisa tous les commentaires. Léopold de Hohenzollern-Sigmaringen posa sa candidature au trône d'Espagne. Or, le gouvernement français ayant obtenu de la reine Isabelle II qu'elle abdiquât en faveur de son fils, l'initiative était perçue comme une provocation prussienne bien dans la manière du chancelier de fer, Otto von Bismarck.

Trois ans auparavant, celui-ci se gaussait du général Boum avec les Parisiens à la représentation de *La Grande-Duchesse de Gerolstein* ; le brun havane, rebaptisé en son honneur « couleur Bismarck », était alors à la mode dans la capitale. Depuis, comme il n'avait eu de cesse de favoriser l'inimitié à l'égard de la France, les menaces que faisait peser le spectre de l'unification de toute l'Allemagne se précisaient à l'horizon. Quand Guillaume Ier de Prusse obtint le retrait de la candidature Hohenzollern afin de ne pas lancer son pays dans une guerre pour une affaire de famille, on crut la crise achevée. Mais la maladresse de Napoléon III exigeant des preuves transforma la nation responsable en victime, brèche dans laquelle Bismarck, excellentissime diplomate, s'empressa de s'engouffrer afin de donner un tour plus belliciste aux événements. Ayant de son propre chef durci le ton de la « dépêche d'Ems » dans laquelle le roi reprenait sa version des faits, il provoqua une réaction française qui ne pouvait qu'aboutir à un conflit.

À la mi-juillet, alors qu'on mobilisait de part et d'autre, le concile Vatican I proclamait le dogme de l'infaillibilité pontificale, les deux nouvelles revêtant ce jour-là une même importance aux yeux d'un Durand-Ruel, l'une dans l'instant, l'autre dans la durée, et pas seulement parce que les événements qui agitaient alors la France devaient vite se concrétiser par l'instauration d'un moratoire des effets de commerce.

Après que la France eut officiellement déclaré la guerre à la Prusse et Napoléon III confié la régence à Eugénie, l'empereur prit le commandement de l'armée du Rhin. En Lorraine comme en Alsace, où Mac-Mahon commandait le 1er corps d'armée, la résistance française fut rapidement brisée. De toutes parts, on battait en retraite tandis que se multipliaient les manifestations réclamant que Napoléon III fût déchu. Le camp de Châlons, haut lieu de repli des armées, entra dans la mythologie nationale, mais par la mauvaise porte, bientôt rejoint par Sedan, cœur du dispositif d'encerclement prussien et lieu d'une bataille acharnée avant d'être celui de la capitulation, moins d'un mois après le déclenchement des hostilités. Quelque quatre-vingt mille soldats français tombèrent aux mains de l'ennemi tandis que leur chef suprême se constituait prisonnier. À Paris, un comité d'artistes, formé sous le patronage de la Société de secours aux blessés des armées de terre et de mer, fit appel au patriotisme des peintres et des amateurs pour organiser des ventes publiques d'œuvres d'art au profit des blessés, sous l'expertise de Paul Durand-Ruel.

La IIIᵉ République allait naître sur les décombres encore fumants du Second Empire. Victor

Hugo, pourfendeur irréductible de Napoléon le petit, eut juste le temps de rentrer à Paris après dix-neuf ans d'exil et de se faire accueillir à la gare du Nord par une *Marseillaise* chantée par la foule, que les menaces d'encerclement de la capitale se précisaient. Quand Paul Durand-Ruel prit conscience qu'il ne lui restait plus qu'à méditer sur ce qui fait le mal dans un pays où le mal est fait, il anticipa sur les carnages annoncés. Sans plus attendre, il mit en sécurité ce qu'il avait de plus précieux : sa femme et ses cinq enfants chez ses beaux-parents en Périgord, et ses tableaux en pension en Angleterre. Le temps pressait. À la mi-septembre, alors que les Prussiens installaient leur quartier général à Versailles, il avait mené à bien cette double mission de salut. Ne s'attardant même pas à emballer les cadres des tableaux, il eut juste le temps de prendre le train pour Londres avant que la liaison de chemin de fer ne fût coupée et les Parisiens pris dans la nasse, les portes de la capitale refermées sur eux.

Quand le siège de Paris commença, les Durand-Ruel étaient loin, tant les personnes que les toiles.

168, New Bond Street, à Londres. Une belle adresse pour une galerie d'art. La sienne désormais, après qu'il eut provisoirement élu domicile du côté de Haymarket. Pas de travaux à effectuer, juste les œuvres à accrocher. De l'avantage d'installer une galerie dans une galerie. À une réserve près : il devait conserver le nom de l'ancienne, particulièrement malheureux et inopportun, la German Gallery...

Il avait pris soin d'expédier son stock, ainsi que les collections que quelques-uns de ses clients, tels Faure et Goldschmidt, lui avaient confiées, à son confrère Wallis, à charge pour lui de les laisser en douane jusqu'à ce qu'il vienne les récupérer. Fort d'une si belle réserve, il put tenir une première exposition de cent quarante-quatre numéros avant même que s'achève l'année.

Pour asseoir sa crédibilité, il crut bon de s'entourer d'un comité sorti droit de son imagination, cénacle d'une dizaine d'artistes dont il s'était baptisé directeur et dans lequel il avait enrôlé des gens comme Courbet, Corot, Millet ou Daubigny. Il ne doutait certainement pas de leur approbation, mais le fait est qu'il ne les avait pas tous consultés auparavant. Ceux-ci n'en pouvaient mais, d'autant que pour la plupart ils ignoraient avoir été ainsi associés aux décisions présidant aux manifestations de cette galerie. L'illusion perdura durant les cinq années au cours desquelles les onze expositions organisées par la Society of French Artists attirèrent une foule toujours plus compacte d'amateurs et de critiques d'art. Cela ne fit qu'accroître un champ de relations déjà établi avant même son installation précipitée, lui qui avait déjà fréquenté l'Angleterre en marchand. Dans son carnet, nombre de personnalités du milieu de l'art vinrent rejoindre Thomson, le représentant local de Boussod et Valadon, ou le peintre Alphonse Legros, Français naturalisé Anglais, qui enseignait à la Slade School.

Place des Martyrs, à Bruxelles. Cela devint sa deuxième adresse, la Belgique ayant constitué avec l'Angleterre l'autre marché de substitution avant même que les événements aient rendu Paris impraticable. Le siège de la capitale ne fit qu'accentuer le processus. Aussi Durand-Ruel n'hésita-t-il pas à y racheter la galerie du photographe Ghemar et à y installer un homme de confiance. Le pays lui était d'autant moins étranger qu'il y comptait des cousins germains, l'un d'entre eux conseiller à la Cour de cassation, une tante paternelle ayant épousé un M. Fuss, professeur à la faculté de Liège.

Que ce fût à Londres en personne ou à Bruxelles par délégation, on sut vite en France que le marchand redoublait à nouveau d'activités, faisant parfois la navette entre les deux capitales. Des peintres tels que Millet, Dupré, Bonvin ou Diaz lui firent parvenir leur récent travail dans l'espoir d'en tirer un profit immédiat. Le centre névralgique du marché de l'art s'était déplacé, avec son petit monde de marchands, de peintres, de collectionneurs et de critiques, qui s'était agglutiné à celui du pays d'accueil.

Londres ou Bruxelles, peu importait, du moment qu'on pouvait travailler. Boudin, qui avait un temps hésité entre les deux, avait finalement choisi la Belgique où il comptait un plus grand nombre d'amis. Monet, que la déclaration de guerre avait surpris à Trouville en plein voyage de noces,

traversa la Manche comme mû par un réflexe naturel. Pissarro quitta Louveciennes pour Londres
car sa demi-sœur y vivait.

Pendant la guerre, travaux et affaires continuaient, mais ailleurs. Les plus avisés avaient anticipé le mouvement juste à temps pour le précéder.
La famille de Durand-Ruel put le rejoindre rapidement malgré les aléas du voyage dus à la guerre,
sans oublier la vieille tante Louise, mais à l'exception de Jeanne, la petite dernière, restée en nour-
rice chez ses grands-parents. Ils s'installèrent dans
le quartier de South Kensington, dans une maison
avec jardin du côté de Brompton Crescent, voisine
de celle de son ami et client le chanteur Faure,
non loin d'un bâtiment qui n'avait pas vingt ans, le
Museum of Ornemental Art, futur Victoria and Albert Museum.

Daubigny, qui le visita en sa galerie dès le mois
d'octobre, était persuadé qu'il lui faudrait bien
six mois pour s'installer

« Ses tableaux sont retournés contre le mur
dans son magasin. Il a l'intention de fonder un
établissement sérieux, mais il ne compte que sur
la belle saison », se souvint le peintre.

Il tenait le marchand pour son homme provi-
dentiel tant son dynamisme et son esprit d'entreprise lui semblaient prometteurs. D'ailleurs, celui-
ci ne tarda pas à le lui prouver en lui commandant trois tableaux d'après ses études de Viller-
ville. La foi de Durand-Ruel était d'un prosélyte. Il
se disait prêt à convertir les insulaires à l'école
française. Pourtant, quand ils n'étaient pas igno-

rés, les artistes français avaient souvent été mo-
qués, comme l'avait été en retour Constable à
Paris au Salon de 1824. Manet s'était bercé d'illusions — qui, il y a peu encore, avait fait le voyage
d'Angleterre afin d'exposer loin de la France, « notre stupide pays à la population d'employés du
gouvernement ». D'un côté comme de l'autre, il ne
fallait pas y voir un juste retour des choses, une
sorte de loi du talion appliquée à l'univers du
goût, mais plutôt une communauté d'esprit dans
la médiocrité bourgeoise, qui présentait le masque
hideux de la suffisance, en laquelle l'ignorance le
disputait à l'intolérance. Ce n'était guère mieux du
côté des artistes eux-mêmes. Rossetti, qui passait
pour l'arbitre des élégances esthétiques, ne voyait
dans la nouvelle école française « tout simplement
que pourriture et décomposition ».

Comment Durand-Ruel n'aurait-il pas eu de
pincement au cœur en constatant à la French
Gallery, chez ses confrères Wallis et Agnew, que
Bouguereau, vieil ami de la famille, était « le »
Français qui remportait les suffrages en Angleterre quand tant d'autres, qu'il jugeait en tous
points supérieurs, ne suscitaient qu'une condescendance amusée ? Il manquait alors de recul
pour distinguer le réel engouement des collectionneurs pour un tel artiste de la nouvelle énergie déployée par le marché de l'art à Londres.

Paul Durand-Ruel ne pouvait qu'aimer l'Angleterre, non seulement pour ce qu'elle était, mais
pour ce qu'elle représentait alors à ses yeux : un
très ancien havre de civilisation qui permettait

aux siens de se soustraire à la barbarie annoncée. Cela valait bien qu'il mît un instant entre parenthèses l'arrogance du schisme anglican.

« Voilà un jeune homme qui sera plus fort que
nous tous... »

Un matin de janvier 1871, Charles Daubigny
lui présenta un peintre qu'il ne connaissait pas,
sinon par son travail qu'il avait déjà pu admirer
à Paris. Il avait grossi la colonie française provisoirement expatriée sur les rives de la Tamise
après avoir finalement réglé sa situation militaire. Désorienté par ses tableaux, Durand-Ruel
hésitait :

« Achetez ! lui conseilla Daubigny. Je m'engage
à vous reprendre celles dont vous ne vous déferez
pas et à vous donner de ma peinture en échange,
puisque vous la préférez. »

Le jeune homme s'appelait Claude Monet et,
ce jour-là, l'intermédiaire eut le talent de rendre
un signalé service tant à l'un qu'à l'autre. Monet,
l'entêtement fait homme, se consacrait alors à
une étude du palais du Parlement.

« Un homme solide et résistant qui me parut
devoir peindre sans fatigue pendant plus d'années
que je ne m'en donnais moi-même à vivre... » se
souvint le marchand.

Quelques jours après, un inconnu s'exprimant
en français laissa une toile à l'intention de Durand-Ruel à New Bond Street. Il reçut aussitôt
une lettre en retour qui n'avait rien d'un accusé
de réception :

« Mon cher Monsieur, vous m'avez apporté un charmant tableau et je regrette de n'avoir pas été à ma galerie pour vous faire mes compliments de vive voix. Dites-moi donc, je vous prie, le prix que vous en voulez et soyez assez aimable pour m'en envoyer d'autres dès que vous le pourrez. Il faut que je vous en vende beaucoup ici. Votre ami Monet m'a demandé votre adresse. Il ne savait pas que vous étiez en Angleterre. »

Ainsi, ce même mois, alors que « là-bas » l'Empire allemand était proclamé dans la galerie des Glaces du château de Versailles, Paul Durand-Ruel faisait simultanément la connaissance de Claude Monet, qui n'avait rien, puis celle de Camille Pissarro et de Sisley, qui n'avaient guère plus. De ces rencontres banales mais éclatantes, que la postérité rendra exceptionnelles. De celles qui font un grand marchand tant elles l'aident à se construire. C'est là, à Londres, que se nouèrent des relations, voire des amitiés, et surtout des solidarités qui jalonneront sa vie. Un demi-siècle plus tard, peu avant de disparaître, Monet évoquera dans une lettre le Durand-Ruel londonien, « grâce auquel plusieurs de mes amis et moi ne sommes pas morts de faim, ce sont là des choses que je n'oublie pas ».

Pour un tel homme, il suffisait qu'un seul se souvînt avec ces mots-là pour que son effort ne fût pas vain, non plus que ses risques et ses sacrifices. À ce stade-là, la reconnaissance de dettes n'était pas affaire de chiffres. La quantité n'ajoutait rien à la gratitude. Monet l'avait maintes fois

dit et écrit au nom de tous les siens. Eût-il été le
seul que cela ne l'aurait pas accablé outre mesure, d'autant qu'il ne fut pas le seul.

Le marchand ne se contenta pas de s'entre-
mettre pour que deux tableaux de chacun d'eux
figurent à la section française de l'Exposition internationale, laquelle se tenait cette année-là
dans son quartier. Il fit bien plus pour les deux
expatriés qui n'avaient d'yeux que pour les paysages de Londres, ses parcs et ses brouillards,
sans oublier ses galeries et musées dans lesquels
ils passaient des heures à se promener pour
s'émerveiller de la lumière de la grande école
anglaise, ou étudier l'analyse des ombres chez
Constable et la division des tons chez Turner, le
parti pris d'effet chez l'un et la recherche du procédé chez l'autre.

Tout à leurs éblouissements, Monet et Pissarro
ne se préoccupaient qu'en dernier recours de se
donner des moyens de subsister, trop heureux de
s'en décharger sur le marchand. Mais celui-ci
pouvait bien leur payer leurs œuvres 200 ou
300 francs, il n'arrivait pas à les vendre, fût-ce en
réduisant sa marge bénéficiaire *a minima*, au moment où les amateurs anglais étaient prêts à dé-
bourser 10 000 livres pour s'offrir *La Galerie de
peinture romaine* d'Alma-Tadema, le victorien en
toge qui fit de l'exactitude archéologique une
vertu esthétique. Les intéressés en conclurent que
les Anglais avaient à peine un quart de siècle de
retard sur Paris puisqu'ils en étaient encore à Gérôme et Rosa Bonheur, ce qui ne leur parut pas

très grave, et que ce marchand-là les comprenait assez pour les soutenir dans l'insuccès, ce qui en revanche leur sembla essentiel. Car alors, en dehors de Durand-Ruel, le travail de Pissarro ne rencontrait que de l'indifférence, sinon de l'hostilité.

S'il n'avait été qu'un grand amateur, on aurait simplement parlé de coup de foudre. Mais comme il faisait également commerce de son goût, on loua plutôt son sens de l'anticipation.

À Paris, deux camps s'affrontaient à la tête de la nation : les partisans de la recherche de la paix, et ceux qui étaient au contraire favorables à une lutte à outrance. Thiers contre Gambetta. Les premiers finirent par l'emporter et l'armistice fut signé le 28 janvier 1871. La France perdit l'Alsace et la Moselle, elle dut verser une indemnité de cinq milliards de francs-or mais la guerre était finie et l'esprit républicain restauré, même si le nouveau régime dut attendre encore quelques années avant de se dire républicain en titre.

Paul Durand-Ruel rentra seul à Paris le 17 mars, convaincu qu'il fallait hâter le rapatriement prochain des siens puisque la situation se stabilisait. Sa galerie, dont il avait confié la surveillance à l'un de ses employés, tenait certes plus de l'hôpital de campagne que du cabinet d'amateur. Mais l'air du temps lui paraissait favorable. Un signe ne trompait pas le marchand : le moratoire des effets de commerce, comme celui des loyers, venait d'être abrogé. La seule insurrection dont on parlait se situait loin de la rue de la Paix, du côté de la Kabylie.

Las ! Au lendemain même de son retour, les généraux Lecomte et Thomas furent lynchés par la foule. Les Prussiens n'avaient passé que deux jours à Paris mais comme la garde nationale voulait préserver l'artillerie et que Thiers avait ordonné à l'armée de veiller aux canons, l'opération tourna à la catastrophe. De là surgit la Commune, agrégat de courants révolutionnaires dont l'idéalisme ne tarda pas à se métamorphoser en terrorisme.

Dans l'esprit d'un Paul Durand-Ruel, elle incarnait, même dans ses premiers élans, le pire de ce qui pouvait advenir à son pays. Il revivait les heures sombres que le roman familial lui avait transmises des lendemains de la Révolution, avec son Comité de salut public, ses exhortations aux meurtres des nantis, ses dénonciations de prêtres et sa politique des otages. Il s'apprêtait à recevoir à tout instant l'écho de scènes atroces telles que Puvis de Chavannes en avait illustré à ses débuts, Mlle de Sombreuil forcée par ses bourreaux à boire le sang des nobles pour sauver la tête de son père...

Pas plus qu'ils n'avaient échappé à la guerre, les artistes ne s'étaient dérobés aux événements sanglants qui lui avaient succédé. Manet était enrôlé dans la garde nationale, Caillebotte garde mobile et Rouart capitaine d'artillerie pendant le siège, après que Bazille et Regnault, tous deux engagés volontaires, eurent été tués l'un à Beaune-la-Rolande, l'autre à Buzenval.

Quel déchaînement ! Et pas seulement du côté des partisans de l'Ordre à tout prix. La caste gensdelettres ne fut pas en reste. Victor Hugo, qui condamnait mais pour autant ne vouait pas aux gémonies, demeurait une exception. La règle se situait plutôt du côté de ceux qui ne pardonnaient pas aux communards d'avoir voulu assassiner Paris, d'une George Sand vitupérant ces « saturnales de la folie », d'un Leconte de Lisle dénonçant des ratés et des envieux dans les écrivains et artistes communards, d'un Zola qui les traitait de bandits, d'assassins, de brigands, d'un Flaubert qui regrettait que l'on n'eût pas envoyé toute la Commune aux galères plutôt que de manifester une indulgence coupable pour ces « chiens enragés ». Quant aux plumes auxquelles Durand-Ruel faisait volontiers appel pour les préfaces aux catalogues de ses ventes ou les chroniques de sa *Revue*, elles ne furent pas les moins radicales. De Théophile Gautier à Ernest Feydeau, elles rivalisèrent d'imagination pour ramener les gens de la Commune au rang d'animaux, tandis que Paul de Saint-Victor remarquait qu'il n'y avait guère de bons Français parmi eux mais « des faussaires polonais, des bravi garibaldiens, des pandores slaves, des agents prussiens, des flibustiers yankees ».

La *Revue* commanditée par Durand-Ruel avait interrompu sa publication. Sa galerie même ne pouvait pas demeurer étrangère à l'ambiance

générale. Les Amis de la paix et les troupes de la
Commune se battaient parfois à deux pas de sa
devanture, à l'issue de manifestations place Vendôme.

La répression de la Commune fut d'une sauva-
gerie inouïe. Renoir, qui avait la fibre patriotique,
renvoyait dos à dos tous les fauteurs de violence :

« La seule exécution que j'admette est celle de
Maximilien dans le tableau de Manet. La beauté
des noirs fait excuser la brutalité du sujet. »

Rares étaient ceux qui réagissaient ainsi dans le
milieu de l'art. Des connivences inédites et inattendues se formèrent tandis qu'ailleurs le fossé se
creusait pour les décennies à venir. Le jeune
Rimbaud tout frais débarqué à Paris, convaincu
que de toute façon la peinture ne durerait pas
contrairement à la littérature, s'ouvrait à Verlaine, son guide, de son regret que les communards n'aient pas brûlé le Louvre, témoignage de
l'orgueil d'une nation dans ce qu'il a de pire... Octave Mirbeau, remarquant que Manet avait été
probablement l'un des peintres les plus insultés
de son époque, releva qu'en lieu et place du rituel
« barbouilleur », ses contempteurs jugeaient devant ses tableaux que seul un « communard »
pouvait avoir inventé de pareilles horreurs ; il s'en
fallut de peu pour que, dans la foulée, on propo-
sât de remplacer à son intention le jury du Salon
par un conseil de guerre ! La boutade devait être
prise au sérieux, si l'on songeait que le poète
Leconte de Lisle réclamait que l'on passât par les
armes non seulement l'« infect barbouilleur »

Courbet, mais encore l'« ignoble bande de peintres » qui lui faisait escorte, les Corot, Manet et
Renoir. Tous ceux dont Paul Durand-Ruel, pourtant irréductible ennemi de ce que la Commune
représentait, allait se faire le héraut. Ils n'étaient
pas si nombreux, de son milieu et de sa classe, à
défendre des hommes qui avaient l'honneur d'être
des dangers pour la société.

Comme il admirait en Courbet celui qui avait
su comme nul autre rendre l'odeur des feuilles
mouillées et des parois moussues de la forêt, il
l'aidait, et tant pis si ses camarades avaient in-
cendié l'Hôtel de Ville de Paris et détruit le fameux plafond exécuté par Ingres et Delacroix ;
cela leur serait plus durablement reproché que
d'avoir présenté un rapport suggérant la suppression de l'Académie des beaux-arts. Durand-Ruel
l'assistait de son mieux, manière également de le
fidéliser dans l'adversité, lui faisant parvenir régulièrement par sa logeuse des avances sur la
vente de ses toiles. Il avait été jusqu'à mentir aux
autorités, niant détenir quelque toile du peintre
qu'il aurait conservée en dépôt afin de la négocier pour son compte ; pourtant, quand l'atelier
de l'artiste paraissait menacé pendant le siège de
Paris, il avait fait déménager rue Laffitte *L'Atelier*
et *L'Enterrement à Ornans*. Il avait pris tous les
risques pour celui que le jury du Salon de 1863
avait refusé pour indécence à cause des curés
ivres de son *Retour de la conférence*.

Au Salon comme dans les salons, Durand-Ruel
avait fait l'apprentissage de la haine, dirigée non

contre lui mais contre les artistes qu'il entendait défendre. Il était payé pour savoir que cette violence verbale s'expliquait par l'amalgame, peut-être inconscient, que le public opérait entre l'art et la politique, l'avant-garde et la subversion, la modernité et la révolution.

Paradoxal ? On songe à la critique amère du Salon de 1824 dans laquelle Stendhal, qui disait vivre alors en dehors des supériorités de l'époque (il n'avait pu obtenir une carte pour entrer au musée le vendredi), affirmait, et en insistant sur l'avant-dernier mot par le moyen de l'italique :

« Mes opinions en peinture sont celles de l'*extrême* gauche. »

Toujours est-il que Renoir, qui refusait de voir dans l'attitude du marchand une quelconque duplicité, fournit une explication par une boutade bien dans sa manière :

« Il nous fallait un réactionnaire pour défendre notre peinture, que les salonnards disaient révolutionnaire. Lui au moins ne risquait pas de se faire fusiller comme communard ! »

... Ni comme républicain, pourrait-on rappeler. Cela ne diminuait pas son admiration pour Jean-François Millet qui avouait « au risque de passer pour encore plus socialiste » que le côté humain, franchement humain, était ce qui le touchait le plus en art. Et cela n'entamait en rien l'amitié qui le liait par exemple au baryton Jean-Baptiste Faure, l'un de ses plus fervents collectionneurs mais si prompt à faire visiter son cabinet et à échanger des toiles qu'on l'eût dit marchand lui aussi. Faure qui, en ces temps agités, à l'issue de ses représentations à l'Opéra où il venait juste d'incarner le marquis de Posa, Hamlet ou Méphisto, se drapait dans les plis du drapeau aux trois couleurs et chantait *La Marseillaise* un genou à terre.

Les morts de la guerre civile valant bien les morts de la guerre, on organisa à nouveau des ventes publiques d'œuvres d'art au profit des orphelins. Après la chute de la Commune, tout en vivant à Londres, le marchand faisait de brefs mais fréquents séjours à Paris afin de préparer le retour à la normale. Lors d'une loterie, il s'associa à Alfred Robaut pour payer 9 000 francs *Saint Sébastien, paysage*, imposante métaphore de la charité que Corot avait offerte pour la bonne cause. Durand-Ruel n'en demeurait pas moins monarchiste, d'autant que les circonstances lui rendaient espoir dans une prochaine restauration. Son optimisme était conforté par les excellents résultats (quatre cents sièges sur six cent soixante-quinze) que les légitimistes et les orléanistes avaient obtenus aux élections de février à l'Assemblée nationale. Des républicains modérés n'étaient pas étrangers à cette victoire, et l'on sait la volatilité des électorats, il n'empêche. Paul Durand-Ruel demeurant un royaliste de cœur et de raison, il ne pouvait être que légitimiste, d'autant que les « autres », autrement dit les orléanistes, se disaient encore constitutionnels, voire, un peu plus tard, libéraux ou conservateurs.

Plus que jamais, le comte de Chambord lui parut être l'homme de la situation. N'est-ce pas dans les grands moments d'incertitude, quand l'avenir vacille pour le meilleur ou pour le pire, que l'on prend la mesure de la loyauté ? La sienne était acquise à ce personnage charismatique, dont la silhouette lourde et boiteuse n'entamait pas la majesté naturelle.

Tout se précipita en juillet. Le premier samedi, celui-ci se présenta au bureau de douane de Tourcoing sous l'identité de M. de Mercœur. On sut qu'il pleura devant les ruines des Tuileries après une messe à Notre-Dame-des-Victoires, qu'il refusa de rencontrer le comte de Paris et qu'il passa quelques jours au château de Chambord. Des membres de son entourage tels le marquis de La Ferté ou Mgr Dupanloup tentèrent en vain de le convaincre, il demeurait inflexible. Il scella son suicide politique par un manifeste que Durand-Ruel découvrit dans les colonnes de *L'Union*. Il fallait avant tout en retenir un détail qui dut sauter aux yeux de l'amateur de peinture : le blanc du drapeau.

Hors de question d'y renoncer au profit des trois couleurs de la République. Car pour Henri V, c'eût été renier l'héritage dont le Tout-Puissant, la France et ses ancêtres l'avaient fait dépositaire que d'abandonner le drapeau d'Henri IV. Le blanc était la couleur de ses pères, de la religion, du bien, du droit, et le tricolore celui de la Révolution. D'un côté la foi et la morale du prince, de l'autre la souveraineté nationale et le parlementarisme. On ne pouvait donc transiger, comme l'autre branche l'avait fait. La question du drapeau n'était pas nouvelle, mais elle fut instrumentalisée par ceux qui y virent un prétexte idéal. L'affaire paraissait d'autant plus absurde que l'Ancien Régime n'avait pas de drapeau national, en dépit des usages de l'armée et de la marine, et qu'il fallut le surgissement de la cocarde révolutionnaire pour provoquer en réaction celui du camp d'en face. Il n'empêche, ce détail n'en était pas un tant sa charge symbolique pesait sur toute négociation à venir. D'ailleurs, il occupait l'intégralité du dernier tiers du texte qui s'achevait par sa glorification.

Les orléanistes, qui, eux, acceptaient les principes du constitutionnalisme moderne, y virent une provocation. Il n'en fallait guère plus pour que l'affaire sonne le glas de la réconciliation de la famille royale. Les deux branches de la Maison de Bourbon semblaient vouées alors à une haine réciproque jusqu'à la consommation des siècles pour une histoire de couleur, le blanc ayant pris toute la place à l'exclusion du bleu et du rouge.

L'homme qui voulait être roi, ce prince ? On commençait à en douter. D'autres, mais pas Paul Durand-Ruel.

Sa France intérieure était celle d'Henri V. Qu'importe l'exil à celui qui n'a pas besoin d'habiter son véritable pays pour être habité par lui. Après avoir confié la gérance de sa German Gallery à Charles W. Deschamps, neveu d'Ernest Gambart, un grand marchand anglais de ses amis, il rentra définitivement à Paris avec sa famille, d'autant qu'un sixième enfant devait bientôt agrandir le cercle.

Un soir de novembre, alors que s'achevait devant eux la représentation du *Faust* de Gounod, sa femme Eva fut prise d'un malaise. On le mit sur le compte des effets de la grossesse. Ils quittèrent l'Opéra précipitamment. En quelques jours, une fluxion de poitrine et une embolie succédèrent au coup de froid et l'emportèrent, quinze jours avant de fêter ses trente ans. Les obsèques se déroulèrent en leur paroisse de Saint-Louis-d'Antin, dans l'église même où Paul Durand-Ruel avait fait sa première communion.

Désormais, dans l'appartement de la rue Lafayette, la vieille tante Louise était la seule femme de la famille. L'aîné des cinq enfants, sur lesquels veillait la gouvernante Prudence Lebeau, n'avait que neuf ans. Le patriarche venait d'avoir quarante ans. Pour leur éducation, il engagea un précepteur, l'abbé Fournals, un prêtre aveyronnais qui continua de veiller sur leur instruction quand ils furent en âge d'être externes au grand collège de l'Institution Saint-Ignace que les Jésuites venaient d'ouvrir au 5, rue de Madrid, au cœur du quartier de l'Europe.

Rien ni personne ne pourrait jamais combler cette absence.

Cette disparition si inattendue l'avait laissé esseulé plutôt que solitaire. Il était à mi-vie, et déjà la mort l'avait par trois fois heurté. Sa force de caractère, acquise à la suite d'un long et assidu commerce avec le Tout-Puissant, l'empêchait de se résigner à la fatalité du mal, quelle que fût la forme qu'il prît. Sa sœur d'abord, puis son père, enfin sa femme. Si sa tendresse et son dévouement manqueraient de toute évidence aux enfants, d'autres qualités feraient cruellement défaut à Paul Durand-Ruel : ses conseils de modération, tout de sagesse et de bon sens. Car elle agissait comme un garde-fou au côté de celui qu'Octave Mirbeau avait surnommé l'« oseur impénitent », toujours prêt à obéir à ce que lui dictaient ses convictions en art et son instinct en affaires. Il n'avait pas attendu sa disparition pour prendre la juste mesure de ce qu'il lui devait. Mais obéit-on comme avant à un sens aigu de la lumière et à une incomparable sûreté de jugement quand on sait qu'il n'y aura personne désormais pour vous rappeler que c'est au mépris d'incontournables réalités matérielles ?

Nul ne saura jamais prendre la mesure de ce que fut alors son désarroi dans ce désert peuplé d'hommes. Lui qui ne vivait que pour l'art, il avait peut-être rejoint provisoirement Pascal quand il dénonçait dans la vanité de la peinture le redoublement spécieux des apparences.

Fais ce que dois advienne que pourra... Le principe était des plus louable, mais qu'en fait-on lorsqu'on n'a plus à ses côtés l'ange gardien susceptible d'empêcher de transformer des convictions en imprudences, et celles-ci en catastrophe ? On y croit malgré tout, soutenu en toutes choses, celles de l'âme comme celles de l'esprit, par une foi qui irradie les travaux et les jours.

4

Cette imprudente disposition à ramasser
tout ce qui peut se trouver de beau

1871-1885

... et en quelques mots charmants, il avait tout dit de ce qui faisait son infortune en attendant de faire sa fortune. Ses peintres le suivaient, leurs amateurs également ainsi que la presse. Les ventes ne suivaient pas dans la même proportion ? Elles le feraient bien un jour. Dans la maison mère ou l'une de ses succursales, à Bruxelles ou à Londres où se succédaient à quelques mois d'intervalle les expositions de la Société des artistes français. À croire que tout dans son activisme devait illustrer l'étymologie de son patronyme, et rappeler en permanence à la société que « Durand » venait d'« endurant », dans le sens d'obstiné. En attendant, encouragé par la fanfare des flatteurs, il reprit de plus belle sa politique d'achat, bien que son banquier fût ostensiblement absent du concert.

Il achetait aux artistes, à Corot comme à Dupré, à Daubigny et à Diaz, à Daumier et à Jongkind, à Boudin et à Brown. Il achetait aux confrères, réputés marchands de l'Ancien et du Nouveau Monde, le Belge de Londres Everard et le Pétersbourgeois Negri, les Anglais Wallis and McLean et parfois

Gambart et le Bruxellois Hollender, le Berlinois Lepke et le New-Yorkais Schauss. Il achetait aux amateurs qu'il considérait comme suffisamment spéculateurs pour se séparer de leurs œuvres les plus chères dès lors qu'on leur formulait une proposition qui ne se refuse pas, à Amédée Larrieu, député de Bordeaux et propriétaire de Haut-Brion, et à Verdier, le dentiste de la rue Laffitte, comme à Crabbe l'agent de change bruxellois et d'autres Belges éminents, tels Van Praet, conseiller du roi, ou Allard, directeur du MINT, Grédelue, le doreur de Corot, ou à Allow, l'avocat de Delacroix, ou encore au banquier Ferdinand Bischoffsheim, au duc de Morny ou au comte d'Aquila... Retrouvant d'anciens clients que la guerre avait acculés à la ruine, Durand-Ruel leur rachetait des tableaux qu'il leur avait vendus du temps de leur splendeur. Et quand il n'achetait pas, il échangeait : cette année 1872, il put troquer trois de ses propres paysages à Daubigny contre un nu de Corot et un Daumier... À Courbet, il prenait pour 60 000 francs de peinture afin de monter une exposition digne de lui. Il fallait être au fait de sa stratégie, autant dire son idée fixe, pour prendre l'exacte mesure du mouvement secret qui l'animait parfois au-delà du raisonnable, sans quoi on ne comprenait pas les trente mille francs offerts pour *L'Angélus* de Millet à un M. Gavet dans le besoin.

Autant d'acquisitions jugées ruineuses par l'entourage et le milieu, à commencer par Millet lui-même qui le gronda amicalement pour cette folie. Le peintre jugeait déraisonnable que son marchand déboursât une telle somme pour un tableau que lui, Millet, avait au départ vendu il y a peu 500 francs à un amateur, avant qu'il ne passe dans différentes mains et n'échoue pour 2 500 francs dans celles de M. Gavet, et ne soit pourtant exposé depuis rue Laffitte dans l'indifférence générale. Durand-Ruel en convenait doucement, mais cela ne freinait pas pour autant sa frénésie d'achats.

Au Salon de 1872, le premier depuis la guerre, Fantin-Latour présentait un tableau comme chaque année, sauf que celui-ci se voulait un grand document évoquant une société de poètes dont il était proche, *Le Dîner des Vilains Bonshommes*. Verlaine et Rimbaud étaient les plus notoires des huit commensaux de ce *Coin de table* qui fut vite raillé comme un repas de communards. Cela n'empêcha pas Durand-Ruel de l'accrocher peu après dans sa galerie de Londres, non sans l'avoir rebaptisé *A Few Friends*, pour le vendre 200 livres à M. Crowley, un futur médecin déjà très fortuné.

La tragédie nationale était encore proche, mais la vie culturelle commençait à basculer. La politique artistique officielle allait être à nouveau dévolue à l'Académie des beaux-arts, les responsables politiques jugeant la question trop frivole pour monopoliser l'intérêt public. Pour un marchand tel que lui, cette indifférence avait valeur d'encouragement. Le dédain officiel flattait ses conceptions. L'esprit du temps leur donnait un second souffle, qu'il s'agisse de la nécessité de distinguer un artiste par des expositions personnelles ou en groupe au lieu de le laisser se noyer dans l'océan du Salon, de la politique d'achats en masse, et donc de l'assurance de revenus réguliers, de son inscription dans un réseau informel d'amateurs composé de critiques et de collectionneurs, toutes choses qui brisaient sa solitude.

L'axe autour duquel Durand-Ruel avait gravité depuis ses débuts commençait à se déplacer des artisans de l'école de 1830 à d'autres artistes plus jeunes, plus neufs. Il les avait repérés avant guerre déjà au hasard des Salons, l'officiel et les intimes. Un certain nombre d'entre eux venaient de milieux aisés, mais presque tous avaient besoin de vendre pour vivre. Une partie s'était formée dans les ateliers officiels dépendant de l'École des beaux-arts, d'autres dans des ateliers libres, de l'Académie Suisse entre autres, beaucoup en travaillant sur le motif non loin de Paris, mais suffisamment des écoles et académies.

Ils se retrouvaient dans des cafés auxquels le système des habitués conférait un côté provincial. Rarement dans la première salle, car si la vraie conversation devait se mettre en vitrine, cela signifierait que l'esprit fait le trottoir. Plutôt dans la seconde salle, celle des joueurs de billard. Plus que les autres jours, le vendredi était jour de colloque sur les banquettes de moleskine du Guerbois, avenue de Clichy. Si ce n'était au Guerbois, c'était à La Nouvelle Athènes, place Pigalle. L'Irlandais George Moore, qui y passa de longues soirées dans la conversation des peintres et des critiques, foulant son sol sablé aussitôt passée la porte vitrée, le tenait pour la véritable Académie des beaux-arts, l'autre, l'officielle, n'étant qu'une institution surannée vouée à disparaître.

La parenthèse londonienne l'avait, on s'en souvient, mis en relation avec Monet et Pissarro. On lui avait présenté Degas à qui, pour la première fois, il venait d'acheter trois tableaux, puis, deux mois après, Renoir avec qui il en faisait autant, ainsi que Sisley comblé par l'achat de vingt-cinq tableaux, même à 200 francs pièce, car il venait juste de voir disparaître la fortune familiale en même temps que son père.

On commençait à peine à parler de « nouvelle peinture ». Sa diaspora venait de se regrouper à Paris, phénomène qui se fera de plus en plus rare, un double progrès technique ayant grandement favorisé leurs séjours prolongés en Seine-et-Marne, dans le Val-d'Oise, en Provence, en tout cas loin de la capitale et en plein air : l'expansion du chemin de fer et la diffusion de la peinture en tube en étain et repliable.

Pour ce qui est du train, ils se contentaient d'en profiter. Mais l'autre révolution, qui les touchait plus personnellement, leur paraissait aussi bouleversante que, quatre siècles auparavant, la substitution de l'huile à la tempera par les Flamands, et l'invention de la toile comme support par les Italiens du Nord.

Désormais, on mettait plus volontiers le nez à la fenêtre. Certains critiques, météorologistes de circonstance, classaient les peintres en fonction d'un

improbable baromètre, la froideur aux classiques,
la chaleur aux romantiques. Le temps devenait
artiste.

Quand Durand-Ruel eut la révélation de leur
univers, ses sensations originelles l'habitaient encore. Mais au début de 1872, la découverte de
deux toiles placées en dépôt par un peintre dans
l'atelier d'Alfred Stevens le laissa littéralement
ébloui. Cela ne tenait pas au procédé selon lequel
elles s'offraient au public : l'artiste, refusant de
recevoir dans son atelier, consentait à les exposer
chez un ami intronisé intermédiaire et qui les
proposait à 800 francs chacune. Le marchand
acheta aussitôt.

« On n'apprécie bien une œuvre d'art que
lorsqu'on la possède et que l'on vit avec elle »,
avançait-il en guise de justification.

Tout simplement. Les deux portaient la signature non de Stevens mais de son grand ami Manet. Elle ne lui était pas inconnue. Le marchand
Louis Martinet avait déjà montré ses œuvres à
plusieurs reprises dans les fameux salons du boulevard des Italiens, au cours d'une de ces exhibi-
tions libres et permanentes qui avaient tant fait
pour amener le public à la peinture. Mais n'ayant
pas vocation d'« entrepreneur » contrairement à
Durand-Ruel, il ne l'avait pas « entrepris ».

En 1863, il y avait eu l'exposition de sa *Musique aux Tuileries*, qu'un excité voulait hacher
menu, aussitôt suivie du scandale déclenché au
Salon des refusés par *Le Bain* rebaptisé *Le Déjeuner sur l'herbe*, certes plus réaliste que *Le Concert*

champêtre dont il s'inspirait, mais au fond guère
plus indécent que le fameux tableau de Giorgione
exposé, lui, il est vrai, dans le Salon carré du
Louvre, cadre plus favorable à la consécration ; et
deux ans plus tard, un esclandre plus vif encore
quand son *Olympia* fut accroché au Salon.

Le temps avait passé ; néanmoins, l'émotion du
marchand était intacte, et sa mémoire tout autant.
Il n'oubliait rien de l'attitude d'un critique tel que
Théophile Gautier, arbitre des élégances artistiques, qui avait soutenu Manet pendant plusieurs
années, puis l'avait lâché à cause de cette *Olympia*
jugée trop racoleuse par la saleté du ton des
chairs et la vulgarité du modèle.

Elle ne choquait pas par sa nudité, il y avait plé-
thore de nus académiques dans les Salons, des
femmes de faïence d'un Bouguereau jusqu'à leur
apothéose sucrée avec la Vénus nimbée d'anges de
Cabanel, plus proche d'une pâte d'amande blanche et rose que d'une femme traversée de sang,
elle-même pastiche des plus laiteuses silhouettes
d'Ingres. Mais l'obscène vérité de cette Vénus au
surnom de courtisane représentait en soi une into-
lérable provocation, d'autant qu'elle osait fixer le
spectateur droit dans les yeux. Ce corps de femme
nue pouvait bien évoquer les réminiscences d'un
Titien, il n'était scandaleusement pas joli. Et l'évocation des grands classiques, auxquels Manet ne
manquait jamais d'honorer sa dette, ne suffisait
pas à l'exonérer du reproche de vulgarité. Après
tout, en 1739, Charles de Brosses dénonçait encore la lascivité de *La Fornarina* peinte deux siè-

cles plus tôt par Raphaël, en raison de son regard apaisé et déjà nostalgique, trahissant certainement une épuisante nuit d'amour.

Pour Manet et ses amis, il fallait chercher ailleurs l'obscénité, dans un détail, un réflexe ou une attitude, celle du comte de Nieuwerkerke par exemple, quand l'ancien directeur général des Musées nationaux, surintendant aux Beaux-Arts, l'homme le plus puissant de l'institution dans ces années-là et l'amant de la princesse Mathilde, fit placer ce qu'il fallait là où il fallait sur certaines statues, geste que Baudelaire immortalisa avec « Les feuilles de vigne du sieur Nieuwerkerke » dans *Mon cœur mis à nu*.

En se faisant l'ardent plaideur de ce peintre-là, d'un artiste dont un critique admiratif prévint que son *Déjeuner sur l'herbe* trouait le mur de la salle dans laquelle on l'avait relégué, Paul Durand-Ruel risquait d'effrayer et de perdre sa clientèle traditionnelle, si difficilement acquise à la cause de Barbizon, mais il n'en avait cure puisque son choix était fait, dès le départ, d'imposer son instinct et son goût contre ceux du public. Alexandre III, l'un de ses prestigieux clients, lui demeura fidèle sans jamais céder à la tentation de la nouveauté qu'il jugeait « trop anticonformiste ».

Le lendemain, il forçait l'intimité de Manet et frappait à sa porte. En observant certaines toiles posées contre le mur, il eut l'impression de retrouver d'anciennes connaissances. Certaines d'entre elles constituaient une provocation par leur frontalité même. Il put surtout les revoir d'un œil neuf

après les avoir inscrites dans une continuité dont
ses deux achats de la veille concrétisaient l'abou-
tissement. Le monde de Manet était à ses pieds,
côte à côte ici un toréador mort et là un men-
diant, une femme au perroquet et un buveur d'ab-
sinthe, le portrait de son frère en majo et un
liseur, une chanteuse des rues et un Christ aux anges, des combats de taureaux et un ballet espagnol, et puis *Le Fifre* qui avait été refusé au Salon
de 1866.

Sans nul doute, il avait affaire à un peintre et
non à quelqu'un qui faisait de la peinture. Pas
plus qu'un autre, il n'était issu d'une génération
spontanée, tout droit sortie de la cuisse de Luc
l'évangéliste, couronné saint patron des peintres.
On sentait bien une transmission mais si boucu-
lée, un héritage transcendé plutôt que renié,
qu'on aurait pu évoquer des pères sévères et des
fils rebelles en contemplant Manet en ses Manet,
lui qui avait été l'élève de Couture, ancien élève
de Gros, lui-même élève de David... Et dire qu'il
était l'âme d'une bande, le groupe des Batignolles
ainsi baptisé en raison du lieu de réunion de ces
artistes, le café Guerbois dans le quartier des Batignolles.

Ce jour-là, il y avait vingt-trois tableaux chez
lui. Durand-Ruel les désirait tous car ils formaient un tout. Le peintre voulait 35 000 francs
du lot. Le marchand prit l'ensemble sans bargui-
gner. Y en aurait-il eu deux fois plus qu'il les
aurait également emportés. D'ailleurs, une semaine ne s'était pas écoulée que Durand-Ruel re-

tournait chez Manet, comme mû par une force d'attraction irrésistible. Le peintre ayant rassemblé entre-temps un certain nombre d'œuvres laissées en dépôt chez des proches, le marchand rafla le tout, dont la fameuse *Musique aux Tuileries*.

Peu après, Manet suscita enfin une forme d'enthousiasme public en exposant *Le Bon Bock* au Salon. C'était bien la première fois ; il est vrai que le portrait de ce débonnaire buveur de bière prenait une dimension politique inattendue trois ans après la perte de l'Alsace-Lorraine. On parlera de flair ou de nez, toujours est-il que Durand-Ruel, lui seul, avait anticipé de quelques mois en achetant son travail à un artiste qui jusqu'alors n'avait presque rien vendu. Le seul de son espèce, car la fervente défense et illustration d'un Zola n'aurait su concurrencer celle d'un marchand, juste la compléter ; l'engouement de celui-ci, contrairement à celui du critique, doit se traduire instantanément et durablement par un engagement financier et matériel en sus d'un soutien moral, ce qui change tout.

Puis, d'un même élan, il enlevait le stock de Puvis de Chavannes. Les ateliers d'artistes n'étaient pas sa seule cible, les cabinets d'amateurs tout autant, dès lors que la rumeur publique, sinon l'intéressé lui-même, annonçait qu'une fameuse collection était promise à une prochaine dispersion. Ce fut le cas avec Alfred Sensier, employé au ministère de l'Intérieur, qui avait consacré sa vie et ses économies à acheter des séries de Corot, de Millet, de Rousseau et de Delacroix,

souvent à très bas prix directement à l'auteur.
Quelque cent soixante-dix tableaux et dessins
dont Durand-Ruel ne concevait pas d'en laisser un
seul à quiconque. À croire qu'il s'employait à démentir pessimistes, inquiets et sceptiques effrayés
par cette surenchère permanente, moins sur les
autres que sur lui-même car nul ne lui disputait
ces lots de tableaux, au contraire. Ses confrères
Brame et Petit, avec lesquels il lui arrivait de s'associer à compte à demi avant guerre afin d'acquérir des quantités importantes, ne répondaient plus
à l'appel. Que nul autre que lui n'en voulût, à ces
conditions-là et même à toute autre condition, ne
le décourageait pas ; pour soutenir Manet ou Puvis, il lui suffisait de songer à la solitude de Delacroix et de Millet. Ses réserves d'énergie et de
ténacité s'en trouvaient ragaillardies.

Très vite, on sut dans la capitale bien au-delà
du périmètre sacré de la rue Laffitte que Paul
Durand-Ruel achetait sans faire de détail, et qu'il
ne discutait pas les prix. Les artistes, qui d'ordinaire n'avaient pas le génie de veiller sur leurs intérêts, étaient ravis de l'aubaine. Degas, Whistler,
Monet, Manet, Renoir, Sisley, Pissarro se passèrent le mot :

« Plusieurs d'entre eux tenaient à ce que je fi-
xasse moi-même les prix, sachant bien que je
leur donnerais plus que ce qu'ils m'auraient demandé », confirma Durand-Ruel.

Sa frénésie d'achats l'entraînait à monter de
plus en plus d'expositions dans ses galeries parisiennes ainsi qu'à Londres et Bruxelles. Le tour-

billon dans lequel il s'était lancé au lendemain de
la Commune et de la mort de sa femme était tel
que cela aurait pu l'inciter à plus de rigueur dans
la gestion de ses affaires. Il eut la sagesse d'en
finir avec sa revue, laquelle ne lui apportait plus
que des insatisfactions personnelles tout en creu-
sant le déficit. Mais du côté de sa comptabilité,
ça ne s'arrangeait guère.

La méthode, on le sait, lui faisait cruellement
défaut et nul parmi ses collaborateurs ne com-
pensait cette carence. Pour l'essentiel, il notait
encore ses transactions sur un petit registre spécial qu'il conservait dans un tiroir de son bureau.
Des manières d'artisan et non d'entrepreneur,
car le volume espéré et le montant des transactions ainsi que la démultiplication des lieux de
vente faisaient moins songer au commerce qu'à
l'entreprise. Mais l'une des premières qualités
d'un homme à la tête d'une telle affaire n'est-elle
pas de savoir s'entourer pour mieux déléguer ?

Il ne mettait pas en cause l'honnêteté de ses
employés. Mais à qui d'autre qu'à lui-même pouvait-il donc reprocher la légèreté, la nonchalance,
la négligence voire l'incompétence de son entourage dans ces années 1870 si décisives ? Une réussite se jauge aussi à cette qualité-là. À moins que
Paul Durand-Ruel ait inconsciemment entretenu
cette désorganisation en vertu d'un atavisme familial espéré, comportement que l'on retrouvait
chez nombre de marchands de tableaux. Le fait
est qu'il ne fut pleinement rassuré que lorsque ses
fils furent en âge de le rejoindre et de le seconder.

Ils ne le décevraient jamais, du moins pas avec la grossièreté de son collaborateur Alfred Sensier à qui il avait confié après guerre la responsabilité de sa *Revue* et qui trouva le moyen de réunir en livre ses articles sur Théodore Rousseau sans même songer à en dédicacer un exemplaire à Durand-Ruel. Un détail de cette nature, anodin aux yeux du monde mais impardonnable aux siens, devait ruiner la confiance qu'il plaçait en lui et tuer leur amitié.

Sa fidélité paraissait inébranlable dès lors qu'elle était réciproque. Alors il pouvait abdiquer orgueil personnel et stratégie marchande pour se mettre au service de l'ami. Ainsi soutint-il jusqu'au bout Puvis de Chavannes en dépit des sarcasmes et railleries du milieu. Ainsi tint-il à organiser lui-même la vente après décès de l'atelier d'un autre de ses chers proches, Gustave Ricard, un portraitiste très répandu dans le monde, qui excellait dans la copie des grands maîtres.

Ses clients les plus anciens peinaient à le suivre. Ils ne reconnaissaient plus leur marchand dans le promoteur des œuvres de Manet et Puvis de Chavannes. Certains s'en détournaient même, trop sensibles à la rumeur publique et à l'air du temps. Pour les rattraper et leur vendre tout de même les tableaux des peintres de l'école de 1830 qu'il avait encore en stock, il était obligé d'user de stratagèmes et de confier la marchandise à des courtiers, intermédiaires dont l'opacité se voulait rassurante, même auprès des professionnels susceptibles de les acheter.

Dans le meilleur des cas, ses expositions suscitaient quelque intérêt. Dans le pire des cas, elles ne provoquaient que l'indifférence. Dans les deux, le volume des transactions se révélait d'une insigne faiblesse par rapport à tout ce qu'il avait acquis en si peu de temps. La chance l'avait-elle déserté ? Il avait misé gros sur la fameuse Exposition universelle de 1873 dont les Viennois attendaient tant, ne lésinant pas sur l'envoi de tableaux et de personnel pour les vendre. Las ! Une épidémie de choléra y ruina tout espoir de commerce.

On le sentait pressé de réaliser, et cette précipitation n'était pas bon signe dans le monde des affaires. Elle se devinait à des détails. Quand Degas lui vendait ses *Musiciens à l'orchestre* en lui enjoignant de ne pas l'exposer car il n'en était pas encore satisfait, Durand-Ruel promettait mais n'en tenait pas compte ; il l'exposait aussitôt à Londres, ce qui contraignait l'artiste à reprendre le tableau un an plus tard au collectionneur qui l'avait acheté, afin de retoucher les parties qu'il jugeait trop négligées.

Courbet le communard harcelé par la justice, isolé de tout et de presque tous à Ornans, avait quelque raison de s'inquiéter du sort de son seul soutien sonnant et trébuchant dans le monde de l'art. Ayant eu vent du tour « équivoque » que prenaient les affaires de Durand-Ruel, il demandait à son ami Jules Castagnary d'aller fureter du côté du tribunal de commerce pour glaner des informations sur sa véritable situation. Courbet écrivait régulièrement rue Laffitte, mais nul ne répondait par retour de courrier. Or la saisie de ses biens personnels venait de commencer ; bientôt ce serait au tour de ses biens en dépôt dans des banques, puis dans des galeries, l'une notamment... Le silence de son marchand l'intriguait, d'autant que le quartier du marché de l'art, tel qu'il en percevait les échos assourdis, ne bruissait pas seulement du spectaculaire incendie de l'Opéra.

Durand-Ruel prenait tout ce que faisait Degas mais n'en vendait guère, il venait d'enlever encore vingt-neuf toiles à Sisley, de lever la main à Drouot pour emporter le *Sardanapale* de Delacroix à 95 000 francs et de se lancer dans une folle entreprise : la publication d'un somptueux catalogue en trois volumes de trois cents eaux-fortes d'après des œuvres en sa possession de Corot à Monet.

Pourtant, par la force des choses, il envisageait désormais de modérer sa passion. L'état du marché commandait un peu plus de réalisme. D'autant qu'en constatant les désastreux effets de sa campagne pour les nouveaux peintres, Durand-Ruel avait le sentiment de s'être discrédité. Comme si on lui avait retiré la confiance à la suite d'un grave faux pas. La situation était telle qu'elle le contraignait à baisser les prix même de ses valeurs sûres plébiscitées par le public. Mais pas à abandonner les nouveaux venus.

Quand il ressentait quelque difficulté à subvenir aux besoins de ceux qu'il considérait désormais comme « ses » peintres, il demandait à « ses » collectionneurs, ainsi le chanteur Jean-Baptiste Faure, le docteur Georges de Bellio, de grands propriétaires terriens tels que le comte Armand Doria ou Paul Bérard, des négociants en matières premières comme les frères Albert et Henri Hecht, ou encore l'ingénieur précurseur Henri Rouart de leur acheter directement des toiles. C'était sa manière, aussi délicate qu'astucieuse, de ne pas abandonner ceux qui avaient déjà pris l'habitude de compter sur lui, et de ne pas laisser d'autres s'en emparer à vil prix. Quant à lui, rien ne garantissait ses achats futurs car la situation économique devenait catastrophique, son stock lui restait sur les bras et il ne pourrait longtemps vendre à perte les œuvres de barbizoniens. Pissarro, qui se croyait sorti d'affaire depuis que le marchand lui versait 500 francs deux fois par mois, avait de nouveau du souci à se faire.

Il fallait se battre sur plusieurs fronts car « les autres » n'étaient pas seulement les rivaux patentés. Durand-Ruel, qui n'entendait pas ménager son soutien à Courbet, sentait bien venir le vent mauvais dans les séances de la Chambre telles que *Le Siècle* les rapportait au début de 1873. On envisageait de faire entièrement supporter au peintre le coût de la reconstruction de la colonne Vendôme. Une vingtaine de députés avaient tout simplement pris au mot celui qui, deux ans auparavant, encore dans la fièvre de son arrestation, avait proposé de réparer l'affront national de ses propres deniers. Maintenant, Courbet devait faire face à « cette escroquerie parlementaire » qu'il tenait pour « une insanité sans nom ». Perclus de procès, il ne décolérait pas et se reposait plus que

jamais sur son marchand pour être exposé. Aidé
par son ami Jules Castagnary, critique d'art doublé d'un avocat, il échafauda une combine pour
rendre Paul Durand-Ruel personnellement propriétaire de bon nombre de ses tableaux afin de
les faire échapper aux saisies qui le menaçaient.
Cela valait tant pour les œuvres qu'il avait en
dépôt chez lui que pour celles qu'il faisait voyager.
Pour s'acquitter de ce qu'il lui devait, le marchand
signa même des billets à ordre contresignés par
Castagnary afin de soustraire cet argent aux
poursuites gouvernementales. Cette vigilance était
d'autant moins superflue qu'Edmond du Somme-
rard, un fonctionnaire que les Beaux-Arts avaient
dépêché à l'Exposition de Vienne, y avait projeté
une spectaculaire saisie-arrêt des tableaux.

Et dire que Paul Durand-Ruel s'était rendu
complice de ce trafic malgré les risques encourus,
et qu'il s'était mis en infraction avec la loi malgré
sa propre situation déjà précaire, alors que Courbet, qu'il admirait tant comme peintre, incarnait
cette Commune qu'il haïssait tant... Pour n'être
pas contradictoire, son attitude n'en paraissait pas
moins paradoxale dans la mesure où une situation de crise aiguë radicalise les positions jusqu'à
dissoudre les mille et une nuances qui permettent,
en des temps plus apaisés, de dissocier l'œuvre
d'un créateur de ses engagements politiques.

L'air du temps rassurait le royaliste en lui. Il lui
autorisait même un certain optimisme car rarement la restauration avait ainsi semblé à portée de

la main. Les violences de la guerre civile avaient
rapproché une bonne partie des catholiques indé-
cis de l'esprit contre-révolutionnaire, quand elles
ne les avaient pas jetés dans les bras des légitimistes. Paul Durand-Ruel, qui n'avait pas eu besoin
de ce coup de pouce de l'Histoire pour se faire une
opinion, était fermement convaincu que seul le
comte de Chambord assurerait le salut de la
France éternelle. Nul mieux que lui ne saurait
pourfendre l'irréligion qui minait la société, car
dans sa vision du monde, il n'était de Français que
chrétien. En attendant, un homme de l'ordre
moral proche des milieux légitimistes faisait pièce
aux prétentions conservatrices mais républicaines
à diriger le pays.

La présence du maréchal de Mac-Mahon à l'Ély-
sée et du duc de Broglie aux affaires n'empêcha
pas en mai quelque cent quarante députés de marcher en tête du pèlerinage de Paris à Chartres, et
de transformer la procession en manifestation en
faveur du comte de Chambord ; un mois plus tard,
un certain nombre d'entre eux récidivaient sur la
route de Paray-le-Monial ; puis au cœur de l'été,
après que la commémoration du 14 juillet eut été
interdite, on votait la construction de la basilique
de Montmartre, manière de se faire pardonner la
Commune et de christianiser la France afin de restaurer la monarchie. Pour que la France fût sau-
vée, il fallait que Dieu y rentrât en maître afin que
le comte de Chambord pût y régner en roi.

En Basse-Autriche, au château de Frohsdorf,
l'heure était à la réconciliation des princes. Paris

vint à la rencontre de Chambord, l'Orléans au
Bourbon, le reconnaissant implicitement comme
chef de leur maison et seul représentant du principe monarchique en France, afin que la famille
royale ne fît plus qu'une.

Qu'il s'agît du premier pas, de la question du
drapeau blanc, du rejet de tout ce que représentait la République, le comte de Chambord n'avait
fléchi sur rien. Tel qu'en lui-même, il demeurait
en toutes choses d'une intransigeance, d'une résolution, d'une détermination et d'une fidélité à
soi intangibles. Comment n'être pas frappé par la
similitude de caractère avec un Paul Durand-
Ruel qui développa sa vie durant une semblable
personnalité mais qui eut, lui, le génie de la
transporter également dans sa vision de l'art et
sa défense d'une certaine idée de la peinture ?

Une affaire mineure en porte témoignage en
un temps où les affaires étaient à peu près nulles.
Un certain M. Drouin, député de Paris et président de la Chambre de commerce, ayant sondé
les commerçants de la capitale, assura dans le
journal que l'immense majorité d'entre eux était
radicalement hostile à une restauration royaliste.
Aussi, le vendredi 31 octobre 1873, à la « une »
du *Figaro*, sous la rubrique « Renseignements
politiques », on put lire cette lettre ouverte datée
de l'avant-veille :

« Monsieur le rédacteur,

« Comme vous le dites avec raison, les conservateurs
doivent avoir le courage de leurs opinions. En laissant

toujours la parole à nos adversaires, nous laissons bien souvent accréditer des erreurs grossières. Ainsi rien n'est plus faux que cette prétention des républicains à soutenir que le haut commerce de Paris éprouve les répugnances les plus vives contre toute restauration monarchique. Les affaires sont arrêtées uniquement par la crainte de retomber entre les mains des républicains et nous aspirons tous, et comme Français et comme commerçants, au rétablissement de la monarchie héréditaire qui seule peut mettre fin à nos maux.

« Veuillez agréer...

                                        « Paul Durand-Ruel. »

À la suite de cette épître, précédée d'un chapeau présentant son auteur comme un industriel, il y en eut une autre de la même encre signée de M. Lhomme, joaillier au Palais-Royal, pour renchérir : « Avec la monarchie, il y a un lendemain assuré... »

Quelques jours après, le comte de Chambord revenait à Paris pour la deuxième fois, se rendait à Versailles puis de nouveau à Paris. Las ! Huit mois plus tard, il publiait le manifeste de l'abandon, un texte dans lequel se lisait tout des querelles partisanes, des joutes stériles, des combines parlementaires. Henri V se voulait au-dessus de la mêlée, ou plutôt du marigot. Souverain, en quelque sorte. Mais il le fut tellement que, dépourvu de tout sens politique, il ne percevait même plus la clameur de l'opinion publique dans la rumeur du monde.

« Je comptais sur l'intelligence proverbiale de notre race et sur la clarté de notre langue... », dira-t-il.

La France apprit dès lors à ne plus compter
sur lui. Ce qui n'entama en rien la fidélité de
Paul Durand-Ruel à sa personne, à ses valeurs et
à ce qu'elles représentaient.

On ne dira jamais assez à quel point une
œuvre d'art peut engager la vie de celui qui la re-
çoit, qu'il s'agisse d'un livre, d'un tableau, d'une
photographie, d'un poème, d'un monument. Encore faut-il qu'elle soit montrée et soumise au jugement. La première fois que Mary Cassatt vit
des Degas, elle sut quel sens donner à sa vie ; elle
avait vingt-huit ans et cela se passait dans la galerie de Durand-Ruel.

La situation pécuniaire du marchand l'avait
contraint à abandonner momentanément ses artistes à leur sort. À l'initiative de Pissarro, ils
s'étaient décidés à se regrouper en société anonyme afin de toucher directement le public par la
tenue d'une série d'expositions, la création d'un
périodique spécialisé et la vente d'œuvres d'art,
loin des Salons dont certains étaient régulièrement exclus. Sept années s'étaient écoulées depuis que feu Bazille, le premier, avait imaginé ce
que pouvait être une exposition d'indépendants
hors les fourches caudines du Salon. Son utopie
voyait enfin le jour.

La première exposition se tint du 15 avril au
15 mai 1874, non dans une galerie de tableaux
mais dans l'atelier du photographe Nadar, boulevard des Capucines, artère qui avait d'ailleurs
inspiré à Monet l'une des œuvres qu'il avait

présentées. Trente peintres y étaient représentés, d'Astruc à Sisley. Pour s'accommoder un public dont ils voulaient anticiper l'hostilité, ils firent venir dans leurs rangs des artistes qui ne susciteraient pas la réprobation, tels Félix Bracquemond ou Joseph de Nittis, comme si leur présence devait suffire à calmer les esprits. Cézanne avait notamment envoyé *La Maison du pendu*, Degas des danseuses, des blanchisseuses et des courses de chevaux, Monet des coquelicots et des bateaux de pêche dans le port du Havre, Berthe Morisot (la seule femme de l'exposition puisque, dans toute bande digne de ce nom, il y en avait une...) un village et une falaise, Pissarro des jardins à Pontoise, Renoir des fleurs et des femmes. Parmi les prêteurs, on relevait les noms de Paul Durand-Ruel, du docteur Gachet, de Faure et d'Édouard Manet, lequel avait pourtant refusé d'en être.

Fuir le Salon, ce fut le mot d'ordre de ces artistes qui voulaient s'affranchir de tout protocole académique pour entrer en relation avec la nature. Des excentriques et des ridicules ne suscitant que le mépris et l'hilarité, ce fut la trace que laissa l'accueil réservé à cette première exposition dans le souvenir du marchand.

La réalité était pourtant plus nuancée. Il est vrai qu'il n'y a rien comme un bloc de haine et un mur d'incompréhension pour bâtir une légende, la finesse des contemporains dût-elle en pâtir.

Les éloges de quelques représentants de la critique indépendante suffisaient à sauver l'honneur. Il y eut notamment Armand Silvestre, Ernest

Chesneau et Philippe Burty. Mais dans leur enthousiasme, ils glissèrent tout de même des réserves quant à l'étroitesse du projet, l'impression
s'exerçant au détriment de l'expression, ce qui ne
pouvait que restreindre le domaine de la peinture, donc lui enlever de sa complexité. Ils n'en
étaient pas moins admiratifs de leur singularité et
de la caresse que l'œil en recueillait, cette façon
magistrale d'harmoniser les éléments, les ombres
et les reflets tout en leur conservant une fraîcheur
et une lumière sans égales.

Ce qui s'en dégageait ? Pas une école, surtout
pas une discipline, plutôt une attitude dans la
manière dont leur art pouvait résoudre les problèmes que leur posaient le paysage, la lumière
et la division des couleurs dont le chimiste Che-
vreul venait de codifier les lois. Cette attitude, les
regards les plus aigus en recherchaient la genèse
du côté de Constable et Turner, Corot et Courbet, les barbizoniens et Daumier.

Le jugement de quelques connaisseurs dédom-
mageait largement du mépris des sots. Mais le
système de la réminiscence est ainsi fait qu'on a
mieux retenu les insultes, au premier rang desquelles l'inévitable « communards », et les formu-
les assassines sur « ces tableaux à faire cabrer des
chevaux d'omnibus ».

Il en aurait fallu beaucoup plus pour décourager Monet, lequel y puisait plutôt un regain
d'énergie et de vitalité. Renoir n'était pas de cette
étoffe : il n'osait pas installer son chevalet à la devanture de l'épicier du coin quand l'autre voulait

faire retarder d'une demi-heure le départ du train pour Rouen, la lumière étant alors meilleure et les échappements de vapeur mieux mis en valeur par les rayons du soleil immiscés dans la gare Saint-Lazare. Lui n'aurait jamais eu un tel culot mais cela ne l'empêchait pas d'accueillir les quolibets pareillement, avec un haussement d'épaules :

« Depuis Diderot qui a inventé la critique, ils se sont tous trompés. Ils ont vilipendé Delacroix, Goya et Corot. S'ils nous couvraient d'éloges, ce serait inquiétant ! »

Dans *La Presse*, il était question d'illuminés, de gâchis, d'insensés, de débauche, de hasard et d'impression. On y assurait qu'en comparaison le Salon des refusés passait pour un Louvre. Dans *La Patrie*, on dénonçait la mystification, la débauche, la spéculation, le barbouillage. Et on y avançait qu'en comparaison le Salon des refusés passait pour la galerie des Offices. *Le Figaro* assurait que ces peintres procuraient la même impression qu'un singe qui se serait emparé d'une boîte à couleurs...

Et ainsi de suite. Quand Diderot jadis s'exprimait en moraliste sur la peinture et qu'il qualifiait de « gribouillages » les eaux-fortes de Rembrandt, on ne savait trop dans quel sens le prendre. Mais quand Cézanne entendait des spectateurs dire devant lui, de ses propres compositions, qu'ils pouvaient en faire autant, eux ou, pis encore, leurs enfants, on savait parfaitement dans quel sens le prendre.

Celui qui se distingua du lot des railleurs fut
l'inventeur du sobriquet destiné à ces peintres
méprisés et qui leur restera à jamais. Il s'appelait
Louis Leroy et se commettait dans *Le Charivari*.
Son compte rendu était, comme souvent, le récit
de sa promenade parmi les toiles en compagnie
cette fois d'un paysagiste élève de Bertin, médaillé sous tous les régimes, dont les jugements
suintaient tant la suffisance que les insuffisan-
ces. Et le tandem de moquer dans les vibrations
de ton de prétentieux empâtements, jusqu'à une
station prolongée devant le numéro 98 qu'ils jugeaient ironiquement « impressionnant », l'une
des neuf œuvres que Claude Monet avait envoyées. Il s'agissait d'une vue du Havre depuis sa
fenêtre, quelques mâts de navire se détachant
sur la brume que les premiers rayons de l'aube
ont du mal à percer ; il se résigna à l'intituler
avec désinvolture *Impression, soleil levant* afin de
rompre avec la monotonie de ses titres habituels
et de refléter non ce qu'il avait vu mais l'effet que
cette vision avait eu sur lui, l'impression que cela
lui avait laissée :

« Impression, j'en étais sûr, écrivait Louis Leroy. Je me disais aussi, puisque je suis impressionné, il doit y avoir de l'impression, là-dedans.
Et quelle liberté, quelle aisance dans la facture !
Le papier peint à l'état embryonnaire est encore
plus fait que cette marine-là. »

Ce n'était certes pas la première fois qu'un critique se moquait d'un titre de tableau, jusqu'à le détourner pour mieux en rire. Dans un passé récent,

nombre de ses confrères parmi les plus éminents
en avaient fait un procédé comique. Mais ce jour-
là, un critique d'art passa à la postérité pour son
absence de discernement, ce qui n'était pas donné
à tous les chroniqueurs obtus ; et, dans la suite
logique des choses, en intitulant son article
« L'exposition impressionniste », il fit de l'impressionnisme le seul mouvement artistique qui dût
son nom à un titre de tableau. Il en eût peut-être
été autrement pour le néoclassicisme si David
avait intitulé différemment *Le Serment des Horaces*, pour le romantisme si Delacroix n'avait pas
baptisé son œuvre *La Liberté guidant le peuple* et
pour le réalisme si Courbet avait choisi une autre
manière de désigner *Un enterrement à Ornans*.

Impression, le mot était dans l'air depuis quelque temps déjà, comme en témoignaient articles et
critiques. Jules Claretie dans *L'Indépendance* pouvait bien parler d'impressionnalistes, Henry James, qui ne les aimait guère, d'irréconciliables et
d'autres continuer à les appeler les indépendants,
les intransigeants, les paysagistes (malgré la détestation que Manet vouait au genre), les pleinairistes
(en dépit du dégoût que la peinture sur le motif
inspirait à Degas), les naturalistes ou encore les
actualistes à l'instar de Zola, les impressionnistes
avaient trouvé ce jour-là, sous cette plume hostile,
leur nom de baptême. Paul Durand-Ruel s'y plia
comme les autres alors qu'il résista jusqu'au bout
quand il s'agissait d'évoquer la génération précédente, « cette belle école de 1830 si improprement

désignée aujourd'hui à l'étranger sous le nom
d'école de Barbizon ».

Tout plutôt que « refusés », appellation dépré-
ciative dont ils ne voulaient plus entendre parler,
d'autant qu'elle véhiculait une contre-vérité puisque certains d'entre eux avaient été maintes fois
acceptés au Salon. « Refusés » n'était pourtant
pas si infamant au regard de l'histoire de l'art,
dans un pays où l'on n'avait avancé qu'à coups de
refus ; tant et si bien que l'exclusion paraissait de
meilleur augure. Il n'était que de se souvenir
comment le goût néoclassique refusait Fragonard
dès 1773 en le faisant passer pour « le maître du
tartouillis ». Cela dit, si l'on avait pu les baptiser
à tête reposée, sans volonté de nuire, et que l'on
avait suivi l'idée de Cézanne selon laquelle la sensation est la vraie base de tout, c'est « sensation-
nistes » qu'on aurait dû les appeler.

Réduit à une impuissance de spectateur dans un
spectacle dont il était l'un des principaux acteurs,
Paul Durand-Ruel n'en continuait pas moins à
s'activer dans l'ombre pour réparer des injustices
qui l'insupportaient.

Depuis son exil de La Tour-de-Peilz, en Suisse,
Courbet échafaudait encore des plans avec son
ami Étienne Baudry pour soustraire à l'État le
profit de ses ventes :

« Il faut que Durand-Ruel dise que c'étaient des
tableaux invendables à cause des sujets et qu'il a
dû les remettre à cent francs pièce, n'ayant pas de
place chez lui pour les garder plus longtemps... »

La précaution s'avéra inutile puisque, quelques jours plus tard, les saisies de l'État étaient déclarées irrégulières, mais le marchand, une fois encore, ne lui avait pas fait défaut, même si parfois ses silences lui laissaient craindre le pire, une suspension des paiements annonciatrice d'un lâchage, voire d'une liquidation, sinon d'une faillite. Au moindre signe d'une hypothétique mise à distance, il l'embarquait dans la bande de « cannibales » qui l'avaient mis au cachot après l'avoir traîné dans les rues les chaînes aux pieds. Sous sa plume, il n'était alors même plus question des tableaux « achetés » mais « volés » par Durand-Ruel ; il avait grande hâte de les lui soustraire et de récupérer les quelque 30 000 francs que, selon lui, il restait lui devoir.

Durand-Ruel marqua pareillement sa solidarité à Corot qu'il jugeait scandaleusement sous-estimé, parfois dédaigné, voire ignoré ; il n'en avait pas moins été membre du jury d'admission au Salon en 1866, un an avant que Rousseau ne préside ce même jury ainsi que le jury des prix, cela rappelé afin de ne pas en faire des persécutés. Pour forcer la main aux fonctionnaires des Beaux-Arts, son marchand le poussa donc à leur écrire pour les prévenir que son *Saint Sébastien, paysage* ainsi que *Dante et Virgile* pouvaient être cédés à l'État pour 15 000 francs. Il n'obtint même pas de réponse et, un jour, ces deux œuvres se retrouvèrent l'une à Baltimore, l'autre à Boston...

Pour le même Corot, anéanti quand le Salon de 1874 remit sa médaille d'honneur à Gérôme alors qu'il y exposait trois œuvres jugées comme des chefs-d'œuvre, Durand-Ruel organisa une émouvante cérémonie dans sa galerie. Devant ses admirateurs, il dissipa l'iniquité en lui remettant une médaille exécutée à son intention par le sculpteur Geoffroy Dechaume à la demande d'un comité né d'une conjuration amicale afin de compenser ce qu'il tenait pour un « flagrant déni de justice », preuve que, dans son esprit, une telle notion pouvait avoir un sens en art. Non pas le bien et le mal, ni même le bon et le mauvais au sens où Mallarmé assignait une tâche au jury du Salon (« il n'a d'autre chose à dire que : ceci est un tableau, ou encore : voilà qui n'est point un tableau ») quand celui-ci agissait comme s'il existait des critères à satisfaire, mais le juste et l'injuste qui portent le jugement esthétique vers une autre catégorie morale.

Ce jour-là, dans la galerie du 16, rue Laffitte, on vit ce qu'on eut rarement l'occasion de voir en ces murs : un peintre pleurer à l'évocation publique de son œuvre.

« Ne jamais perdre la première impression qui nous a émus. »

Si Corot n'avait laissé que sa devise en héritage, c'eût été déjà beaucoup. Pour être discret, son rayonnement n'en était pas moins réel, la présence de plusieurs de ses disciples (Lépine, Cals, Guillemet...) à la fameuse première exposition de 1874 en témoigne. Par la qualité de sa lumière, la

légèreté de ses touches et l'esprit qui gouvernait
la composition de ses paysages italiens, il influen-
çait non en maître professant un enseignement
en atelier, mais en partageur des plus généreux ;
d'autres peintres de cette même exposition tels
que Pissarro, Sisley et Morisot pouvaient lui signer une reconnaissance de dettes.

En somme, avec ce don si particulier de l'anticipation, Paul Durand-Ruel avait honoré l'une
des ombres tutélaires de cette manifestation historique qui se tenait chez Nadar faute de se tenir
chez lui, en honorant Corot l'année même de son
demi-siècle de peinture, quelques mois avant
qu'il passe de l'autre côté du paysage où le ciel et
la terre se rejoignent.

« ... Pour l'estimation de ces tableaux et objets
d'art, les commissaires-priseurs seront assistés de
M. Paul Marie Joseph Durand-Ruel, marchand de
tableaux demeurant à Paris rue Laffitte n° 16, lequel ici a promis de donner son avis en son âme
et conscience... »

Qu'en termes solennels tout cela était annoncé !
Chargé par la famille Corot de l'inventaire après
décès, il était de plus en plus souvent sollicité
pour son expertise, cette fonction dût-elle provoquer un conflit d'intérêts avec sa qualité de marchand. Il y était d'autant plus disposé que son
activité principale s'était ralentie avec le mouvement général des affaires jusqu'à le contraindre à
fermer ses succursales de Bruxelles et de Londres,
juste le temps d'y vendre enfin, mais *in extremis*,

cinq ou six peintures de Degas au collectionneur de Brighton Henry Hill. Mais la fonction d'expert n'était pas non plus de tout repos ; sa crédibilité était en jeu, ce qui dans ce négoce représentait beaucoup tant comptaient la notoriété, le prestige et le respect attachés au nom. Difficile d'imaginer que ses adversaires ne viseraient pas le marchand derrière l'expert. Il en fit l'expérience durant la folle journée du 28 mars 1875.

Il officiait à l'hôtel Drouot aux côtés de Mᵉ Pillet, le grand commissaire-priseur de ces années-là. Plusieurs artistes au premier rang desquels Monet, Renoir, Morisot et Sisley avaient souhaité livrer leurs œuvres au feu des enchères. Ce type de vente se voulait un complément à la vente directe qu'ils pratiquaient avec leur marchand et leurs collectionneurs. De leur point de vue, cette solution risquée leur était imposée par la crise même. Au surplus, la vente publique paraissait indispensable à une saine régulation du marché en ce qu'elle permettait à la valeur marchande de l'art de s'y affirmer haut et fort. Les galeristes, qui en étaient conscients, y concouraient d'autant plus volontiers.

Quelque soixante-treize toiles impressionnistes, résidus de la première grande exposition du groupe l'année précédente, furent montrées ce jour-là. Dans sa préface au catalogue, le dévoué Philippe Burty les évoquait comme « des petits fragments du miroir de la vie universelle, des choses rapides et colorées, subtiles et charmantes ». Mais dès qu'un commis promenait une œuvre dans les travées pour l'offrir au regard des enchérisseurs, il se faisait accueillir par des hurlements, des sifflets et des insultes, les plus nombreux étant réservés à Monet et Renoir. L'expert, qui dans le civil était leur marchand, se faisait traiter d'halluciné : « À Charenton ! »

Des peintres en arrivaient à racheter leurs propres toiles à des prix dérisoires. On murmurait même que lorsqu'un tableau trouvait preneur dans des conditions normales, le mérite en revenait à Durand-Ruel qui avait pris soin de bien l'encadrer. Mais les messes basses étaient plus rares que les hourvaris. Me Pillet dut faire intervenir la force publique afin que ce lointain écho de la bataille d'*Hernani* ne s'achevât pas à coups de canne. La vente avait le plus grand mal à se poursuivre puisque, à chaque enchère, le but des perturbateurs était manifestement de couvrir la voix du commissaire-priseur et celles des acheteurs. Son profit fut forcément médiocre, le scandale payant plus rarement qu'on ne l'imagine. *Le Printemps* de Monet partit pour 205 francs et *La Toilette* de Renoir pour 140 francs ; du même et à son intention, Durand-Ruel se fit adjuger *La Source* à 110 francs et s'obligea à ne pas retirer plus d'œuvres de ses autres artistes après avoir fait pousser les enchères par des amis disséminés dans la salle afin qu'elles atteignent un prix honorable. Renoir fut celui qui s'en sortit financièrement le plus mal, Monet et Berthe Morisot le mieux.

La « belle peintre », Durand-Ruel l'avait soutenue depuis le début, depuis que Manet la lui avait présentée en 1871. Cela n'avait rien d'évident dans un milieu qui, de surcroît, était aussi phallocratique que les autres. Car malgré la force et l'originalité de son talent, et en dépit du soutien d'écrivains tels que Mallarmé ou Huysmans, elle n'en demeurait pas moins considérée comme un sous-produit de l'impressionnisme parce qu'elle était femme, et qu'on la tenait avant tout pour le modèle de Manet.

Le chroniqueur de *La République française* convenait que, jusque dans ses outrances, l'effort qui avait gouverné les œuvres de cette vente n'avait rien de vulgaire ni de fabriqué ; mais s'il renvoyait dos à dos tous les acteurs de cette comédie, il marquait cependant plus de compréhension à l'endroit des offensés que des offenseurs :

« Des amateurs quinteux et des désœuvrés qui avaient pris le mot d'ordre d'ateliers bien connus ont essayé d'interrompre des enchères qu'un groupe d'amateurs sérieux soutenait très bravement. L'attitude du commissaire-priseur et de l'expert M. Durand-Ruel a été pleine de convenance. »

Il en fallait et, au-delà d'une bonne éducation, une vraie maîtrise de soi pour surmonter la violence tant physique que verbale d'une telle séance. Deux mois plus tard, quand il fit successivement les ventes de l'atelier de Millet et de celui de Corot, l'atmosphère se révéla plus calme et le profit plus certain ; de même quand, dans la foulée, Gavet le chargea d'assister le commissaire-priseur

pour la vente de sa fameuse collection de pastels
de Millet. Mais Paul Durand-Ruel n'en continuait
pas moins à souffrir, les succès de l'expert ne mas-
quant pas les difficultés du marchand. La déconfi-
ture de quelques hommes d'affaires n'arrangeait
rien, celle d'Ernest Hoschedé notamment, l'un de
ses clients privilégiés, l'un des rares à qui il montrait en priorité les œuvres qu'il venait d'acquérir,
celui à qui Monet avait cédé *Impression, soleil levant*, Hoschedé était déclaré en cessation de paiement, ajoutant le nom de Durand-Ruel à la longue
liste de ses créanciers dans laquelle les marchands
de tableaux passaient de toute façon bien après
les financiers.

Sept autres expositions succédèrent à la première manifestation de ceux que Cézanne évoquait devant ses parents comme les « peintres de
notre bord ». Elles se tinrent entre 1876 et 1886,
d'abord à la galerie Durand-Ruel, puis ailleurs
dans le quartier de l'Opéra, mais jamais deux fois
au même endroit.

En 1876, dans le catalogue qui, de Gustave
Caillebotte à Charles Tillot, faisait la part belle à
Degas, Pissarro, Morisot et Renoir, on y relevait
encore des coquilles aux noms de « Monnet » et
de « Sysley ». Mais pour désarmer la légion des
hostiles, il fallait plus qu'une préface signée Duranty. De nouveau, les insultes fusèrent. Sauf que
cette fois, pour vouer aux gémonies une peinture
qui les insultait car ils ne la comprenaient pas,
nombre de critiques se retrouvèrent par l'usage

immodéré de la métaphore aliéniste. Ce n'était
pas vraiment nouveau. Depuis des mois déjà, on
déplorait ici ou là, au hasard des comptes rendus, que toute la mystification mise en scène par
les impressionnistes et leur agent relevât d'une
forme plus ou moins atténuée de folie ; dans un
accès d'impuissance qui se voulait ironique, le
chroniqueur de *La Presse* rendait les armes en
confiant sa mission au plus fameux aliéniste de
l'époque, le docteur Blanche ; la galerie du 16,
rue Laffitte n'était plus évoquée que comme « la
maison de santé (mentale) ». Dans le satirique *Le
Tintamarre*, à propos d'un Manet, on découvrait
ces vers en légende à un dessin :

> *Ce tableau d'un homme en délire*
> *A pour étiquette, dit-on,*
> *« Le Chemin de fer ». Il faut lire*
> *« Chemin de fer pour Charenton ».*

Manet en avait vu et lu d'autres. Monet, qui lâchait parfois « on dira que je suis fou... », n'était
guère plus gêné en lisant dans *Le Journal amu-
sant*, en légende à une caricature : « Deux folles
atteintes de monomonétie incurable regardant
passer les wagons à travers les barreaux de leur
cabanon. »
    Ce n'était rien en regard de l'article qu'Albert
Wolff consacra à cette deuxième exposition impressionniste le 3 avril dans *Le Figaro*. La notoriété
de l'un conjuguée au prestige de l'autre pouvait
causer bien des dégâts, et leurs influences unies
pour le pire bien des ravages. Dans les galeries, où

l'on n'était jamais à une bassesse près devant l'incarnation du pouvoir ou de la puissance, on guettait les réactions de Wolff, ses mots, ses mimiques, jusqu'à la parution de son article, lu comme on écouterait l'oracle.

Curieux personnage, si vite parvenu au faîte de cette petite société parisienne alors que, fils d'un paysan des environs de Cologne, il n'était naturalisé français que depuis 1872. Ce grand lecteur de Heine avait fait tous les métiers chez toutes sortes de négociants avant de collaborer au *Charivari* et au *Nain jaune* puis de se fixer au *Figaro* où il gagnait 60 000 francs par an. Quoiqu'il ne fréquentât guère les ateliers, contrairement à la plupart de ses confrères, il collectionnait, naturellement. Sur ses murs, Corot et Ingres, Bonvin et Courbet, Diaz et Fromentin, Dupré et Stevens se coudoyaient. Mais comme il avait le jeu dans le sang, et le baccara dans la tête, il se résolut tôt ou tard à vendre sa collection afin d'honorer une dette d'un montant considérable — 195 000 francs, assurait la rumeur. Mais elle disait aussi que, s'il avait bien payé sa créance au Cercle, il en était ruiné et néanmoins déshonoré car sa collection, expertisée par Francis Petit, était notoirement constituée de cadeaux d'artistes. Cela ne l'empêcha pas de tout faire pour la reconstituer, s'endettant en permanence chez les marchands et promettant de payer plus tard. Au vrai, c'était pitié de voir son hagiographe Gustave Toudouze préciser qu'Albert Wolff conservait dans un tiroir de son bureau les

factures de ses achats et qu'il confondrait les ca-
lomniateurs si nécessaire.

Octave Mirbeau, critique impétueux dont il
était l'antimodèle, plutôt partisan d'une analyse
à coups de poing, lui reconnaissait pour seule vertu d'initier magistralement le « public panurgien »
aux prix courants et aux bonnes affaires ; la métaphore animale semblait d'ailleurs promise à une
certaine fortune dans le milieu puisqu'un autre, et
des plus brillants, Félix Fénéon, évoquait volontiers « l'effarement bovin du public ».

Cette fois donc, à l'occasion de cette exposition, l'anecdote selon laquelle Albert Wolff avait
exigé de se faire rembourser les 50 centimes du
droit d'entrée était apocryphe, mais sa critique,
elle, ne l'était pas :

> « La rue Le Peletier [autre entrée de la galerie] a du
> malheur. Après l'incendie de l'Opéra, voici un nou-
> veau désastre qui s'abat sur le quartier. On vient
> d'ouvrir chez Durand-Ruel une exposition qu'on dit
> être de peinture. Le passant inoffensif, attiré par les
> drapeaux qui décorent la façade, entre et à ses yeux
> épouvantés s'offre un spectacle cruel. Cinq ou six alié-
> nés, dont une femme, un groupe de malheureux at-
> teints de la folie de l'ambition s'y sont donné rendez-
> vous pour exposer leur œuvre. Il y a des gens qui
> pouffent de rire devant ces choses, moi, j'en ai le
> cœur serré. Ces soi-disant artistes s'intitulent les in-
> transigeants, les impressionnistes ; ils prennent des
> toiles, de la couleur et des brosses, jettent au hasard
> quelques tons et risquent le tout. C'est ainsi qu'à La
> Ville-Evrard les esprits égarés ramassent les cailloux
> sur le chemin et se figurent qu'ils ont trouvé des dia-
> mants. Effroyable spectacle de la vanité humaine
> s'égarant jusqu'à la démence. Faites donc comprendre

à M. Pissarro que les arbres ne sont pas violets, que le ciel n'est pas d'un ton beurre frais, que dans aucun pays on ne voit les choses qu'il peint et qu'aucune intelligence ne peut adopter de pareils égarements. Autant perdre son temps à vouloir faire comprendre à un pensionnaire du docteur Blanche, se croyant le pape, qu'il habite les Batignolles et non le Vatican... Et c'est un amas de choses grossières qu'on expose au public, sans songer aux conséquences fatales qu'elles peuvent entraîner. Hier on a arrêté rue Le Peletier un jeune homme qui en sortait en mordant les passants. Pour parler sérieusement, il faut plaindre les égarés ; la nature bienveillante avait doué quelques-uns des qualités premières qui auraient pu faire des artistes. Mais dans la mutuelle admiration de leur égarement commun, les membres de ce cénacle de la haute médiocrité vaniteuse ont élevé la négation de tout ce qui fut l'art à la hauteur d'un principe, ils ont attaché un vieux pinceau à un manche à balai et s'en sont fait un drapeau... »

Bientôt, dans cet élan, le vivifiant causeur d'art qu'était J.K. Huysmans, même lui qui fut pourtant l'un des tout premiers à s'enthousiasmer pour Cézanne, Degas et Caillebotte, suggéra à certains artistes de se rendre à la Salpêtrière au service du docteur Charcot afin d'y faire soigner les conséquences neurologiques de leurs troubles de la rétine, entre les hystériques et les malades du système nerveux. De la peinture envisagée comme une pathologie, et de la critique d'art considérée comme un inventaire de névroses.

Même l'écrivain Jules Laforgue, qui n'était pas un ennemi, ne se contentait pas d'être ébloui par les tourbillons de pluie et la vaporisation par le vent. Dans ses notes inédites, il se livrait à une critique ophtalmologique de la nouvelle peinture. Il n'y était question que de vibrations lumineuses du nerf acoustique, de fibrilles de Young, de sensibilité prismatique, et plus seulement d'éclairage d'atelier à 45 degrés. Même Huysmans ne pouvait s'empêcher de reprocher aux impressionnistes de souffrir de daltonisme tant ils voyaient la vie en bleu, et d'indigomanie tant ils s'obsédaient d'ombres violettes.

À croire que ces peintres-là ne pouvaient révéler l'inaperçu de la nature sans faire en sorte que les couleurs soient exaspérées de se rencontrer. À croire qu'on n'avait rien lu et rien appris depuis que les paysages de Corot avaient été loués peut-être pas comme ceux que l'on voit mais certainement comme ceux que l'on rêve.

Tous n'étaient pas de cette encre. Certains se demandaient encore comment aborder cette peinture, de quelle manière l'envisager sans en faire trop dans un sens ou dans l'autre. La chronique de *L'Opinion* fut édifiante à cet égard. Il ne lui suffisait pas de convenir que ces artistes auraient certainement un jour leur place dans la légende de l'art contemporain, encore fallait-il se risquer à la désigner ; ce n'était pas chose aisée à qui leur reconnaissait des qualités de coloristes et de décorateurs, mais un souci médiocre de la forme, lequel se trahissait par leur dédain du travail. À ces yeux-là, ces amateurs de plein air passaient pour des chercheurs, mais étaient-ils encore dans leurs balbutiements ou tout proches

d'avoir trouvé ? Peu leur importait qu'un certain
nombre de toiles exposées aient été prêtées par
de prestigieux collectionneurs, ce qui les nimbait
d'une certaine aura.

On dira que ce manque d'audace dans le jugement n'étonnait pas de la part d'un gazetier.
Mais le génie théâtral ou littéraire ne préserve en
rien de la cécité esthétique. Que dire ainsi de ces
hommes de lettres qui ne firent pas preuve de
plus de finesse, le Suédois August Strindberg par
exemple, dramaturge de vingt-sept ans et lui-
même peintre paysagiste à ses heures, qui, à l'issue d'une tournée des marchands parisiens, ne
supportait plus qu'on lui opposât sans cesse la
toute-puissante nature, comme si à elle seule elle
expliquait et justifiait tout, et ne pouvait admettre qu'un Monet ait la prétention de peindre le
grouillement d'une foule, pour ne rien dire de ses
japonaiseries ; le romancier américain Henry James, trente-six ans, n'était pas en reste, lui dont
la visite chez Durand-Ruel coïncidait avec cette
deuxième exposition impressionniste prestement
réduite à « une collection affligeante de croûtes »
(en français dans le texte...), jugement qui ne faisait pas le tri dans les deux cent cinquante-deux
œuvres accrochées ; cette vingtaine d'artistes lui
apparaissaient comme des ennemis absolus de la
Beauté en ce qu'ils se refusaient à intervenir
pour arranger le réel au mieux ; aucun talent ne
pouvait surgir d'un tel groupe car leurs doctrines
exigeaient d'après lui une absence totale d'imagination pour être comprises ; cela lui rappelait les

préraphaélites en pire car, si les Anglais sont des
pédants, les Français sont des cyniques...

Il y eut beaucoup plus de monde que la première fois, mais l'hostilité s'accrut à proportion. La
presse royaliste, celle dont Paul Durand-Ruel partageait généralement les idées, vomissait son exposition non sans établir une inévitable passerelle
entre ces radicaux de la peinture et les radicaux en
politique, communards et révolutionnaires de tout
poil. Mais pour leur chance, il pratiquait le pardon
des offenses. Quand tout dans leurs critiques disait
« c'est consternant », tout dans son mutisme répondait « je vous comprends, moi aussi je suis
passé par là... ».

Contrairement à la première exposition du
groupe, celle-ci ne perdit pas d'argent. Sur les
3 000 francs qu'avait coûté le loyer des salles,
les peintres acquittèrent la moitié de la somme,
et le marchand récupéra l'autre moitié sur les
entrées payantes.

« Un bon début », jugea Cézanne qui n'en était
pas.

Cette réunion, qui sonnait comme le fier main-
tien d'une provocation deux ans après le coup d'essai, disait bien la détermination de ces peintres.

La troisième exposition impressionniste se tint
aussi rue Le Peletier, mais dans un appartement
au second étage du 6, loué tout exprès. Caillebotte, dont la générosité éclipsa injustement le talent pendant de longues années, sut se faire artiste
jusque dans son discret mécénat en pourvoyant
encore une fois aux besoins de ses amis. Ceux qui

ne les aimaient pas parlèrent plus volontiers d'exhibition que d'exposition. Louis Leroy, le critique du *Charivari*, avait au moins gagné une postérité puisque ses filleuls arboraient fièrement l'épithète par laquelle il les avait désignés à la dérision. Par souci de clarté, ils avaient été jusqu'à l'accrocher à la porte. Tant pis si, sous une même appellation, on retrouvait coude à coude Monet qui soutenait n'avoir jamais eu d'atelier, ne comprenait même pas qu'on puisse s'enfermer dans une chambre pour peindre quand ce n'était tolérable à la rigueur que pour dessiner, et Degas qui n'envisageait pas de travailler autrement qu'entre quatre murs, déduisant même des perspectives des Van Eyck du musée de Bruges qu'ils avaient été peints d'une bonne fenêtre.

Un jeune journaliste du nom de Georges Rivière les en félicita en rappelant que si cela mettait les choses au net vis-à-vis du public, qui savait ainsi parfaitement à qui il avait affaire, cela n'était ni plus ni moins clair que de se dire « classique » ou « romantique » en 1830. Il alla même plus loin et lança une feuille hebdomadaire entièrement dévouée à la cause, par lui seul rédigée, et intitulée *L'Impressionniste*.

Dès son premier numéro, il y dénonçait la médiocrité de la critique des grands journaux, son recrutement dans les rangs de journalistes non seulement incompétents en la matière mais manifestement insensibles aux choses de l'art, sa tendance à suivre le goût du public en flattant ses instincts les plus bas quand elle devrait au contraire le guider en le tirant vers le haut. Il est vrai que nombre d'entre eux se trouvaient soudainement désemparés de n'avoir plus à décrire puis raconter un tableau en s'appuyant sur un titre des plus explicite et sur les intentions de l'artiste. Stendhal, dont ce n'était pas non plus le « métier » (mais de qui l'était-ce vraiment ? et de qui s'autorisaient-ils si ce n'est d'eux-mêmes ?), avait l'œil exercé, même s'il focalisait à l'excès sur les détails ; il en faisait peut-être beaucoup sur le sujet de tableaux qu'il examinait souvent comme des drames, mais sa réflexion était nourrie par une culture et une sensibilité que l'on ne retrouvait guère chez nombre de critiques professionnels. Celui qui un jour reprocha à Degas son incertitude constante dans les proportions ne sut jamais qu'il le comblait en croyant l'accabler, car c'était justement ce que le peintre ressentait en plein travail sans parvenir à verbaliser son inquiétude.

Non content de les confondre dans leur petitesse, Rivière moquait les moqueurs, ceux-là mêmes qui se rendaient devant les toiles de Cézanne à seule fin de se dilater la rate. Même les mieux intentionnés témoignaient de leur ignorance, tel cet Edmond Jacques de *L'Intransigeant* contre lequel Pissarro s'emportait quand il louait son *Marché de Pontoise* comme un très beau pastel alors qu'il s'agissait de détrempe.

Las ! *L'Impressionniste* n'eut que quatre numéros, le temps de cette troisième exposition de groupe dont on disait encore, dans le langage

familier des ateliers, qu'elle était vouée à la théorie du plein air, de l'eau et de la lumière quand
l'explication était beaucoup plus pratique : les
peintres allaient plus facilement loin et dehors
parce que désormais le chemin de fer le leur permettait commodément, et que les couleurs en
tubes leur évitaient de perdre du temps à les
broyer, et de s'encombrer de grosses vessies pleines de peinture à l'huile. Et puis quoi ! s'énervait
Renoir :

« Si j'ai peint clair, c'est parce qu'il fallait
peindre clair ! Ce n'était pas le résultat d'une
théorie, mais d'un besoin qui était en l'air, chez
tout le monde, inconsciemment, pas seulement
chez moi. »

Derrière la boutade, l'enjeu était considérable. Il
s'agissait tout simplement de savoir que faire de la
lumière, comment la dominer tant sur le motif
que dans l'atelier et comment ne pas la laisser
maîtriser l'invention du tableau.

Un homme expliquait tout cela parfaitement,
non sans véhémence, dans la conviction mais toujours avec une parfaite urbanité : c'était le collectionneur Victor Choquet, inlassable défenseur de
Cézanne notamment, qui campait pour ainsi dire
dans les locaux de cette troisième exposition impressionniste afin d'interpeller les railleurs et
d'insuffler son admiration aux hésitants et aux timides.

Dans sa petite revue de bric et de broc, Georges Rivière osait placer Renoir au pinacle, offrir
Le Bal en modèle aux peintres d'histoire et leur

suggérer de substituer d'aussi puissants témoignages de leur temps à leur énième évocation de Saint Louis sous son chêne. C'était sa manière de leur faire admettre que la « grande peinture » n'était pas une question de sujets mais de tons. Une petite danseuse attendant anxieusement son tour dans les coulisses de l'Opéra pouvait avoir la grandeur de David jouant de l'orgue devant l'arche. Cela ne diminuait en rien la dette des impressionnistes à l'endroit des classiques ; Manet n'avait de cesse de l'honorer en citant les grands Espagnols, et Berthe Morisot en rendant hommage au XVIIIe siècle français, lequel demeurait à ses yeux davantage le siècle de François Boucher que celui de Watteau et Fragonard.

Même les mieux intentionnés des critiques n'évitaient pas les malentendus. Moins systématique que Baudelaire dans son soutien aux impressionnistes, Stéphane Mallarmé se voulait plutôt l'homme des affinités électives. Loin des écoles, au plus près des individus. Sa rencontre avec Manet en 1873 avait été décisive sur l'itinéraire de ce compagnon de route de l'impressionnisme durant une vingtaine d'années. Son influence diffuse sur nombre de commentateurs se retrouve dans l'usage d'un lexique et de sensations qui rendront communes la vaporisation du moi, la qualité atmosphérique et la vibration existentielle. Tout pour dire la lumière, matière profonde et durable de tableaux dont il avait eu la révélation dans les ateliers ou à la galerie Durand-Ruel. Mais il avait plus mallarmisé les œuvres qu'il décrivait qu'il ne s'était laissé impressionner par elles. Sous son œil, l'impressionnisme parut être un bloc quand il était foisonnement. Il ne voulut retenir que la volonté d'effacement des artistes au profit de la nature plutôt que l'eau chez Monet, les nuages chez Sisley ou les sous-bois chez Pissarro.

Qu'importe puisque Mallarmé avait eu très tôt le génie de résumer l'impressionnisme en quatre mots :

« Peindre non la chose, mais l'effet qu'elle produit. »

Durand-Ruel tenait bon grâce à des tableaux de facture plus convenue. À l'instant d'essuyer les railleries pour le compte des impressionnistes, il entreprenait le duc d'Aumale tout au réaménagement de son château de Chantilly, au rapatriement de ses tableaux de Twickenham et à leur accrochage dans la salle du Jeu de Paume, galerie idéale en raison de son éclairage zénithal ; il recevait alors 60 000 francs du prince collectionneur pour des peintures d'Aschenbach, Decamps, Hébert, Bénouville et Horace Vernet.

Quand cela ne suffisait pas, Durand-Ruel mettait en vente publique certaines œuvres en sachant qu'elles seraient cédées bien en dessous de leur prix coûtant, mais l'urgence de l'heure imposait de tels sacrifices. Il devait réaliser à tout prix, toute honte bue même. Car il fallait vraiment ravaler sa fierté quand, à l'hôtel Drouot, on s'amusait à présenter des œuvres à l'envers puisque, dans certains cercles, il était de bon ton de soutenir que ces tableaux étaient aussi incompréhensibles dans le bon sens que dans le mauvais.

De telles transactions lui permettaient de poursuivre sa politique de découvreur dans une incompréhension largement partagée sans être pour autant acculé à la ruine. Le spectre du dépôt de bilan le menaçait plus que d'autres en raison de son audace têtue, sauf qu'à ses yeux la faute eût été impardonnable. Et puis Pissarro ne disait-il pas qu'un marchand avait l'obligation professionnelle d'avoir l'air presque riche ?

Ce pouvait être parfois très dur à supporter tant moralement que matériellement, mais après tout, en son temps, la génération de 1830 n'avait pas été accueillie avec des gerbes de roses. Durand-Ruel, qui ne jouissait pas seulement de sa mémoire mais également de celle que son père lui avait léguée en héritage, en tirait des enseignements pour l'avenir.

L'important était de tenir, de s'y tenir et de se tenir.

La simplicité du mot contrastait avec la complexité à mettre en œuvre quotidiennement pour ne pas renoncer à son chemin quand tout l'y invitait. La prudence ne lui faisait rien renier de ses convictions artistiques, mais l'invitait désormais à ignorer les projets trop périlleux. Ainsi, il ne suivit pas l'un de ses anciens employés devenu marchand, Alphonse Legrand, quand celui-ci s'associa avec Caillebotte et Renoir dans la création d'une société de ciment MacLeash spécialisée dans la décoration intérieure ; cette invention anglaise,

qui donnait l'illusion du marbre avec un mélange
de plâtre et de colle forte, fut balayée par le succès
du stucco italien, juste le temps pour Renoir de
l'essayer sur un cadre de miroir qu'il avait sculpté
pour l'hôtel de l'éditeur Charpentier.

Plus les impressionnistes étaient en butte à
une hostilité parfois agressive, plus leur solidarité se renforçait avec leurs marchands, quand ce
n'était entre peintres et collectionneurs. Leurs
liens se raffermissaient dans l'adversité à proportion du dédain, du mépris, de l'indifférence,
voire de la haine qu'ils suscitaient. Ils exprimaient quelque chose comme une fraternité d'art
telle que l'avaient reflétée certains tableaux de
groupe, *L'Hommage à Delacroix* exposé au Salon
de 1864, pour ne citer qu'un des plus récents,
dans lequel Fantin s'était représenté aux côtés de
Whistler, Manet et Legros.

Ceux qui riaient aux éclats au théâtre des Variétés, à la première de *La Cigale*, comédie en
trois actes de Meilhac et Halévy sur les impressionnistes, rejoignaient ceux qui prétendaient
se tordre à l'idée de ne pouvoir identifier les
sujets de leurs tableaux. Mais loin d'affaiblir les
artistes, cela les renforçait. Le critique de *La
République française* pouvait fort bien les trouver plus impressionnables qu'impressionnistes,
il se disqualifiait lui-même en décrétant que
leurs paysages présentaient un défaut impardonnable :

« C'est de réduire l'arbre à l'état de fantôme in-
corporel ; de ne laisser à ces troncs, à ces branches

qui ont leur beauté comme le corps et les membres humains, que la roideur injustifiable d'un po-
teau télégraphique et des brindilles sans formes. »

On en était là en 1877, et encore, chez les mieux
disposés.

Paul Durand-Ruel avait de multiples soucis,
mais il n'était pas ce qu'on pourrait appeler un
homme dans le besoin. On avait déjà connu des
marchands ruinés, mais on n'en avait guère
connu de pauvres. Il n'en continuait pas moins à
se soucier de l'état de ses peintres. Oublieux de la
précarité de sa propre situation, il subvenait à
leurs besoins, sinon directement, du moins par la
bande. On l'avait vu avec Corot honoré en sa galerie ; il récidiva en consacrant à Daumier une
belle exposition de peintures, aquarelles, lithographies, bustes et dessins, en 1878, avec l'amicale complicité de quelques-uns, afin d'adoucir
une vieillesse rendue sordide par la maladie et le
manque d'argent. Les collectionneurs appréciè-
rent, pas le public qui continua à s'en détourner.

On avança plus tard qu'une fois encore Durand-
Ruel avait eu le flair d'organiser une exposition un
an avant la mort d'un artiste, généralement annonciatrice d'une hausse de sa cote. Comme s'il la
pressentait, ou pire, comme s'il jetait son dévolu
sur des peintres guettés par une fin prochaine, tel
un oiseau de proie qui aurait revêtu la redingote
d'un grand bourgeois. Il n'en avait cure. Son admiration sincère et éprouvée de longue date pour
Daumier lui interdisit en revanche de négocier
auprès de sa veuve des travaux inachevés que des

spéculateurs s'empressèrent de faire achever par d'autres. Ils firent ainsi disparaître, par pur esprit de lucre, ces esquisses qui disent tant sur l'œuvre avant l'œuvre, et racontent son intime épopée mieux que tout écrivain d'art, sauf chez un Titien par exemple, si mystérieuse demeurait sa manière de faire le lit de la peinture tant sa touche était peu apparente. En apprenant de telles pratiques, Durand-Ruel enrageait et se consolait dans la lecture d'un *Salon* de Diderot :

« Pourquoi une belle esquisse nous plaît-elle plus qu'un beau tableau ? C'est qu'il y a plus de vie et moins de formes... L'esquisse ne nous attache peut-être si fort qu'étant indéterminée, elle laisse plus de liberté à notre imagination. »

Sa solidarité s'exprima de nouveau quand il réagit à sa manière à l'attitude des artistes constituant le jury d'organisation de la grande Exposition universelle de 1878. L'école de 1830 était à peu près autant ignorée que le groupe impressionniste. Ce double camouflet lui était insupportable car, cette année-là, la manifestation se tenait à Paris. Cette indifférence avait valeur de rejet, mais il connaissait trop son monde pour ignorer que la jalousie en était le terreau. Il monta donc sa propre exposition de refusés chez lui, en hommage aux grands peintres disparus, les Delacroix, Millet, Corot, Courbet, sans oublier son cher Rousseau, grand refusé autant que grand refuseur, quand il se disait encore couramment dans les cercles les plus influents que le premier ne savait pas dessiner, que le deuxième avait le trait grossier, que le troisième peignait avec des raclures de palette... Quelque trois cent quatre-vingts tableaux en tout, dont beaucoup étaient l'orgueil de collections privées, tel le désormais légendaire *Angélus* de Millet que M. Wilson voulut bien décrocher de son mur pour être agréable à celui qui le lui avait fourni quatre ans plus tôt. Résultat ? Succès auprès des connaisseurs, échec auprès du public, indifférence des officiels. Conséquence ? La galerie ne couvrait plus ses frais. Air connu. Sauf que cette méchante petite musique menaçait de virer à l'odieux bourdonnement quand, dans le même temps, Paul Durand-Ruel voyait monter l'étoile de son principal concurrent parisien, Georges Petit.

Alors que Cézanne et Pissarro songeaient à renoncer à la peinture dans l'espoir de gagner enfin leur vie, et que Renoir envoyait une toile au Salon en désespoir de cause, les ventes Faure et Hoschedé achevèrent de déprimer le marché de la peinture. On ne pouvait imaginer initiatives moins opportunes. Ainsi, le chanteur récupéra une bonne partie de la quarantaine de toiles qu'il proposait à Drouot car elles n'avaient pas atteint le prix de réserve. Quant au financier, son dépôt de bilan ne lui autorisait même pas ce panache. Personne ne voulant de *Impression, soleil levant*, le tableau de Monet fut emporté par Georges de Bellio pour 210 francs alors que Hoschedé l'avait payé 800 francs quatre ans auparavant.

Cela se passait en 1878, l'année même où la librairie Heymann et Perois publiait le premier texte pertinent sur l'impressionnisme. Signée Théodore Duret et intitulée simplement *Les Peintres impressionnistes*, cette brochure consacrée à Monet, Sisley, Pissarro, Renoir et Berthe Morisot était conçue comme un acte militant, maniant tour à tour l'ironie et l'orgueil, pour dire la grandeur de cet art et le discret génie de ses serviteurs. Bien qu'il se fît le Commynes d'une chronique très contemporaine, en l'absence de ce recul qui autorise les jugements trempés à destination de la postérité, l'auteur usait déjà d'un ton de mémorialiste aux accents délicieusement épiques : « Nous avons d'abord formé une petite secte, nous constituons aujourd'hui une Église, notre nombre s'accroît, nous faisons des prosélytes », écrivait Théodore Duret en un temps où, il est vrai, cette petite société n'était pas encore menacée de devenir une académie selon Mallarmé, « ce que, chez nous, malheureusement devient tout conciliabule officiel ».

En payant leur dette aux peintres naturalistes et à l'art japonais, il n'entendait pas seulement les placer pour la première fois dans une généalogie cohérente et les inscrire dans la continuité glorieuse de l'histoire de l'art. Évoquer Chardin et Watteau à leur sujet, ce n'était pas les mesurer au trébuchet des talents et mérites comparés, mais les associer à une commune destinée, les préparer à une semblable injustice dictée par les fluctuations du goût, les caprices de l'époque et les humeurs de la société. Que Diderot défendît Chardin contre les reproches qui lui étaient

adressés de ne pas finir ses œuvres devait conso-
ler les impressionnistes, eux-mêmes raillés au
motif qu'ils ne produiraient que des ébauches. Du
coup, non seulement ils se sentaient moins seuls,
mais ils partageaient la compagnie de maîtres
que les frères Goncourt venaient de hisser au plus
haut. Et puis après tout, les esquisses avaient
leurs propres vertus, Delacroix ayant fait comprendre que la meilleure d'entre elles tranquilli-
sait le peintre sur l'issue du tableau...

   « Nous allons faire la fortune des Goupil, des
Petit, des Durand-Ruel et nous couvrir de gloire ! »
s'exclamait l'un des personnages de *La Chimère*
après avoir passé six mois à l'Académie Suisse. Le
roman d'Ernest Chesneau venait de paraître chez
Charpentier mais en cette année 1879, alors que se
tenait une quatrième exposition impressionniste
au 28, avenue de l'Opéra, Paul Durand-Ruel avait
bien d'autres soucis en tête que le persiflage du
boulevard. Le monde entrait à nouveau dans une
phase d'incertitude. En démissionnant, le président Mac-Mahon avait définitivement livré la
république aux républicains, ce qui lui semblait
pour le moins absurde. En accédant au trône de
saint Pierre, Léon XIII avait clairement signifié
que le catholicisme n'avait pas intérêt à lier son
sort à celui du royalisme, ce qui était assez scandaleux.

   En réaction aux persécutions gouvernementales contre les écoles libres, Paul Durand-Ruel
organisa une vente d'œuvres d'art pour leur venir

en aide. Il fut même arrêté pour avoir protesté contre l'expulsion arbitraire des congrégations enseignantes. La sanction fut immédiate : alors qu'un grand nombre d'artistes et de critiques avaient signé l'année précédente une pétition afin de lui faire décerner la croix de la Légion d'honneur, le dossier fut soudainement clos.

Ses idées, qu'il put un temps croire discrètement triompher au lendemain du désastre de 1870, paraissaient désormais battues en brèche. Que le pape ne fût pas légitimiste l'accablait, mais qu'il détournât les fidèles de l'être le révoltait. Même dans ses pires moments, il n'avait pas envisagé que Rome dissociât ainsi Dieu et le Roi. Les émissaires du Saint-Père reçus par ceux du prétendant ne louvoyaient plus : les catholiques français étaient invités à la défense et au triomphe des intérêts religieux au sein de tous les partis.

« Je croyais que l'Église interdisait le suicide », commenta le comte de Chambord, mais l'ironie n'était plus de saison.

Inquiet pour l'avenir de la fille aînée de l'Église, Paul Durand-Ruel pouvait tout autant s'angoisser pour l'état des affaires, à commencer par les siennes.

Comment dort-on quand on est criblé de dettes ? On se tourne de l'autre côté. Jusqu'au jour où ça ne suffit plus.

Ce jour-là, le marchand rencontra un banquier qu'il crut différent des autres parce qu'il était catholique, se disait amateur d'art et portait un

patronyme stendhalien. Il s'appelait Jules Féder et
sa banque l'Union générale. Une amitié naquit
entre les deux hommes qui se traduisit par des fa-
cilités de trésorerie, lesquelles donnèrent enfin à
Durand-Ruel les moyens de ses ambitions. Pour
une fois, il disposait de fonds en accord avec sa
politique sans avoir à recourir au crédit-relais d'un
collectionneur fortuné. Cela se traduisit aussitôt
par une modification des statuts de la société gé-
rant sa galerie, la Société générale des arts dont il
était le principal actionnaire, un tiers des actions
se répartissant entre des confrères et des investis-
seurs ; désormais, elle renaissait comme une société en nom collectif vis-à-vis de Durand-Ruel et
en commandite vis-à-vis de quelques-uns de ses
associés.

De nouveau, il put tenir son rang à Drouot où il
s'était fait discret ces derniers temps. Il racheta à
Edwards les tableaux qu'il lui avait donnés en
garantie de sommes prêtées du temps de son
impécuniosité ; le fait est qu'il ne l'avait jamais
considéré comme un collectionneur un peu plus
porté que les autres sur la spéculation, mais bien
comme un homme d'affaires susceptible de financer un projet commercial de grande envergure
dans l'idée d'un retour sur investissement à
moyen terme. Charles Edwards lui aura finalement permis de devenir lui-même, fidèle à ses
principes de monopole et de spécialisation, en lui
donnant les moyens de poursuivre deux objectifs
en parallèle : la consolidation d'un stock de peintures de l'école de Barbizon, et la constitution

d'un autre stock de jeunes peintres impressionnistes. Les premiers se vendaient mais coûtaient cher à acquérir, les seconds valaient encore presque rien à l'achat mais ne se vendaient pas. Sans un *sleeping* avisé, commanditaire aux reins solides, une telle politique eût été encore plus aventureuse.

Avec Charles Edwards et les frères Abraham et Nissim de Camondo, deux banquiers dont l'art n'était pas la préoccupation majeure, il conclut des accords dont il résuma un jour, sept mois après leur signature, le mécanisme à propos de l'exploitation de l'œuvre de Georges Michel, dit le « Ruysdael français », l'un des précurseurs du paysage romantique disparu en 1843 :

« [...] Je vous ai vendu cent tableaux de cet artiste à raison de 1 500 francs l'un et j'en ai reçu le prix comptant m'engageant au bout d'une année à reprendre ceux de ces tableaux que vous ne voudriez pas conserver. Il a été convenu que, pendant cette année, je travaillerais à la vente de ces tableaux pour votre compte et que je vous en remettrais le montant avec déduction de 5 % pour moi. Jusqu'à ce jour, les affaires ayant été déplorables, je n'ai pu vendre que quatre tableaux... »

Il reprit ses achats réguliers à plusieurs de ses peintres de manière que ces mensualités leur permettent de travailler sans se soucier du lendemain. Sisley surtout, le plus démuni d'entre tous, mais aussi Degas, Pissarro, Renoir et depuis peu Mary Cassatt. Il put également conclure une manière d'exclusivité en négociant avec eux des droits de

première vue, renouant ainsi avec le principe premier de son négoce. Avec Monet, cela se traduisit
par l'achat de quinze toiles pour 4 500 francs ; en
lui concédant de larges avances sur ses achats à
venir, il lui permettait de travailler tranquillement
à Fécamp sans se soucier du lendemain, d'autant
que, dès son retour de Normandie, il lui prit à
nouveau vingt-deux toiles à 300 francs pièce.

La famille de Courbet, en reconnaissance de
tout ce qu'il avait fait pour venir en aide au pros-
crit qui craignait de ne plus se souvenir du soleil
en pénétrant dans la prison de Sainte-Pélagie, le
chargea de vendre les tableaux de sa succession.
L'État reçut *L'Enterrement à Ornans* des héritiers, et se porta acquéreur de trois œuvres pour
le Louvre. On vit même un tableau, inachevé
d'ailleurs, changer de titre subrepticement pour
des raisons purement commerciales : en dépit
des éléments très précis qui y figuraient, *La Toilette de la morte*, jugée trop macabre, devint *La
Toilette de la mariée*...

Rarement la cote d'un peintre avait ainsi fluc-
tué au gré des vicissitudes du temps : basse au
lendemain de la Commune dont il était devenu
l'antihéros, haute après sa mort, elle n'allait pas
tarder à redescendre pour de longues années en
raison du nombre considérable de faux et de
copies dont un marchand belge avait inondé le
marché.

L'activité de la galerie semblait retrouver le volume de ses grands jours. Mais un événement
imprévu eut raison de son dynamisme retrouvé.

Le 1er février 1882, la France fut secouée par un scandale qui manqua emporter définitivement Durand-Ruel dans la tourmente : la faillite de l'Union générale.

Deux ans à peine qu'il respirait normalement, et de nouveau l'asphyxie. Pourtant, c'était vraiment une banque selon ses vœux. Ne défendait-elle pas des intérêts cléricaux et réactionnaires ? Les deux hommes qui l'avaient fondée en 1875 avaient toute sa confiance. Outre Jules Féder, son directeur, on trouvait Paul-Eugène Bontoux, un ingénieur qui avait travaillé dans les chemins de fer chez Pereire puis chez Rothschild, et mettait autant d'ardeur dans ses convictions religieuses et monarchistes que dans ses affaires ; de plus, à partir de 1879, il avait eu le bon goût de financer la caisse royaliste, comme pouvaient en témoigner le marquis de Dreux-Brézé et le duc de Blacas.

Le conseil d'administration avait tout pour rassurer les plus sceptiques puisque s'y côtoyaient aussi bien Léon Riant, le directeur général des Postes, que le prince de Broglie, l'industriel Adrien de Montgolfier que le vicomte Mayol de Luppé, le financier marseillais Jules Rostand que le vicomte d'Harcourt, le banquier de La Bouillerie que le marquis de Banneville... Des noms, des influences et des pouvoirs.

En la créant cinq ans auparavant, ils imaginaient bien lancer une banque confessionnelle appelée à christianiser les capitaux. Leur but

avoué ? « Grouper les forces financières des catholiques, constituer ainsi à leur profit une puissance qui leur manque, et qui se trouve tout
entière entre les mains des adversaires de leur foi
et de leurs intérêts... » Il leur était donc nécessaire d'« arracher les grandes forces du capital
associé aux israélites et aux protestants ».

Toutes les classes sociales étaient représentées
dans la clientèle de la banque, mais on y remarquait surtout les milieux catholique, aristocratique
et princier, français comme européens. Toutes les
familles royalistes s'y retrouvaient, de même que
l'épargne du clergé et l'argent des bonnes œuvres.

L'Union générale n'avait pas son drapeau dans
sa poche. Grisée par son succès des premiers
temps quand ses amis politiques étaient aux affaires, la banque du Trône et de l'Autel, ainsi que
la nommait un polémiste, accumula rapidement
les imprudences à la limite de l'illégalité en spé-
culant sur ses propres valeurs. Et, alors que le
cours des actions ne cessait de baisser, elle augmenta encore son capital afin de le soutenir arti-
ficiellement au plus haut. Sous des cieux plus
amènes, ces délits auraient été étouffés tant bien
que mal. Mais sous un gouvernement républicain, ils ne pouvaient conduire qu'à la faillite
frauduleuse sous des motifs aussi divers qu'abus
de confiance, inventaires frauduleux, distribu-
tion de dividendes fictifs, provocation de hausse
fictive, simulation de souscription... En un mois,
à la charnière de 1881 et 1882, la banque, dont le
bilan présentait un bénéfice de 40 millions de

francs et un actif de 179 milliards, dut arrêter ses paiements : il n'y avait plus qu'un million en caisse et les dettes s'élevaient à 212 millions...

Le krach de l'Union générale mena ses deux principaux responsables à la Conciergerie, à l'avant-veille de l'assemblée extraordinaire des actionnaires. Écroués, Jules Féder et Paul-Eugène Bontoux ne niaient pas la fraude, mais assuraient l'avoir commise afin de sauvegarder les intérêts des actionnaires.

Les deux journaux par la lecture desquels Paul Durand-Ruel commençait d'ordinaire sa journée prirent la défense de la banque. *L'Union*, organe le plus proche du comte de Chambord, était rédigé dans un esprit si « Ancien Régime » qu'à le lire, on avait l'impression que Frohsdorf était la capitale de la France. Dirigé par le vicomte Mayol de Luppé, quoiqu'il fût également administrateur de la banque, et en dépit du conflit d'intérêts, il chercha à atténuer la culpabilité de ses dirigeants et l'ampleur des fautes commises. Quant à *L'Univers*, le journal ultramontain et légitimiste du polémiste Louis Veuillot, il rendit les Juifs responsables de l'étranglement de la banque, en un temps où naissait l'antisémitisme moderne, métamorphose d'une hostilité séculaire d'origine religieuse en une idéologie politique.

Remis en liberté sous caution, les deux responsables furent condamnés à cinq ans de prison et trois mille francs d'amende, peine réduite à deux ans en appel.

Une fois le scandale à distance, dans un mémoire en défense écrit depuis son exil castillan, Paul-Eugène Bontoux affirma haut et fort sa conviction que l'Union générale était tombée sous les coups de « la maçonnerie gouvernementale aux ordres de la puissance juive ». Selon sa démonstration, la banque avait été la victime de la guerre de conquêtes que lui avait menée la « race » juive ; cette faillite n'en était qu'un épisode, les israélites n'ayant pas toléré la montée en puissance et l'esprit d'indépendance d'un établissement qui échappait à leur contrôle. « Flambez l'Union générale ! », mot d'ordre présumé d'un anonyme roi de la finance, résonnait comme un lointain écho au « Flambez finances ! » lancé par un chef de la Commune une décennie avant. Le plaidoyer *pro domo* de Paul-Eugène Bontoux ne citait pas de noms, ne contenait guère de révélations ni d'allusion à la dimension catholique de l'entreprise, si ce n'est à la toute dernière ligne, en refusant de dissocier la cause du progrès et les conquêtes du travail des traditions et des croyances chrétiennes.

Il y avait les grands principes, et il y avait les terribles réalités. Paul Durand-Ruel allait devoir restituer, prématurément et précipitamment, les sommes qui lui avaient été avancées. Après le krach retentissant de son commanditaire, le bruit courut dans le quartier des marchands qu'il ne pouvait honorer le montant de sa dette, grosse d'un million de francs.

Dans la foulée des enquêtes, il apparut que, outre ses liens avec l'Union générale, il entretenait des relations financières avec des personnages plus douteux que ne le laissait paraître leur situation mondaine. Ainsi son ancien commanditaire Charles Edwards était-il accusé de pratiques d'usurier ; quant à M. Frémyn, l'avocat des Orléans, qui, un temps, lui avait consenti un prêt pour lui permettre de financer l'achat d'importantes collections, il était soupçonné de se livrer à la cavalerie sur une grande échelle.

Le temps se gâtait sérieusement.

Ce qui lui donnait la force de tenir ? Le souvenir de son père. De ses propres difficultés et de l'enseignement qu'il en avait tiré, son véritable héritage : « Si je n'avais pas été le fils d'un marchand de tableaux, si je n'avais pas été en un mot nourri dans le métier, je n'aurais pas pu soutenir la bataille que j'avais entreprise contre le goût public. »

Ce qui n'empêcha pas les nuits de découragement absolu. Le journaliste Gaston-Charles Richard, qui l'avait fréquenté, raconta qu'un soir, convaincu que sa galerie n'échapperait pas à la faillite, il s'apprêta à quitter son appartement, un revolver en poche, pour se rendre au bois de Boulogne afin d'en finir, quand il croisa deux de ses clients dans l'escalier. Le père Hayem et le comte Isaac de Camondo venaient à sa rencontre. Ils repartirent une heure plus tard en emportant vingt toiles de sa collection personnelle, vingt tableaux qu'il chérissait entre tous et qu'il leur avait laissés

contre un chèque de 100 000 francs qui lui main-
tiendrait la tête hors de l'eau pendant quelque
temps.

« Heureusement, j'avais un ami en chacun de
mes créanciers », dira-t-il.

Il y eut tout de même une liquidation à
l'amiable.

C'est aussi à son insensibilité aux effets délétè-
res de la rumeur que l'on apprécie la grandeur
d'un marchand. Quand d'autres auraient cédé à
la panique, comme si de rien n'était, il demanda
à Renoir de chercher, pour eux et les enfants,
une maison du côté de Dieppe afin qu'il peigne
le portrait des petits Durand-Ruel en toute quiétude.

Perpétuel arbitre des médisances dans un petit
monde où elles tenaient lieu d'élégances, il s'em-
para de nouveau du dossier délicat de la prochaine exposition du groupe impressionniste, du
moins de ce qu'il en restait. La bande des Batignolles avait plus que jamais besoin d'être remise
en selle. Il lui fallait absolument exposer, fût-ce
sous un label moins repoussant. Manet avait
même fait de cet impératif sa profession de foi :

« Montrer est la question vitale, le *sine qua non*
pour l'artiste. » Montrer à tout prix...

Alors Durand-Ruel se livrait à son épistolat de
grand conciliateur, écrivant à chacun de longues
lettres pour le convaincre de tempérer ses positions. Sage parmi les énervés, il était leur nécessaire *go between*, le messager de la dernière

chance, quand on eût imaginé tous les ponts
rompus.

Tout à sa « maladie des recherches », Renoir
avait encore la lumière de l'Italie plein les yeux,
celle des Raphaël qu'il était allé étudier à Rome,
celle des Véronèse et des Tiepolo qu'il avait ad-
mirés à Venise, le savoir et la sagesse de l'un, la
grandeur et la simplicité des autres, autant de leçons à prendre pour celui qui confiait humble-
ment :

« Je suis comme les enfants à l'école. La page
blanche doit toujours être bien écrite et paf ! un
pâté. J'en suis encore aux pâtés — et j'ai quarante ans. »

Cela dit, la participation de Renoir n'allait pas
sans problème, et pas seulement parce qu'il était
malade. S'il refusait de s'adresser directement à
certains peintres du groupe, il voulait bien composer à condition que leur marchand fût leur seul
intermédiaire ; tout plutôt que de discuter avec
Pissarro, à qui il reprochait tant ses remarques
désobligeantes que ses opinions politiques et ses
origines (« Rester avec l'israélite Pissarro, c'est la
révolution ! »). Alors seulement il consentirait à
participer à cette exposition collective, à condition que Durand-Ruel joue l'homme de paille et
prétende avoir prêté les tableaux confiés en sous-
main par Renoir.

Mais ce n'était pas lui le plus dangereux. Durand-Ruel, qui commençait à connaître les humeurs des uns et des autres, craignait ce que la
personnalité de Degas pouvait provoquer comme

dégâts. Quand on savait les traits assassins qu'il réservait à ses amis peintres, on n'imaginait pas qu'il eût besoin d'ennemis :

« Ils restent inférieurs à l'œuvre qu'ils tentent, ils bégaient sans pouvoir trouver le mot. »

Par son intransigeance à imposer certains artistes dans leurs expositions, il faisait fuir les pères fondateurs qui refusaient un voisinage si incongru. Ainsi son obstination à ne pas lâcher son ami Jean-François Raffaelli suscita-t-elle le départ de Gauguin qui ne voulait plus servir de bouffon à ce qui menaçait de devenir une mascarade. Raffaelli avait en effet eu le culot de proposer une trentaine de tableaux à accrocher avec des impressionnistes, alors que son naturalisme poussé au misérabilisme était loin de faire l'unanimité. La démission de Gauguin faisait suite à celle de la plupart des autres membres du groupe, laissant isolés Berthe Morisot et Pissarro, que Gauguin prévint :

« Encore deux ans et vous restez seuls au milieu de roublards de la pire espèce. Tous vos efforts seront détruits et Durand-Ruel par-dessus le marché. »

Pour un peu, à les écouter et à les lire, on aurait eu l'impression, assez réconfortante somme toute, que leur gratitude vis-à-vis de leur marchand demeurait l'ultime lien qui empêchait leur association de se dissoudre. Renoir, intraitable sur les conditions de sa participation fort improbable, n'en reconnaissait pas moins, en préalable à toute philippique :

« Si vous faisiez une exposition dont vous fussiez le chef absolu et que cette exposition eût lieu même à la Bastille ou dans un quartier plus infect encore, je vous dirais avec empressement : prenez tous mes tableaux, quitte à aller au-devant d'un four. »

Monet, lui non plus, ne voulait surtout pas décevoir leur marchand. Par le passé, il avait déjà claqué la porte de leur société quand Pissarro avait imposé Gauguin, il se refusait à frayer avec le « premier barbouilleur venu ». Aussi, cette fois, pour tenter de résoudre la quadrature du cercle, suggéra-t-il que chacun abandonne sa solidarité avec ses amis, et lui-même avec Caillebotte, pour que tous se retrouvent comme avant, ce dont Pissarro finit par convenir :

« Pour Durand et même pour nous, l'exposition est une nécessité ; de mon côté, je serais désolé de ne pas le contenter. Nous lui devons tant que nous ne pouvons lui refuser cette satisfaction. »

Monet n'accepta alors que si Renoir en faisait de même, lequel ne voulait pas pour autant renoncer à son envoi annuel au Salon en vertu d'un principe de grand-mère (si cela ne fait pas de bien, cela ne peut pas faire de mal) ; il était de toute façon convaincu que ce genre d'exposition ferait tomber la cote de ses toiles de moitié et demandait instamment que l'on abandonnât le titre jugé imbécile d'« indépendants ». Du coup, Degas, suivi de Rouart et de Mary Cassatt, menaçait de claquer la porte. Et quand certains se révoltaient de ce que l'on ait osé envisager de leur coller De Nittis, son ami Degas haussait les épaules pour dédramatiser :

« Après tout, c'est l'impressionnisme mis à la portée des gens du monde... »

Durand-Ruel recevait les doléances des uns et des autres ; puis il se faisait l'habile intercesseur d'anciens solidaires qui se déchiraient déjà malgré la brièveté de leur histoire commune, les difficultés à faire triompher leur cause et la précarité d'une situation liée à un marché des plus fantasque.

C'est aussi à l'aune de cette vertu, une patience inouïe, que Balzac nommait la « patience de l'israélite » en la rangeant parmi les trois éléments du succès avec les jambes du cerf et le temps des flâneurs, c'est à cette patience-là que l'on juge des mérites d'un grand marchand.

De la patience, il en fallait avec un Renoir, quand celui-ci voulait soudainement se faire payer en fonction du coût de production, et qu'il lui expliquait son intention de vendre très cher le résultat de son travail italien, fatigant et onéreux à réaliser, contrairement à ses dernières toiles parisiennes ; consciemment ou pas, il renouait ainsi avec les pratiques quatroccentistes, où le mécène rémunérait l'artisan en fonction du temps passé, des matériaux utilisés et de la surface couverte...

De la patience, il en fallait avec un Monet, quand celui-ci s'inquiétait de ce que son marchand le qualifiât d'« homme du soleil » au risque de le spécialiser dans une seule note, à quoi il se refusait... Il en fallait avec un Pissarro, quand celui-ci voulait décorer à sa manière les salles d'exposition afin de rappeler à Whistler qu'il n'avait rien inventé en repeignant en jaune citron la galerie de son marchand... Il en fallait pour mettre d'accord Monet et Pissarro afin de les réunir sur les mêmes cimaises, le premier étant d'avis d'en mettre plein la vue au spectateur en organisant une mise en scène luxueuse des expositions dans de belles salles et sous les meilleurs atours afin d'en imposer au public pour mieux désamorcer son sens critique, et le second jugeant qu'un procédé aussi ostentatoire puait le bourgeois à plein nez... Il en fallait pour conserver les meilleures relations avec un Degas bien qu'il lui confiât ses danseuses et ses champs de courses tout en commençant à donner ses nus à Alphonse Portier comme s'il était meilleur ambassadeur de la nouveauté, l'empêcher de repartir de chez un collectionneur avec l'une de ses toiles pour la retoucher sans fin, lui prodiguer des conseils avisés pour l'assurance de sa collection et se rendre malgré tout à sa pendaison de crémaillère rue Pigalle... Il en fallait pour guetter l'un de ces génies qui sont plutôt le fruit d'une longue impatience...

Ajoutez à cela une ténacité à toute épreuve avec les mêmes, quitte à les violenter un peu. Ainsi lui arrivait-il d'exposer des tableaux contre la volonté de ses peintres, parfois même après leur avoir solennellement promis qu'il s'en garderait bien. La mauvaise humeur s'installait, jusqu'à tendre ou refroidir leurs relations, mais le pardon venait tôt ou tard, non sans condition. Ainsi en 1881, après

que Renoir lui eut laissé *Les Acrobates* en consignation, et malgré son refus formel de participer
à la septième exposition impressionniste qui se
tint un an après, Durand-Ruel l'exposa tout de
même en son propre nom sans le faire figurer
au catalogue, puis l'acheta à l'artiste au prix de
2 000 francs, un montant jugé très élevé qui n'est
peut-être pas sans rapport avec le rachat de la
faute commise...

Le vernissage de l'exposition qu'il avait eu tant
de mal à monter eut lieu le 1er mars, un mois à
peine après le krach de l'Union générale, finalement sous le label des indépendants. Mais afin de
ne pas leur porter préjudice en les noyant parmi
d'autres œuvres, de surcroît dans une galerie très
repérée, Durand-Ruel loua à ses frais pendant des
mois les salons du Panorama de Reichshoffen au
251, rue Saint-Honoré. Seule une telle manifestation lui permettait de valoriser son stock : fallait-il
pour autant considérer son soutien aux impressionnistes comme le coup de la dernière chance
d'un marchand aux abois ?

Il y exposa ses propres tableaux, et non ceux
de collectionneurs, mais en prenant soin d'en
rendre responsable le courtier Alphonse Portier,
ancien secrétaire des indépendants et futur voi-
sin de palier des Van Gogh rue Lepic, qu'il venait
d'engager.

La manifestation rencontra un succès tant public que critique. Quand tout concourait à en
faire une réunion éclectique et ouverte à toutes
les complaisances, elle offrit un aspect d'une rare

homogénéité dans la qualité. Comme si chacun, après avoir vidé son sac auprès du seul à qui on pouvait tout dire parce qu'il pouvait tout entendre, s'était résolu à donner le meilleur de lui-même pour la plus grande gloire de tous. En fonction d'une logique bien personnelle, Renoir, qui avait catégoriquement refusé d'être de cette « combinaison insolite » et de devenir un « indépendant » malgré lui, n'avait pas empêché pour autant son marchand d'y exposer des toiles qui lui appartenaient en propre, telle *La Femme à l'éventail*.

Durand-Ruel songea aussitôt à récidiver dans d'autres locaux du boulevard de la Madeleine, avec d'autres prête-noms, procédé des plus courants dans le milieu, car son initiative suscitait de nouvelles vocations d'amateurs. Il pensait notamment à l'homme d'affaires Léon Clapisson, grand bourgeois éclairé qui avait accroché aux murs de son hôtel de Neuilly les scènes nord-africaines de Renoir et *Le Banc* de Manet en lieu et place des tableaux de Couture et Troyon.

La partie était loin d'être gagnée. Au lendemain du Salon de juin, Zola cherchait encore « le » chef-d'œuvre impressionniste qui, selon lui, devait imposer la formule et faire courber les têtes ; en attendant qu'il veuille bien surgir, cette carence témoignait à ses yeux de ce que ces peintres n'avaient pas pour l'instant trouvé les moyens de leurs ambitions. L'impressionnisme commençait pourtant à modifier le regard des critiques et l'attitude du public, loin du catéchisme optique et de la légalité picturale. Le mouvement, presque imperceptible, s'opérait alors que le groupe vivait ses derniers instants. Il se survivait, chacun préférant poursuivre ses recherches de son côté. De querelles en exclusions, la légendaire complicité des premiers temps avait vécu, même si la période héroïque n'était pas tout à fait achevée. Peut-être fallait-il que l'impressionnisme mourût pour qu'il puisse enfin triompher ? Curieusement, une sourde hostilité flottait toujours autour des impressionnistes, mais elle s'était déplacée dans l'espace : elle ne venait plus tant de l'extérieur que de l'intérieur du groupe à destination de lui-même.

Les signes annonciateurs de la fin d'un moment crucial de l'art ne manquaient pas à qui voulait bien les apercevoir. Comment n'aurait-on pas remarqué qu'Édouard Manet, l'immense et décisif Manet, le plus insulté d'entre tous, le vilipendé permanent, l'ennemi public numéro un de l'institution, venait d'être gratifié coup sur coup d'une médaille de seconde classe décernée par le jury du Salon pour son drolatique portrait de M. Pertuiset, le chasseur de lions, et d'une Légion d'honneur sur proposition d'Antonin Proust, ministre des Beaux-Arts, il est vrai son ami. Eût-on voulu discrètement signifier qu'il était temps de tourner la page que l'on ne s'y serait pas pris autrement, surtout au moment où l'État et l'Académie consommaient leur séparation puisque la Société des artistes français prenait désormais la direction autonome du Salon, lequel demeurait « la » manifestation annuelle de l'art en France.

Les projets ne manquaient pas, ni l'enthousiasme, mais avec quels fonds dès lors que le commanditaire était failli et qu'il fallait le rembourser prématurément ?

« Je dus faire argent de tout », reconnut Durand-Ruel.

Mais encore ? Il commença par sous-louer une partie de sa galerie. Il ne trouva qu'une personne, une seule, pour lui accorder des avances, non sur la valeur de ses tableaux impressionnistes, mais sur le montant de leurs encadrements. Il ne pouvait même plus compter comme avant sur son stock, les œuvres de ses héros familiers de l'école de 1830 l'ayant progressivement déserté pour rejoindre cabinets d'amateurs et musées, alors que le titre de conservateur dans la fonction publique était créé.

Des années noires s'annonçaient au début de l'été 1882, une décennie peut-être. Préparant ses vacances en famille, il se décida de nouveau pour une villégiature du côté de Dieppe en compagnie des Renoir, plutôt que Pourville avec les Monet, même s'il eût certainement préféré prendre les eaux à Marienbad ou Wiesbaden dans l'entourage du comte de Chambord qui y soignait ses rhumatismes et y réduisait son royal embonpoint.

Une inquiétude teintée de mélancolie se devine dans son portrait à la pointe sèche que réalisa alors Marcellin Desboutin. Il emménagea dans un nouvel appartement au cœur du quartier de l'Europe cher à Caillebotte, sur une longue artère

ouverte vingt ans plus tôt pour fournir un nouvel
accès à la gare Saint-Lazare, au 35, rue de Rome.
On ne se refait pas, son premier geste fut de
commander à Monet des natures mortes, une
série destinée à orner des panneaux de porte
pour le salon... Joseph, son fils aîné, âgé d'une
vingtaine d'années, n'était pas encore prêt pour
le rejoindre et le seconder ; il venait d'obtenir sa
licence de lettres à l'université de Clermont et,
avant de poursuivre des études de droit plutôt
que de s'inscrire à l'École du Louvre qui venait
juste d'être inaugurée, effectuait son service militaire au 12e régiment de chasseurs.

Pour réduire les coûts, il envisagea de multiplier
les expositions particulières au détriment des expositions de groupe. Ce n'était guère dans l'air du
temps, le public comme les artistes considérant
les manifestations collectives comme autant de
Salons bis. Certains, tel Sisley, étaient d'autant
moins favorables à l'idée d'être montrés isolément
que le marchand Georges Petit, tout à son exposition internationale, jouissait désormais derrière
l'église de la Madeleine d'une somptueuse galerie
de vingt-cinq mètres sur quinze, décorée de marbre et d'étoffe rouge, et qu'il était prêt à tout pour
attirer les découvertes de son concurrent chez lui,
dans cet immeuble où il vivait avec toute sa famille et où il travaillait, que ce fût dans les salles
d'exposition, l'imprimerie d'estampes ou les ateliers d'emballage ; l'effet de richesse et de puissance, de pouvoir et de prospérité était saisissant,
suffisamment en tout cas pour ne pas laisser un

peintre indifférent, que l'on entrât par le 12, rue
Godot-de-Mauroy ou par le 8, rue de Sèze.

Il ne suffisait pas de persifler sur ses expositions
à grand orchestre et de rebaptiser sa galerie « magasins du Louvre de la peinture ». Cinq ans après
avoir succédé à son père, Georges Petit se posait
en rival résolu. L'inauguration des nouveaux locaux avait valeur de symbole : elle se fit par le
vernissage d'une exposition de la Société des
aquarellistes français, laquelle avait jusqu'alors
l'habitude de se montrer chaque année depuis sa
création chez Durand-Ruel. Eût-on voulu le provoquer en duel sur la place publique que l'on ne
s'y serait pas pris autrement. Mais comment résister à un marchand capable d'offrir une véritable
rente de 50 000 francs par an à Alfred Stevens
pour l'exploitation exclusive des droits sur ses fameux paysages marins ?

Durand-Ruel n'en démordait pas, d'autant que
le souvenir était encore frais de ses difficultés à
faire cohabiter sous la même verrière des peintres
qui ne voulaient même plus se serrer la main. Ils
avaient le mot « groupe » plein la bouche et ne
juraient que par l'esprit collectif, mais tout dans
leur comportement trahissait leur individualisme.
Lui seul était payé pour le savoir mieux et plus
que tout autre marchand, collectionneur ou critique.

Boudin, à qui il venait d'acheter d'un coup tout
ce qu'il avait trouvé dans son atelier, mais aussi
Monet, Renoir, Pissarro et même Sisley se succédèrent de mois en mois sur ses cimaises. Pas

seulement à Paris mais aussi à Berlin, Londres, Rotterdam, New York et Boston, chez l'Allemand Fritz Gurlitt, le Hollandais Elbert Jan Van Wisselingh et bientôt chez un autre Allemand à qui il confiera l'exclusivité de sa représentation et qui deviendra son premier client européen, Paul Cassirer, car il avait décidé de se relancer sur le marché étranger. L'activisme qu'il y déployait soudainement en stupéfiait plus d'un, à commencer par Pissarro. Son marchand réclamait tout à coup une notice aussi complète que possible sur sa vie et ses « doctrines » afin de l'envoyer à un correspondant américain. Il n'y croyait guère, mais Durand-Ruel, qui s'était mis en tête d'y présenter trois de ses tableaux, nourrissait pour lui les plus hautes ambitions : « Il faut tâcher de révolutionner le nouveau monde en même temps que l'ancien. »

De quoi s'agissait-il d'autre que d'exposer, c'est-à-dire de participer au mouvement mondain sous toutes les latitudes, de s'inscrire pleinement dans le siècle plutôt que de se retirer dans la règle ? Non qu'ailleurs l'herbe eût été nécessairement plus verte pour les impressionnistes ; il y avait peut-être foule chez Dowdeswell and Dowdeswell, mais à New Bond Street comme rue Laffitte, elle jugeait que tout cela manquait de fini. Au moins, comme l'écrivait Lucien Pissarro à son père demeuré en France : « Les gens en parlent, viennent voir et rient, c'est déjà quelque chose... »

Les gazettes anglaises, pas davantage que leurs consœurs françaises, ne ménageaient les artistes de Durand-Ruel. Elles n'avaient rien à leur envier dans le registre de l'ironie, et se montraient plutôt meilleures dans celui de la litote assassine, une spécialité nationale : « Ce n'est pas rien pour les Londoniens d'avoir chez eux une source de distraction comique qui fait la joie des Parisiens. »

On pouvait lire des choses comme ça dans le *Morning Post* au lendemain du vernissage. Juste de quoi conforter Pissarro, connaisseur averti de l'Angleterre où vivaient son fils Lucien et ses cousins Isaacson. Ce pays corrompu jusqu'à la moelle n'excellait plus, selon lui, que dans l'art de jeter de la poudre aux yeux, et dans l'art sentimental, autrement dit l'art à la fleur d'oranger qui fait se pâmer les femmes pâles. D'autres voix moins inamicales s'élevèrent, mais cela ne fit pas vendre les œuvres raillées, d'autant que le marchand avait jugé bon de placer la barre assez haut. La lecture de *The Academy* consolait ainsi de bien des vilenies critiques en louant l'audace de Durand-Ruel à exposer *La Danse à Bougival* de Renoir, œuvre dont la grande revue appréciait qu'elle se fût émancipée de toute convention artistique.

À Berlin où les tableaux firent sensation, l'hostilité d'Adolf Menzel, qui n'était pas que le Meissonier allemand, eut pour conséquence un événement ahurissant pour plus d'un observateur parisien de la scène artistique : une défense et illustration de l'impressionnisme dans *Le Figaro* de cet Albert Wolff qui n'avait cessé de le traîner dans la fange, pure réaction de défense patriotique. Un comble ! Pissarro n'en revenait pas et n'était pas le seul.

Des ventes à peu près nulles, et s'évanouissait pour les artistes l'espoir d'un marché étranger qui comblerait à court terme les effets de l'indifférence française. Durand-Ruel se battait et se débattait sur plusieurs fronts. Ses peintres le savaient ; les rumeurs les plus alarmistes circulaient avec insistance, comme Pissarro s'en faisait l'écho dans sa correspondance avec Monet :

« J'entends bien les autres marchands, brocanteurs et amateurs spéculateurs qui disent : "Il en a pour huit jours", mais voilà plusieurs mois que ça dure. Espérons que ce ne sera qu'un mauvais passage... »

En attendant, il ne leur restait plus qu'à vivre d'expédients, à se lancer dans des projets farfelus (et sans lendemain) : Pissarro et Gauguin imaginaient un procédé de tapisserie industrielle ; d'autres comptaient sur la légendaire prodigalité de Caillebotte, discrète providence des fins de mois difficiles, ou pensaient à se jeter dans les bras du marchand Georges Petit. Mais ce qui se voulait éphémère s'éternisait.

De plus en plus découragé, Monet s'impatientait, piétinait, jusqu'à en crever certaines de ses toiles. Non seulement son exposition avait été un four sur le plan commercial, non seulement l'indifférence des journaux le minait (à tout prendre, les insultes valent toujours mieux que le silence, elles donnent au moins le sentiment d'exister),

mais son amour-propre avait été atteint par la désinvolture avec laquelle certaines de ses œuvres
avaient été accrochées dans le salon du fond
rendu infréquentable par le soleil ; dans son désarroi, il ne réclamait pas grand-chose, Monet, juste
des stores... Pissarro, celui qui avait eu la chance
d'apprendre le dessin sans maître là-bas aux An-
tilles, celui que Cézanne considérait comme le
premier impressionniste, Pissarro évitait de sacrifier aux « dîners impressionnistes » du jeudi, rituel
mensuel des anciens des Batignolles, par crainte
de ne pouvoir acquitter les quinze francs versés
par chacun des commensaux. Il ne lui suffisait
plus de faire des natures mortes, comme le lui demandait son marchand afin de mieux satisfaire la
clientèle bourgeoise, ou de « faire du paysage et
toujours du paysage » pour lui complaire ainsi que
le lui suggérait non sans pragmatisme Gauguin,
lequel avait encore un pied au palais Brongniart
puisqu'il était remisier chez un agent de change ;
celui-ci se proposait même de faire le courtier en
tableaux pour le compte de Durand-Ruel afin d'ar-
rondir des fins de mois de plus en plus délicates,
même s'il craignait le pire :

« S'il tombait, ce serait terrible pour les impressionnistes. Leurs tableaux deviendraient à
tout jamais entachés de malheur et ce serait bien
long pour les remonter. »

Monet s'effrayait à la pensée de la quantité de
toiles de lui que son marchand devait conserver
en stock : comment, en toute logique, pourrait-il
en acheter d'autres s'il ne parvenait pas à écouler

celles-ci ? Degas réclamait son dû, sans cesse et
inopinément, par retour de courrier ou par l'entremise de Prosper, le factotum de la galerie,
mais dans la journée ou le lendemain au plus
tard, procédé qui plaçait Durand-Ruel dans une
situation intenable. Il cherchait à temporiser,
mais il lui fallait ravaler sa fierté pour convenir
devant ses peintres qu'il n'avait plus de quoi les
aider, renoncement vécu comme un abandon.
Ses lettres à Pissarro au milieu des années 1880
en témoignaient :

« Vous n'avez pas idée des ennuis que j'ai eus
depuis un mois. On me fait perdre mon temps
avec des promesses que l'on ne tient pas... Je suis
bien contrarié de vous laisser ainsi sans le sou,
mais je n'ai plus rien du tout en ce moment et il
me faut faire contre mauvaise fortune bon cœur et
avoir l'air presque riche... Je suis toujours bien en-
nuyé des affaires. Tous ceux auxquels je m'adresse
me disent d'attendre. C'est facile à dire... Il me faut
lutter encore un peu et nous arriverons à dominer
nos adversaires... J'ai toujours des affaires plein le
dos. Des ennuis, voilà tout ce que l'on y gagne. Je
voudrais être libre de m'en aller dans le désert... »

Tout quitter et se faire anachorète, c'eût été le
luxe suprême pour ce croyant éminemment responsable, d'autant plus soucieux du bonheur familial que ses enfants n'avaient plus de mère.

« Il était plus grand que nous ne pensions... »
Degas avait lâché le mot aux obsèques
d'Édouard Manet. L'annonce de sa mort fut un

coup terrible, même si la gangrène qui le rongeait faisait craindre le pire depuis trois ans. C'était le 30 avril 1883, il avait cinquante et un ans et on commençait à peine à comprendre que l'on portait en terre ce jour-là le discret patron de l'art moderne. Peut-être même le premier impressionniste puisque, avant lui, on ne traduisait pas ses sensations dans l'immédiat en libérant ainsi son instinct. Pourtant, il avait toujours évolué en marge du groupe, hors de ses manifestations collectives alors qu'il était régulièrement de ses réunions parallèles au café Guerbois ; il préférait affronter ses adversaires sur leur propre terrain, le Salon. Renoir et lui s'étaient toujours distingués par leur refus de renoncer au Salon, lequel offrait de meilleures garanties tant sur la durée que sur le plan commercial.

Son destin fut de se retrouver en permanence dehors et dedans, et pas seulement dans ses affinités électives, comme l'illustra par l'absurde sa mise à distance de l'Exposition universelle de 1867 alors qu'y était accroché son propre portrait par Fantin-Latour ! Aux antipodes de la peinture d'histoire qu'il avait en horreur, il n'en réussit pas moins *L'Exécution de Maximilien* en hommage au Goya du *Tres de Mayo*. Il aimait à travailler en plein air tout en abhorrant le paysage et en ne cessant de payer sa dette aux classiques. Il avait refusé de participer à la première exposition impressionniste, mais en cette même année 1874, en hommage et par solidarité, il débaptisait son tableau *Couple en tenue de canotage*

pour le rebaptiser *Argenteuil*. Tout dans son art
refusait médailles et honneurs, mais toute sa personne ne les dédaignait pas. Et que dire de ses
relations avec Albert Wolff qu'il remerciait quelques mois avant de disparaître des amabilités
qu'il avait émises sur sa dernière exposition, tout
en lui confiant qu'à la réflexion, il ne serait pas
fâché de lire de son vivant l'article épatant que
l'éminent critique lui consacrerait au lendemain
de sa mort ? Quand on apprit que celui-ci avait
finalement renoncé à poser pour lui, on se demanda surtout pourquoi Manet avait même
commencé son portrait — sinon pour s'accommoder le redouté exécuteur du *Figaro*.

Dehors et dedans, en permanence, au risque
de l'ambiguïté.

Chacun dans le cortège funèbre avait en lui ses
souvenirs du défunt, le travailleur inépuisé tout
autant que le jovial habitué du café Tortoni, et
leur mosaïque reconstituée eût fait le beau portrait de l'artiste le plus conspué de son temps. Si
les journaux avaient dû paraître sur un timbre-
poste, il serait resté encore assez de place pour
l'injurier. Un jour, sa réaction face à toute cette
boue résuma l'homme d'un trait. Alors que son
Olympia était accablée de toutes parts, il dit à
Baudelaire : « Il est évident qu'il y a quelqu'un
qui se trompe... »

Son âme se détachait désormais sur l'un de ces
fonds de nulle part empruntés au cher Vélasquez
pour y inscrire *Le Fifre* et *La Femme au perroquet*. Il avait rejoint l'outre-noir qu'il aimait tant,

et qui le distingua si fort des impressionnistes jusqu'à la fin, mais aucun des nouveaux maîtres de la lumière ne l'avait convaincu d'y renoncer. Pour lui dire adieu, les écrivains, les critiques d'art et les musiciens étaient plus nombreux que les peintres, à l'image de ce que fut sa vie. Mais nul ne remarqua si la procession funèbre projetait des ombres opaques, ce qui eût été la seule faute de goût au tableau de sa fin.

Pour n'avoir pas appartenu au premier cercle de ses intimes, Paul Durand-Ruel n'en était pas moins marqué par la disparition de ce peintre auquel il n'avait pas mesuré son soutien ni ses encouragements. Malgré cette proximité tant avec l'homme qu'avec l'œuvre, ses héritiers étaient partagés quant à l'opportunité de lui confier la vente publique de son atelier. Cela n'alla pas sans difficulté et cette désignation même aurait valeur de consécration. Seule l'intervention de la mère de Manet la rendit effective :

« Il faut que la vente des tableaux de notre cher Édouard se fasse avec intelligence. J'ai peur que M. Duret ne soit pas très adroit dans sa mission si délicate... Faure lui-même a l'air de se réserver. Vous savez combien il est marchand, il fait ses calculs et veut arriver à ce qu'il désire... De plus, il se forme une cabale pour charger Petit de la vente des tableaux. Ce serait une ingratitude des plus grande de n'en pas charger Durand-Ruel qui était un admirateur et le premier acquéreur de notre cher Édouard. Petit n'aimait pas sa peinture et ne lui a jamais rien acheté... »

La vente de son atelier se tint dix mois après la mort de Manet. Après bien des tractations entre les héritiers, la famille exprima le vœu que le marchand Georges Petit assurât la responsabilité des enchères aux côtés de Durand-Ruel, ce qui n'était pas du goût de celui-ci, tant il se méfiait de son principal concurrent. D'ailleurs, dans ses *Mémoires*, il ne fit pas l'économie d'une perfidie à son endroit :

« Nos adversaires avaient prédit un insuccès si complet que Petit ne voulut même pas paraître à l'exposition et à la vente pour ne pas se compromettre. »

Les amis de Manet ne guettaient pas cette vente sans une certaine inquiétude. Beaucoup étaient d'avis, comme Zola, qu'en vente publique ses tableaux n'avaient jamais été sérieusement poussés, et ils redoutaient que, près d'un an après sa disparition, l'émotion qu'elle avait suscitée se soit évanouie. Le critique Théodore Duret, qui avait dressé un premier inventaire de l'atelier avec Durand-Ruel, y avait repéré une douzaine de grands tableaux achevés mais d'un placement incertain, une centaine d'études, une vingtaine de pastels et une trentaine de dessins et aquarelles à mettre sous verre. Leur exposition fut un grand succès tout-parisien, qu'honora même de sa présence le nouveau président du Conseil Jules Ferry — il est vrai que sa femme faisait de la peinture. Mais cela n'empêcha pas peu après les organisateurs d'une exposition posthume de Manet à la recherche d'un lieu de se voir opposer une fin de non-recevoir de M. Kaempfen, le directeur de l'École des beaux-arts, s'étonnant même qu'on ait osé le solliciter afin d'assurer dans ses galeries la propagande d'un « révolutionnaire ».

Sans être mirobolant, le résultat de la vente démentit les prévisions les plus pessimistes : 116 637 francs pour cent soixante-neuf numéros. Des fidèles tels que Rouart, Caillebotte et Duret emportèrent des tableaux à des prix raisonnables, et Paul Durand-Ruel lui-même *La Servante de bocks* pour 2 000 francs. Mais nombre d'œuvres importantes de Manet furent retirées de la vente sans qu'une seule offre ait été formulée dans le public, que la mise à prix ait été de 10 000 francs pour sa fameuse *Olympia* ou de 175 francs pour sa non moins fameuse *Exécution de Maximilien*.

Les amis n'avaient pas suffi, ni les collectionneurs déjà acquis à sa cause. Les autres faisaient cruellement défaut, pour ne rien dire des étrangers et du Louvre, alors que l'État avait acheté trois toiles de Courbet lors de sa vente après décès. À croire que le réalisme de l'un effrayait moins que le modernisme de l'autre. Le fait est qu'ils s'étaient abstenus, contrairement au critique du *Figaro*. Celui-ci n'allait pas laisser passer une telle occasion d'accabler un maître de cérémonies dont l'étoile n'avait jamais été aussi basse puisque, de nouveau, couraient à Drouot les rumeurs sur la liquidation prochaine de sa galerie, et Albert Wolff n'était pas du genre à s'attendrir sur le sort d'un homme que l'on disait à terre :

« Dans cette assemblée d'amis et d'hallucinés, l'expert M. Durand-Ruel mérite une mention spéciale. Tous les tableaux de Millet, Rousseau, Corot, Delacroix ont passé par ses mains à une époque où ils ne valaient pas cher. À présent, cet homme de bien voudrait recommencer avec l'école des Batignolles, dont, pendant un temps, Manet fut le chef. À lui tous les impressionnistes les plus échevelés, Caillebotte et tutti quanti. M. Durand-Ruel prévoit pour ces maîtres l'avenir le plus brillant... »

Au nom de l'espèce d'amitié qui le liait au cher disparu, le plus cynique des critiques s'estima délivré de son sens du devoir au lendemain de la vente ; dès lors que l'avenir de sa veuve était assuré avec le profit qu'elle ne manquerait d'en tirer, il s'en donnait de nouveau à cœur joie pour moquer les prix insensés payés en échange de choses insignifiantes, et dénoncer encore et encore le grand manipulateur en Durand-Ruel : « J'ai cru remarquer qu'il souriait avec une satisfaction d'autant plus visible que l'objet par lui mis aux enchères était d'un genre plus désordonné... »

Si ces premières années 1880 furent si noires et conservèrent cet aspect enténébré dans la mémoire de Paul Durand-Ruel, ce n'était pas seulement en raison de son infortune commerciale, de la chute de son commanditaire et des disparitions successives de Courbet, Manet et de quelques autres. En 1883, il perdit également l'homme qu'il voulut pour roi.

Un soir de juin à Frohsdorf, en son petit Versailles de Basse-Autriche, le comte de Chambord, dont la santé ne cessait de s'altérer, avala un dessert de trop. Ses ennemis auraient trouvé le talon d'Achille d'un prince obèse que son appétit obsédait : les fraises... La rumeur courut que les francs-maçons y avaient fait verser de la poudre de diamant afin d'empoisonner le prétendant. Il fut rapporté que les ananas l'avaient été également. Mais que l'attentat fût à la fraise ou à l'ananas, il avait bien été victime d'une tentative d'assassinat. Après ce dessert fatal, son agonie dura deux mois, tragique apothéose d'un exil d'un demi-siècle, interrompu par deux brefs séjours dans son pays où ce prince très chrétien ne voulait revenir qu'en roi des Français. Mais règne-t-on par correspondance ?

Malgré la distance, Paul Durand-Ruel aura été de ceux qui se seront sentis moins citoyens de la République française que sujets de ce roi sans couronne, le seul qui défendît un modèle idéal de la royauté chrétienne. Ce qui ne l'empêchait pas de louer haut et fort l'art de Courbet le communard et celui de Pissarro l'anarchiste, plutôt que l'habileté du monarchiste Boutet de Monvel quand celui-ci envoyait au Salon de la société des artistes français *L'Apothéose de Robert Macaire*, une si impitoyable charge contre la démocratie qu'elle prenait valeur de manifeste et devait être décrochée du Salon sur ordre du gouvernement, pour être finalement accrochée avec succès... au *Figaro*

Entre eux et lui, Paul Durand-Ruel avait définitivement choisi, et il ne cessait d'en payer les
conséquences. D'aucuns diront qu'il n'avait plus
guère le choix avec un stock si important sur les
bras, et que de toute façon il n'avait vu dans l'impressionnisme qu'un développement heureux de
l'école de 1830 ; d'autres que c'était une attitude
toute de paradoxes et de provocations comme on
en voyait chez certains grands bourgeois que
leur tempérament poussait à se démarquer de
leur classe ; d'autres encore qu'il se retrouvait en
fait dans la situation du pur spéculateur pris à
son propre piège, voire du « très spéculateur »
ainsi qu'il qualifiait lui-même certains de ses
clients dans ses notes personnelles, avec le ton de
celui qui s'excluait naturellement de cette catégorie, une pratique qui n'avait rien de moderne
puisqu'elle était de longue date consubstantielle
au marché de l'art des grands maîtres.

Même si la vérité relevait en partie de ces différentes logiques, elle était fondamentalement
autre : il aimait ses peintres et croyait en leur art
de toute la force d'un croyant, il avait foi en leur
vision du monde, sereinement ébloui qu'il était
par la nouveauté du regard qu'ils posaient sur ce
monde.

Cela ne faisait pas de lui un marchand de tableaux désintéressé non plus qu'un mécène idéa-
liste, une sorte de Médicis des impressionnistes.
Mais cela n'en faisait pas davantage un négociant
âpre au gain, stratège au point d'organiser la
crise et cynique jusqu'à feindre d'en subir les

plus terribles conséquences. Il n'était pas l'un de ces propriétaires de galerie qui, en confidence, disaient de leurs clients que ceux qui leur achetaient des tableaux le faisaient vivre, et ceux qui ne lui achetaient rien lui faisaient faire fortune.

Au cœur de l'été 1884, Monet avait des raisons supplémentaires de s'inquiéter. Au début de l'année, il écrivait à son marchand :

« [...] espérons que cette année amènera de meilleurs résultats pour nous, que la foi et le courage que vous ne cessez de nous témoigner seront couronnés de succès [...]. »

Plus de six mois s'étaient écoulés et désormais, il avait le plus grand mal à obtenir des nouvelles de Durand-Ruel. Il lui écrivait mais souvent, ses lettres restaient étrangement sans réponse. Pourtant, toutes n'étaient pas des réclamations : il voulait juste connaître sa situation exacte. Comment allait-il se tirer d'affaire ? Qui dira jamais l'éprouvante solitude de l'artiste que son travail a éloigné de Paris et qui, laissé dans l'ignorance de ce qui s'y trame, laisse son imagination se livrer aux plus folles divagations ? L'été s'achevait, les mois passaient, et rien ne venait. Monet avait du mal à mener ses études à leur terme, et pas seulement parce que la nature et le temps changeaient si vite qu'il devait abandonner des toiles avant même leur complet achèvement. Juste de quoi le décourager un peu plus. On ne peint rien de bien avec du mauvais sang.

Monet était d'autant plus angoissé que même Caillebotte, le seul impressionniste qui fût vraiment riche avec Rouart, même lui ne répondait plus. Reclus dans sa thébaïde de Giverny, Monet était déchiré entre la nécessité impérative d'exiger des fonds de son marchand, et sa culpabilité à l'idée de plonger dans une gêne inextricable un homme au bord de la faillite :

« [...] Nous voilà à la fin du mois, il me semble problématique que vous puissiez me donner de l'argent et cependant, je l'espère cet argent, tout en me disant que je commets une mauvaise action de vous le prendre. »

La cause était entendue : pour rien au monde, les peintres de Durand-Ruel n'auraient voulu tenter quoi que ce fût qui lui parût marqué du sceau de l'ingratitude. Boudin exprimait l'opinion commune en le louant d'avoir su concilier le relèvement du goût du public avec les contraintes de son commerce. Mais en attendant qu'un ciel de suie cesse de plomber l'horizon rue Laffitte, il fallait bien vivre à défaut de vivre bien.

En un trait d'un bon sens désarmant mais d'une vérité insurpassable, Vincent Van Gogh avait résumé leur situation à tous dans une lettre à son frère :

« Le nœud de l'affaire, vois-tu, c'est que mes possibilités de travail dépendent de la vente de mes œuvres. »

Durand-Ruel le savait aussi bien qu'eux. S'ils lui en voulaient, ce n'était pas seulement de les laisser parfois sans nouvelles, mais aussi de les placer en situation de solliciteurs. Or il est toujours odieux d'avoir à réclamer ce à quoi on a droit. Ils se trouvaient dans l'obligation de se lamenter, le plus souvent pour exiger un dû et non quémander une faveur. Ils pardonneraient mais n'oublieraient jamais cette époque où il les avait forcés à ravaler leur fierté.

Durand-Ruel ne leur cédait sur rien, sauf sur un point à propos duquel on l'avait longtemps cru inflexible : l'encadrement des tableaux. Après tout, si Ingres avait raison de croire que le cadre est la récompense du peintre, elle l'est plus encore s'il le choisit lui-même. Il était temps de prendre ses distances une fois pour toutes avec ce que Jules Laforgue dénonçait comme « le perpétuel cadre doré à moulures faisant partie du magasin des poncifs académiques ». Désormais, le marchand acceptait d'exposer des tableaux impressionnistes en les habillant d'une simplicité dite de « boudin strié », dans des cadres blancs ou en bois naturel, comme Pissarro, Mary Cassatt et Monet n'avaient eu de cesse de le lui réclamer, tandis que Degas marquait sa préférence pour des baguettes plates à fines cannelures, grises ou vert clair, mais assorties à l'œuvre. Et tant pis pour Whistler qui revendiquait non seulement l'invention des cadres de couleur mais leur usage exclusif, n'autorisant « aucun petit Français malin à marcher sur mes plates-bandes ! ». Quoi qu'il en eût, la couleur débordait des tableaux impressionnistes pour se répandre sur le cadre et sur les murs des salles d'exposition.

Pour nombre d'artistes, sa réputation aidant, Durand-Ruel n'en demeurait pas moins l'ultime

recours. À Copenhague, Gauguin n'y tenait plus.
La misère à l'étranger lui paraissait encore plus
insupportable que chez soi, l'exil ajoutant à la
pauvreté. Guetté par la tentation du suicide, accablé par les siens qui lui reprochaient de ne pas
gagner sa vie, il avait tout de même peint une
vingtaine de tableaux, mais s'en remettait à sa
femme, qui traduisait un roman de Zola, pour
subvenir à leurs besoins. Il ne pouvait se résoudre
à exercer une autre activité : peindre, bon qu'à ça.
Mais il ne vendait rien, désespérément rien. Tout
juste eût-il consenti à dessiner plutôt que peindre
car cela lui coûtait moins cher. Un marchand parisien, suffisamment audacieux pour s'intéresser
à son travail, demeurait son seul et dernier espoir. Il implorait Pissarro d'intercéder en sa faveur : « S'il vous plaît, demandez à Durand-Ruel
de prendre quelque chose, à n'importe quel prix,
pour que je puisse acheter des couleurs. »

La précarité de sa situation ne l'engageait pas
à se préoccuper de celle des autres, celle d'un
propriétaire de galerie moins que toute autre. Il
ramenait tout à lui ou, dans le meilleur des cas,
aux siens, ses frères d'art, pente de caractère
commune à nombre de peintres. Après tout, Pissarro ne réagissait pas autrement quand, apprenant l'arrivée du choléra en ville, il disait sa
crainte que cela fît souffrir le commerce, notamment celui de la peinture ; et Cézanne, qui voyait
d'abord en Napoléon ce salaud qui a fait corriger
son tableau à David...

Renoir, lui, parlait aussi bien pour son compte que pour celui de Pissarro et Sisley quand il disait qu'ils n'avaient pas l'intention de démarcher d'autres propriétaires de galeries, mais qu'ils ne pourraient décemment rester sourds à leurs propositions si d'aventure certains d'entre eux les sollicitaient. Ce qui ne manqua pas d'arriver. En un sens, au-delà du soulagement matériel que cela leur procurait dans l'immédiat, cette hypothèse s'avérait souhaitable à moyen terme, tant pour eux que pour Durand-Ruel. Car dans la mesure où d'autres marchands s'intéressaient à ces peintres, l'impressionnisme apparaissait moins comme la folie d'un seul.

En fait, le milieu n'attendait que cela pour se débarrasser d'un confrère. Ils étaient prêts à tout, même à acheter à Petit tous ses tableaux impressionnistes pour les mettre aussitôt en vente publique sans cadres, moyen le plus sûr de dévaloriser le stock de Durand-Ruel ; il prit très mal ces manœuvres dont Monet l'avait prévenu, même si la menace ne fut finalement pas mise à exécution. Il interpréta à l'aune de cette sale atmosphère chaque initiative de ses peintres pour s'en sortir, ce qui ne pouvait que favoriser méprises et malentendus.

Quand la galerie de Georges Petit montra les tableaux de Monet, le ressentiment de Paul Durand-Ruel fut si fort qu'il ne comprenait même pas l'absence de ses propres Monet à cette exposition. Il le lui reprocha vivement, de même qu'il reprocha à Pissarro d'avoir confié ses toiles à Heymann afin

qu'il les étale « sans cadres dans de sales bouti-
ques pour les faire tourner en ridicule ».

Tenir... Plus que jamais, il lui fallait tenir. Mais
tient-on longtemps avec des promesses et des
menées dilatoires ? Sa force de conviction lui
permettait de maintenir ses prix quand Renoir
lui proposait de sacrifier ceux de ses tableaux
afin d'améliorer la trésorerie de la galerie. Mais
un marchand n'est jamais seul dès lors qu'il est
le marchand de ses contemporains ; leur aventure étant forcément collective, leurs décisions
sont solidaires, qu'ils le veuillent ou non.

Cette solidarité avait déjà été mise à rude
épreuve. Mais une sale histoire survint quelques
mois après le sacre de Victor Hugo au Panthéon,
à l'automne 1885 ; elle permit aux peintres de
Paul Durand-Ruel de la lui témoigner : l'affaire
des faux Daubigny.

On se serait cru plongé dans *Le Cousin Pons*,
imaginé par Balzac quarante ans auparavant.
C'était encore d'une incroyable actualité, bien que
les héros de sa *Comédie humaine* eussent toujours
semblé être des personnages de Rembrandt tom-
bés de leur cadre. Le marché de l'art y surgissait
tel un monde suspect, un univers douteux où ma-
niaques et tableaumanes trafiquaient dans l'ombre
au détriment de l'artiste maudit. À la réflexion,
plus encore qu'au *Cousin Pons*, c'était à *Pierre
Grassou* (1839), l'une des nouvelles composant ses
Scènes de la vie parisienne, que l'affaire des faux
Daubigny faisait songer. On y voyait le malin mar-

chand Élie Magus, tableau vivant dans le sérail de tableaux où il vivait, exploiter le laborieux artiste Pierre Grassou en lui faisant plagier des intérieurs flamands revendus comme d'authentiques œuvres de l'école hollandaise. Hormis leur fonction dans la société, il n'y avait certes guère de rapports entre Paul Durand-Ruel et cet Élie Magus, un Juif bordelais, inspiré plutôt par le grand marchand Susse, naturellement aussi riche qu'avare, qui brocantait des merveilles pour son plaisir. Mais ils avaient tout de même en commun un instinct égal à nul autre, cette capacité à deviner un chef-d'œuvre sous une crasse centenaire, à identifier toutes les écoles de tous les temps aussi bien que la patte et l'écriture du moindre artiste. Surtout, ils étaient l'un et l'autre des « appréciateurs », et cela suffisait à les distinguer de la masse de ceux des leurs qui se flattaient de bien connaître les prix des œuvres alors qu'ils en ignoraient la valeur.

On sait la puissance délétère de la rumeur dans un petit milieu, d'autant plus réceptif à l'insinuation anonyme qu'elle s'inscrit dans un périmètre géographiquement limité. À l'origine de ce bruit sournois, on trouvait une galerie située Chaussée-d'Antin, celle d'Athanase Bague, l'un de ces marchands qui avaient reçu une formation de peintre, auquel Van Gogh donnait du « bon larron ». Associé depuis 1873 au négociant Maurice Bouvet, il s'adossait à un commanditaire du nom du comte de la Valette, *alias* Samuel Welles. À Bouvet les finances, à Bague la direction artistique. Leur spécialité : l'école de Barbizon. Leur vrai rival : Goupil. Mais pour l'heure, c'était Durand-Ruel qu'ils voulaient abattre en répandant entre l'Opéra et l'hôtel Drouot l'idée selon laquelle il était à l'origine d'un trafic. Pourquoi cet acharnement et pourquoi contre lui ?

. « Pour me punir d'avoir troublé le commerce des faux tableaux », expliqua-t-il.

L'affaire ne revêtait pas la même dimension que les classiques affaires de tableaux frelatés. On connaît le mot fameux qui courra un jour : « Corot est l'auteur de trois mille tableaux dont dix mille ont été vendus en Amérique. »

Il est vrai que, pour rendre service, Corot signait volontiers des œuvres qu'il avait à peine touchées, s'estimant propriétaire de l'idée plutôt que de l'œuvre. Rien de tel avec Daubigny. Il s'agissait bien d'un vrai faux, à ceci près que Paul Durand-Ruel n'était pour rien dans cette contre-façon. Quand le poison du doute est instillé dans les esprits les mieux armés pour y résister, il faut démentir publiquement. Sans quoi la société vous colle à vie un casier judiciaire qui ne dit pas son nom.

L'affaire prenait en effet le tour d'une campagne. Plusieurs marchands s'en étaient mêlés, des organes tels que *L'Événement*, *Le Gaulois* et le *Gil Blas* ouvraient leurs colonnes tant à Athanase Bague qu'à Boussod et Valadon, la polémique ne cessait d'enfler, elle s'étalait en place publique, les attaques *ad hominem* se multipliaient. Aussi Paul Durand-Ruel, non seulement déstabilisé mais meurtri, décida-t-il de rendre coup pour

coup en dénonçant au passage les pratiques dé-
lictueuses de son milieu. Il répondit une fois
pour toutes, sachant qu'il se contenterait ulté-
rieurement d'opposer son mépris aux insulteurs.
Sa « Lettre au directeur » en date du 5 novembre
1885 fut publiée par *L'Événement* aussitôt, au
lendemain de la victoire royaliste aux élections
(ils obtinrent quelque cent trente-cinq sièges à la
Chambre). Avec le recul, il n'est pas interdit de
déceler aussi dans ce plaidoyer les *Mémoires*
avant l'heure de Paul Durand-Ruel à cinquante-
quatre ans :

> « [...] Loin de décliner toute compétence en matière
> d'art, je pense l'avoir affirmée de telle sorte que c'est
> elle qui motive tous les débats actuels. J'ai eu la
> bonne fortune de vivre dans l'intimité de tous nos
> grands peintres. J'ai étudié leurs œuvres avec pas-
> sion ; j'ai reçu leurs conseils ; j'ai mis mon dévoue-
> ment et toutes mes facultés à leur service. Que de fois
> ne m'a-t-on pas reproché de faire le commerce des ta-
> bleaux en artiste ?
> « Cette compétence (dont je ne parlerais pas si je
> n'étais pas forcé de me défendre) ne m'a jamais em-
> pêché de montrer de la déférence à ceux qui n'étaient
> pas de mon avis, quand ils sont de bonne foi. C'est
> ainsi que dans cette fameuse affaire du Daubigny,
> dont on me fait un si grand crime, j'ai cru devoir
> m'incliner devant cette affirmation de M. Petit que le
> tableau avait été acheté à Daubigny lui-même par un
> de ses amis. Un fait analogue peut souvent se pro-
> duire au sujet des œuvres de certains artistes.
> « Les tableaux sont faux si le peintre ne les a pas
> faits. Ils sont acceptés pourtant comme originaux s'il
> les a vendus comme étant de lui ou les a signés par
> faiblesse. L'expert appelé pour apprécier une de ces
> œuvres est fort embarrassé et, après l'avoir jugée

comme elle le mérite, il se voit forcé de modifier son verdict, dès qu'on lui prouve que l'artiste a livré lui-même le tableau contesté.

« [...] L'insinuation de manquer de suite dans les idées, parce que j'ai cherché à mettre en relief des artistes de talents différents, m'a fait sourire. Lequel est plus utile à un peintre, de celui qui le prend à ses débuts, lorsque son talent est encore méconnu et contesté, et de celui qui ne consent à soutenir et à vanter les artistes que lorsque leur réputation est faite, c'est-à-dire le plus souvent dans leur vieillesse ou après leur mort ?

« J'ai été et je suis encore l'ami de Bouguereau, de Cabanel, de Bonnat, de Baudry, comme de Jules Dupré, de Ribot, de Bonvin et de bien d'autres encore. Un des premiers, j'ai reconnu leur mérite et contribué à leur célébrité. Je suis loin de le regretter. Était-ce une raison pour mépriser de grands artistes comme Millet, Delacroix, Corot, Rousseau, Courbet et les laisser dans l'oubli ?

« S'ils sont aujourd'hui tant appréciés en France et dans le monde entier, je puis, sans orgueil, croire que mes efforts n'y sont pas étrangers. Les lettres affectueuses de ces maîtres, que j'ai conservées, mettent ce fait hors de doute.

« Depuis cette époque, les œuvres de ces peintres étant devenues rares, j'ai cherché parmi les jeunes artistes ceux qui sont appelés à devenir des maîtres, à leur tour. J'en ai trouvé, l'art n'étant pas mort en France, comme on le prétend trop souvent, et je leur ai offert mon appui. Lhermite, Fantin-Latour, Boudin, Roll, Duez, je pourrais dire presque tous nos grands artistes, savent ce que j'ai fait pour eux et m'honorent de leur amitié.

« J'arrive à mon grand crime, celui qui domine tous les autres. J'achète, depuis longtemps, et j'estime au plus haut degré les œuvres de peintres très originaux et très savants, dont plusieurs sont des hommes de génie, et je prétends les imposer aux amateurs. J'estime que les œuvres de Degas, de Puvis de Chavannes, de Monet, de

Renoir, de Pissarro et de Sisley sont dignes de figurer dans les plus belles collections. Déjà de nombreux amateurs commencent à me donner raison ; tous ne sont pas de mon avis. C'est une question d'appréciation personnelle que l'on est libre de discuter [...] »

Durand-Ruel avait-il eu tort de décréter la contre-façon à l'œuvre dans des Daubigny, Dupré, Diaz et Rousseau que lui avait soumis son confrère Bague sans avoir la prudence de confirmer ensuite par lettre ce qu'il lui avait dit de vive voix ? On ne se méfie jamais assez. Il était désormais payé pour le savoir.

Aussitôt après la parution de son texte dans *L'Événement*, plusieurs de ses peintres se rangèrent à ses côtés sans ambiguïté :

« On ne pouvait mieux répondre que vous ne l'avez fait et dévoiler au public cette guerre sourde qui vous était faite depuis si longtemps à cause de nous. Tout le monde vous donnera raison. Ce n'est pas une question de boutique — c'est une question d'art que vous défendez, et depuis si longtemps », lui écrivit Sisley.

« Ce qui me désole, renchérit Monet, c'est de vous savoir toujours en guerre avec les autres marchands, et à votre place je les laisserais tranquillement faire leurs affaires et je ferais les miennes sans m'inquiéter de leurs faux tableaux. J'ai bien peur que ce redoublement de fureur contre vous ne vous soit préjudiciable. »

Si Monet l'implorait surtout de ne pas s'acharner là où il avait tout à perdre eu égard aux intérêts coalisés contre lui, Renoir prenait de la distance et de la hauteur en agrandissant le cadre aux plus hautes destinées : « Ils ne vous tueront pas votre vraie qualité : l'amour de l'art et la défense des artistes avant leur mort. Dans l'avenir, ce sera votre gloire. »

L'affaire se termina par un déballage public auquel plusieurs journaux furent ravis de participer, lui donnant une allure de règlement de comptes entre professionnels du marché de l'art.

En attendant la gloire, les échéances se faisaient pressantes. 1886 s'ouvrait sous les pires auspices. L'actualité n'y était pour rien, au contraire, car non seulement Charles de Freycinet, le nouveau président du Conseil, venait d'ajourner la question de la séparation des Églises et de l'État, mais la prestigieuse École pratique des hautes études consentait enfin à se doter d'une cinquième section dite des « sciences religieuses ». Si l'horizon s'assombrissait quand on le scrutait depuis la rue Laffitte ou la rue de la Paix, c'était pour de tout autres motifs.

Pissarro, qui était passé voir son marchand plutôt que de lui écrire, n'en revenait pas : il n'avait même pas réussi à soutirer 20 francs à celui qu'il considérait lui aussi comme son banquier. On en était donc là ? Parfaitement. Les autres peintres n'étaient pas mieux lotis, d'autant que depuis peu, la situation s'étant généralisée, l'« autre marchand » Georges Petit était réputé vivre d'expédients.

Certains boutiquiers du quartier, sympathisants de la cause, mettaient courageusement leur vitrine à la disposition des impressionnistes, mais à quoi bon ?

« Le passant n'achète pas, c'est connu ! » s'emportait Pissarro.

Il y avait bien des transactions, mais rien qui pût en rendre fier leur artisan. Cette année-là, Durand-Ruel acquit *Mademoiselle Samary* (1878) auprès de Renoir, un tableau qu'il avait en consignation depuis cinq ans et qu'il avait plusieurs fois exposé. Acheté 1 800 francs et revendu le jour même 2 000 francs au prince Edmond de Polignac.

À ces maigres bénéfices s'ajoutaient des signes inquiétants. Plus attentif que certains, Monet les faisait remarquer : la galerie ne lui avait pas envoyé de relevé de compte depuis deux ans ; de plus, Durand-Ruel avait manifestement cessé de régler directement à M. Troigros, le marchand de couleurs, les factures de ses peintres puisque désormais ceux-ci les recevaient... Tous n'avaient pas la faculté d'échanger leurs œuvres contre du matériel (des tubes de couleurs, mais aussi des toiles et des encadrements sans lesquels il n'y avait pas d'exposition), pratique courante entre Van Gogh et le père Tanguy.

Pour parer au plus pressé, Degas et Pissarro peignaient des éventails qu'ils vendaient cent francs. En considérant Fragonard et Boucher comme leurs prédécesseurs, cela n'avait rien de déshonorant. Après tout, de fameux artistes florentins ou

siennois n'avaient pas déchu jadis pour avoir exécuté des coffres peints ou des panneaux de lit ; et
plus près d'eux encore, d'autres dans le besoin
avaient réalisé des enseignes peintes pour des magasins ou des auberges.

Ils vivaient un curieux paradoxe car, se trouvant dans l'impossibilité d'arracher le moindre
sou à leur marchand, ils se sentaient abandonnés
alors que dans le même temps ce marchand ne
cessait de leur réclamer des tableaux.

La situation aurait paru tout à fait romanesque
si l'expression n'était pas tant connotée au mer-
veilleux et à l'exaltation des sentiments. Venu au
monde trop tard pour avoir pu inspirer le Balzac
du *Cousin Pons*, juste à temps pour avoir pu suggérer quelques traits au Goncourt de *Manette Salomon*, le personnage de Paul Durand-Ruel ne
pouvait décemment échapper à Zola, compagnon
de route des années héroïques de l'impressionnisme. Par discrétion et par tempérament, l'écrivain avait réussi à éviter ce genre de consécration,
jusqu'à ce jour de décembre 1885 où le *Gil Blas*
entreprit la publication en feuilleton de son nouveau roman...

Point n'était besoin d'avoir fait ses classes dans
la critique littéraire pour comprendre que *L'Œuvre*
relevait du roman à clefs, du manifeste esthétique
et, statut assez exceptionnel dans la série des
Rougon-Macquart, de l'autobiographie. On pouvait
beaucoup redouter d'un tel déçu de l'impressionnisme, qui suggérait à Degas de cultiver plutôt son

génie de l'esquisse en s'interdisant de terminer ses toiles, qui jugeait pitoyable dans son exactitude bourgeoise *Les Raboteurs de parquet* de Caillebotte, qui se voulait en art du parti des vaincus, qui croyait que seul le tempérament d'un artiste lui survivait.

Tempérament, c'était le mot clef de tout son discours sur la peinture. Ne définissait-il pas une œuvre d'art comme un coin de la création vu à travers un tempérament ?

Son antihéros ne serait qu'un artiste génial mais au travail inabouti, un pauvre technicien comme tout impressionniste, « grand peintre avorté » que sa situation d'échec prolongé dans sa lutte avec l'ange désespérait jusqu'au suicide, sa seule réussite.

Dès les premières livraisons du *Gil Blas*, et sans même attendre la fin du roman et sa parution en librairie par les soins de Charpentier, le Paris artiste bruissait déjà des véritables identités censées se dissimuler derrière les noms des personnages. Ainsi, il apparut rapidement que Claude Lantier, pleinairiste impénitent incapable de vivre de son pinceau, s'il empruntait tant à Monet qu'à Manet, devait l'essentiel de son caractère à Cézanne, grand ami de jeunesse de l'auteur. Il n'en était pas moins, comme tous les autres, un personnage composite. Mais la rumeur publique, toujours prompte à fournir le trousseau de clefs, n'en démordait pas en dépit de ce qui dans le personnage n'avait rien de cézanien, notamment son côté chef d'école, celle-ci fût-elle appelée, comme le suggérait *L'Artiste* au lendemain de l'exposition de 1874, l'« école des yeux ». Solitaire absolu, le reclus d'Aix se serait bien vu dans la peau d'un patron d'une tradition, l'un de ces maîtres de l'ancienne Italie qui rendaient leurs élèves à eux-mêmes au lieu de les borner, comme le commerce de Poussin lui enseignait encore qui il était, mais certainement pas un meneur d'école avec tout ce que cela pouvait supposer de sectaire, de théorique et d'autoritaire.

Contrairement à Edmond de Goncourt, Zola ne se faisait pas un devoir de reproduire les propos de ses contemporains, en principe. Aussi ne s'attendait-on pas à retrouver dans la bouche de Lantier du Cézanne dans le texte, alors que les lecteurs de *Manette Salomon* avaient pu déceler du Manet dans les mots du peintre Coriolis. Mais plusieurs amis de jeunesse de Cézanne et Zola pouvaient témoigner avoir maintes fois entendu jadis chez le peintre des jugements et des colères qu'ils retrouvaient avec effarement mot pour mot dans *L'Œuvre*.

Zola avait joué sur l'ambiguïté, pour le plus grand bien de son héros et pour le malheur de son ami. Il avait fait passer son personnage avant. Fallait-il que Cézanne fût méconnu pour que ses contemporains ne vissent pas que cet homme ne vivait que pour la peinture considérée comme un absolu, qu'il la tenait pour une chose grave et qu'il subsisterait jusqu'au bout dans la sublimation de ses images de chevet punaisées au mur, méchante photographie ou simple gravure d'œuvres qui l'aidaient à affronter les travaux et les jours quand tout le poussait au découragement, les sirènes du *Débarquement de Marie de Médicis à Marseille* de Rubens et le *Sardanapale* de Delacroix (tableau que, par parenthèses, Durand-Ruel avait acheté 95 000 francs pour le revendre 60 000 au collectionneur anglais Duncan...).

Rien d'un Lantier dans cet homme-là, rien sinon une amertume, une colère, un désarroi de surface.

Cézanne, cet artiste unique, intransigeant avec lui-même avant de l'être avec les autres, qui avait la haine des ingénieurs de la ligne droite, assurait que le marbre avait saigné quand la tête de la *Victoire de Samothrace* s'était détachée du tronc ; il pleurait de rage quand le sujet excédait ses forces, et passait le plus clair de son temps à rechercher une formule qui le fuyait ; primitif de sa propre vie, avec un mélange d'orgueil et d'humilité, il conférait une morale géologique à la montagne Sainte-Victoire et travaillait, travaillait, travaillait... Non, cet homme-là n'était pas Claude Lantier, héros de roman, mais bien Paul Cézanne en sa solitude.

Le génie de Zola n'avait pourtant pas besoin de se livrer à une basse discipline d'indicateur pour faire vrai. Sa vérité était peut-être amère, injuste, sévère, mais elle éclatait à toutes les pages. Une réplique cinglante lui suffisait à dire en quelques mots la fin du rêve commun des impressionnistes, leurs exclusives et leurs exclusions : « Nous ne les inviterons plus ensemble, ils se mangeraient. »

Un roman sur la peinture se devait de mêler artistes et marchands. Dans ses notes préparatoires
et ses brouillons, Zola avait séparé ses propriétaires de galeries en deux catégories : d'une part,
les crasseux et vieux jeu (Beugniet, Martin, Au-
bourg) ; de l'autre, les spéculateurs chic (Brame,
Petit, Durand-Ruel et Sedelmeyer). Comment
voyait-il Paul Durand-Ruel en 1885 ? Ses notes à
usage personnel dévoilent le fond de sa pensée
avant le filtre de la fiction, édifiantes comme le
sont souvent les notes à leur date qui précèdent
le travail de la mémoire :

« Durand-Ruel — Même jeu que Petit, en
moins grand, mais le coup de fêlure pour les impressionnistes. Il a été perdu par Roybet, se
toque pour Monet, achète et achète encore, en
espérant que ça se vendra un jour. Je ne suis pas
né pour être marchand, dit-il. Et en effet, il a une
fêlure artistique. Une conviction, il y met tout
l'argent qu'il a, tout celui qu'il peut trouver, et il
se cache de ses amateurs [ajouté dans l'interli-
gne : "perdu par les Millet"] parce qu'ils le plai-
santent. Son portrait physique : petit homme
froid, imberbe, alimenté par les cléricaux. Toutes
les ébauches que Monet lui donne ; un puits, un
gouffre. Mille Monet. Aussi Monet en veut-il à
Pissarro, à Sysley [*sic*] et aux autres : "Si j'étais
tout seul !" »

Finalement, des quatre marchands modernes
qu'il avait originellement sélectionnés pour lui
servir de modèles, Zola négligea Durand-Ruel,
l'homme de la fêlure. Étant donné le sort réservé

à ceux qu'il avait retenus (un personnage de spéculateur mondain qui misait tout sur la publicité), on s'en réjouissait pour lui, surtout dans le
contexte de l'heure.

La publication d'un tel roman ne pouvait laisser
les impressionnistes dans l'indifférence, d'autant
que l'auteur avait pris soin de l'envoyer à certains
d'entre eux. Monet, qui ne dissimulait pas son admiration pour l'écrivain, ni son plaisir de lecteur à
se retrouver dans un univers si familier, lui exprima néanmoins ses craintes :

« [...] Vous avez pris soin, avec intention, que
pas un seul de vos personnages ne ressemble à
l'un de nous, mais malgré cela, j'ai peur que dans
la presse et le public, nos ennemis ne prononcent
le nom de Manet ou tout au moins les nôtres
pour en faire des ratés, ce qui n'est pas dans
votre esprit, je ne veux pas le croire [...] Je lutte
depuis assez longtemps et j'ai les craintes qu'au
moment d'arriver, les ennemis ne se servent de
votre livre pour nous assommer. »

La réaction de Cézanne était la plus attendue,
eu égard à l'ancienneté de leur relation. Elle fut
des plus brève :

« Je viens de recevoir *L'Œuvre* que tu as bien
voulu m'adresser. Je remercie l'auteur des *Rougon-Macquart* de ce bon témoignage de souvenir,
et je lui demande de me permettre de lui serrer
la main en songeant aux anciennes années. Tout
à toi sous l'impulsion des temps écoulés. »

Cézanne avait eu la délicatesse de ne pas en
dire plus. Mais le ton de sa lettre, si différent du

reste de leur abondante et chaleureuse correspondance, disait tout. D'ailleurs, de lettres, il n'y
en eut plus d'autre. *L'Œuvre* avait tué leur amitié.
Tout à sa douleur d'avoir été non seulement
moqué et méprisé, mais incompris par un ami de
trente ans, Cézanne avait en fait écrit une lettre
de rupture dont la dignité était à la hauteur des
sentiments qu'il portait à Zola et de l'estime dans
laquelle il le tenait. Longtemps après, le jour où
la France apprit la mort de Zola, il s'enferma
jusqu'au soir dans son atelier, en sanglots.

Il réservait sa rage à ces moments de détresse
absolue où la forme ne suivait pas l'idée. De
toute façon, à ses yeux, *L'Œuvre* ne tenait pas à
côté du *Chef-d'œuvre inconnu*, tant Balzac avait
su être autrement plus profond et empoignant
que Zola. Paris persistait à l'identifier à Lantier
quand il se prenait toujours pour Frenhofer,
mais il n'était plus à un malentendu près. Tout
cela s'avérait sans importance pour celui qui rêvait d'œuvres à décourager le commentaire. Le
peintre était déjà retourné au travail, la seule vérité qui lui importât, avec les arbres pour vrais
amis.

Nul n'aurait songé à solliciter une réaction
d'un marchand de couleurs. Pourtant, ces peintres et ces toiles, le père Tanguy les avait presque
tous eus dans sa vitrine de la rue Clauzel. À la
manière dont il en voulait désormais à Zola, on
comprenait bien qu'il ne lui pardonnait pas son
injustice vis-à-vis de ses anciens frères d'armes.

On ignore quelle fut l'attitude de Paul Durand-Ruel à la lecture d'un roman dont il connaissait parfaitement les tenants et les aboutissants — à supposer qu'il l'ait lu, ce qui n'est pas évident tant l'auteur incarnait avec éclat tout ce qu'il tenait en profonde aversion. Mais s'il avait été consulté par Zola, il aurait pu lui apprendre que, dans ce milieu-là, les peintres n'avaient pas le monopole du désespoir, les marchands eux-mêmes, parfois... C'eût été un luxe qu'il ne pouvait se permettre. Trop de gens attendaient après lui pour vivre. Renoir ne disait-il pas qu'un marchand doit gagner car il est fait pour cela eu égard au monde qu'il entretient ?

De toute façon, d'esprit sinon de corps, Paul Durand-Ruel était déjà loin de ce Paris-là — et surtout loin d'une France républicaine qui s'apprêtait à expulser le prétendant au trône ainsi que les membres des familles ayant régné sur la France.

Il s'était projeté ailleurs que dans ses terres familières, non par goût du risque, par esprit d'aventure ou par provocation, mais parce que cet ailleurs, que la providence faisait opportunément surgir, représentait sa toute dernière chance.

5

Seuls les artistes doivent vivre dans la crainte de n'être pas incompris

1885-1892

L'Amérique...

Voilà longtemps qu'il en parlait, non comme d'une terre promise mais comme d'un marché prometteur. Il s'était déjà aventuré à Londres, Bruxelles et Berlin, avec plus ou moins de bonheur en fonction de circonstances qui ne dépendaient pas uniquement de lui. Il avait posé des jalons du côté de New York, mais cela n'avait rien à voir avec une opération d'envergure appelée à se prolonger et à ouvrir une brèche.

Il ne maîtrisait pas la langue, mais cela n'avait guère d'importance. Son fils l'aiderait, il se ferait son interprète aussi bien que Pissarro quand il s'agirait de convaincre à sa place le collectionneur Robertson des *Plein Soleil* de Monet.

L'Amérique, il la guettait et l'espérait, même si ce n'était pas le moment. Dans son monde, dans sa corporation comme dans sa propre affaire, l'air du temps était à la crise. Mais par la grâce d'un marchand américain qui avait été vivement impressionné par la visite de sa galerie de la rue Laffitte, et plus encore par celle de son appartement de la rue de Rome, le salut lui était venu par la poste, un jour heureux de 1885, sous l'aspect d'une invitation en bonne et due forme de James F. Sutton, l'un des anciens directeurs de Macy's, le grand bazar de la 14e Rue, devenu marchand de tableaux et collectionneur, et de Thomas E. Kirby, ancien commissaire-priseur à la maison de ventes Leavitt, à participer l'année suivante à la grande exposition de l'American Art Association of the City of New York dans les fameuses galeries de Madison Square. Il l'avait acceptée avec l'énergie du désespoir, comme un joueur abat sa dernière carte.

Cette proposition eut pour effet de le stimuler, quand tout l'incitait au statu quo. Dès lors, sa foi en guise d'étendard, il n'eut de cesse de convaincre ses peintres de la bonne nouvelle. Mais comme ceux-ci encaissaient depuis de longs mois ses réponses dilatoires à défaut de ses paiements, ils eurent du mal à être ébranlés. Même, un hypothétique succès outre-Atlantique leur faisait craindre le pire : qu'il y laissât son stock en dépôt et qu'on les oubliât en France. Car rien ne les désolait comme de ne plus voir leurs tableaux exposés chez Durand-Ruel. Plus ils lui en donnaient, moins ils en voyaient. Où étaient-ils ? Où sont passés nos tableaux ? Cela devenait obsessionnel. On leur aurait assené le coup de grâce en leur apprenant qu'ils avaient réapparu en force du côté de Manhattan.

Son ami Puvis de Chavannes, l'un des premiers qu'il ait sondés, avait mal réagi :

« J'ai bien réfléchi et mon intention est de ne pas prendre part à l'exposition que vous préparez pour l'Amérique. En effet, depuis tant d'années que les musées et les galeries particulières de ce pays ont collectionné l'art français sans qu'une seule fois, malgré mes très nombreuses expositions, aucune offre m'ait jamais été faite de ce côté, il est bien clair que ma peinture ne saurait plaire là-bas. Je m'abstiens donc, n'ayant aucune envie d'entreprendre des conversions tardives, surtout au bout du monde. »

Compliqué, les peintres. Difficiles à manœuvrer, délicats à ménager. Et ce n'était pas fonction de leur talent ni de leur génie :

« Je veux bien croire à vos espérances en Amérique, mais je voudrais bien et surtout faire connaître et vendre mes tableaux ici », lui dit alors Monet, sceptique quant à la qualité du goût yankee, ce qui ne l'empêcha pas, plus de trente ans après, de reconnaître : « Durand-Ruel fut notre divinité protectrice, mais comme son admiration pour nous l'avait conduit aux pires catastrophes commerciales, il fut obligé de s'expatrier en Amérique... »

Un peintre eut pourtant une influence décisive sur ses choix à un moment où sa vie était plutôt désorientée. Elle s'appelait Mary Cassatt et Renoir, qui avait travaillé avec elle en Bretagne, disait volontiers qu'elle portait son chevalet comme un homme. Installée à Paris depuis 1874, cette jeune femme originaire de Pittsburgh était acquise à la cause impressionniste depuis sa rencontre avec Degas. Comme elle était l'« Américaine » du groupe, et qu'elle avait participé à plusieurs de ses expositions, il était tout naturel que Durand-Ruel sollicitât ses conseils, sinon son aide.

Quand il s'ouvrit de son projet, elle commença par douter de sa viabilité mais lui offrit tout de même son appui. Une moue de scepticisme ironique compensée par un encouragement très concret. D'un geste qui disait tout dans sa demi-mesure même, elle lui confia les coordonnées new-yorkaises de son frère Alexandre, mais jugea inutile de lui fournir une lettre de recommandation auprès de lui... Comme Mrs Cassatt était extrêmement « relationnée » outre-Atlantique, il semble bien que, très vite, elle sut lui procurer sur place un concours financier indispensable à son entreprise. Car, outre son activité de peintre, elle exerçait également celles d'agent et de conseil de grands amateurs, et notamment celle de « marraine » de la collection Havemeyer. Pour avoir été condisciple de Louisine Havemeyer quand celle-ci était étudiante à Paris, elle devint la tête chercheuse du couple.

En dépit de leur aventure commune outre-Atlantique, Mary Cassatt n'estimait guère Paul Durand-Ruel, s'employant à rappeler par exemple que, de l'Italie artistique, il ignorait jusqu'aux fresques des premiers maîtres de la Renaissance, pour n'avoir fait qu'une halte de deux jours à Florence à l'occasion d'un voyage d'affaires. Surtout, elle le jugeait insuffisamment prodigue avec les

artistes ; elle supportait d'autant moins son manque de générosité qu'elle lui avait déjà prêté de
l'argent pour sauver sa galerie de la faillite, ce qui
l'autorisait peut-être à des jugements péremptoi-
res sur la destination de ces fonds. Sa correspondance avec ses amis peintres était pleine de
reproches à son endroit ; quand on lui citait ses
réussites, elle ne les attribuait ni à son flair, ni à
son audace, ni à son goût du risque, ni à son esprit d'entreprise, mais exclusivement à son obstination, vertu des laborieux. Au vrai, Mrs Cassatt
et M. Durand-Ruel formaient un curieux tandem.
Mais tout les condamnait à s'entendre : elle avait
besoin de la logistique d'une galerie, et lui de son
carnet d'adresses américain.

Il lui fallait également vaincre d'autres réticen-
ces : un mépris très français pour l'inculture, le
mauvais goût et l'épaisseur supposés de l'âme
américaine. Le temps n'était pas si éloigné où,
dans la revue *L'Impressionniste*, un esprit aussi
fin que celui de Georges Rivière se moquait de
ces petits tableaux de l'agence Goupil que les ha-
bitants du Nouveau Monde adoraient à l'égal du
rhum et de la verroterie. Eût-il évoqué une tribu
de Hurons décrite par les découvreurs du Grand
Siècle qu'il ne s'y serait pas pris autrement.

Vue du quartier de l'Opéra, l'Amérique restera
longtemps ce pays où un amateur, en l'occurrence James F. Sutton, déboursait 580 000 francs
pour s'offrir *L'Angélus* de Millet ! Ce que l'on y
ignorait encore, c'est ce que son investissement

lui rapportait, car il avait organisé une véritable tournée à travers le pays pour son fameux tableau, et la vente de ses reproductions était d'un rapport insoupçonné.

L'État non plus n'y mit pas du sien : il refusa de lui accorder son parrainage officiel au motif que son exposition relevait d'une entreprise privée à caractère commercial.

Malgré l'accueil réservé à son projet, Durand-Ruel n'en poursuivit pas moins sa tournée auprès de ses peintres, ainsi que d'autres tels Seurat et Signac, rencontrés sous l'amicale pression de Pissarro, afin de les persuader de lui confier des tableaux qu'il comptait montrer « là-bas ». Tant pis pour les experts en médisances ; Pissarro ne put en retenir une :

« Durand-Ruel a eu maille à partir avec son propriétaire. Il a un procès sur le dos et il cherche partout de l'argent pour son affaire d'Amérique qu'il parle plus que jamais de mettre à exécution. »

Aux yeux du marchand, il ne faisait aucun doute que son expédition à New York représentait la seule éclaircie dans le tunnel d'une crise dont tous ignoraient l'issue. En ce printemps 1886, nulle autre perspective ne s'offrait à lui. L'Amérique ou la chute.

Français et Américains s'aimaient alors sans arrière-pensée depuis que, trois ans auparavant, les premiers avaient offert aux seconds la statue de la Liberté. Puisque l'Amérique s'avançait vers lui de manière si providentielle, il aurait été bien sot de ne pas défier le sort annoncé s'il restait chez lui à attendre les huissiers.

Les conditions de sa participation ne lui paraissaient pas draconiennes : en échange d'une commission sur chacune de ses ventes, la puissance invitante prenait à sa charge les frais de port, d'assurance, d'exposition et de publicité. Ce n'était pas le seul atout de cette association fort bien introduite dans les milieux proches du pouvoir. Elle jouissait en effet d'un privilège accordé en principe aux seuls musées : celui de faire entrer en franchise les tableaux destinés à être exposés dans des galeries privées. Le montant des droits de douane relatifs à l'importation d'œuvres d'art étrangères modernes avait été fixé à 33,33 % *ad valorem* à la suite de mesures protectionnistes adoptées trois ans auparavant par le Congrès. Mais en l'espèce, ils ne devaient être acquittés que sur la marchandise ayant trouvé acheteur, le reste étant réexpédié en Europe.

Le 13 mars 1886, après avoir confié la responsabilité de ses galeries parisiennes à son fils aîné Joseph, il s'embarqua pour le Nouveau Monde avec Charles, vingt ans, son deuxième fils, et, répartis dans quarante-trois caisses, quelque trois cents tableaux impressionnistes qu'il n'était pas loin de considérer comme ses enfants.

Comme il n'est pas de mythe sans sa légende, Renoir ne tarda pas à la fournir en racontant que dix jours après, au débarquement, Durand-Ruel eut maille à partir avec les douaniers en raison du caractère un peu spécial de ses nus. Relevaient-ils de l'art ou de la pornographie ? Craignant de se les voir confisquer, il usa d'un stratagème : ayant remarqué que le responsable était un catholique pratiquant, il s'arrangea pour retrouver sa paroisse, participer à la messe le dimanche suivant, être à ses côtés au moment de la quête et glisser ostensiblement un gros billet dans la corbeille, ainsi les tableaux litigieux furent-ils débloqués dès le lendemain...

L'exposition s'ouvrit à partir du 10 avril dans les galeries de Madison, et fut prolongée après le 25 mai dans celles de l'Académie nationale de dessin, dans la 23e Rue. Le catalogue portait le titre *Works in oil and pastel by the Impressionists of Paris*, mais le nom de Paul Durand-Ruel y brillait par son absence ; de toute façon, l'opuscule s'apparentait plutôt à un médiocre brouillon, Manet étant souvent confondu avec Monet et les titres étant si abrégés qu'ils en rendaient parfois hasardeuse l'identification des tableaux. L'ensemble de ce qui était présenté était estimé à 81 799 dollars.

Dans une ville où une quelconque *Baigneuse* de Bouguereau venait d'être adjugée lors d'une vente publique à prix un incroyablement élevé, dans un milieu où le poète irlandais George Moore se lamentait de ce que les revenants du Grand Tour à Paris n'aient retenu que des Jules Lefebvre à l'exclusion des Degas, dans un État où il était de bon ton de louer Gérôme et Cabanel avec les *connoisseurs* autoproclamés, dans un pays où tout amateur bien né considérait que le *nec plus ultra* d'une collection était un tableau célèbre ayant appartenu à de grands noms, les impressionnistes arrivaient dans les malles de Paul Durand-Ruel précédés d'une fâcheuse réputation d'excentriques raillés comme tels par leurs compatriotes, et de barioleurs de gazons bleus et de ciels verts. Au moins lui bénéficiait-il d'une légende déjà flatteuse, celle du marchand des peintres de Barbizon, et le prestige de cette génération d'anciens rejaillirait peut-être sur l'image de ces inconnus. Et puis un homme qui a eu le goût et l'audace de soutenir les Rousseau et les Corot, les Courbet et les Millet alors qu'ils n'étaient rien, mérite qu'on l'écoute quand il veut partager ses nouvelles découvertes — vertu si anglo-saxonne propre à élever le pragmatisme au rang d'un des beaux-arts... William Rockefeller donna le *la*, qui l'invita avec son fils à visiter sa collection privée.

C'était cela, sa terre de conquête. Mais ce n'était pas une terre vierge. Quelques fortes personnalités avaient déjà balisé le terrain : Cadart, le marchand d'estampes de la rue de Richelieu, qui dès 1866 avait apporté tant des gravures que des originaux de Courbet, de Corot et de Jongkind aux Américains ; le peintre William Merritt Chase qui, lors d'une grande exposition destinée à réunir des fonds pour financer le socle de la statue de la Liberté, avait imposé quelques tableaux de Manet et de Degas et surtout, en grand nombre, ceux des peintres de Barbizon ; le marchand S.H. Vose, installé à Providence et Boston, qui les avait importés depuis des années et grâce à qui ils étaient désormais bien cotés, car si la fameuse *Allée de*

Châtaigniers de Rousseau était alors estimée à
300 000 francs, lui et ses compatriotes n'y étaient
pas étrangers ; le collectionneur new-yorkais
Erwin Davis, qui avait prêté quelques toiles pour
l'occasion ; le peintre John Singer Sargent, qui ne
demandait qu'à faire partager sa ferveur pour
Monet et Manet ; Adolphe Borie, un collectionneur de Philadelphie, fils d'un ancien grognard de
l'Empire émigré en Amérique, à qui Durand-Ruel
était lié de longue date, depuis qu'il lui avait
vendu ses premiers Ziem et Bouguereau et qu'il
lui avait présenté Jules Dupré, ce dont il lui fut
toujours reconnaissant puisqu'en retour il l'intro-
duisit auprès de riches collectionneurs tels que
Henry Probasco de Cincinnati ou John Hobbart
Warren ; et il y avait surtout Mary Cassatt, dont
on a évoqué le rôle souterrain dans l'aventure
américaine de Durand-Ruel.

Aux Américains, il montra donc des Monet,
des Pissarro, des Renoir, des Manet, des Degas,
des Sisley et des Morisot par dizaines, mais aussi
des Guillaumin, des Caillebotte et des Boudin.

Pour la grande majorité, c'était la première fois.
Pas pour tous. Mary Cassatt avait déjà eu plusieurs
fois l'occasion d'exposer ses tableaux, et pas uniquement chez elle, en Pennsylvanie. Un Monet
avait été montré furtivement à New York et
Boston, écrasé par d'autres. Manet avait eu le
bonheur d'exposer *L'Exécution de Maximilien* par
l'entremise de la cantatrice Émilie Ambre qui avait
emporté le tableau dans ses bagages lors d'une
tournée. Durand-Ruel lui-même avait envoyé

plusieurs toiles impressionnistes à une exposition internationale à Boston. Depuis, malgré la médiocrité de l'accrochage et l'indifférence qui les avait accueillies, il demeurait convaincu de la nécessité de révolutionner le Nouveau Monde en même temps que l'Ancien. Mais il s'agissait cette fois d'un débarquement en force.

Le *New York Times*, le *New York Tribune*, le *Daily Tribune*, *The Nation*, le *New York Star*, le *New York Mail and Express*, *Art Interchange* et *Critic* étaient enthousiastes, *The Commercial Adviser* et *The Sun* nettement moins, encore que ce dernier par exemple, tout en avouant n'être pas prêt à partager la passion de Paul Durand-Ruel, mobilisât des paragraphes à exprimer son admiration pour son enthousiasme et son énergie. Le critique du *New York Herald* reprocha aux Français de négliger la technique jusqu'à la mépriser. Celui de l'*Art Amateur* s'employait à réduire leur originalité en signalant leurs dettes, Monet vis-à-vis de Turner, et surtout celle de Manet envers Vélasquez alors que son pillage était un hommage, que ce fût l'absence de ligne entre le sol et le fond dans *Le Fifre*, ou le second plan très noir du *Torero mort*, pour ne rien dire de ce qui lui inspira son admiration pour Goya, les parallèles étant évidents entre *L'Exécution de Maximilien* et le *Tres de Mayo*, les *Majas au balcon* et *Le Balcon*.

Mais si les voix dissonantes s'en prenaient à certaines toiles en particulier plutôt qu'à un esprit ou une manière, dans son ensemble, la presse marquait le coup. Comme si elle pressentait à quel point cette manifestation serait décisive dans l'histoire du goût aux États-Unis et que, dès lors, on n'y collectionnerait plus exactement de la même manière. À croire que, une fois n'est pas coutume, marchands, critiques et amateurs se retrouvaient secrètement unis par un même état de grâce. C'est aussi que la grande presse d'opinion avait été, dès les lendemains de cette exposition, avertie par les revues d'art contemporain au sein desquelles l'esthétique impressionniste était devenue le principal enjeu des débats.

Dire qu'il lui avait fallu traverser l'Atlantique pour vaincre enfin celui qui demeurait au fond son principal ennemi : l'esprit de routine de ses contemporains, tenace, arrogant. Celui des Français qui, sous ses yeux il y a peu encore, se pâmaient quand il exposait d'exquises japonaiseries de Monet, se tordaient en se tenant le ventre mais « des ventres respectables, de nobles ventres, des ventres plusieurs fois électeurs », notait Mirbeau. Certains Américains, rares il est vrai, n'étaient pas exempts de cet esprit de routine. Dire qu'il y a cinq ans à peine, William Schauss, l'un des plus éminents marchands new-yorkais, lui assenait d'un ton sans appel : « Jamais ces tableaux ne seront bons pour notre marché. »

Aujourd'hui, les amateurs étaient là en masse, prêts à l'épreuve. Certains s'extasiaient, d'autres trouvaient cela bizarre et original, beaucoup étaient éblouis. Mais l'événement s'imposait par son évidence. Plusieurs critiques ne s'y trompèrent pas, qui virent dans ses peintres des rebelles

en butte aux pesanteurs académiques. L'unanimité se faisait sur la cohérence et la qualité de
cette réunion, manière de louer la rigueur et le
goût du sélectionneur. L'exposition était si bien
conçue qu'elle faisait bloc, comme si on avait
transporté un morceau de la jeune France artistique pour le planter durant quelques semaines
sur les rives de l'Hudson. Toutes choses qui
conféraient à l'ambassade de Durand-Ruel une
forte valeur éducative, vertu placée au plus haut
dans ces pays. Il n'y eut guère que les milieux
chrétiens radicaux pour s'offusquer de la vulgarité et de l'athéisme professés par ces œuvres,
mais il n'avait pas besoin d'aller si loin pour savoir qu'on n'est jamais trahi que par les siens.
Une ombre au tableau, trois fois rien par rapport
au concert d'éloges qui le surprenait, eu égard à
l'étroitesse d'esprit française.

Un élément, un seul, aurait suffi à le contenter,
car il montrait la valeur historique que les Américains accordaient déjà, sans plus attendre, à
son exposition : c'était l'allusion à son catalogue
des eaux-fortes publié en 1873, allusion à son
incroyable audace, témoignage d'une force de
conviction hors du commun, qui lui avait fait
placer ses Monet et ses Manet voués aux gémonies au milieu de ses innombrables Corot, Delacroix et Rousseau, entre autres chefs-d'œuvre
alors consacrés de sa collection.

De tous les peintres exposés, Seurat était celui
qui suscitait le plus d'hostilité, notamment pour
sa *Baignade à Asnières* (d'ailleurs, aucun de ses

tableaux ne fut vendu à cette occasion), et Monet
probablement celui qui emportait le morceau. À
égalité avec Paul Durand-Ruel lui-même. Celui-ci
avait-il inspiré la tonalité des commentaires à
son sujet en accordant des interviews ? En tout
cas, il s'y entendait pour offrir une image de lui
proche du sacrifice. Pour un peu, on en aurait
oublié que son métier consistait aussi à acheter à
la baisse et à vendre à la hausse. Toujours est-il
que la plupart inscrivaient son combat pour l'art
dans une perspective religieuse qui le grandissait
encore, jusqu'à conférer à ses tableaux une dimension sacrée qui les rendait quasiment intou-
chables, donc inaccessibles à la critique. Sous
leur plume, s'agissant de lui et de son combat
pour l'impressionnisme, il n'était question que de
foi, de croisade, d'apostolat, de mission, de martyre et de religion de l'art. Et surtout de sincérité.

Certainement pas un mécène, mais un négociant, motivé par le goût du profit, mais aussi sincère dans ses convictions esthétiques que dans sa
foi catholique — son itinéraire en témoignait. Un
Français sur mesure pour les Américains.

Un mois que Paul Durand-Ruel était parti,
abandonnant ses peintres en France, car ils se
sentaient bel et bien abandonnés, et il n'avait pas
prévu de rentrer avant trois mois. Une fois encore, Monet s'était fait leur porte-parole pour lui
dire la situation intenable dans laquelle ils
étaient plongés par sa faute : se rendre à sa galerie comme prévu pour demander de l'argent à

son fils Joseph, s'entendre répondre par lui et par
le caissier M. Casburn qu'ils devaient auparavant
recevoir un chèque télégraphique de New York
supposé arriver d'un instant à l'autre, perdre quatre jours à Paris à leurs propres frais, décliner
des offres d'autres marchands, se trouver dans
l'obligation de finalement leur céder des œuvres à
bas prix, et repartir vers leurs ateliers sans rien
rapporter de ce que leur marchand en titre leur
devait.

De quoi en perdre ses illusions, mais pas son
admiration ni sa reconnaissance, leurs lettres en
témoignaient.

La huitième exposition du groupe impressionniste s'était tenue à Paris du 15 mai au 15 juin,
en l'absence, symbolique, de Paul Durand-Ruel.
Installée dans un local situé au-dessus du restau-
rant La Maison Dorée, à l'angle de la rue Laffitte
et du boulevard des Italiens, la manifestation dé-
clencha de nouveau les passions. En effet, si les
œuvres purement impressionnistes de Degas ou
de Mary Cassatt furent bien acceptées, il n'en fut
pas de même de la majorité des autres, lesquelles
relevaient du courant néo-impressionniste, notamment *Un dimanche après-midi à l'île de la
Grande-Jatte*, de Seurat, qui provoqua la même
variété de lazzis et de quolibets que les Monet dix
ans auparavant. Même ceux qui les défendaient
employaient des expressions telles que « hystérie
de la couleur » et « grossomodo de la nature ».
Par prudence, Degas avait d'ailleurs demandé et

obtenu que le mot « impressionniste » ne figurât pas sur l'affiche. Il faut dire que, dans certains milieux, était encore taxé d'impressionniste tout ce qui n'était pas académique, un peu comme dans l'Antiquité l'on présentait comme barbare tout ce qui n'était pas grec.

D'ailleurs, dans la plaquette qu'il venait de publier en 1886 sous le titre *Les Impressionnistes*, le critique Félix Fénéon n'invitait-il pas à tourner la page des années héroïques, une époque qu'il décrétait périmée, en célébrant les promesses du néo-impressionnisme et le génie de Georges Seurat ?

Ce fut la dernière exposition de ce qui restait du groupe historique des impressionnistes.

Alors qu'à New York, Paul Durand-Ruel préparait l'avenir en jouant son va-tout, à Paris ses peintres ne recevaient toujours pas un mot ni un sou de lui. Quinze jours après, la situation n'ayant pas été débloquée, une sourde colère mâtinée de tristesse désespérée renforçait leur stupéfaction. Si encore il disait ses difficultés à les imposer aux collectionneurs, ou son impuissance à leur procurer quelque argent, mais non, il leur faisait croire le contraire dans le seul but de les retenir, de les empêcher d'aller se vendre ailleurs, persuadé que tous étaient ligués contre lui.

Quand ils surent enfin comment s'était déroulée l'affaire américaine, leur histoire après tout, ils ne furent pas si mécontents. Renoir était ravi du choix de l'endroit, particulièrement amusé même à l'idée que les amateurs aient pu regarder ses tableaux entre deux combats de boxe puisqu'il s'agissait aussi bien d'une salle de sport que de spectacle. Et puis il ne professait, lui, aucun dédain à l'endroit des Américains :

« Nous les Français, nous sommes ou bien une élite, ou bien une masse inerte, effrayée de la moindre nouveauté. Le public américain n'est probablement pas plus malin que le public français, mais il ne se croit pas obligé de ricaner quand il ne comprend pas. »

Dès son retour à Paris, vers la mi-juillet, Durand-Ruel s'était employé à convaincre les uns et les autres que, s'il n'avait rien à leur annoncer de nature à calmer leurs créanciers dans l'immédiat, un avenir radieux s'annonçait pour eux du côté de l'Amérique. Là-bas, les gazettes ne confondaient déjà plus Manet et Monet, alors qu'ici la coquille avait longtemps semblé de rigueur ; là-bas, le critique du *New York Times* poussait l'élégance jusqu'à écrire systématiquement « ... Monet *(not Manet)* ». De nouveaux collectionneurs, fort riches, s'étaient manifestés et il allait s'employer à fidéliser les Fuller et les Spencer, les Lawrence et les Kingman, les Senff et les Fitzgerald, bien que quelques-uns de ses vieux clients tel Georges Seney, un collectionneur de Brooklyn pourtant considéré comme trop éclectique, demeurassent réticents. Il pouvait les citer à ses artistes même si le mouvement était encore embryonnaire. Même s'il n'avait finalement vendu que quinze tableaux à cinq amateurs, il pouvait leur déclarer : « Votre peinture se vend ! » en espérant que cela

se saurait vite à Paris. Car des tableaux avaient
bien été achetés, même si leur nombre n'était pas
considérable : il avait vendu pour 17 150 dollars
de marchandise sur lesquels il avait dû payer
5 500 dollars de droits de douane. Et puis le fameux roi du sucre, Henry Osborne Havemeyer,
dit Harry, dit H.O., avait acheté le *Saumon* de
Manet que la presse avait, il est vrai, porté aux
nues. Il pouvait leur faire la lecture des extraits
de *The Nation* et les savourer à nouveau avec
eux :

« [...] cette nature morte se compose d'un spé-
cimen de son poisson aux écailles admirables et
d'un citron sectionné qui est, à n'en pas douter,
le citron le plus cruellement acide qui ait jamais
été peint [...] »

À Paris, on commençait à débarrasser les Américains des lieux communs dont on les avait toujours gratifiés. Désormais, on envisageait même
qu'ils n'étaient pas seulement responsables d'avoir
mis le hall à la mode dans les habitations grand
style et d'avoir donné au monde civilisé les orfè-
vreries de M. Tiffany. Et l'on s'avisait que, au
fond, il ne fallait pas désespérer d'un pays qui
avait déjà produit des artistes du tempérament de
Whistler, Sargent, Harrisson ou Dannat. Pour ne
rien dire du goût de leurs collectionneurs : après
tout, en ce temps-là, le tiers de l'œuvre de Millet
ne se trouvait-il pas déjà dans la seule ville de
Boston ?

Rendez-vous avait été pris pour l'automne
afin de récidiver dans les mêmes conditions, en

adjoignant toutefois les barbizoniens aux impressionnistes, sans oublier le cher Puvis de Chavannes qui s'était enfin décidé, non sans avoir encore résisté aux derniers assauts de son marchand en exigeant, pour la première fois, la conclusion d'un contrat en bonne et due forme le protégeant en cas de déroute. Il s'agissait de rassurer le public américain en lui donnant également à voir ce qui ne risquait pas de heurter son regard non plus que sa sensibilité.

Un facteur aurait dû rassurer les plus observateurs de ses peintres : la jalousie confraternelle que Durand-Ruel déchaînait désormais des deux côtés de l'Atlantique. Car les marchands, tant les Français que les Américains, avaient tout de suite senti en hommes d'affaires avisés que son initiative allait ouvrir une brèche dans laquelle il convenait de s'engouffrer au plus tôt afin d'occuper les meilleures places. Leur hostilité signait sa consécration. Mais elle l'obligeait à lutter sur deux fronts : à Paris, où ils n'avaient de cesse de débaucher ses peintres en abusant de leur vulnérabilité et en propageant les rumeurs les plus calomnieuses ; et à New York où ils faisaient pression sur le pouvoir fédéral pour rétablir des mesures douanières protectionnistes qui feraient barrage à l'invasion française tant redoutée.

Leur fronde n'était pas une vue de l'esprit. Ils s'agitaient beaucoup en coulisses pour freiner l'expansion de la galerie Durand-Ruel hors du périmètre européen jugé naturel. Cela suscita un vrai débat national entre Américains sur le bien-fondé du protectionnisme culturel, car il allait de soi qu'une telle mesure ne pouvait être analysée dans sa seule dimension économique. Si les marchands new-yorkais et leurs lobbyistes patentés auprès du Congrès obtenaient gain de cause, les droits de douane normaux que l'American Art Association aurait à acquitter seraient si considérables que, dans l'immédiat, ils réduiraient à néant tout nouveau projet d'exposition de peinture française à Manhattan. Les moqueurs résumaient le débat d'un trait (« Lard pour l'art ») car ils savaient que les plus farouches partisans des mesures protectionnistes agissaient moins par détestation de la nouvelle peinture française qu'en représailles à l'interdiction de l'entrée des porcs américains en France... Mais l'Association, qui disposait de relais d'influence tout aussi puissants que ses adversaires, obtint que les tableaux bénéficient de la franchise, quitte à ce qu'ils soient exposés et non vendus, rien n'empêchant Durand-Ruel de les céder ensuite à Paris aux amateurs américains. Dans sa plaidoirie, elle fit jouer un argument décisif : l'esprit éducatif de l'entreprise, puisqu'elle devait permettre à nombre d'étudiants des Beaux-Arts, qui n'avaient pas les moyens de se rendre en Europe, de tirer le meilleur de l'avant-garde française.

Pour autant, rien n'était joué. Car après moult négociations, la loi votée ne s'appliquait qu'aux peintures à l'huile, aquarelles et œuvres de sculpture originale, excluant *de facto* dessins et eaux-fortes pour lesquels il fallait continuer à se battre.

Tant et si bien que la deuxième exposition, pour l'organisation de laquelle les deux fils Durand-Ruel, cette fois réunis, avaient fait le voyage de New York dès octobre avec les tableaux, fut retardée jusqu'au mois de mars, et ne s'ouvrit finalement qu'en mai 1887, soit un an après la première, non pas dans les galeries du Madison Square qui n'étaient plus libres, mais dans celles de l'Académie nationale de dessin. Les incertitudes liées à ces interminables négociations handicapèrent la manifestation. L'absence de surprise bannissait tout effet de sensationnel. Tout aussi appréciée que la première, elle s'avéra moins rentable que prévu dans la mesure où elle commençait trop tard par rapport aux rythmes propres au marché de l'art new-yorkais.

Le triomphe de l'école moderne n'avait jamais été ainsi à portée de la main. Mais sa victoire allait lui échapper car Paul Durand-Ruel ne pouvait rien, rigoureusement rien, pour ses peintres au bord de l'asphyxie financière tant il se trouvait lui-même dans une situation critique. Toutes proportions gardées. Car quand un Pissarro, infatigable épistolier, n'écrivait plus, c'est qu'il hésitait à affranchir l'enveloppe.

Contraints par les circonstances, les peintres de Durand-Ruel s'enhardissaient en allant voir ailleurs. Ainsi Pissarro, qui cherchait à vendre en bloc son fonds d'atelier — à l'exception des pastels, des dessins, des œuvres de la salle à manger et de celles réservées rituellement chaque année

à sa femme. Or Durand-Ruel, pas plus que Heymann ou Pillet, ne daignaient lui répondre. Il en
était à rechercher éperdument l'oiseau rare, rêve
de tout artiste : un amateur de bonne volonté,
sans qui, en dernière extrémité, il ne lui resterait
plus qu'à se résoudre au plus indélicat des gestes,
vendre le cadeau d'un ami, en l'occurrence un
pastel de Degas dont il pouvait espérer tirer 500
à 800 francs.

Monet ignorait désormais ce genre de dilemme. Il s'adressait différemment à Durand-
Ruel alors qu'il y a moins de trois ans il était de
ceux qui déploraient la persistance du syndrome
américain chez son marchand, une inclination
dont il confiait qu'elle était de nature à entamer
sa confiance en lui... L'époque paraissait déjà ancienne où, pour convaincre des amateurs réticents qui jugeaient trop plâtreuses ses premières
toiles de lui qu'il exposait, le marchand n'hésitait
pas à les vernir au bitume, contre l'avis de l'artiste. Mais Monet pouvait voir dans le regard de
Durand-Ruel le reflet de son ancienne misère,
celle d'un temps où il enrageait non seulement
d'être refusé et ignoré, mais d'un temps où il
n'avait même plus les moyens de s'acheter des
couleurs.

Désormais, il était le premier des jeunes impressionnistes à vivre enfin dans une certaine aisance
grâce à sa peinture. Les Américains jugèrent que
son nom le prédestinait à ce genre de réussite. Durand-Ruel, lui, savait que l'artiste d'exception n'attendait que des circonstances favorables pour se

révéler un redoutable homme d'affaires, mieux que tout autre capable de défendre ses intérêts.

Autant Durand-Ruel était obsédé par l'idée de s'assurer le monopole de la production d'un artiste, autant Monet était hanté par l'idée de ne jamais abandonner l'exclusivité de sa production à un marchand. L'un justifiait sa démarche par la nécessité de contrôler les prix, l'autre la sienne par le même motif. En fait, comme ils parlaient exactement la même langue, ils eurent l'intelligence de réduire ce qui les séparait pour mieux mettre en valeur ce qui les réunissait, une fois entendu que leurs intérêts respectifs n'étaient pas nécessairement antagonistes.

« Que tirons-nous de nos protecteurs ? »

C'est l'antienne que Monet ne cessait de répéter à ses amis peintres pour les convaincre de surveiller leurs affaires de plus près. Quand Durand-Ruel le sut, tout devint parfaitement clair entre eux. Protecteurs ? Selon que l'on voulait l'entendre en bien ou en mal, on pouvait songer à ces personnages balzaciens qui entretenaient des femmes, autant qu'à des mécènes de la Renaissance.

À New York, la moitié des quelque cinquante toiles (essentiellement des paysages) de Monet furent vendues à des amateurs américains. Depuis, les marchands se pressaient. Mais qui d'autre que Durand-Ruel avait cru en lui ? Qui d'autre lui avait avancé de l'argent quand rien ne se vendait ? Qui d'autre avait pris de tels risques financiers ? Que cela ait obéi à un calcul, une stratégie ou à un acte de foi artistique était à peu près aussi discutable que le sexe des anges, car nul autre que lui ne l'avait fait.

Et puis, qui sondera jamais la sincérité de l'âme d'un marchand ?

Le succès avait conféré à Monet une assurance qui lui autorisait plus d'exigence ; le ton de ses lettres en témoignait, il n'acceptait plus certains procédés et ne montrait guère plus d'indulgence pour les manières maladroites du fils Durand-Ruel. Pour négocier avec lui, il fallait d'abord examiner ses conditions et garder à l'esprit qu'il vendait aussi bien à Petit qu'à Goupil. Sa confiance en soi allait en augmentant à proportion de son succès outre-Atlantique, à New York bien sûr, et plus encore à Boston où son influence allait décider les nouveaux engouements des collectionneurs et les orientations des peintres. Il était le plus demandé des impressionnistes français, ce qui faisait maugréer Pissarro contre le principe de répétition, convaincu que la série était une contrainte imposée par le marché : « Tous veulent avoir des *Meules au soleil couchant* ! »

Ce succès n'était pas partagé, pas encore. Pour autant, les peintres n'oubliaient pas leur marchand qu'ils invitaient à leurs expositions. Durand-Ruel s'y rendait à reculons et, de bonne ou de mauvaise foi, n'appréciait pas leur « nouvelle manière » quand celle-ci coïncidait avec la rencontre d'un nouveau marchand.

Avec Monet, cette attitude ne tenait pas. Durand-Ruel refusait de sortir de sa collection des tableaux de lui afin qu'ils soient présentés dans une grande exposition dont Monet serait le seul peintre, Rodin le seul sculpteur et Mirbeau le seul préfacier, à coup sûr un événement au moment de l'Exposition universelle. Monet le lui demandait comme un service personnel, et il refusait obstinément quand tous avaient accepté. Tous, marchands, collectionneurs, amis, mais pas lui, en raison du lieu de l'exposition : la galerie Georges Petit. Il est vrai que son rival s'était répandu dans Paris en annonçant qu'il voulait Paul Durand-Ruel « raide mort », ce qui n'était pas très gentil.

Il était décontenancé par Renoir depuis que celui-ci, sous le coup de sa révélation de Raphaël, prenait ses distances avec l'impressionnisme. Peut-être aurait-il réagi autrement s'il avait vu ses dernières toiles dans un autre cadre que celui de la galerie Petit...

Avec Pissarro, c'était plus grave. On l'aurait cru métamorphosé depuis qu'il avait été touché par le divisionnisme comme d'autres par la grâce. Plus isolé que jamais, il traitait ses amis d'« impressionnistes romantiques » ou, pire encore dans l'échelle de la déchéance, de « romantiques », quand ceux-ci lui reprochaient de recourir à des procédés chimiques. Mais qu'était-il devenu pour se permettre de dire que Monet était « décorateur sans être décoratif » ? On lui avait tourné la tête. Enthousiasmé par la théorie des couleurs, il avait déjà sérieusement inquiété Durand-Ruel le jour où il lui avait exposé les principes selon lesquels il avait décidé de peindre désormais, en vertu d'un système inventé par Seurat dans sa recherche d'une synthèse moderne, et que, pour l'essentiel, il résumait ainsi : « Substituer le mélange optique au mélange des pigments. Autrement dit : la décomposition des tons en leurs éléments constitutifs. Parce que le mélange optique suscite des luminosités beaucoup plus intenses que le mélange des pigments. Quant à l'exécution, nous la regardons comme nulle, ce n'est du reste que peu important, l'art n'ayant rien à y voir, selon nous : la seule originalité consistant dans le caractère du dessin et la vision particulière à chaque artiste. »

Après un tel exposé, le marchand était encore plus troublé d'entendre son peintre proclamer, parlant de sa bande de nouveaux amis, « nous, le groupe des impressionnistes scientifiques ». Mais ne doutaient-ils pas eux-mêmes de la pérennité de son engagement auprès d'eux ? Signac, particulièrement, jugeait que Pissarro faisait fausse route en ne retenant que le procédé, la technique du petit point, le contraste entre deux points au lieu du passage de l'un à l'autre, la lettre et non l'esprit de la division. Le jour où Durand-Ruel lui dit qu'il aimait non seulement ses dernières toiles mais leur exécution, on sut que Pissarro était définitivement perdu pour le divisionnisme.

Pour autant, le marchand ne mettait pas son goût en berne. Ainsi au cœur de l'été, quand Cluzel lui livra les dernières gouaches de Pissarro, il tria : *Paysage avec les vaches* ? Trop jaune, la nature n'est pas aussi exagérée, manque de poésie...

Les Fillettes qui font de l'herbe ? Non plus, la petite accroupie n'est pas suffisamment dessinée,
on ne sent pas son corps... *Les Moutons* ? Le paysage n'est pas assez modèle... Seul *Les Deux fillettes debout* semble trouver grâce à ses yeux.
Aurait-il voulu déprécier la marchandise pour la
sous-payer ensuite qu'il ne s'y serait pas pris
autrement, du moins le principal intéressé le res-
sentit-il ainsi dans l'instant. Pissarro n'y comprenait plus rien. Son amertume le rendait souvent
sévère vis-à-vis de lui, et son désespoir injuste.
Cela ne l'empêchait pas d'administrer des leçons
de peinture à son marchand afin de lui démon-
trer la fausseté de son goût, du moins le pré-
tendait-il. À la manière dont il disait être du
bâtiment, on sentait bien qu'il n'accordait pas
cette qualité à Durand-Ruel : son point de vue ne
pouvait être que périphérique puisqu'il n'avait,
lui, jamais attaqué la toile, ni éprouvé la solitude,
le doute, le désarroi d'un créateur confronté à un
absolu qui se dérobe. Il ignorait le dilemme du
gris pour n'avoir jamais eu à se demander s'il fallait suivre Delacroix, qui voyait dans le gris l'ennemi de toute peinture, ou Cézanne pour qui on
n'était pas un peintre tant qu'on n'avait pas peint
un gris.

Il n'aurait jamais à faire circuler sa sève dans
des arbres morts.

Comme Pissarro et les autres membres de leur
défunte fraternité d'art, il pouvait juste contri-
buer à préserver l'impressionnisme de l'esthé-
tisme et des ravages de la technique. Car si leur

vision du monde avait essentiellement partie liée avec une technique, quelle qu'elle fût, chacun n'aurait plus qu'à exploiter sa petite sensation et le tour serait joué.

Au fond, Durand-Ruel était moins gêné par l'évolution respective de ses peintres qu'en analysant ce que toutes ces évolutions coalisées exprimaient en profondeur, un phénomène qu'il ressentait sourdement depuis des mois sinon des années, dont il était l'un des mieux placés pour prendre la juste mesure, et qu'il avait peut-être du mal à accepter tout en le sachant inéluctable. Quelque chose comme le certificat de décès de l'impressionnisme. Il coïncida avec sa révélation au Nouveau Monde.

L'Amérique avait sauvé Paul Durand-Ruel *in extremis*, il ne fut pas long à s'en apercevoir. Les Américains ne s'étaient pas trompés en lui reconnaissant d'emblée une énergie tout américaine. Tout alla effectivement très vite. Plutôt qu'un paradoxe de plus dans le personnage de ce grand bourgeois français, on y repéra une de ses facettes les plus inattendues, son étonnante capacité d'adaptation.

Il ne s'était pas trompé en s'insurgeant contre ces caciques parisiens du milieu de l'art qui voyaient un sauvage en tout Américain ; il n'avait pas eu tort de déceler plutôt en lui un esprit plus libre et ouvert, moins routinier, que son homologue français.

Bientôt, à son initiative, W. H. Crocker, de San Francisco, lui acheta d'un coup pour 100 000 dollars de tableaux ; Albert Spencer liquida ses toiles de l'école de Barbizon pour les remplacer par des Monet et des Pissarro ; un autre fou de Monet, William H. Fuller, directeur de la National Wall Paper Company, organisa la première grande exposition du peintre à l'Union League Club ; quand le couple Havemeyer se rendit à Paris pour l'Exposition universelle, Durand-Ruel se mit en quatre et inaugura, pour celui qui allait devenir son plus important client américain, une longue et fructueuse carrière de fournisseur tous azimuts (il fut à l'origine de près de la moitié des pièces de sa collection) ; et très vite, en 1889, le Metropolitan Museum acceptait deux Manet...

Le roi du sucre, le roi de l'acier, le roi des chemins de fer et d'autres pionniers ou héritiers des grands dynasties industrielles devenaient ses clients. Désormais, il jouait le double rôle de conseiller et de fournisseur des Potter Palmer de Chicago, des Pope de Cleveland, des Whittemore de Naugatuck, quand, loin de tout ça, Cézanne disait peindre ses natures mortes pour que les enfants sur les genoux de leurs grands-pères les regardent en mangeant leur soupe, et non pour la vanité des marchands de pétrole du Middle West.

À l'épreuve, l'American Art Association, à qui il devait son salut, lui apparut progressivement pour ce qu'elle était vraiment : la coalition de trois marchands peut-être moins guidés par le goût de l'art moderne que par ce sens de l'esbroufe que les Parisiens appelaient « puffisme » et leurs intérêts bien compris.

Dès son ouverture, au numéro 297 sur la Cinquième Avenue, la galerie fut placée sous l'autorité des deux fils Joseph et Charles, même si, de Paris, le père veillait au grain, secondé par son troisième fils Georges, vingt et un ans, qui venait de le rejoindre après avoir fait ses humanités chez les jésuites, passé son baccalauréat arts et sciences et accompli son devoir militaire. Le système était parfaitement au point puisque, dès 1888, Durand-Ruel n'éprouva plus la nécessité de retourner aux États-Unis.

« Durand-Ruel-New York » n'exposait pas que des impressionnistes, il s'en faut, mais nombre de chefs-d'œuvre, toutes origines, époques et écoles confondues. Goya, le Greco, Frans Hals, entre autres classiques, étaient recherchés tant par les conservateurs de musées que par les collectionneurs privés. N'eussent été sa discrétion et son éducation, la famille aurait pu, lors de l'inauguration des locaux, faire flotter une banderole « De Rembrandt à Degas » car la palette des compétences était désormais aussi étendue.

Ce n'était pas dans les habitudes de la maison. Cependant, une telle image, diffusée en France, aurait fait comprendre à ceux de ses peintres qui étaient encore dubitatifs que sa réussite annonçait la leur.

De marchand des impressionnistes, Paul Durand-Ruel redevenait marchand de tous les tableaux dès lors qu'il les tenait pour des chefs-d'œuvre ou des œuvres de haute qualité. Sa clientèle américaine l'avait fait revenir aux raisons premières de son métier en lui redonnant les moyens de pleinement l'exercer. La célérité avec laquelle elle lui commandait, lui achetait et lui payait des tableaux de maîtres anciens ou de classiques modernes barbizoniens lui permettait d'entreprendre la liquidation des dettes qui plombaient ses comptes depuis des années jusqu'à hypothéquer son avenir. Et cela au moment même où paraissait en librairie chez Savine le plaidoyer d'Eugène Bontoux, *L'Union générale, sa vie, sa mort, son programme...*

Sa nouvelle trésorerie lui autorisait aussi de financer à nouveau dignement sa ferveur impressionniste. Un jour, il n'en doutait pas, moins que jamais, la cause triompherait et il pourrait se consacrer exclusivement à l'art de ses contemporains. Mais l'heure n'était pas encore venue, ainsi qu'il le releva dans ses mémoires, avec un sens aigu de la litote : « Ce n'est pas une chose aisée de vaincre les préjugés. »

Là-bas sur la côte Est, Petit n'était pas son premier rival, mais Knœdler un concurrent à sa mesure. On est souvent rehaussé par la qualité de ses adversaires.

Durand-Ruel ne tarda pas à déménager, sans quitter la mythique Cinquième Avenue, glissant du 297 au 315. Dès le début des années 1890, la

critique d'art locale l'intégra dans le circuit des
grandes maisons qu'il convenait d'avoir à l'œil.
Même la presse étrangère paraissant à New York
ne relâchait pas son attention sur ces Français.
Ainsi le *New York Staats-Zeitung* signalait-il au
Metropolitan Museum tout l'intérêt qu'il trouve-
rait à se déplacer du côté de chez Durand-Ruel
afin de s'y pencher sur le *David et Saül* de Rembrandt...

« DURAND-RUEL

Expert

Tableaux anciens et modernes.
Direction de ventes publiques.
16, rue Laffitte et 11, rue Le Peletier
Maison à New York, Fifth Avenue

La Maison, qui compte des correspon-
dants dans toutes les grandes villes de
l'Europe et du Nouveau-Monde se charge
d'être l'intermédiaire pour l'achat, la vente
et l'échange de tous les tableaux anciens et
modernes, des objets d'art, de haute curiosité, de vitrine etc. »

Ainsi se présentait-elle au début de 1891 dans
un placard publicitaire publié en dernière page
de *L'Art dans les deux mondes*, une nouvelle revue
de combat qu'il avait lancée deux mois avant.
Comme son titre le suggérait, ce « journal hebdomadaire illustré paraissant le samedi » s'était fixé

pour objectif de défendre une certaine idée de l'art dans l'Ancien et le Nouveau Monde, l'axe Paris-New York étant désormais celui du renouveau du marché. Car Paul Durand-Ruel n'avait jamais renoncé à imposer une feuille spécialisée tirée chaque semaine à dix mille exemplaires, malgré son échec de la *Revue internationale de l'art et de la curiosité*.

Il s'agissait cette fois de publier une série d'études rétrospectives sur les maîtres anciens et de repérer les transformations de l'art moderne en Europe et en Amérique, dans les ateliers aussi bien que dans les expositions, sans se contenter des salons officiels ; ils avaient de toute façon amorcé leur déclin tant ils étaient concurrencés par des expositions si vastes et si régulières qu'elles agissaient parfois comme autant de Salons bis. Conscients de vivre une curieuse époque de transition, ses animateurs comptaient combler les attentes d'un public insatisfait par les comptes rendus de leurs journaux au moment où l'actualité de la peinture se développait. Mieux, ils entendaient offrir un service inédit aux collectionneurs grugés par des marchands peu scrupuleux en leur donnant des conseils et en servant d'intermédiaire avec d'autres amateurs à travers le monde, afin de déjouer faux et abus en tous genres.

Le prestige des collaborateurs rehaussait d'emblée le projet : Paul Arène y côtoyait Roger Marx, et des éminences littéraires telles que Edmond de Goncourt, Octave Mirbeau, Alphonse Daudet ou

Émile Zola s'y coudoyaient. Au sommaire du premier numéro, on trouvait aussi bien le compte rendu d'une exposition Hokusaï à Londres, que des échos sur l'obtention des bourses pour la villa Médicis, la chronique des académies, des donations et des restaurations, tout sur les ventes, les expositions et les marchés financiers. Par la suite, Gustave Geffroy y fustigea les gouvernants pour avoir négligé un grand artiste tel que Degas à qui nul n'avait songé à commander la libre décoration d'un monument ; on trouvait également dans les mêmes pages une étude technique sur les pâtes de verre.

La qualité des annonceurs publicitaires renseignait autant que celle du comité de rédaction : les broderies Eymery et Leroy, le champagne Georges Goulet, les vitraux artistiques Henri Baboneau, les parapluies, cannes et ombrelles de courses Deraine-Laporte, les robes et manteaux Fenwick...

Cette fois, Paul Durand-Ruel n'entendait pas laisser la bride sur le cou aux directeurs de la revue qu'il commanditait à des fins bien précises. Aussi, quand on savait l'état souvent conflictuel de ses relations avec Miss Cassatt, ne pouvait-on lire sans sourire cette notule inouïe, à elle consacrée et publiée dès le premier numéro sous la signature Y.R.B. :

« Les femmes qui font de la peinture sincère sont rares. Malgré leurs études, malgré leur intention réelle de peindre vrai, il semble qu'involontairement elles cèdent à un besoin impérieux de convention qui serait comme une conséquence fatale de leur tempérament, de leur éducation, du rôle qu'elles ont dans la société », écrivait le chroniqueur avant de nous révéler qu'elle était célibataire, que ses tableaux étaient sa vraie progéniture, et de conclure : « Les mères et les enfants de Miss Cassatt sont la résultante de ce genre de dédoublement si souvent observé par ceux qui s'occupent des études psychiques. »

Dès les premiers numéros, sa nouvelle revue lui posa le même type de problème que l'ancienne. Il la voulait indépendante car son image avait tout à y gagner, mais ne supportait pas qu'elle exprimât des points de vue aux antipodes des siens. En écrivant un article plaçant au plus haut Pissarro en sa dernière manière, et plus seulement le génie de l'harmonie, celui qui avait conçu le paysage comme l'enveloppement des formes dans la lumière, l'un des premiers à dévoiler la nature, Octave Mirbeau se doutait qu'il fâcherait Durand-Ruel, lequel aurait certainement préféré un éreintement en règle de l'égaré en pointillisme.

Le marchand-éditeur n'apparaissait pas ès qualités, quoique l'adresse de ses bureaux new-yorkais (315 Fifth Avenue) ne laissât aucun doute sur l'origine de la revue ; elle n'en défendait pas moins ses intérêts désormais très étendus, le faisait efficacement et de moins en moins discrètement. Des pages ruisselaient quelquefois d'éloges appuyés à l'endroit d'un marchand de tableaux qui n'était ni Petit, ni Goupil, ni Boussod et Valadon...

« Son journal est un journal de réclame, pas autre chose, plus que jamais Durand se fiche de l'art ! » grognait Pissarro.

Celui-ci ne faisait que répercuter une rumeur bien installée. Tant et si bien que, dans le numéro du 25 avril 1891, Saint-Rémy crut devoir consacrer la pleine page de son éditorial à la démentir, en excipant de l'absolue indépendance du journal et du total désintéressement de M. Durand-Ruel dans la curiosité qu'il manifestait parfois pour son contenu.

Cette fois encore, l'expérience tourna court. Au bout de huit mois, Durand-Ruel mettait la clef sous la porte. Quand parut le dernier numéro au cœur de l'été, on put se livrer à une intéressante expérience et mettre l'éditorial d'adieu en regard du manifeste publié dans le premier numéro. Alors surgit enfin la vraie motivation de cette entreprise d'écriture de l'histoire de l'art en train de se faire : une défense et illustration des impressionnistes comme uniques successeurs et héritiers de l'école de 1830 à laquelle ils avaient su ajouter ce qui lui manquait, à savoir l'entière sincérité du plein air, quoique Degas ne jurât que par l'atelier. La boucle était bouclée.

Pour la seconde fois, son expérience de commanditaire de revue artistique se soldait par un échec, du moins si l'on en jugeait par son caractère éphémère. Mais plus profondément, à plus long terme, elle scellait l'alliance entre marchands et critiques, accélérant ainsi le déclin de la coalition entre le Salon et l'Académie. Progressivement, un nouveau pouvoir gagnait sur les territoires de l'ancienne puissance jusqu'à l'anéantir discrètement.

De nouveau, le marchand-expert-éditeur se retrouvait avec une corde de moins à son arc. Au fond, sa morale des affaires s'accommodait parfaitement de la double qualité de juge et partie, et du conflit d'intérêts que cela supposait. Précisons à sa décharge que, dans sa corporation, c'était l'usage. Sa fonction d'expert n'était pas la moindre, eût-il préféré se dire plutôt « appréciateur » comme jadis Francis Petit. Expert patenté et expert dans l'acception la plus large du terme. Il fallait l'être à New York à la vente Seney de 1891 par exemple, pour bondir comme il le fit sur le numéro 289, *La Cueillette* de Corot, qu'il emporta pour presque rien, c'est-à-dire 3 800 dollars, parce que l'œuvre avait été déclarée douteuse, quand lui n'avait aucun doute sur son authenticité pour en connaître parfaitement les tribulations depuis son départ de l'atelier de l'artiste en passant par la vente Faure vingt-deux ans auparavant. Non seulement il savait tout de ce tableau, mais il en savait beaucoup sur l'industrie des faux Corot qui s'était développée à partir de Providence, la capitale du Rhode Island, d'où un peintre faussaire et trafiquant du nom de Robinson avait lancé nombre d'œuvres de l'école de 1830 de sa fabrication. Lui n'aurait jamais levé la main à cette même vente Seney pour disputer une *Danse des nymphes* signée Corot à T. B. Walker, un collectionneur de

Minneapolis, qui l'emporta pour 7 100 dollars, soit 36 000 francs, non seulement parce que sa facture était d'une grossièreté absolue, mais surtout parce qu'il avait vu au Louvre l'original dont ce tableau n'était qu'une médiocre copie, de surcroît réduite et renversée.

Car si Durand-Ruel favorisait dans ses revues le commentaire littéraire sur la peinture, il avait sur tout écrivain d'art l'avantage de connaître intimement l'histoire intime de chaque œuvre passée entre ses mains, son pedigree dans les moindres détails, la mémoire de ses voyages et tribulations du chevalet aux dernières cimaises, son vrai roman familial.

Il était de ceux qui ne songeaient pas sans mélancolie à *L'Enfant aux cerises* (1859) de Manet ; il savait que l'adolescent qui lui avait servi de modèle s'était peu après pendu dans l'atelier même, ce qui bouleversa l'artiste et inspira à Baudelaire « La corde », l'un de ses petits poèmes en prose du *Spleen de Paris*... Vu de New York ou de l'Ohio, c'est le genre de choses que seul un expert de l'art français pouvait savoir.

Expert, il fallait l'être également pour sentir aussi bien le marché des Anciens et prendre des risques en sachant jusqu'où aller trop loin. À nouveau il avait les moyens de son inconscience calculée, celle qui lui faisait acheter en vente publique *David jouant de la harpe*, de Rembrandt, pour 12 500 francs, puis le revendre aussitôt pour un profit mineur, le racheter peu après à Georges d'Ay, d'Épernay, pour cent quarante mille francs,

tout en étant convaincu qu'il finirait par le revendre 200 000 francs au Mauritshuis de La Haye
(mais sans prévoir qu'il l'aurait sur les bras pendant toute une décennie, bien qu'il l'ait exposé en
Europe et en Amérique...). Désormais, il ne craignait plus d'acheter un *Portrait d'homme* de Rembrandt à la vente Demidoff en ayant le sentiment,
mais pas l'assurance et certainement pas la certi-
tude, de le revendre à l'amateur américain Jules
Yerkes. Il faut songer qu'en ce temps-là, certains
critiques académiques reprochaient sa « vulgarité » à Rembrandt, et qu'un Charles Blanc, qui
lui donnait du « Paul Rembrandt », se permettait
même de lui administrer quelques leçons de dessin. Quand Durand-Ruel acheta son *David devant
Saül*, on tenta de le faire passer soit pour une attribution malheureuse, soit, pis encore, pour un
faux, mais il tint bon et les historiens ne tardèrent pas à confirmer l'audace de son intuition et
la qualité de son coup d'œil.

Vincent Van Gogh venait de se suicider à trente-
sept ans.

« Un événement pas très flatteur, même le père
Durand n'y avait rien compris ! »

Au ton dont il usait pour le commenter, on sentait que Renoir étendait la responsabilité de cette
mort à toute la communauté artistique. Fou, Van
Gogh ? Dans ce cas, nous le sommes tous, c'était
cela qu'il disait. Il mourait l'année où l'une de ses
toiles était vendue pour la première fois. Mais,
dès le lendemain de sa disparition, la critique

reconnaissait sa grandeur, ce qui n'empêcha pas son personnage d'incarner le mythe fondateur de l'artiste moderne maudit. Puis ce fut au tour de son jeune frère Théo de disparaître.

On savait depuis quelque temps qu'« un marchand de tableaux » était soigné à la clinique du docteur Blanche ; mais dans le quartier de l'Opéra, chacun se doutait bien de son identité. On ne parlait que de cela entre initiés à l'église de la Trinité, dans la foule qui se pressait aux obsèques de John Lewis Brown. Défenseur des impressionnistes chez Boussod et Valadon, il souffrait depuis des années de graves troubles nerveux, aggravés depuis peu par la syphilis. C'est dans un état d'excitation maniaque, accompagné de violences et d'hallucinations, qu'il fut admis dans le fameux établissement de Passy.

Cette nouvelle crise avait été provoquée par l'annulation d'une exposition des tableaux de Vincent qui devait se tenir rue Laffitte, alors qu'au lendemain de ses obsèques il s'était juré de faire enfin connaître son œuvre. Paul Durand-Ruel l'avait pourtant rencontré chez lui à sa demande, il avait jugé ses dessins et plusieurs de ses tableaux très « intéressants », ce qui voulait tout dire et rien dire ; mais de crainte d'avoir à assumer le ridicule le cas échéant, il préférait se transporter d'abord chez le père Tanguy afin de voir ses autres tableaux ; il remettait sa décision, donnait enfin son accord, puis hésitait de nouveau, tant et si bien que Théo Van Gogh se demandait s'il était préférable d'attendre l'hiver dans l'espoir d'obtenir une salle chez Durand-Ruel ou de la chercher plutôt du côté du pavillon de la Ville de Paris à l'exposition des Indépendants. Trop d'atermoiements tuent la décision. De ce nouvel échec en perspective, Théo Van Gogh se tenait personnellement responsable, comme il s'était toujours culpabilisé de n'avoir pas su révéler au monde le génie de son frère, ni imposer la quantité de tableaux « accablante » qu'il laissait derrière lui. Comment n'aurait-il pas encore, incrustée dans les moindres replis de sa mémoire, certaine lettre de Vincent :

« [...] Pour ce qui est de Durand-Ruel, même s'il a estimé que les dessins ne valaient pas lourd, montre-lui ce tableau [*Les Mangeurs de pommes de terre*]. Qu'il le trouve mauvais, bon. Mais montre-le-lui quand même, afin qu'il puisse voir que nous mettons de l'énergie dans notre lutte. Tu entendras certainement dire "Quelle croûte !", prépare-toi à cela comme moi-même j'y suis préparé. Mais nous finirons bien par donner quelque chose de vrai et d'honnête. »

Gauguin, qui aimait également les frères Van Gogh, était pourtant hostile à cette initiative qu'il jugeait maladroite :

« Étant donné la bêtise du public, il est tout à fait hors de saison de rappeler Vincent et sa folie au moment où son frère est dans le même cas ! Beaucoup de gens disent que notre peinture est folie. C'est nous faire du tort sans faire du bien à Vincent. »

La précipitation de Paul Durand-Ruel, dont le regard avait toujours confiné Théo dans la concurrence, ne fut pas alors d'une élégance exemplaire. Pressé de se remettre comme avant avec Pissarro, il prétendit avoir toujours été un fervent partisan de toute son œuvre en reportant la faute de leur fâcherie sur un tiers absent, et pour cause puisqu'il était interné d'office :

« Le seul obstacle à nos affaires a été ce malheureux Van Gogh qui finit si misérablement. Il a mis des bâtons dans les roues et je n'ai jamais bien compris votre faible pour lui. Puisqu'il disparaît maintenant, comptez donc sur moi d'une façon absolue. »

Parti pour Utrecht afin d'y poursuivre son traitement, Théo Van Gogh y mourut deux mois après. Il avait trente-trois ans. Dans *De Amsterdammer*, le critique chargé de rédiger la nécrologie fit remarquer que, « bien que marchand de tableaux », il avait certainement plus de sensibilité artistique que bien des artistes patentés ; « bien que marchand de tableaux »...

La tragédie secouait le Paris artiste puis la vie reprenait son cours, souvent au rythme de l'annonce des morts, celle de Georges Seurat, à trente et un ans, quelques semaines plus tard.

On pouvait encore mobiliser les énergies pour l'amour de l'art. Une conjuration amicale ne venait-elle pas d'être couronnée de succès, après bien des polémiques, afin que l'*Olympia* entrât dans les musées nationaux grâce à une

souscription privée ? Vingt mille francs, c'était
la somme qu'il fallait réunir pour y parvenir.
Cela correspondait à peu près à ce que sa peinture rapportait désormais chaque année à Monet, revenus équivalents à ceux d'un haut
fonctionnaire bien noté, ce qui permettait de
vivre très confortablement mais le situait encore très loin de ce que gagnaient Gérôme, ou
encore Meissonier, dont le grand *Friedland*
avait été adjugé 900 000 francs trois ans avant
à la vente Stewart.

Monet, à qui en revenait l'initiative, s'était
chargé de la collecte permettant l'achat du grand
tableau de Manet que sa veuve, dans le besoin,
était tentée de céder à un Américain. Certains, tel
le collectionneur Albert Hecht, avaient donné à
condition que leur don demeurât anonyme, juste
signalé par des initiales, ce qui ne manquait pas de
panache. D'autres, tel le dessinateur Jacques-Émile
Blanche, dont la collection s'enorgueillissait déjà
de quelque vingt-sept œuvres de Manet, avaient
songé dans un premier temps à se l'offrir, avant de
se résoudre à verser une obole de 500 francs dans
la caisse commune. Paul Durand-Ruel avait sous-
crit pour 200 francs. Nombre de peintres mirent la
main à la poche sans se faire prier. Un écrivain se
singularisa en refusant au motif qu'ainsi l'État se
défaussait de son rôle sur un groupe qu'il pourrait
toujours désigner comme une coterie, mais il est
vrai que cela ne surprenait pas de l'auteur de
L'Œuvre. Monet finit par réunir 19 415 francs.
Mais l'Administration des musées argua alors que

ses statuts interdisaient au Louvre de recevoir en donation l'œuvre d'un peintre disparu depuis peu. Finalement, un *modus vivendi* fut trouvé qui envoya l'œuvre dix ans au purgatoire du musée du Luxembourg avant d'accéder au paradis des artistes. Le décret d'acceptation d'*Olympia* par l'État parut le 17 novembre 1890. Grâce à l'opiniâtreté d'un seul et à la générosité de beaucoup.

On pouvait même mobiliser les énergies contre les « restaurateurs » qui menaçaient de s'en prendre au *Jugement dernier* de Michel-Ange en faisant subir à la chapelle Sixtine les mêmes outrages qu'au Louvre, mais le cœur n'y était pas car les esprits étaient ailleurs.

Il n'y avait rien de bon à espérer dans l'immédiat du côté d'une place comme Londres, les Anglais étant jugés décidément trop hypocrites dans leurs façons de faire, et leur conception de la pudeur dérisoire. En 1890 encore, les tableaux de Jules Garnier exposés à la galerie Rabelais avaient été saisis comme attentatoires à la morale. Un jury s'était même prononcé en faveur de poursuites. Des artistes anglais cités à comparaître avaient protesté au nom de l'art national contre « la honte du réalisme français ». Mais comme la vingtaine de tableaux vouée aux gémonies était tout de même estimée à 175 000 francs, on hésita à les détruire.

L'onde de choc new-yorkaise, dont nul ne doutait qu'elle serait durable et profonde, se répercutait sur la vie artistique. On devinait les prochaines étapes, la hausse de la cote des artistes en vente publique et la consécration par les musées, mais on ignorait encore le temps que cela prendrait. Pissarro, qui n'y connaissait rien mais voulait anticiper tout contrecoup dont lui et les siens auraient à souffrir, se mit à prêter l'oreille aux bruits de krach à Wall Street, au prêt de 75 millions de la Banque de France à l'Angleterre et aux lointaines conséquences du compromis entre le Parti républicain et les grands spéculateurs de métaux... La rumeur rapportait que l'un des derniers coups de Théo Van Gogh avait été la vente d'un Monet à un Américain pour 9 000 francs, et cela suffisait à alimenter la chronique pour des jours. Il n'était de meilleur baromètre que l'ironie avec laquelle les chroniqueurs traitaient le phénomène.

Le critique d'art Octave Mirbeau assurait que désormais, dans certains quartiers de la capitale, il était impossible de faire un pas sans marcher dans la peinture. À croire que tous manifestaient l'irrépressible désir d'être peintre, que c'était là une nouvelle grande névrose française de nature à menacer dans l'avenir l'équilibre social car à ce train-là, le jour viendrait où il y aurait plus de tableaux que de gens pour les regarder, ce serait l'âge de l'huile, les autorités en arriveraient à des mesures extrêmes comme la dépictorialisation de la société... Tout en prenant acte de ce qu'il n'y avait jamais eu autant d'ateliers, d'expositions et de ventes, et de ce que même le motif était surpeuplé, il se demandait toutefois dans *L'Écho de Paris* si le nombre des amateurs français s'était miraculeusement multiplié à proportion : « Il paraît, réellement, que l'Amérique absorbe tout, tout, tout ! »

Paul Durand-Ruel eut l'intelligence de rester très français tout en consacrant une grande partie de son énergie au marché américain. D'aucune manière il ne se fit yankee, si tant est qu'il en eût jamais la tentation. Ses peintres ni ses clients traditionnels ne devaient à aucun moment se sentir délaissés. Comme dans tout milieu vivant en autarcie, ils se seraient rapidement laissé gagner par une douce paranoïa et se seraient sentis plutôt trahis.

Puvis de Chavannes, auquel il vouait une réelle affection en plus de l'admiration qu'il portait à celui qu'il tenait pour le dernier renaissant par sa vision de l'antique, eut droit à sa première grande rétrospective. En la visitant, le jeune Maurice Denis reçut une révélation du même ordre qu'avec Fra Angelico au Louvre, un de ces moments qui engagent une vie. Puvis, lui, absorbé par ses commandes monumentales, avait l'esprit dans les hauteurs, celles de l'Hôtel de Ville de Paris et celles de l'amphithéâtre de la nouvelle Sorbonne qu'il s'apprêtait à couvrir d'allégories exaltant la sagesse avant de s'attaquer à l'entrée de la bibliothèque publique de Boston et au Panthéon à Paris. Il savait qu'il pouvait compter sur le soutien de Durand-Ruel, dans l'avenir comme par le passé ; le marchand avait été un des rares non seulement à croire en lui, à le distinguer de l'académisme dans lequel l'esprit simplificateur de ses détracteurs

voulait à tout prix l'enfermer, mais à annoncer la
discrète, secrète et durable influence qu'il exerce-
rait sur la peinture moderne.

À l'activisme très diplomatique déployé de
nouveau tous azimuts depuis la rue Laffitte par
Paul Durand-Ruel, on sentait bien que l'heure
était à toutes les réconciliations. Artistiques, évidemment. Car pour le reste, c'était loin d'être le
cas. Comme des incidents avaient éclaté à la
création de *Thermidor* à la Comédie-Française, la
pièce de Victorien Sardou sur la défaite de Robespierre, elle fut interdite ; cela donna l'occasion à Clemenceau de dénoncer lors d'un débat à
la Chambre ceux qui prétendaient séparer le bon
grain de l'ivraie et 1789 de 1793, de manière à
faire l'économie de la Terreur : « Messieurs, que
vous le vouliez ou non, la Révolution française
est un bloc dont on ne peut rien distraire. »

Durand-Ruel en était comblé, lui qui la rejetait
en bloc, plus que jamais au moment où les catholiques français se déchiraient autour des lois
antireligieuses, à la veille de l'encyclique *Rerum
novarum* condamnant le socialisme.

Sa volonté de réconciliation s'exprimait plutôt
dans la manière avec laquelle il recevait les peintres à la galerie. C'était là, et au Louvre, qu'il
avait le plus de plaisir à les retrouver.

Quand Pissarro vint visiter l'exposition Monet
d'un œil (l'autre était bandé à la suite d'une opération), et que les *Soleils couchants* lui apparurent
tout de même très lumineux et très maître, le marchand le prit par le bras : « Monsieur Pissarro,

c'est à votre tour de faire une belle exposition ! »
lui dit-il simplement, ce qui valait bien des chè-
ques en blanc.

Au printemps 1891, la partie n'était pas gagnée
pour autant. Malgré la présence de son marchand à la vente de la collection du banquier
Achille Arosa, ses toiles anciennes du début des
années 1870 et ses dessus de porte s'en furent à
des prix dérisoires. Mais à l'hiver de cette même
année, l'« humble et colossal Pissarro », comme
disait Cézanne, pouvait déjà entrevoir un avenir
plus radieux grâce à l'effet boomerang de ses
premiers succès new-yorkais.

« Le mouvement y est ! » écrivait-il à son fils
Lucien.

C'était assez bien vu, d'autant que certains signes l'y encourageaient, à commencer par la sol-
licitude simultanée de Durand-Ruel, Boussod et
Valadon, et Bernheim-Jeune qui, tous trois, lui
offraient une salle pour sa prochaine exposition.
Mais il était encore loin d'avoir atteint l'aisance
de Monet, désormais propriétaire de la maison
dans laquelle il vivait à Giverny. Il restait au fond
le lutteur qu'il avait toujours été, tel que Cézanne
l'avait crayonné vingt ans avant lorsqu'il allait au
motif ; sac au dos et bâton de marche en main,
son allure était celle d'un alpiniste ou d'un chasseur, non d'un peintre.

En 1892, à la galerie Durand-Ruel, on tapait
plus souvent le courrier et les factures à la machine à écrire. On commençait également à

s'ouvrir à des « fumistes », en abritant la première exposition des peintres membres de l'ordre
de la Rose-Croix. Le Sâr Joséphin Péladan, auto-
proclamé Grand Maître de l'ordre, était un critique et romancier que l'air du temps symboliste
avait poussé à se fabriquer un personnage de
mystique et de spirite. Il n'y avait guère que le
comte Antoine de la Rochefoucauld, son principal soutien financier, pour croire en son catholicisme, encore que. Quant aux tableaux, ils étaient
d'un académisme confondant pour des soi-disant
marginaux. Le vernissage, des plus mondains et
des plus courus, fut une réussite. Mais une fois
séparés les tableaux du bruit qu'ils avaient fait, il
ne restait rien. Le plus triste dans l'affaire était
que Paul Durand-Ruel se soit prêté à toute cette
mascarade en lui donnant asile. Il n'y avait rien
de glorieux à avoir refusé Van Gogh au moment
de complaire aux péladaneries des rosicruciens.

Il ne fallait pas y voir le signe d'un changement, juste une concession à la mode, bien qu'il
l'eût de tous temps vilipendée. La présence de ses
trois fils désormais à ses côtés n'y était probablement pas étrangère.

Au lendemain d'un séjour en Autriche, Paul Durand-Ruel se consacrait à nouveau à ses peintres.

À Renoir dont il venait de faire racheter par sa
galerie toutes les toiles qu'il possédait en son
nom propre et qui demeuraient en dépôt dans
son appartement de la rue de Rome.

À Degas, encoléré comme jamais depuis que
M. Roujon, le directeur des Beaux-Arts, avait osé

lui demander une toile pour le musée du Luxembourg, alors qu'il refusait absolument de figurer parmi les gens « arrivés », il ne cessait de répéter le mot en éructant devant ses amis Halévy : « Arrivés ! arrivés... », au moment où le premier historien de l'impressionnisme estimait que la réputation de ces peintres, jouissant de l'unanime reconnaissance de l'évolution accomplie, était désormais « installée ». Stéphane Mallarmé, qui s'était fait l'intercesseur, aurait dû se souvenir à quel point Degas se préoccupait de la notion de rang, de hiérarchie, de cloisonnement des mondes ; il refusait de toutes ses forces d'être de celui-ci, persuadé qu'on ne mélange pas n'importe qui avec n'importe qui, et tant pis pour ceux qui n'y voyaient que de l'aigreur. Un détail aurait dû suffire au poète : le parallèle que Degas établissait entre les ravages commis par le paysage sur la peinture et ceux perpétrés par la description sur la littérature.

À Pissarro aux antipodes d'un Degas mais tout à côté par bien des aspects, Pissarro qui n'abandonnait la lecture de Kropotkine que pour le compte rendu du procès de l'anarchiste Ravachol et de ses camarades poseurs de bombes. Durand-Ruel lui avait organisé comme promis une belle rétrospective, façon d'attester son retour en grâce dans la maison qui avait toujours été la sienne... Un peu plus de vingt ans de travail reconstitués en un parcours de soixante-douze peintures et gouaches. Un itinéraire, c'était bien cela, la manière Durand-Ruel de montrer la peinture, celle qui avait fait sa

singularité depuis que d'autres comme lui avaient
rompu avec le vieux système salonnard qui consistait à privilégier le coup d'éclat annuel de l'artiste,
son « morceau », au détriment de l'ensemble de
son œuvre. Malgré tout, et le bout du tunnel en
perspective pour l'un comme pour l'autre, pour
l'un donc pour l'autre, le peintre et le marchand
s'étudiaient comme ils l'avaient toujours fait à
l'heure de négocier sur les prix.

« Nous sommes à nous observer, raconta Pissarro à son fils, tâchant de découvrir le point
faible pour nous saisir ; nous luttons comme des
boxeurs : je suis maigre et poussif, lui, très râblé
et les jambes en cerceau. Aussi, je tâche de ruser,
cela ne m'a jamais réussi cependant... »

Durand-Ruel ne lâcha pas prise sur ce qui lui
avait toujours importé par-dessus tout : l'exclusivité. Son monopole excluait tout autre marchand. Il accepta les prix de Pissarro à condition
que celui-ci les triple quand il s'agirait de vendre
aux amateurs, et l'exposition marqua le début de
la consécration pour le peintre.

Cette année-là, sous la plume de Georges Lecomte, on pouvait lire que Paul Durand-Ruel
avait en quelque sorte comblé la faillite de l'État
dans sa mission vis-à-vis de l'art en constituant
dans sa galerie particulière le plus beau musée
de peinture contemporaine qu'il y eût en France.
Et le critique, tout à son écriture de la première
histoire de l'impressionnisme, d'y rattacher Puvis
de Chavannes et Rodin pour leur goût de l'indépendance et leur refus des conventions.

Cette année-là, dans le *Journal* des frères Goncourt, on pouvait lire à la date du 13 juin cette description de l'appartement de Paul Durand-Ruel :

« Un curieux habitacle d'un marchand de tableaux au XIXᵉ siècle, c'est celui de Durand-Ruel. Un immense appartement rue de Rome, tout rempli de tableaux de Renoir, de Monet, de Degas, etc., avec une chambre à coucher ayant au chevet du lit un crucifix et une salle à manger où une table est dressée pour dix-huit personnes et où chaque convive a devant lui une flûte de Pan de six verres à boire. Geffroy me dit que c'est ainsi tous les jours qu'est mis le couvert de la peinture impressionniste. »

Cette année-là, il triomphait enfin et Paul Durand-Durel s'avançait vers cette forme de bonheur qu'est la reconnaissance de la société et la consécration unanime. Seuls les révolutionnaires doivent craindre de ne plus exaspérer le bourgeois, pas un grand bourgeois. Seuls les artistes doivent vivre dans la crainte de n'être pas incompris, pas les marchands.

Pourquoi fallut-il que cette année-là, pour la quatrième fois, la mort l'empoigne et l'anéantisse en lui prenant son deuxième fils Charles ? Une maladie des intestins, une péritonite et, à vingt-sept ans, son autre lui-même, l'ombre de son ombre et le prolongement de son nom, celui qui dirigeait déjà la maison de New York, lui était ravi.

Qui dira jamais la dévastation qu'une telle douleur provoque dans l'âme d'un père ? On ne prend pas la mesure d'un tel chagrin avec des mots de tous les jours.

Renoir avait rejoint Berthe Morisot aux obsèques de celui qu'elle appelait le « malheureux petit Durand ». Trois mois après, Mary Cassatt qui le recevait avec ses filles, chez elle à Bachivillers, dans l'Oise, décrivait Paul Durand-Ruel comme un « pauvre homme » esseulé dans sa peine ; il s'employait à donner le change mais demeurait intérieurement effondré.

Alors seulement, il sentit l'âge descendre sur lui.

6

Un *Le Nôtre* du négoce de l'art

1892-1922

Ce soir-là au 35, rue de Rome, le patriarche rouvrait sa maison pour la première fois. Ce n'était pas son fils Charles, mort l'année précédente, qu'on exorcisait, mais le souvenir de sa femme Eva, disparue vingt-deux ans auparavant. Paul Durand-Ruel recevait à l'occasion de ce que Victor Hugo appelait « le bonheur désolant de marier sa fille ».

Son âme prenait des rides, mais elle ne semblait pas bourrelée de dépit. Coup sur coup, au début et à la fin de l'été 1893, Marie-Thérèse épousait Félix André Aude, un attaché d'ambassade, puis Jeanne joignait son destin à celui d'Albert Dureau, issu d'une lignée de fonctionnaires lillois, avec chaque fois pour témoins deux artistes aux affinités électives, Degas et Puvis de Chavannes ; et trois ans plus tard, ils le furent de nouveau quand Joseph, l'aîné des enfants Durand-Ruel, épousa en l'église Saint-Vincent-de-Paul la pianiste Jenny Lefébure.

À l'instant où un grand bonheur chassait un immense chagrin, on apprenait que la société en nom collectif « Durand-Ruel et Cie » évoluait en « Durand-Ruel et Fils », les deux frères devenant les associés de leur père, l'aîné emménageant même avec sa famille rue de Rome dans l'immeuble contigu au sien.

La galerie était désormais libérée de tout apport de capitaux étrangers, les créanciers payés dix ans après la liquidation à l'amiable, la famille à nouveau entre elle. À la veille du nouveau siècle, alors que l'impressionnisme entamait sa marche triomphale, elle se trouvait enfin débarrassée de l'emprise du commanditaire.

Quand il évoquait sa galerie avec un soupçon d'affectation dans la voix, on aurait pu croire qu'il s'agissait d'une galerie privée à l'ancienne telle que les grands collectionneurs en abritaient jadis dans leurs salons. Il est vrai qu'il avait toujours disposé des œuvres magnifiques sur ses propres murs, témoignant si nécessaire de son besoin de s'entourer en permanence de l'art dans lequel il croyait.

Au début, on pouvait les voir sur réservation tous les après-midi ; mais le succès avait été tel, et le dérangement si troublant pour la quiétude familiale, qu'un jour de la semaine fut réservé pour les visites, le mardi de 14 heures à 16 heures, jour de fermeture des musées, car il n'imaginait pas priver le public d'œuvres exceptionnelles qui ne devraient jamais, en principe, se retrouver dans les musées. Rien de commun avec un Eugène Schneider, le maître de forges du Creusot, qui conservait en permanence dans la poche de son gilet la clé du cabinet de ses dessins hollandais. Mais malgré ce qu'elle pouvait avoir d'élégant, elle n'en était pas moins celle d'un marchand avisé. Car, lorsqu'un amateur princier ou américain avait la hardiesse de s'enquérir du prix d'un tableau et de formuler l'une de ces offres qui ne se refusent pas, il ne repartait pas déçu. Mais on l'avait également entendu décliner une proposition à un demi-million de francs pour l'une de ses toiles préférées qui ne le valait pas en se justifiant : « Évidemment, j'en souffrirai un peu... mais j'en souffrirais davantage si je ne la voyais plus. »

Parmi ses commensaux, un critique de vingt ans, Georges Lecomte, notait tout ce qui décorait la salle à manger, *Le Déjeuner des canotiers à Bougival*, *La Loge* et *La Terrasse* de Renoir, des paysages de Pissarro, des rivières de Sisley, sans oublier les fleurs et fruits que Monet avait peints tout exprès sur les panneaux de porte. Ceux du grand et du petit salon, qui lui faisaient écho, avaient été confiés à Renoir et s'ouvraient sur des pièces qui servaient d'écrin aux *Danses à la ville et à la campagne*, à une jeune femme à la fleur de Puvis, aux ballerines et aux jockeys de Degas, aux falaises normandes de Monet, aux scènes intimistes de Berthe Morisot, enfin sur les cheminées à des marbres et des bronzes de Rodin exaltant la beauté féminine. Selon les époques (et les moyens de certains visiteurs), les murs changeaient de couleur, Cézanne chassant Boudin, une nature morte de Monet des pigeons de Renoir.

Un autre guide, plus tardif, le marchand René Gimpel, porta un regard sévère sur l'appartement de la rue de Rome :

« [...] un labyrinthe parce que toutes les pièces se ressemblent et parce qu'elles sont toutes tapissées de toiles des mêmes maîtres. L'ameublement est horrible et doit dater du temps de leur grande misère. Ce sent la République pauvre. Presque toutes les chambres à coucher n'ont que des lits de fer ».

Georges Lecomte était présent le jour de cette solennité familiale, en compagnie de Pissarro, Degas, Renoir, Puvis, Monet, Rodin ; ainsi eut-il le privilège durant toute une soirée de les écouter parler de peinture, de musées, de collections, pour une fois assemblés en un cadre unique, né de leurs génies coalisés par la persévérance de leur marchand.

« Un saisissant tableau ! »

Le commentaire était peut-être plat et convenu, mais comment ne pas céder à l'émerveillement devant cette « école d'Athènes » contemporaine ? Pourtant, Edgar Degas semblait étrangement absent, comme indifférent à l'atmosphère. C'est à lui que revint l'honneur de donner le bras à la promise afin de la mener jusqu'à la place de celle qui avait été jadis, trop brièvement, la maîtresse de maison. Un instant tout de gravité et d'émotion, que chacun prit pour un instant de grâce sauf lui puisqu'il ne put s'empêcher de se livrer à une bouffonnerie bien dans sa manière en tournant le dos ostensiblement à l'assemblée, à l'opposé de l'attitude toute de noblesse de l'autre témoin, Puvis de Chavannes. Les esprits les mieux intentionnés attribuèrent cet incident de mauvais goût à sa volonté de dédramatiser la soirée, puis l'on passa aux festivités, et chacun put vérifier si c'était bien dans cette toile de Monet qu'une cliente scandalisée avait fait un trou légendaire avec la pointe de son ombrelle afin de protester contre l'infamie qu'elle représentait...

Comment Paul Durand-Ruel apparaissait-il sous le regard des autres ? S'il est vrai que la physionomie annonce l'âme, que disait celle-là de celle-ci ?

Un portrait en polyptique pourrait ressembler à quelque chose comme ça, étant bien entendu que différents points de vue sont contemporains de la victoire de l'impressionnisme, ce qui ne pouvait que l'embellir encore si tant est que quiconque ait eu alors l'intention d'accabler son principal artisan.

Il y avait d'abord cette silhouette que l'on dirait échappée d'une page de Balzac, croquée par un anonyme dans *Le Guide de l'amateur d'œuvres d'art* :

« À le voir serré dans une éternelle redingote noire, coiffé du chapeau haut de forme de rigueur, on le prendrait pour un notaire de province ou pour un avoué de la banlieue, ponctuel, méthodique et compassé. Va te faire lanlaire ! Sous ces dehors bourgeois en diable se cache l'homme le plus fantaisiste de la corporation... Si jamais, ce qu'à Dieu ne plaise, il ne parvenait à faire

triompher auprès des amateurs les peintres impressionnistes dont il est le saint Vincent de Paul
attitré, vous le verriez le lendemain se précipiter
avec une ardeur nouvelle à la recherche de quelque nouvelle école encore plus abracadabrante
ou plus désopilante, et cela presque malgré lui,
poussé qu'il est par un besoin de nouveauté qui
paraît être indépendant de sa nouveauté. »

Deuxième panneau. Le critique Arsène Alexandre, qui consacra vingt pages à raconter son épopée dans la revue berlinoise *Pan*, dressait ainsi
son portrait en fin de parcours :

« C'est, tout d'abord, la simplicité même. Personne n'est plus facilement abordable parmi les
grandes notoriétés parisiennes. Le trouve qui veut,
à toute heure du jour, dans son cabinet de la rue
Laffitte, devant la porte entr'ouverte duquel pas-
sent chaque année des milliers de curieux, artistes, amateurs, simples touristes anonymes. On
voit se lever et s'avancer un homme de taille
moyenne, avec un visage rond, rasé, surmonté de
courts cheveux blancs, coupé d'une moustache en
brosse et de sourcils en broussaille, abritant des
yeux extrêmement vifs, tour à tour graves et
interrogateurs, et pétillants de malice. Voix un
peu voilée, mais nette, et parole précise. Manières
douces et courtoises, mains derrière le dos, tête
un peu penchée en avant et inclinée légèrement
de côté, pour mieux prêter l'attention à l'interlocuteur. Fréquente ironie ; peu de grands mots,
pas de grandes phrases ; mais en revanche, tous
les signes d'une obstination sans pareille, et d'une

volonté exempte de violence, que rien ne saurait faire plier, s'exerçant en souriant. Tel est ce petit homme blanc vêtu de noir, qui ne revient jamais sur un jugement défavorable, qui pourtant cause si agréablement et accueille avec tant d'urbanité. »

Troisième panneau, celui illustré par Gaston-Charles Richard, du *Petit Parisien* :

« Il était petit, boulot, tout en ventre sur des jambes courtes. Le crâne rond sous une forêt de poils blancs taillés à la Titus, une moustache dure en brosse à dents, dans un visage singulièrement ferme et volontaire, lui donnaient un faux air de vieux sous-officier. Mais la lueur diamantée et jeune des yeux, couleur d'aiguemarine, démentait l'impression première qu'il donnait, de bougon mal commode. Nul homme n'était plus accueillant, plus courtoisement simple... »

Quatrième panneau de ce polyptique, celui d'un peintre, car le milieu de l'art étant ce qu'il est, on dira que ces critiques étaient sous influence, contrairement à Renoir :

« Ce bourgeois rangé, bon époux, bon père, monarchiste fidèle, chrétien pratiquant, était un joueur. Seulement il jouait pour le bon motif. Son nom restera ! Dommage qu'on n'ait pas des politiciens comme lui. Il ferait un parfait président de la République ! Et pourquoi pas un roi de France ? Bien qu'avec sa sévérité de vie, la cour risquerait d'être assez ennuyeuse... »

Cinquième panneau, l'homme privé et l'homme public sous l'œil du critique Arsène Houssaye :

« On se rappelle son ton de voix un peu voilé, son attitude polie et attentive, les mains croisées derrière le dos par un geste familier, et son regard sérieux, parfois allumé de malice. Le caractère du marchand ne serait pas complètement retracé s'il n'était pas fait au moins allusion au collectionneur [...]. Très particulier marchand, M. Durand-Ruel, à toute sollicitation des acheteurs, résista jusqu'au bout, et très particulier collectionneur, ne consentait à les montrer qu'à un nombre très restreint de curieux, fussent-ils capables de les comprendre. Il fallait encore un je ne sais quoi dont les favorisés pouvaient tirer quelque fierté. »

Sixième panneau enfin, celui de l'homme en marchand. Car, on finirait par l'oublier, c'est avant tout de son commerce des tableaux qu'il a tiré sa gloire et non de sa personnalité. En rappelant le mot fameux en vertu duquel on ne vend bien que ce qu'on aime, l'historien d'art Daniel Halévy estimait que Paul Durand-Ruel se situait entre la « lucidité sémitique » d'un Bernheim qui vendait mieux qu'il n'aimait, et l'attitude de tant d'obscurs marchands qui aimaient mieux qu'ils ne vendaient :

« Durand-Ruel représente une sorte d'âge d'équilibre, classique : il aimait bien, il vendait bien, il faisait toutes choses avec la parfaite modération d'un Français de bonne race. »

On n'eût rien pu invoquer de plus harmonieux pour dire à quel point il était un Le Nôtre du négoce de l'art.

Rien ni personne n'avait entamé sa personnalité. On eût dit que le temps n'avait pas prise sur
lui, non qu'il n'en eût pas subi les outrages, mais
la marche de l'Histoire ne l'avait en rien modifié.
Quand on évoquait ses principes, il paraissait
superflu de préciser qu'ils étaient intangibles.
Georges Clemenceau, l'ami de Monet, l'un des
rares hommes politiques à marquer un vif intérêt
pour les choses de l'art avec Gambetta et plus
tard Marcel Sembat, n'oublia pas ce jour à l'hôtel
des ventes où, assistant à la dispersion du mo-
bilier de son ami le docteur Paul Dubois, un
homme attira l'attention de l'assistance. Son ap-
parence était banale mais son sourire d'intense
satisfaction intriguait.

« Trois cents francs ? Trois cents francs ! »

Il venait de se faire adjuger deux ébauches de
Monet 300 francs chacune. Pourtant, nul ne songeait à les lui disputer, il n'y avait pas eu d'autre
enchère et le commissaire-priseur aurait certainement demandé moins si on lui en avait laissé
le temps. Et l'homme d'emporter après les avoir
réglés ses deux tableaux sous le bras, comme s'il
les avait obtenus de haute lutte. Seuls ceux qui
avaient reconnu Paul Durand-Ruel savaient qu'il
s'était ainsi battu à perte afin de maintenir la
cote de son peintre.

Cela ne l'empêcha pas, des années après, de se
lancer dans un bras de fer avec Monet à propos de
ses *Cathédrales de Rouen* dont Durand-Ruel, qui
s'apprêtait à les exposer, voulait acheter toute la

série, mais pas à 15 000 francs pièce. Leur différend devint public et provoqua le report de l'exposition, et finalement l'accord se fit à 12 000 francs, soit quatre fois le prix d'une *Meule au soleil couchant*, ce qui permit à Durand-Ruel d'en vendre trois à Isaac de Camondo... 15 000 francs chacune. L'éblouissante série fut montrée, appréciée et louée — même si elle s'acheva sur un échec commercial en raison du prix des tableaux. Monet s'avéra d'ailleurs le seul de ses peintres à n'avoir pas une conception trop « impressionniste » du commerce des tableaux. Au vrai, il pouvait se révéler un redoutable négociateur en affaires. Quand on présentait des faux grossiers à son expertise, il se retenait de ne pas crever les toiles de rage sur-le-champ, ce qu'un autre aurait fait d'instinct, car il songeait déjà à leur usage comme pièces à conviction dans un procès. Il vérifiait lui-même ses comptes, et quand il lui arrivait de trouver une erreur de 20 % en sa défaveur, comme ce fut le cas sur un relevé de 1901, on l'entendait haut et fort rue Laffitte. Dans ces moments-là, il se louait d'avoir plusieurs cordes à son arc, et quelques marchands au lieu d'un seul.

On pourra toujours reprocher à Durand-Ruel son obsession du monopole, sans oublier toutefois ce qu'elle coûte. Il était absolument insensible et inaccessible aux arguments de Monet quand celui-ci, ayant vendu aux Bernheim des toiles qu'il venait de rapporter de Venise, lui expliquait que, de toute façon, « il est bon et utile que vous ne soyez pas seul détenteur de mes œuvres ». Non, il

ne voulait et ne pouvait rien entendre d'un tel rai-
sonnement et il lui fallait se dominer pour ne pas
en garder rancune à « son » peintre.

Tout autre marchand susceptible de s'intéresser à l'un des artistes de sa galerie n'était plus un
confrère mais un concurrent. À ce titre, il devait
être considéré et traité comme tel. Intraitable ?
Certainement.

La rivalité n'empêchait pas l'association ponc-
tuelle avec tel ou tel de ses concurrents. Mais eu
égard à sa philosophie du métier, ils n'en demeuraient pas moins des adversaires potentiels. Ceux
qui s'en avisèrent alors seulement comprenaient
un peu tard la nature de la révolution que Paul
Durand-Ruel avait fait accomplir à son métier :
non seulement il avait concilié l'âme du mécène
et l'esprit du commerçant quand cela ne se faisait pas, mais il avait été le premier à imposer
que les amateurs adaptent leur goût à celui du
marchand quand jusqu'alors le contraire avait
été la règle.

Renoir, qui pointait un défaut, et même le seul
défaut de son marchand, dans cette volonté de
tenir toute la peinture nouvelle dans sa main,
l'excusait aussitôt d'un sourire : « Les doux sont
comme cela... »

On aurait cru que la proximité de 1900 préci-
pitait le cours des choses. Comme s'il convenait
de liquider des événements trop longtemps en
suspens avant d'éteindre la lumière et de fermer
définitivement le XIXᵉ siècle.

À la charnière des deux siècles, quand Renoir allait dîner chez son marchand, il se rendait rue de Rome, pas très rassuré, dans une petite voiture tirée par un tricycle à vapeur. Alors que le téléphone venait d'être installé dans les bureaux de la rue Laffitte, quelques années avant que l'électricité vienne y remplacer le gaz, la galerie Durand-Ruel était celle où Anatole France promenait les héroïnes, parmi les bronzes élégants et les fines cires, de son nouveau roman *Le Lys rouge*. C'est dans cette même galerie que Léon Tolstoï se souviendra d'avoir découvert tous ces impressionnistes dont l'art lui paraissait aussi « abscons » que la littérature de Huysmans. C'est à un vernissage chez Durand-Ruel auquel le mena son amie Geneviève Straus que Marcel Proust eut la révélation des *Cathédrales de Rouen* et des *Nymphéas*, et qu'il fit de Monet (avec, dans une moindre mesure, Renoir et Helleu) le modèle du peintre Elstir *alias* Monsieur Biche, dans *À la recherche du temps perdu*. Bientôt, quand l'écrivain Somerset Maugham voulut faire évoluer les personnages de *Servitude humaine* entre les deux points cardinaux du Paris artistique, il les situa au Louvre et dans la galerie Durand-Ruel.

Un marchand n'aurait pu rêver de plus fines consécrations.

C'est Paul Durand-Ruel que sollicitaient le marquis de Chaponay et la marquise, née Schneider, afin de leur constituer en un temps record et dans le plus grand secret une collection de tableaux qui émerveillerait leurs invités.

Lorsqu'ils se pressèrent un soir en leur hôtel de
la rue de Berri, quand la plupart s'extasiaient devant le splendide Nattier que le marchand leur
avait vendu 200 000 francs, quelques-uns sou-
riaient en songeant qu'ils l'avaient vu peu avant
chez la comtesse Armand.

C'est encore vers Paul Durand-Ruel que se
tournait Serge Chtchoukine, un grand collectionneur de Moscou que l'on disait particulièrement
audacieux dans ses choix, tant et si bien qu'il
n'allait pas tarder à se tourner de plus en plus
vers Vollard.

Le marchand demeurait aux aguets comme à
ses premiers jours dans la carrière, à l'écoute des
bruits et rumeurs car dans le milieu de l'art aussi,
le renseignement est souvent le nerf de la guerre.
Rien ne devait lui échapper des débats au Congrès
des États-Unis sur la suppression des taxes relatives à l'importation des œuvres d'art contemporai-
nes, mesure qui fut effective en 1913. Il ne perdait
pas une occasion de se faire présenter un collectionneur inconnu de lui, ainsi de l'avocat d'affaires John Quinn que lui amena le peintre Augustus
John. À peine avait-il vent que Charles Deudon, le
propriétaire du magasin Old England, se détachait de la peinture à la suite de son mariage, qu'il
contactait son agent de renseignements à Nice
(Renoir...) afin de l'espionner et d'en savoir plus
sur ce qu'il comptait faire de sa collection,
d'autant que Bernheim agissait pareillement au
même moment. C'était à celui qui prendrait
l'autre de vitesse. Mais la nouvelle était fantasque

car, vérification faite, l'intéressé voulait juste que
l'on estime son capital...

Nulle grande vente aux enchères digne de ce
nom ne pouvait se passer de sa présence, qu'il se
trouvât dans la salle en qualité d'enchérisseur, ou
près du commissaire-priseur à la table des experts.
Il était là aux ventes Duret et Chabrier. Il était
là pour la vente Chocquet (1899) afin d'emporter
à 6 200 francs *La Maison du pendu*, l'un des
trente Cézanne, pour le compte de Camondo. Il
était encore là à la vente Charpentier (1905) pour
lever la main à 84 000 francs et se faire adjuger
le *Portrait de Mme Charpentier et de ses enfants*,
un Renoir que tous les grands collectionneurs
convoitaient et qu'il destinait à Roger Fry, c'est-
à-dire au Metropolitan Museum de New York
dont le peintre était l'un des conservateurs. Il
était là bien sûr à la considérable vente Rouart
(1912) où il fit sensation en arrachant au Louvre
des *Danseuses à la barre*, une toile de 74 x 76 de
Degas pour 435 000 francs, un prix jamais atteint
pour un artiste vivant, record qui fit aussitôt
grimper la cote des impressionnistes. L'amateur
qui l'avait commissionné avait exigé l'anonymat,
mais on ne tarda pas à apprendre qu'il s'agissait
de Mme Havemeyer, tout en murmurant que jamais elle et son mari n'avaient payé un tableau
aussi cher, à l'exception du *Portrait de l'encadreur
Herman Doomer* par Rembrandt.

Tout collectionneur bien né, sur les deux conti-
nents, se devait de connaître Paul Durand-Ruel,

désormais précédé par sa légende. Pour autant, la psychologie de l'amateur lui demeurait un mystère. Il avait la sagesse de le reconnaître quand d'autres se targuaient de la deviner, voire de la manipuler. Pour lui qui les avait tous connus, de l'aristocrate précieux à l'anticomane excentrique en passant par tout ce que l'Europe comptait d'ostentatoires bourgeois enrichis et de parvenus à pinacothèques flambant neuf, le cas Havemeyer aurait pu à lui seul susciter une étude de mœurs.

Avec ce couple d'Américains, il fallait parfois savoir ne pas se poser de questions. Leurs moyens paraissaient illimités, mais ils savaient bien compter — et Louisine le prouva après la mort de son mari en 1907. Ils n'étaient pas indifférents aux prix, Durand-Ruel s'en apercevait chaque fois qu'il devait arbitrer entre Havemeyer et Camondo pour des Manet ou des Degas qu'ils convoitaient également, tels *Le Bal à l'Opéra* ou *Le Pédicure*. Quand le comte l'emportait, c'était parce que, contrairement au roi du sucre, il n'avait pas cherché à négocier.

Pourquoi avaient-ils laissé filer *Le Bain turc* d'Ingres malgré les conseils pressants de leur grande amie Mary Cassatt ? La Société des Amis du Louvre ne chercha pas à éclaircir le mystère, tout heureuse d'en profiter. Pourquoi H.O., comme on l'appelait, exigea-t-il un jour de son marchand qu'il lui reprît son grand *Déjeuner* de Manet sept mois seulement après qu'il le lui eut acheté ? Même sa femme l'ignorait. Pourquoi rendit-elle à Durand-Ruel *Le Parlement, les mouettes* de Monet deux ans après se l'être laissé imposer et accepta-t-elle en 1913 *Le Wagon de troisième classe* de Daumier qu'il leur proposait depuis 1892 ? Mystère. Et ce petit panneau de Boudin, la seule œuvre de lui qu'ils aient possédée, pourquoi l'ont-ils rendu à leur fournisseur dix ans après ?

Quand il déménagea sa galerie américaine pour la troisième fois, Durand-Ruel l'installa au 389 Fifth Avenue, dans un immeuble appartenant aux Havemeyer, ce qui n'était pas le fruit du hasard. À l'angle de la Cinquième et de la 65ᵉ Rue, le couple de collectionneurs s'était fait construire une maison à la façade au style roman alors en vogue, agrémentée d'une décoration intérieure confiée à Tiffany & Colman, naturellement.

Les New-Yorkais les plus indifférents aux choses de l'art apprirent l'existence de la galerie Durand-Ruel par un fait divers qui frôla le tragique : un incendie, ce qui, si l'on en juge par les photos publiées dans la presse, donna l'occasion aux pompiers d'actionner leurs puissantes lances à eau contre l'une des façades de la galerie tandis que, de l'autre, ils évacuaient les tableaux en les lançant par la fenêtre.

Pour satisfaire son plus important client, celui à qui il avait fourni deux cent trois des cinq cent vingt-cinq tableaux européens et américains que comptait sa collection, le seul capable de lui avancer des fonds considérables pour acquérir *L'Assomption de la Vierge*, un tableau d'autel du Greco de quatre mètres de haut, Durand-Ruel pouvait repousser au-delà du raisonnable les limites de la patience. Il pouvait même renoncer à comprendre pourquoi il était si difficile de lui imposer des Monet et si facile de lui faire acheter des Goya, l'un d'eux dût-il un jour n'être qu'« attribué à Goya », telles les *Majas au balcon* à l'authenticité douteuse mais dont le pedigree princier faisait la fierté de H.O.

Ainsi, afin de prolonger sa révélation du Greco lors d'une visite au musée du Prado, Durand-Ruel trouvait le temps de négocier pendant quatre ans, au cours de plusieurs séjours à Madrid, non l'achat du *Portrait d'un cardinal* sur lequel son commanditaire avait jeté son dévolu, mais celui d'un *Portrait de Fr. Hortensio Felix de Paravicino*, qui n'était pas moins puissant. Tant d'efforts pour se voir opposer un refus du collectionneur, sur une boutade en forme de question, encore qu'avec un tel personnage elle puisse également être prise au premier degré :

« Pourquoi acheter un moine quand on peut avoir un cardinal ? »

Le monde de l'art pouvait vraiment croire que Paris devenait sa capitale. La clientèle des marchands s'y faisait de plus en plus internationale, les prix de la peinture contemporaine y étaient élevés, le marché de l'art y poursuivait sa métamorphose et la critique donnait le ton dans les revues du vieux continent comme dans celles du Nouveau Monde. Certains de ces facteurs préexistaient de longue date à l'impressionnisme, mais leur rencontre à Paris produisit une durable alchimie qui fit des étincelles.

À trente-deux ans, Édouard Vuillard avait droit à sa première exposition personnelle, mais chez Bernheim-Jeune. Du côté de chez Durand-Ruel, on était trop préoccupé par l'Exposition universelle pour se laisser distraire. Comme elle se tenait à Paris, qu'elle resterait comme la centennale et qu'on lui avait édifié tout exprès de part et d'autre de l'avenue Alexandre-III rien de moins qu'un Grand Palais et un Petit Palais, il ne fallait pas la rater, quoique tous les peintres n'en fussent pas convaincus : on y sentait tant le souci de consacrer le triomphe de la fée électricité qu'on n'imaginait plus d'y célébrer ce qui ne relevait pas de la technique. Mais enfin, Guillaume II n'avait-il pas promis de prêter ses chers Watteau afin d'exciper de sa bonne volonté, permettant ainsi aux Français de découvrir *L'Embarquement pour Cythère*, *L'Enseigne de Gersaint* et *Les Comédiens* ? Déprimé depuis son retour de Londres, insatisfait de son travail, Monet se disait favorable à l'abstention, en dépit des sollicitations de l'un de ses organisateurs, l'inspecteur des musées de province Roger Marx, à moins que celui-ci ne se fît fort d'obtenir une salle à part pour les impressionnistes. Un tel geste, si appréciable, ferait oublier la maladresse des responsables puisqu'ils n'avaient même pas cru bon de les consulter. À cette seule condition, et sous réserve que le sceptique Renoir et le non moins perplexe Pissarro fussent également de la partie, Monet convenait d'y participer.

Il chargeait Durand-Ruel de vérifier auprès du comité que lui et ses amis ne seraient pas traités
par-dessus la jambe : « Nous ne pouvons pas avoir
l'air d'être mis au rancart ou être exposés à côté
de Zoulous ou de nègres quelconques ! »

Le marchand sut se faire convaincant puisque
le groupe des impressionnistes eut sa salle.
Roger Marx, à qui ses fonctions officielles ne faisaient jamais oublier ses qualités de critique
d'art, n'avait-il pas décrété que la peinture moderne leur était redevable de son évolution vers
la clarté ? De quoi rattraper les philippiques de
Gérôme à l'inauguration, accusant les impressionnistes d'être le déshonneur de l'art français.
Pourtant, la mémoire retint de cette centennale
qu'elle leur avait concédé une pièce trop exiguë.
D'où ce souvenir de parfaite mauvaise foi sous la
plume de Paul Morand dans son *1900* :

« Monet, Degas, Puvis de Chavannes, Renoir,
Sisley, Pissarro, Cézanne, Seurat, Denis, Vuillard,
aucun de ceux par qui nous sommes assurés de
durer n'ont été invités ; ou bien, ils sont dissimu-
lés sous les escaliers. »

Autre signe des temps, toutes les œuvres qui
passaient dans les réserves et sur les cimaises de
la galerie Durand-Ruel étaient désormais systématiquement photographiées, principe qui devait
s'avérer indispensable tant dans l'achat, la vente,
la propagande, la publicité que l'expertise de sa
marchandise. Mais plus encore que les clichés, les
téléphonages ou la fée électricité, il était une affaire qu'il devait régler impérativement avant de

pénétrer dans le XXe siècle : son nom. Car cela faisait tout de même plus d'un demi-siècle que les
Durand-Ruel vivait dans l'illégalité au regard de
l'état civil pour n'avoir pas sollicité d'autorisation
officielle d'adjoindre leurs deux noms. À la suite
d'un décret présidentiel, un jugement du tribunal
civil en date du 23 juillet 1897 le leur permit enfin. Mais il lui en aurait fallu beaucoup plus pour
accorder la moindre vertu à des institutions républicaines. En cela non plus, il n'avait pas évolué
depuis ses années de formation.

La démocratie lui demeurait insupportable.

Le suffrage universel lui paraissait d'une ineptie
sans nom puisqu'il plaçait sur un rang d'égalité
des imbéciles et des gens instruits, des ivrognes et
des personnes honnêtes, des illettrés et des profes-
seurs. Le régime portait aux nues les droits de
l'homme quand il eût fallu plutôt sacraliser ses devoirs. Le vocabulaire ne lui manquait jamais pour
en flétrir les effets funestes sur la civilisation :
« La démocratie a l'horreur des honnêtes gens et
des capacités », disait-il volontiers.

Mais il le confiait avec toute la courtoisie et
l'urbanité dont il était coutumier : « [...] quand
votre horrible Révolution éclata... », lâchait-il devant son interviewer du *Bulletin de la vie artistique*, Félix Fénéon ; à la moindre occasion, quelle
que fût la qualité de son interlocuteur, il débinait
avec une ardeur sans aigreur tout ce qui était
postérieur à 1789.

Que de fois l'avait-on entendu réussir à placer
« votre infâme République... » dans des conversa-

tions où ces termes-là dans cet ordre-là n'avaient
rien à faire ! À l'en croire, tous nos maux venaient
de l'Assemblée nationale constituante à laquelle
Louis XVI ne fut vraiment pas inspiré de collaborer, car il n'était de plus tragique erreur pour le
destin de la France que d'avoir approuvé la
Constitution civile du clergé, fût-ce à contrecœur.

Son ardent patriotisme attribuait l'abaisse-
ment de la patrie à ce péché originel de la République jacobine. Il n'en démordait pas, son pays
était tombé aux mains de bandits ; à force de se
payer sur la bête, ils finiraient bien par le mener
à la ruine.

Avec juste assez de malice pour n'être pas trop
pris au sérieux, Forain assurait que la peinture
est le plus beau des métiers après celui qui
consiste à la vendre. Paul Durand-Ruel aurait volontiers pris le mot au mot, retenant tant l'esprit
que la lettre, car ses peintres savaient mieux que
quiconque à quel point il tenait son métier pour
un apostolat, un sacerdoce, sans que jamais cela
lui fît perdre le sens des affaires, lesquelles ne se
réduisaient pas à la défense de ses propres intérêts. Renoir, qui le tenait pour un missionnaire,
se réjouissait au nom de tous ses amis que sa religion ait été la peinture.

« Il a réussi non seulement parce qu'il a vécu,
mais encore parce qu'il a cru... », concluait Arsène Alexandre à l'issue de son portrait.

Tout en lui tenait par la foi ; tout, de la mission
immémoriale de la France aux valeurs sacrées de

la famille en passant par une certaine idée de l'art. Mais une foi qui savait se laïciser au besoin sans rien perdre de sa force et de son intensité.

Ce que le Tout-Puissant savait de l'impressionnisme, Il le tenait certainement de lui car il n'était pas rare qu'il Lui confiât ses tourments.

« Souvent, à la veille d'une échéance incertaine, je suis entré dans quelque église pour demander à Dieu de m'aider en cette passe difficile, et il m'a toujours secouru », avouait-il.

Toute tentative de dissocier le gouvernement des hommes du gouvernement des âmes lui paraissait non seulement insensée, mais vouée à l'échec. D'ailleurs, la crise religieuse de 1905 le confirma dans son jugement.

Elle éclata à la suite du débat suscité à la Chambre par la loi de Séparation des Églises et de l'État, finalement adoptée en décembre par quatre cent vingt-deux voix contre quarante-cinq. Si dans son article 1er elle garantissait la liberté de conscience et le libre exercice des cultes, elle apportait des restrictions dans son article 2 : « La République ne reconnaît, ne salarie ni ne subventionne aucun culte. En conséquence, à partir du 1er janvier qui suivra la promulgation de la présente loi, seront supprimées des budgets de l'État, des départements et des communes toutes dépenses relatives à l'exercice des cultes. »

Après le vote de l'ensemble de la loi par le Sénat, le président Loubet la proclama puis fit procéder aux inventaires des biens de la nation désormais mis à la disposition des Églises pour l'exercice des cultes.

Le troisième Salon d'automne pouvait bien accorder une salle entière à Cézanne, cette année-là Paul Durand-Ruel n'avait pas la tête à ça. Il avait une conscience aiguë du moment historique que sa France intérieure s'apprêtait à vivre. Car à ses yeux, la nouvelle loi ne faisait que parachever l'entreprise de destruction des fondements du pays commencée avec la Constitution civile du clergé ; l'une était le prolongement logique de l'autre. Il n'en démordait pas, et comme dans ces moments-là le courage ne lui faisait pas défaut, il n'hésita pas à mettre ses actes en accord avec ses idées.

La résistance aux inventaires le compta aussitôt dans ses rangs, lui le grand bourgeois de la rue de Rome, le marchand cossu et consacré de la rue Laffitte, l'intransigeant de soixante-quatorze ans qui n'allait pas se contenter de coller des timbres sur des appels à réunion.

Parisien dès le début de février, le mouvement d'occupation des lieux de prière gagna la province catholique le mois suivant. Les appels à la conciliation lancés par les évêques n'y suffirent pas ; l'heure n'était pas au *modus vivendi*. Il y eut de nombreux affrontements, souvent violents, dans des églises du VIIe arrondissement, à Sainte-Clotilde et à Saint-Pierre-du-Gros-Caillou. La police enfonça les portes sur ordre du préfet, avant que les pompiers dégagent les lieux à coups de lance à incendie. Les militants de l'Action française, dont la ligue avait été créée un an avant, faisaient front. Des officiers furent mis aux arrêts pour avoir refusé de faire ouvrir une église par la force. Mais face à la présence de plus en plus massive de fidèles, le ministre de l'Intérieur dut donner l'ordre à ses troupes de renoncer à effectuer les fameux inventaires en cas de résistance violente, laquelle finit rapidement par décliner comme prévu, jusqu'à ce qu'en août, Pie X dénonce la loi de Séparation comme une loi d'oppression contre laquelle il fallait lutter avec persévérance et énergie mais dans un esprit exempt de toute brutale sédition.

Vingt-cinq ans avant, Paul Durand-Ruel s'était déjà placé en première ligne au moment de l'instauration des lois Jules Ferry sur la laïcité de l'enseignement primaire, ce qui n'était pas surprenant venant d'un homme qui s'était auparavant distingué en organisant une vente publique en faveur des écoles libres. Les congrégations non autorisées à poursuivre leur enseignement avaient été expulsées, les jésuites bien sûr, mais aussi les dominicains, les franciscains, les bénédictins et les prémontrés. Quelque deux cent soixante et un de leurs couvents d'hommes avaient été vidés par la force. Avec quelques amis, Durand-Ruel avait participé à une veillée d'armes dans celui qui lui était le plus cher. Le matin de l'affrontement, alors que la police défonçait les portes à la hache, il avait été de ces laïcs qui avaient fait rempart de leur corps dans la cour du couvent autour des reli-

gieux. Il avait été arrêté, interrogé puis aussitôt re-
lâché.

Un quart de siècle était passé et avec une
constance inébranlable, pour des raisons simi-
laires, il s'engageait de nouveau.

Dans un cas comme dans l'autre, cela lui coûta
in extremis une distinction à laquelle il tenait in-
finiment pour des raisons hautement symboli-
ques : la Légion d'honneur. La première fois, le
ministre Agénor Bardoux s'était laissé fléchir par
des relations communes qui avaient longuement
œuvré en coulisses afin qu'il inscrivît ce nom de
Durand-Ruel sur les listes de la prochaine promotion ; or son maroquin recouvrait à la fois
l'Instruction publique, les Cultes et les Beaux-
Arts, et il se trouva qu'il avait lui-même supprimé
certaines subventions accordées à des établisse-
ments religieux... La seconde fois, *bis repetita*
avec Jean-Baptiste Bienvenu-Martin, qui coiffait
lui aussi ces trois domaines. Curieusement, la
mémoire de Paul Durand-Ruel oblitéra que les
Cultes relevaient également de sa compétence...

« On me faisait aussi expier le crime d'avoir
cherché à faire apprécier les œuvres des impressionnistes, au détriment des intérêts de tous les
artistes que le patronage de l'État et le goût toujours peu éclairé du public avaient fait considérer comme les vrais maîtres de l'époque. »

Dans les premières années du siècle, c'était de
moins en moins vrai, mais de bonne guerre de le
penser et de le dire. La Légion d'honneur est une
longue patience.

« Il verse 140 000 francs par an pour soutenir les journaux de droite, ce qui est inutile, et il a quatre enfants, voilà ce que c'est que d'être un catholique bigot ! » s'énervait Mary Cassatt.

Le milieu des marchands de tableaux était considéré comme acquis à la droite, voire aux idées monarchistes. Mais combien étaient-ils à se rendre comme lui chaque matin à la messe en l'église Saint-Augustin ? Ils n'étaient guère plus nombreux à y assister au panégyrique de Jeanne d'Arc par le père Coubé, pour ensuite pavoiser rue de Rome et, le soir venu, illuminer la statue devant l'église à grands renforts de lanternes vénitiennes.

Mgr Jouin, qui fut longtemps curé de Saint-Augustin, pouvait témoigner non seulement de la fidélité mais du dévouement de ce paroissien. On le voyait mettre la main à la pâte dans les permanences, coller des enveloppes, préparer des tracts et des brochures, vérifier des listes, non dans l'esprit d'un chef, mais avec l'âme d'un simple militant dévoué à la cause. Il donnait beaucoup et régulièrement aux œuvres de bienfaisance ou d'éducation religieuse, et s'emportait facilement contre la frilosité, l'indifférence et l'égoïsme de ses coreligionnaires. Georges Lecomte évoquait son indignation comme celle d'un Père de l'Église. Car à la réflexion, il en voulait peut-être moins à ceux qu'il considérait comme les ennemis naturels de la France éternelle (un marais dans lequel il engloutissait démocrates, républicains, francs-maçons, Juifs, protestants, anarchistes...) qu'aux plus critiquables des siens, parmi les catholiques, les conservateurs et les monarchistes, qui s'enivraient dans une vie de débauche, ne songeant qu'à la fête et au luxe. Des gens que leur argent aveuglait sur la vraie nature du danger que courait la France. Leur attitude hâtait le triomphe de la société du vice sur le monde de la religion et de la morale. À la volonté de puissance du camp d'en face, ils n'avaient à opposer que leur volonté de jouissance.

Paul Durand-Ruel demeurait aux aguets sauf qu'en cas de bataille, il s'en remettait non à Clausewitz mais au Bon Dieu. En attendant, il s'employait à prévenir son monde, à l'implorer de tirer les enseignements de l'Histoire, à deviner l'ombre inquiétante de 1793 se profilant derrière la fausse lumière de 1789, ne fût-ce que pour anticiper la prochaine fois, et ne pas attendre la Terreur pour dénoncer la Révolution.

Il aurait tant voulu changer de contemporains. Ceux-ci brillaient par leur légèreté quand il aurait rêvé qu'ils se distinguent par leur sens des responsabilités. Le mot même de « politique » lui écorchait les lèvres tant il lui était synonyme de canaille. Partout dans les partis, les états-majors, les mouvements, les associations, il ne voyait que des méchants s'appuyant au bras de mauvais conduits par des aveugles. Comment un homme aussi obsédé par la gangrène qui rongeait son pays n'aurait-il pas vu l'avenir en sombre, sinon en noir ? On lui reprocha cette vision tragique de la vie. Il la formulait en 1913, dans des lettres à sa famille, et la suite des événements ne lui donna pas tort. À ceci près qu'il prévoyait une guerre à mort entre riches et pauvres. Les jacqueries du temps passé, c'était là, dans ses propres termes, le pire destin qu'il imaginait pour la France.

À l'instant où l'Europe allait basculer dans le siècle des totalitarismes, inaugurant des décennies de barbarie et de ténèbres, Paul Durand-Ruel, lui si visionnaire en art et si précurseur dans son commerce, demeurait foncièrement un Français du monde d'avant. Non pas un homme du XVIIIᵉ siècle, comme Renoir pouvait le dire de son collectionneur Paul Gallimard, mécène auréolé de surcroît de la gloire moderne des brillantes soirées de son théâtre des Variétés, mais un personnage de l'Ancien Régime.

Réactionnaire, il l'était sans aucun doute au sens le plus profond du terme apparu, ce n'était pas une coïncidence, en 1794, et développé par la suite comme synonyme de conservateur et de passéiste. Mais son attitude n'avait rien à voir avec ce que François Mauriac appelait « la sale marée des rancœurs » et qui constituait le vieux fonds de cet esprit-là, car elle était portée non par un système philosophique, tel le maurrassisme qui séduisait tant, mais par une utopie dénuée d'intercesseurs, reçue en héritage de ses aïeux, et ses aïeux de leurs aïeux.

Longtemps, on crut voir un paradoxe entre son attitude politique, morale, religieuse, et son engagement total dans la défense de l'impressionnisme. Ce scepticisme des observateurs, tout dénué d'ironie, avait au moins le mérite de poser dans sa complexité le problème lancé sans nuances, à propos de la deuxième exposition impressionniste de 1876, par *Le Moniteur universel*, journal officiel de l'Empire français. *Le Rappel* l'ayant défendue en termes purement artistiques, il dénonça sa complaisance en insinuant qu'elle reposait sur de tout autres motifs :

« Les intransigeants de l'art donnant la main aux intransigeants de la politique, il n'y a rien là, d'ailleurs, que de très naturel. »

L'impressionnisme était-il pour autant un aspect de la révolution sociale ? C'eût été trop simple. Ceux qui en étaient exprimaient des idées politiques très différentes quand ils en exprimaient, contrairement aux néo-impressionnistes majoritairement marqués par les principes de pensée et d'action développés dans la nébuleuse anarchiste.

Paul Durand-Ruel pouvait être considéré comme un renégat par son milieu puisqu'il demeurait tout aussi ferme, en période de crise sociale, voire de guerre civile, dans son soutien à de notoires ennemis politiques, républicain comme Monet, communard comme Courbet ou anarchiste comme Pissarro. Était-ce là, concilier l'inconciliable ? Là où des esprits courts voulaient voir une contradiction, lui ne voyait que l'exercice normal de la liberté de conscience, laquelle n'avait rien à voir avec l'art. L'adéquation entre la gauche et le progrès lui ayant toujours paru relever de la plus détestable mythologie, en politique comme en art, il y demeura insensible. La synonymie entre « académique » et « officiel » n'avait pas fini de semer la confusion dans les esprits. Quant à ceux qui, plus tard, lui rappelleront que sa défense et illustration d'un art d'avant-garde n'aurait pas été possible dans une monarchie absolue aussi aisément que dans une république, il balayait par anticipation leur argument en répondant que dans une société selon ses vœux, il aurait exercé sa mission au sein d'un monde où de toute façon l'élite arbitrait le goût...

Quand il a commencé à la défendre, cette peinture relevait de l'art moderne ou de l'art vivant, la notion d'avant-garde lui étant postérieure. D'où vient qu'un préjugé tenace a longtemps assimilé la nouveauté à l'innovation, celle-ci correspondant au progrès donc à la gauche ? Il faut dire que nombre d'auteurs avaient de longue date entretenu un périlleux pêle-mêle entre la politique et l'art, en n'hésitant pas à user du vocabulaire de l'une pour analyser l'autre. Les correspondances entre les deux ne furent pas avares de métaphores dans les deux sens, que la politique fût pratiquée comme un des beaux-arts, ou que la vie artistique prît des allures de guerre civile. Dans cet improbable capharnaüm, il serait bien hasardeux de distinguer les hommes de gauche dont l'œuvre fut métaphoriquement perçue comme étant de droite, de ceux qui incarnaient l'exact contraire. Avec de tels raisonnements, dont Du-

rand-Ruel ne fut pas exempt, l'obsession du
« fini » développée par l'école néoclassique passait pour jacobine, bien qu'un critique la pré-
sentât alors comme l'« ancien régime des beaux-
arts », et Manet pouvait remarquer :

« C'est curieux comme les républicains sont
réactionnaires quand ils parlent d'art... »

La récente fortune de l'impressionnisme en Allemagne illustrait bien la complexité de ces rapports entre l'art et la société. Hugo von Tschudi,
le directeur de la Nationalgalerie de Berlin, l'avait
découvert au 16, rue Laffitte lors d'un séjour à
Paris en 1896 et dès son retour favorisa l'acquisition du premier tableau impressionniste acheté
par un musée européen à la galerie Durand-Ruel
(*Dans la serre* de Manet) et l'exposition de Pissarro, Sisley et Monet, au risque de provoquer
des conflits avec l'entourage du Kaiser. Mais en
dépit des obstacles, le mouvement était désormais lancé, le pionnier ayant non seulement suscité des dons de particuliers aux musées, mais
fait des émules parmi les conservateurs, les critiques et les amateurs. Le plus intéressant était
encore l'origine sociale des premiers collectionneurs allemands des impressionnistes français :
des banquiers et hommes d'affaires juifs que leur
cosmopolitisme artistique distinguait de l'aristo-
cratie prussienne la plus rétrograde.

On peut tout faire dire à un tableau, plus difficilement à un artiste, à moins d'ignorer délibé-
rément ses intentions. La réception de l'œuvre
par la critique, les collectionneurs et le public ne

saurait suffire. Pauvres paysans de Millet classés à droite tant ils semblaient craindre la modernité technicienne ! Pauvres locomotives d'Horace Vernet qui pouvaient le marquer à gauche puisqu'elles incarnaient le progrès en marche, et tant pis s'il était plutôt orléaniste ! Pauvre *Radeau de la Méduse* qu'on ne pouvait plus regarder, dès qu'on le montra au Salon de 1819, sans songer que la négligence du gouvernement d'alors présidé par le duc de Richelieu était à l'origine du naufrage du navire sur le banc d'Arguin, au large de la côte d'Afrique ! Bien malin celui qui, armé d'une telle logique, aurait pu trouver le ferment de la sédition, du chaos et de la rébellion dans un paysage de Pissarro, ou deviner que la France était malade en regardant *L'Avenue de l'Opéra* peinte de sa fenêtre de l'hôtel du Louvre alors qu'en bas potaches et voyous braillaient : « Morts aux Juifs ! Morts à Zola ! »

N'eût été l'Affaire, Paul Durand-Ruel aurait pu vivre toute sa vie de marchand de tableaux en ignorant les idées de certains de ses peintres, ou en passant outre allégrement quand elles surgissaient. La Commune avait été le seul autre événement national majeur à s'inscrire dans leur compagnonnage sur le cours du demi-siècle ; mais sa brièveté et la réprobation quasi générale dont elle avait été l'objet n'en faisaient pas un sujet de discorde.

L'affaire Dreyfus portait en elle une profonde et durable violence à laquelle leur milieu, quoique restreint, ne pouvait échapper. Entre 1894 et 1906, entre l'arrestation d'un capitaine français de confession israélite soupçonné de trahison au profit de l'Allemagne et sa réhabilitation par la Cour de cassation, ses procès secouèrent la France entière.

En sa double qualité d'ardent royaliste et de catholique militant, Paul Durand-Ruel avait au moins deux raisons d'être un antidreyfusard, qui plus est fervent puisque l'enjeu ni l'esprit du temps ne toléraient la tiédeur.

Depuis l'effondrement des droites traditionnelles aux élections d'août-septembre 1893, le royalisme paraissait moribond comme force politique tant ses élus se montraient discrets. L'Affaire les obligea, eux comme les autres, à se départir de leur placidité. Excepté quelques publicistes favorables à la révision du procès, l'immense majorité des royalistes jugeait coupable le capitaine Dreyfus. Le duc d'Orléans, nouveau prétendant depuis la mort du comte de Paris, reprenait clairement les thèses les plus antisémites dans son manifeste.

Et les peintres ? Pissarro et Monet soutenaient Alfred Dreyfus dans son combat pour faire reconnaître son innocence, Signac et Mary Cassatt également, mais c'était à peu près tout. Certes, Josse et Gaston Bernheim-Jeune avaient été jusqu'à conduire Zola au Palais de Justice et à le protéger sous les hurlements de la foule, mais ils se sentaient bien seuls dans leur milieu. Les initiatives étaient d'autant plus remarquées qu'elles étaient rares, ainsi lorsque des artistes parmi lesquels

Maximilien Luce, Félix Vallotton et Théo Van Rysselberghe se groupèrent pour constituer en douze lithographies un hommage au colonel Picquart qui payait de la prison son soutien au capitaine Dreyfus. En revanche, quand Édouard Debat-Ponsan exposa *Nec mergitur* au Salon de 1898, un grand tableau autrement intitulé *La Vérité sortant du puits* et offert à Émile Zola grâce à une souscription, il perdit une partie de sa clientèle mondaine.

L'isolement avait gagné les partisans de Dreyfus, tel Pissarro :

« J'ai entendu Guillaumin dire que si on avait fusillé Dreyfus immédiatement, on ne serait pas dans l'embarras ! Il n'y a pas que lui de cette opinion ! Chez Durand-Ruel, tous étaient de cet avis, excepté un garçon de salle, un sur cinq. Et j'en ai entendu bien d'autres. Non décidément, il faut désespérer de ce peuple qui a été si grand en 93 et en 48 ! Le Second Empire a été bien néfaste ! »

Tout cela n'empêchait pas Durand-Ruel d'exposer en 1898 une trentaine de vues de Paris signées Pissarro en invitant au vernissage le gratin dreyfusard de Bernard Lazare à Zola, alors que l'écrivain était entre deux procès avec le Conseil de guerre.

Dans le camp d'en face, on trouvait ceux que leur antisémitisme latent, larvé ou déclaré en temps normal, avait radicalisés, Renoir, Puvis de Chavannes, Forain, Rodin, Cézanne et surtout Degas.

L'Affaire les mettait à l'unisson, si tant est que Degas et Durand-Ruel eussent besoin d'être rassemblés par un événement tant leur vision du monde les rapprochait déjà. Milieu, éducation, culture, les passerelles ne manquaient pas entre ces deux hommes qui étaient tout sauf des religionnaires de l'art pour l'art. Seules les différences de tempérament ne s'estompaient guère avec l'âge ; il n'était guère de caractères plus dissemblables, l'un naturellement porté à l'accommodement, l'autre au conflit ; le marchand s'étonnait toujours de la capacité de l'artiste à peindre des fleurs alors qu'il ne les aimait pas. Il n'y avait pas que les fleurs qu'il ne pouvait pas sentir, les gens aussi à quelques exceptions près, les Rouart notamment qui étaient sa vraie famille ; Degas se rendait rituellement à dîner, engoncé dans son macfarlane et précédé de sa canne, une fois par semaine dans l'hôtel d'Henri le polytechnicien, qui y conviait également ses camarades artilleurs afin de savourer l'inégalé plaisir d'entendre parler non de peinture mais d'obus et de chevaux. Sinon, il évitait les contacts avec ses amateurs et préférait vendre ses toiles une par une à Durand-Ruel. Leur lien avait fait ses preuves, et résisté aux tensions, ce qui ne les empêchait pas de se précautionner. Après une trentaine d'années d'association, car c'est aussi de cela qu'il s'agit entre un artiste et un marchand, Degas pouvait encore écrire à Durand-Ruel : « Je n'ai pas osé hier vous parler argent devant le modèle... »

Ses relations avec les collectionneurs pouvaient vite devenir orageuses. Jean-Baptiste Faure en avait fait l'expérience : Degas voulant retoucher six de ses toiles (l'achèvement de l'inachevé demeurait l'une de ses idées fixes), Durand-Ruel les fit racheter par le célèbre baryton qui les remit au peintre, en échange de quoi celui-ci s'engageait à lui peindre quatre grands tableaux. Il en exécuta deux, mais pour les deux autres, il fallut attendre onze ans et un procès ; il est vrai qu'entre-temps, la cote de Degas avait sérieusement monté.

Homme de goût, chose plus rare qu'on ne l'imagine chez les artistes, collectionneur discret mais averti, il était celui avec lequel Durand-Ruel se sentait peut-être en plus parfaite harmonie, et pas seulement par cette manifestation de patriotisme qui, devant *La Bataille de Taillebourg*, de Delacroix, leur faisait dire : « Le bleu du manteau de Saint Louis, c'est la France ! »

Ils étaient pareillement antisémites, le peintre avec outrance et le marchand avec sérénité. Avec les soubresauts de l'Affaire quotidiennement rapportés en détail par les journaux, l'Histoire les empoignait au collet. Elle ravivait en Degas une méchante amertume datant du jour où son frère avait perdu une partie de la fortune familiale en Bourse, et alors qu'il mettait un point d'honneur à rembourser les dettes par le produit de sa peinture. Or, à ses yeux, l'argent c'était le Juif.

Tout cela n'empêchait pas des collectionneurs israélites de continuer à acheter à Durand-Ruel

les œuvres de Degas, le comte Isaac de Camondo en était le meilleur exemple. Cela ne
retenait pas davantage Paul Durand-Ruel de
s'associer à compte à demi avec les frères Bernheim, ni d'inviter Pissarro au mariage de son
fils Joseph. Alors que Degas n'aurait pas été jus-
que-là. L'Affaire n'était peut-être pas un frein
aux affaires, mais à l'amitié, certainement. Daniel Halévy, à la famille duquel Degas était intimement lié, en était effondré : « Les plus beaux
souvenirs de mon passé rompus, les plus beaux
espoirs de mon avenir menacés : c'est la guerre
civile. »

Degas s'excluait de lui-même du salon et du rituel dîner du jeudi de ses chers Halévy auxquels il
tournait le dos à cause de leur soutien au traître-
issu-de-leur-race, comme du salon de l'éditeur
Charpentier, de la table du critique Théodore Duret... Certains, pourtant acquis à ses idées, durent
renoncer à l'inviter à leurs dîners tant ils crai-
gnaient ses débordements de violence verbale. Sa
personnalité fantasque dont il jouait volontiers, et
sa mauvaise foi sans limite le rendaient infréquentable aux siens. Il faisait son miel de la lecture
quotidienne de l'éditorial d'Édouard Drumont
dans son brûlot *La Libre Parole*. Un soir à dîner,
dans la fameuse cave du marchand Ambroise Vollard, alors qu'il débinait avec véhémence la manière de Pissarro, il se fit reprendre par l'un des
invités :

« Allons, Degas, ne vous rappelez-vous pas
qu'étant chez Durand-Ruel, vous-même m'avez

conduit devant un Pissarro, des *Paysannes repiquant des choux*, et que vous trouviez ça joliment bien ?

— Oui, mais c'était avant l'affaire Dreyfus... »

L'Affaire avait exacerbé chez Degas une misanthropie plus ou moins bien tempérée, sectarisme issu d'un mauvais caractère de fer dont l'aversion pour le snobisme et la mondanité était l'aspect le plus sympathique. Il n'en avait pas qu'après les personnes : les personnages aussi parfois. Confronté à une forme, il ne les voyait plus. Paul Valéry témoigna de sa stupéfaction en entendant son ami face à un Napoléon Ier en bronze de Meissonier, louer haut et fort l'exactitude de l'assiette ou de l'arrière-train avec la science d'un vrai passionné du cheval de selle tout en ignorant l'Empereur.

Il tournait systématiquement le dos à quiconque pouvait laisser envisager par la voix, le regard, l'attitude, le nom qu'il n'était pas radicalement antidreyfusard. Son absence fut remarquée aux obsèques de Pissarro. Mais le fait est que son antisémitisme viscéral ne se reflétait nulle part dans son œuvre.

Inouï ce que cette histoire a pu endommager l'esprit de gens qui, par ailleurs, en avaient tant. Fallait-il que la haine eût déréglé les tempéraments les mieux armés pour susciter un tel sottisier ! À force d'écouter Renoir débiner les Juifs à la table d'Eugène Manet et Berthe Morisot, ses parents, Julie Manet âgée de vingt ans en venait à dire à propos d'Émile Loubet, à la veille de son élection à la présidence de la République :

« Il n'est pas français puisqu'il est dreyfusard. »

Dans un autre dîner, entendant un critique faire l'éloge de Gustave Moreau, Renoir l'interrompait d'un ton sans appel :

« C'est de l'art pour Juif. »

Mais il ne réservait pas ses saillies aux échanges mondains, lui qui demeurait l'ami des Éphrussi et des Natanson tout en regrettant que l'on ait laissé leurs coreligionnaires prendre trop d'importance en France. Dans le cadre très privé de l'atelier, il donnait libre cours à son antisémitisme (car lorsque Pissarro en faisait les frais, cela n'avait rien à voir avec l'Affaire) et à son antidreyfusisme en la présence si complaisante de Julie Manet qui s'empressait, le soir venu, de tout relater dans son journal intime :

« Ils [les Juifs] viennent en France gagner de l'argent et puis si on se bat, ils vont se cacher derrière un arbre. Il y en a beaucoup dans l'armée parce que le Juif aime à se promener avec des brandebourgs. Du moment qu'on les chasse de tous les pays, il y a une raison pour cela et on ne devrait pas les laisser prendre une telle place en France. On demande qu'on mette le procès Dreyfus au jour, mais il y a des choses qui ne peuvent pas se dire, on ne veut pas comprendre cela. »

On comprendra en revanche qu'avec une telle mentalité, Renoir ait obstinément refusé de signer une pétition pour la révision du procès. Qui se souvenait alors qu'en 1880, il en avait beaucoup voulu au comte Cahen d'Anvers, qui ne voulait plus lui payer son portrait de sa fille Irène dont il était si mécontent ? On oubliait aussi qu'à ses débuts, le jeune Renoir avait été l'employé de Lévy Frères et Cie, et que par la suite, ses portraits d'après des modèles d'origine israélite (Clémentine Stora, les filles de Catulle Mendès, Albert Cahen d'Anvers...) n'avaient rien d'hostile ou de caricatural, et la commande n'expliquait pas tout. C'est de ce Renoir que son fils Jean préféra se souvenir, lui prêtant sur l'Affaire des propos plutôt apaisants :

« Les mêmes éternels camps avec des noms différents suivant les siècles. Protestants contre catholiques, républicains contre monarchistes, communards contre versaillais. Maintenant, la vieille querelle se réveille. On est dreyfusard ou antidreyfusard. Moi, je voudrais bien essayer d'être tout simplement français. C'est pour cela que je suis pour Watteau contre Monsieur Bouguereau ! »

Le temps était venu des rétrospectives. On commençait à dire que Paul Durand-Ruel était le marchand des impressionnistes. Cela ne signifiait pas qu'il était le seul mais qu'il entrait dans l'Histoire avec eux, même s'il s'était fait l'apôtre de l'école de 1830, des barbizoniens et d'autres encore. Son nom demeurerait à jamais attaché à un combat, pas deux. Car on est le grand marchand de sa propre génération, après...

Dans l'entre-deux-siècles, Paul Durand-Ruel exposa Gauguin, Redon, Toulouse-Lautrec, les Nabis... Les autres, il ne les a pas vus parce qu'il ne pouvait pas les voir. Question d'âge, de fraîcheur, d'énergie, de curiosité. Et comme ses fils ne les ont pas vus pour lui, la galerie est passée à côté du mouvement.

Durand-Ruel père et fils avaient fait la fine bouche devant Cézanne, et d'autres plus jeunes, mais ils avaient soutenu d'Espagnat, Maufra, Loiseau, Moret, Puigaudeau, Albert André... Pourquoi, lorsqu'on lui présenta Bussy et Matisse, le patriarche s'enthousiasma-t-il aussitôt pour le premier en lui organisant une exposition, et négligea-t-il le second en lui expliquant qu'il ferait mieux de s'en tenir à des intérieurs avec figures plutôt que de perdre son temps avec d'invendables natures mortes ? Quelle erreur de jugement lui avait fait renoncer à Gauguin et à Bonnard après les avoir pourtant exposés, pour leur préférer des artistes nettement moins originaux ? Gauguin avait certainement eu tort d'exiger que les prix de ses tableaux fussent alignés sur ceux de Monet (2 000 à 3 000 francs en moyenne), ce qui multipliait stock d'invendus et animosité réciproque, mais était-ce suffisant pour ne pas le retenir ?

Certaines absences s'expliquaient. Ainsi Vincent Van Gogh, historiquement lié à la maison Goupil pour laquelle il avait travaillé pendant six ans, puis à son frère Théo, que Durand-Ruel détestait pour avoir chassé jadis sur ses terres, en essayant de lui prendre Monet et Pissarro ; le

souvenir de cette rivalité l'aveuglait jusqu'à ne pas
mettre le génie de Vincent au-dessus de ce règlement de comptes. Le père des Van Gogh était
peut-être pasteur, mais leurs trois oncles étaient
marchands de tableaux et cela, il ne l'oubliait pas.

Avec Sisley, c'était autre chose. Il y eut une
vraie brouille, à partir de ces malentendus qui
sont généralement l'aubaine des rivaux les plus
opportunistes. Georges Petit, qui guettait le faux
pas, sauta sur l'occasion. En lui faisant signer un
contrat, il le détacha définitivement de Durand-
Ruel qui avait sa part de responsabilité dans ce
que le peintre vécut, à tort ou à raison, comme un
abandon de plus. Dès le début des années 1890,
tout heureux de charger une barque déjà bien
alourdie par la campagne que Mary Cassatt me-
nait contre Durand-Ruel, Pissarro se laissa bercer
par le chant des sirènes quand elles dénonçaient
le scandaleux écart entre ses ventes et sa réputation, notamment ce collectionneur américain du
nom de Shaw qui se répandait en rumeurs mal-
veillantes sur Durand-Ruel et prétendait que peintres et amateurs gagneraient à se passer de ces
douteux intermédiaires qui cherchent à diriger le
goût en fonction de leur profit.

Comme il s'était fait l'écho de ses récrimina-
tions à l'endroit de leur marchand, Sisley l'ayant
désigné devant lui comme « notre plus grand ennemi », Pissarro résumait ainsi leur commune
opinion :

« Durand, ne pouvant soutenir tous les impressionnistes, a tout intérêt à les abattre, quand il

s'est senti assez pourvu, sachant que ces tableaux ne pourraient se vendre que fort tard. Plus le cours serait bon marché, mieux cela serait pour lui — quitte à laisser nos toiles pour ses enfants. Il agit en spéculateur moderne, avec cette douceur angélique. Sisley ne lui pardonne pas son manque de bonne foi, car nous étions tous confiants et croyions à ses promesses... »

Sisley, l'impressionniste à la poésie des plus discrète et des plus raffinée, s'était enfermé dans sa solitude ; déçu par la société des hommes, il ne trouvait de bonheur que dans la peinture et elle seule. Il s'éteignit juste avant le siècle d'un cancer de la gorge, dans un complet dénuement. C'était le 29 janvier 1899. Cinq jours avant, l'un de ses paysages était passé à la postérité comme le premier tableau impressionniste jamais vendu par Durand-Ruel à un musée américain, le Carnegie Museum of Art, à Pittsburgh.

Mais comment avait-il pu à ce point rater Cézanne ? Ils avaient pourtant tout pour se plaire. Huit ans à peine les séparaient, ils avaient grandi tous deux dans des milieux bourgeois ; sa peinture était officiellement rejetée avec une telle constance, et admirée par les impressionnistes avec une telle ferveur que ce double label aurait dû suffire à le décider. De plus, ils étaient politiquement au diapason :

« Les musées puent la démocratie. »

Le mot était du peintre mais il aurait tout aussi bien pu être du marchand, même si celui-ci entretenait les meilleures relations avec leurs conservateurs, les tenant pour des clients à part jusqu'à leur abandonner une partie de sa marge bénéficiaire. Après tout, dans la mesure où les musées créaient des vocations de collectionneurs, ils constituaient son meilleur argument publicitaire.

Ils n'étaient pas nombreux dans leur milieu qui, tel Cézanne, commençaient leur journée de travail à la première messe. Leur foi irradiait toutes leurs activités, à commencer par l'art. Ils auraient pu même se retrouver dans leur commun antidreyfusisme. Mais non, le marchand historique des impressionnistes s'y refusait quand tout l'y invitait, et quand tous l'y invitaient car il ne manquait pas d'intermédiaires qui eussent été ravis de les rapprocher. L'infatigable Monet l'en priait jusqu'à le harceler. Lors des grandes enchères de la toute dernière année du siècle, la cote de Cézanne s'était pourtant envolée. À la vente de la collection du comte Doria, la galerie Petit où elle se déroulait ne bruissait que de l'achat de *La Neige fondante (Études de la forêt de Fontainebleau)*, tant en raison du prix de 6 750 francs que de la qualité de l'enchérisseur, Claude Monet. Ce fut d'ailleurs sous sa pression qu'à la vente Chocquet, Durand-Ruel acquit une quinzaine de tableaux dont il vendit une partie à des amateurs avisés et dont il conserva le reste dans sa collection personnelle...

Cézanne mourut en 1906 le pinceau à la main alors que la France artistique officielle, en la personne du directeur des Beaux-Arts M. Roujon, refusait de le faire chevalier de la Légion d'hon-

neur. Une telle communauté de destin aurait pu
toucher Paul Durand-Ruel, autre réprouvé d'un
ordre au service de la nation, mais il n'en fut
rien. Deux ans après sa disparition, il se confiait
à Renoir en des termes qui levaient toute ambiguïté sur son jugement :

« On a terriblement surfait la réputation de cet
excellent et consciencieux peintre. Et les farceurs,
qui prétendent que trois artistes seuls, Cézanne,
Gauguin et Van Gogh sont de grands maîtres, ont
malheureusement trop mystifié le public. »

Alors on se prend à penser que Durand-Ruel,
quelle que fût sa grandeur, avait la rancune tenace. N'était-ce pas Cézanne qui, après avoir participé à la toute première exposition du groupe
impressionniste chez Nadar, refusa de se rendre
à la deuxième au motif qu'elle se tenait chez Durand-Ruel ? Car, selon lui, on ne devait pas exposer chez un marchand mais seulement au Salon
ou dans une salle louée à cet effet afin d'être
« chez soi ». C'est ainsi qu'on le vit réapparaître
sur les cimaises de la troisième exposition du
groupe car elle se tenait dans un appartement
loué, on s'en souvient, à... quelques mètres de la
galerie Durand-Ruel.

Dans les dernières années de sa vie, Cézanne
enfin reconnu fut entrepris par de nouveaux marchands, Ambroise Vollard, un farfelu qui oubliait
ses propositions, les frères Josse et Gaston Bernheim qui eurent entre autres intuitions celle de
s'attacher Félix Fénéon comme directeur de leur
galerie. Pour n'avoir pas les atouts historiques

d'un Durand-Ruel, ils n'avaient pas non plus son
handicap de la mémoire.

Rien ne révèle les sentiments d'un contemporain vis-à-vis de son entourage comme la découverte de ses lettres. Mieux qu'un journal, souvent
destiné à la publication, elles sont les véritables
notes à leur date. Les mensonges y sont d'autant
plus sincères qu'ils sont secrets. La correspondance générale de Pissarro est à cet égard
édifiante. Souvent acide, excessif ou injuste, ce
registre des plaintes et lamentations n'en est pas
moins une fascinante caisse de résonance. Sur
les mœurs du milieu autant que sur l'homme.
Quand son heure fut enfin venue, il y avait quelque chose de touchant à le voir prendre plaisir à
vendre ses toiles non seulement à Durand-Ruel
et à Bernheim-Jeune, mais même à tout autre
qui se serait présenté, quitte à y perdre un peu ;
cela ne changeait rien quant à son avenir mais,
fût-elle illusoire, cette manifestation d'indépendance lui procurait une telle jouissance qu'il ne
pouvait y résister. Car, jusqu'à la fin, il resta
hanté par l'idée que pendant sa carrière, ses revenus, son destin avaient été entre les mains d'un
seul homme. Malgré les reproches dont il accablait son marchand, il savait le cas échéant aussi
revenir à l'essentiel en trois mots : « Nous lui devons tant... », écrivait-il à Monet.
    La vérité, Clemenceau l'avait touchée du doigt
en expliquant à son ami Monet que, animé de la
même audace dont faisaient preuve les impres-

sionnistes dans leur art, il avait très exactement entrepris leur exploitation artistique. « Grâces lui soient rendues ! » écrivait-il, lui l'acharné dreyfusard, directeur de *L'Aurore* quand « J'accuse » en barrait la une de toute sa saine violence, au moment où l'acharné antidreyfusard en Durand-Ruel versait son obole et plus encore pour soutenir des journaux qui criaient leur haine du traître.

Camille Pissarro et Paul Durand-Ruel ne s'étaient jamais liés d'amitié, mais leur relation, très forte, ne s'en inscrivit pas moins dans la durée, l'un demeurant « le » marchand de l'autre, et celui qui pouvait se permettre de lui recommander de faire des tableaux avec du soleil. Les dix dernières années de la vie de l'artiste, il lui organisa régulièrement d'importantes expositions. Jusqu'à ce que Pissarro demande à reprendre sa liberté. Il mourut à la veille de sa grande rétrospective rue Laffitte. Sa dernière lettre à son marchand, relative à des vues de Dieppe, était ainsi libellée :

> « Cher Monsieur Durand-Ruel,
> Je n'accepte pas les prix que vous me faites dans votre lettre du 16 ct. Je regrette infiniment. Votre tout dévoué,
>
> Camille Pissarro. »

Car avec lui comme avec les autres, malgré des décennies de fréquentation, de conversation et d'association, au soir de leur vie Paul Durand-Ruel et ses peintres se voussoyaient quand ils ne se donnaient encore du « Monsieur ».

Puvis de Chavannes était peut-être celui avec lequel il entretenait les relations les plus amicales, l'artiste autant que l'homme, un grand bourgeois antisémite et patriote, un solitaire qui se plaçait en toutes choses à l'écart. Il lui achetait des tableaux depuis 1873, l'exposait régulièrement et lui offrit sa première rétrospective quand son talent de précurseur était encore couvert par la réprobation sinon par le silence voire l'indifférence. Le fait est qu'il avait toujours cru en lui, n'hésitant pas à le pousser vers la peinture de chevalet quand il ne se vouait qu'à sa passion de l'art mural. Aussi, quand le 16 janvier 1895 Rodin présida à l'hôtel Continental un grand banquet de cinq cent cinquante couverts, avec ce que la capitale comptait de plus éminent parmi les peintres, les sculpteurs, les écrivains, les critiques, les musiciens et les hommes politiques qui s'étaient tous déplacés pour rendre justice et faire honneur à Pierre Puvis de Chavannes à l'occasion de ses soixante-dix ans, son marchand pouvait-il simplement se dire qu'il n'est jamais trop tard.

Ce genre de manifestation avait quelque chose de rassurant en ce qu'elle rappelait, malgré tout, qu'une certaine solidarité entre artistes n'avait pas disparu malgré l'âge, le succès, la dispersion. Juste assez pour démentir un funeste lieu commun en vertu duquel l'égoïsme d'un peintre allait de pair avec sa réussite. Certains s'entraidaient encore comme aux premiers temps, même si les impressionnistes, contrairement aux habitués de

Barbizon, avaient rarement travaillé en commun, et quand certains d'entre eux l'avaient fait, c'était pour de courtes périodes.

Monet, que l'on n'aurait jamais pris en défaut sur ce chapitre-là, avait organisé une vente pour venir en aide aux enfants de Sisley au lendemain de sa mort. Cézanne, Degas, Pissarro, Renoir avaient répondu à l'appel et l'initiative s'était révélée profitable, contrairement à la vente montée quelques années avant pour aider la veuve du père Tanguy : les artistes n'avaient pas été ingrats mais seule une vue de Bordighera signée Monet tira son épingle du jeu, encore convient-il de préciser qu'elle avait été payée 3 000 francs par... son auteur même. Monet, encore lui, discret mais efficace, avança à Pissarro la somme qui lui manquait quand celui-ci voulut acheter la maison d'Éragny qu'il louait.

Le souvenir de Berthe Morisot fut l'occasion d'un sursaut collectif. L'atmosphère ressuscitée en 1896 à l'occasion du premier anniversaire de sa disparition reflétait l'âme, plus encore que l'esprit, des premières expositions impressionnistes, quand ils étaient non seulement plus jeunes mais plus neufs. Paul Durand-Ruel ayant favorisé l'idée d'une rétrospective, chacun y mit du sien avec le dévouement et la ferveur de lycéens préparant un journal grâce aux moyens du bord : Mallarmé s'occupa non seulement de la préface du catalogue mais de sa mise en page avec l'imprimeur, Degas de l'accrochage avec l'aide de Renoir et Monet... Un vrai complot du souvenir auquel des critiques

tels que Gustave Geffroy et Arsène Alexandre prê-
tèrent main-forte à plusieurs reprises.

Le vernissage s'annonçait imminent. Durand-
Ruel s'amusait à les voir s'agiter, en quelque
sorte se substituant à lui dans son métier en ses
lieux mêmes, avec son consentement. Où placer
le paravent ? Au risque de créer un effet de mu-
raille, fallait-il le mêler aux aquarelles, et celles-ci
aux dessins en sachant qu'il pourrait les dissimuler ? Chacun s'en mêlait devant Julie Manet, sa
fille, qui relata cette conjuration d'amis dans son
journal. Puisque Degas avait pris les choses en
main, c'était à lui de trancher :

« Il n'y a pas d'ensemble. Ce sont les imbéciles
qui voient un ensemble. Qu'est-ce que ça veut
dire quand on met dans un journal : l'impression
générale du Salon de cette année est bien
meilleure que celle de la précédente ? »

Monet, pas convaincu, se demandait si on n'allait pas remettre la question cruciale du paravent
au lendemain, mais non, la discussion s'éternisait, comme s'ils n'arrivaient pas à se séparer :

— Ces dessins sont superbes, je les estime
autant que tous ces tableaux, fit Degas.

— Le paravent dans la salle des dessins donne
un air intime à cette pièce qui est charmant,
ajouta Mallarmé.

Mais il suffisait que l'un d'entre eux évoquât
une possible déroute du public face à des dessins
perdus parmi des peintures pour provoquer l'ire
de Degas :

— Est-ce que je m'occupe du public ? Il n'y voit rien ! C'est pour moi, c'est pour nous que nous faisons cette exposition : vous ne voulez pas apprendre au public à voir ?

— Eh bien si, nous voulons essayer, répondit aussitôt Monet. Si nous nous faisions cette exposition uniquement pour nous, ce ne serait pas la peine d'accrocher tous ces tableaux, nous pourrions les regarder simplement par terre...

Renoir choisit ce moment pour proposer que l'on installât un pouf au milieu de la salle afin de contempler confortablement les œuvres, projet qui eut pour effet de raviver la colère de Degas :

— Je resterais treize heures de suite sur les pieds s'il le fallait !

Dehors, la nuit venait de tomber sur Paris mais à l'intérieur, on refaisait le monde comme si le 16, rue Laffitte était l'adresse d'un petit théâtre où ils rejouaient la pièce de leur vie. Degas faisait les cent pas en éructant, Monet ne s'en laissait pas conter, Renoir secouait la tête effondré sur une chaise, Mallarmé essayait de calmer le jeu et les employés de Durand-Ruel étaient comme au spectacle.

— Vous voulez me faire enlever ce paravent que j'adore ! reprit Degas après une pause.

— Nous adorons Mme Manet, lui rétorqua Monet, il ne s'agit pas d'un paravent, mais de l'exposition de Mme Manet. Votons, dites que nous essaierons demain le paravent dans l'autre salle...

— Si vous m'assurez que c'est votre opinion, que cette pièce est mieux sans...

— Oui, c'est mon opinion.

On crut que c'était fini mais cela repartait car lorsque Monet eut rejoint Degas à la porte pour lui serrer la main fraternellement, il fallut que Mallarmé émît simplement le mot « pouf » sur le mode interrogatif pour que des portes claquent à nouveau.

Le lendemain matin, alors que les commis balayaient la galerie et que Julie Manet numérotait les tableaux de sa mère, Monet et Renoir se perdaient en conjectures :

— Degas ne viendra pas, il sera là dans la journée à clouer au haut d'une échelle et dira : ne pourrait-on pas mettre une corde à la porte pour empêcher d'entrer ? Je le connais.

En effet, il ne se montra pas de la matinée. Le paravent de la discorde fut installé dans la salle du fond ; on y accrocha aquarelles et dessins. Chacun y alla de son commentaire, exprimant ses préférences pour telle ou telle œuvre mais tous s'accordèrent à penser que l'âme si entièrement artiste de Berthe Morisot se reflétait aussi bien dans les grandes toiles les plus élaborées que dans le plus sommaire de ses croquis. Peintures, pastels, sanguines ou crayons noirs, quelque quatre cents numéros en tout, livrant si totalement pour la première fois le génie de la disparue au jugement du public, et à la consécration non « la belle peintre » mais une grande artiste.

Même pour ses proches, l'exposition fut une révélation. Vertu de la rétrospective qui fit dire à l'un d'entre eux : « Je n'aurais jamais cru qu'elle travaillait tant. »

La solidarité à l'œuvre derrière la rétrospective Morisot n'avait pas échappé aux critiques, notamment celui de *L'Estafette* qui relevait : « Ce témoignage d'admiration mérite d'être noté en ces temps d'ingratitude. »

... D'autant que les impressionnistes n'avaient que très rarement offert de vision collective. Les difficultés notoires qu'ils avaient rencontrées à monter des expositions communes renforçaient leur réputation d'individualistes. Aussi le beau mot de « solidarité » résonnait-il d'une sonorité particulière aux oreilles de Durand-Ruel. Sa philosophie du commerce de l'art avait forgé son caractère, à moins que ce ne fût le contraire. Un peu plus que susceptible, un peu moins que paranoïaque, il prenait très mal toute entorse au contrat oral et moral qui le liait aux artistes. La moindre mise à distance était interprétée comme une preuve de déloyauté.

Avec Mary Cassatt, les occasions ne manquaient pas tant leurs relations, pourtant durables, furent tendues. À croire qu'ils accumulaient tout exprès les malentendus. Depuis le début, elle n'avait de cesse de le pousser à vendre ses tableaux en France, quand il demeurait convaincu que son œuvre était naturellement destinée au marché américain. De plus, elle était de longue date persuadée qu'il grugeait ses artistes et ses clients, et ne respectait pas les consignes des

peintres. Pourtant, les faits qu'elle rapportait
dans ses lettres ou ses mémoires étaient discu-
tables. Ainsi, au lendemain de la mort de Cézanne, comme elle conseilla à son amie Louisine
Havemeyer d'en vendre deux alors que les prix
montaient scandaleusement, Durand-Ruel les lui
acheta 7 500 francs chacun, pour les revendre
deux mois après 30 000 francs au collectionneur
russe Ivan Morozov. Mary Cassatt qualifia d'escroquerie ce qui témoignait après tout d'un sens
consommé des fluctuations du marché. Aussi,
peu après, quand elle voulut elle-même se débarrasser de son propre portrait par Degas qu'elle
détestait tant, elle le promit à Durand-Ruel pour
finalement le vendre à Vollard, persuadée que lui
au moins tiendrait parole et n'irait pas contre sa
volonté en le laissant partir aux États-Unis. Faut-
il préciser que Durand-Ruel le prit très mal ? De
même, il ne supportait guère la concurrence dé-
loyale à laquelle se livraient certains collectionneurs « très spéculateurs », pour reprendre sa
terminologie, tels Jean-Baptiste Faure et Ernest
Hoschedé ; ils jouaient parfois au marchand, tout
à leur avantage mais en ignorant les inconvé-
nients de la fonction.

Encore n'étaient-ce là qu'incidents de parcours.
Il traquait d'autres traces de trahison, autrement
plus redoutées car récurrentes, en épluchant les
catalogues de ventes. Car il lui arrivait alors de découvrir que l'un de ses peintres avait vendu des
œuvres dans son dos directement à un collectionneur, lequel avait été assez habile ou assez

convaincant pour lui faire comprendre l'avantage qu'ils auraient, l'un comme l'autre, à ne pas verser de commission au marchand. À la colère succédait la tristesse.

Ce fut le cas en 1901 à l'occasion de la vente à Drouot de la collection de l'énigmatique M. G., en fait l'abbé Gaugain, le responsable d'une école privée parisienne qui était son client de longue date. Ayant découvert que Renoir et Pissarro s'étaient passés de ses services à plusieurs reprises, le marchand leur envoya le catalogue annoté en réclamant des explications. Ils reconnurent avoir péché par faiblesse, reportèrent la faute sur un tentateur d'autant plus coupable qu'il s'agissait d'un homme de Dieu et promirent qu'on ne les y reprendrait plus. Durand-Ruel, lui, racheta toute la collection Gaugain pour 101 000 francs.

À Renoir, il aurait tout pardonné. Mais il ne vécut pas assez pour lire dans le recueil de souvenirs que le fils consacra au père les pages admiratives, émouvantes et reconnaissantes, évoquant les Durand-Ruel et aussi : « Quant aux Bernheim, mon père les aimait pour leur foncière honnêteté — ce sont eux qui les premiers lui révélèrent les prix élevés qu'avaient atteints certains de ses tableaux... »

L'exposition de quelque trois cents tableaux, dont plus de la moitié provenait de sa propre collection, en janvier 1905 aux Grafton Galleries de Londres, était le signe tant espéré qu'enfin l'impressionnisme s'installait en Angleterre. Durand-Ruel en avait fait une affaire personnelle car il s'agissait tout de même du pays où, trente ans avant, il avait rencontré d'autres exilés français, des peintres qui avaient changé sa vie. Or les Anglais résistaient plus que les autres, et ce fut un grand amateur irlandais, Sir Hugh Lane, qui initia le mouvement. Dix ans avant, Durand-Ruel avait même échoué à y faire pénétrer l'œuvre de Puvis de Chavannes, tant dans les collections publiques que privées. Cette fois, de l'avis de tous, l'exposition était splendide. L'impressionnisme avait enfin pris pied sur le sol anglais. Il ne vendit pourtant qu'un seul tableau, et encore : l'amateur, déçu par son acquisition, rendit ce Boudin trois mois plus tard...

Puis ses tableaux se retrouvèrent exposés ou vendus à Budapest et Johannesbourg, à Copenhague et Zurich. Mais d'une manière générale, malgré les conditions particulières qui leur étaient faites, ceux qui achetaient pour le compte des musées étaient plus timides que les amateurs privés. Les dons, dations et donations des uns suppléèrent les hésitations des autres. Un Français n'aurait-il pas été mal venu de dénoncer cette carence de l'État ? Il est vrai que depuis le legs Caillebotte, il était de bon ton de le créditer systématiquement du pire.

L'affaire avait éclaté début 1894, au lendemain de la mort du peintre. Dans son testament, le mécène des impressionnistes léguait sa collection à l'État — une soixantaine de peintures et pastels de

Cézanne, Degas, Manet, Monet, Pissarro, Renoir, Sisley, ainsi que des dessins de Millet — à une condition :

« [...] comme je veux que ce don soit accepté et le soit de telle façon que ces tableaux n'aillent ni dans un grenier ni dans un musée de province mais bien au Luxembourg et plus tard au Louvre, il est nécessaire qu'il s'écoule un certain temps avant l'exécution de cette clause, jusqu'à ce que le public, je ne dis pas comprenne, mais admette cette peinture... »

Dans ses dernières volontés, il priait également son ami Renoir d'être son exécuteur testamentaire, et de bien vouloir accepter un tableau de son choix en témoignage de gratitude. Avec une délicatesse remarquable, il anticipait sa réaction et précisait à l'intention du notaire :

« Mes héritiers insisteront pour qu'il en prenne un important... »

Gustave Caillebotte semblait avoir tout prévu afin de préparer l'entrée en majesté des impressionnistes dans le temple de l'art éternel, puisque le musée du Luxembourg, dévolu à l'école française contemporaine, passait à juste titre pour la salle d'attente du Louvre. C'était là que d'ordinaire les vivants attendaient leur tour, avant la consécration posthume de leur panthéon à tous. Au vrai, le geste de Caillebotte tombait à pic pour les administrateurs de l'art car il leur permettait de rattraper leur retard et combler une fâcheuse absence à moindres frais en évitant toute polémique.

Il en fut tout autrement. Durant un an, il y eut un bras de fer entre les héritiers de Caillebotte, les conservateurs des musées et le Conseil d'État sur des questions pratiques et juridiques, que la rumeur transforma en un différend d'ordre esthétique. Comme si l'État refusait toujours les impressionnistes, alors qu'il avait accepté les trois quarts du legs. Mais il lui fallait vaincre de vrais obstacles : le règlement du Louvre qui interdisait l'entrée d'un artiste moins de dix ans après sa mort, et l'exiguïté du Luxembourg qui empêchait l'exposition permanente de toute la collection. Près d'un an après la mort de Caillebotte, après quelques accommodements avec les textes réglementaires, un compromis fut trouvé et un accord signé. On peut même dire qu'ils firent jurisprudence puisque, onze ans après, le legs Moreau-Nélaton permettait à Monet d'être le premier artiste dont l'œuvre entrait au Louvre de son vivant.

Un jour, Paul Durand-Ruel décrocha.

C'était en 1913, il avait quatre-vingt-deux ans. En toute amitié, Renoir l'avait encouragé à prendre sa retraite et à transmettre une fois pour toutes le flambeau à ses fils. Une attaque d'apoplexie avait eu raison de sa capacité de résistance alors qu'il mettait la dernière main à ses mémoires. Sa résurrection du monde d'avant n'avait pas grand rapport avec *Du côté de chez Swann* que Grasset venait de publier à compte d'auteur, sauf qu'on y trouvait souvent les mêmes gens.

L'esprit de la galerie demeurait intact, à Paris comme à New York, mais le retrait du patriarche ne pouvait rester sans effet. Eu égard à son animosité, la confidence de Mary Cassatt à Mme Havemeyer prenait un sens curieux :

« Les Durand-Ruel se sont améliorés depuis que la main de fer du père ne sévit plus. »

Sa foi fut mise à nouveau à l'épreuve quand Jeanne mourut à quarante-trois ans, après avoir été opérée d'un cancer. Au chagrin de perdre un enfant pour la deuxième fois, succéda la tristesse de perdre Prudence, la gouvernante, celle que la famille tenait pour une autre mère puisqu'elle les avait tous élevés.

Il s'absorba dans la campagne pour les élections législatives de mai 1914, toujours comme simple militant dévoué à la cause. Il fit tout ce qui était en son pouvoir pour déranger l'inertie qu'il reprochait à ceux de son camp, la bourgeoisie anesthésiée par son apathie même :

« Il faudrait les secouer, ou les prendre par la peur. Ils sont si bêtes, qu'ils ne comprendraient pas encore. C'est là, la force de nos adversaires qui sont toujours sur la brèche et dix fois plus ardents pour faire le mal, que nous autres pour faire le bien. »

Las ! Les forces du Mal, autrement dit la gauche, remportèrent la victoire. Dans un recueil de lettres destiné à ses enfants et ses petits-enfants, Paul Durand-Ruel ne se contentait pas de dénoncer la « démoralisation générale » et la « canaillerie triomphante » ; il insistait sur deux commandements tirés des Évangiles, les deux qui, selon lui, renfermaient toute la loi : « Aimez le Bon Dieu de tout votre cœur et pardessus toutes choses, et votre prochain comme vous-même. »

Il traçait ces lignes à la veille de l'événement qui fit basculer l'Europe dans un nouveau siècle où l'on aurait du mal à croire que les humains se fussent jamais aimés.

Quand la guerre éclata, afin qu'il les préserve de l'orage d'acier, Renoir lui confia des tableaux de sa collection parmi lesquels le *Garçonnet à la robe rouge*, portrait de son fils Claude qui deviendra *Le Clown*. Trois employés, guère plus, travaillaient encore à la galerie. Au fur et à mesure que le conflit s'installait dans la durée, Durand-Ruel en rejetait l'entière responsabilité sur l'ensemble de la classe politique, députés et sénateurs de tous bords désignés sous la même épithète infamante d'« anticléricaux ». Plus que jamais, ses journaux de chevet demeuraient des organes dont la réputation n'était plus à faire dans l'ordre de la surenchère antidreyfusarde, nationaliste ou conservatrice, *La Libre Parole*, *L'Écho de Paris*, *L'Éclair*. Le premier des trois, fondé par l'antisémite Édouard Drumont, lui paraissait le plus juste, celui qui depuis le début avait fait la meilleure analyse des événements à venir ; leurs articles, il se proposait de les envoyer à tel ou tel de ses petits-enfants pour leur instruction et leur édification, en y ajoutant par-

fois *Le Temps*, encore que celui-ci ait du chemin
à faire pour ne plus être la feuille des Juifs et des
protestants...

« *Le Temps* est très bien fait, mais encore sectaire de temps en temps. Il y a deux ou trois jours
[novembre 1915], il faisait l'apologie de Voltaire et
de Renan, deux des plus grands criminels parmi
les écrivains et dont les écrits ont perverti tant de
monde et fait tant de mal. »

Les articles de Charles Maurras et de Léon Daudet que publiait *L'Action française* lui paraissaient
peut-être « de plus en plus raides » mais somme
toute assez justes. Leur ton, à défaut de leur style,
déteignait sur ses propres lettres envoyées aux
siens pendant la guerre, véritable journal intime
et chronique des événements courants :

« Je vois ce matin dans *La Croix* que le curé de
l'Aveyron vient d'être remis en liberté. Cette arrestation était une infamie de la part du préfet
juif d'Aurillac et de son ministre juif Malvy, fléau
officiel de la France... Si le grand maître de l'Intérieur, le sieur Malcat-Lévy, Juif sectaire, si nui-
sible, pouvait perdre sa place, ce serait bien plus
heureux encore pour le pays. Ce sont tous ces
gens-là que je poursuis de mon animosité et non
pas les chefs de l'armée et de la marine qui sont
tous à la hauteur de leur tâche, et admirables,
presque tous. »

Les armées s'étripaient et lui ne désarmait pas
avec les seules armes qui lui restaient. Retour-
nant la célèbre formule de Gambetta dont il disait mesurer tous les jours les ravages, il expédia

deux cents exemplaires d'une brochure intitulée
L'Athéisme, voilà l'ennemi ! convaincu que le relèvement de la France ne pouvait passer que par
le retour au sentiment religieux ; seule la conver-
sion permettait d'expier la faute, la très grande
faute.

En attendant, à ceux qui cherchaient les causes
de la catastrophe, il proposait une explication, on
n'ose dire une analyse, qui avait au moins le mérite d'être parfaitement cohérente avec toutes ses
prises de position depuis que, jeune homme,
soixante-dix ans avant, il avait exprimé pour la
première fois ses convictions politiques. Le 8 avril
1916, il écrivait aux siens :

« [...] Cette guerre à Dieu et à la religion date de
loin, elle a commencé à l'époque de Luther et de
tous les soi-disant réformateurs, tous allemands,
sous l'influence des sociétés secrètes, franc-ma-
çonnerie et autres ; puis ils ont suscité les fameux
philosophes du XVIII* siècle, Voltaire, Rousseau et
toute la clique des encyclopédistes, puis l'infâme
révolution de 89 et ses suites. Cet enchaînement
est facile à suivre et c'est d'Allemagne que tout est
parti. C'est là que tous les complots ont été orga-
nisés... »

La faute non à Voltaire ou à Rousseau mais à
tout le XVIII*, coupable d'avoir faussé le jugement
de presque tout un peuple... Que n'eût-on donné
pour connaître sa réaction à la lecture du *Journal*
de Delacroix, paru trente ans après la mort du
héros de sa jeunesse, et qui contenait son *Dictionnaire des Beaux-Arts* si baigné de Lumières... En

fait, les Apôtres étaient les seuls révolutionnaires qu'il eût jamais glorifiés. Les autres, prétendus tels, n'étaient que canailles et scélérats. Reconnaissance éternelle à Charles Maurras, Maurice Barrès et Albert de Mun pour les avoir dénoncés. De son propre aveu, il se faisait souvent traiter de fou, de rêveur ou de rétrograde. Cela ne l'ébranlait guère, tant il était convaincu que c'était le prix à payer pour son courage, celui de fournir aux hommes une explication du monde qui fût purement chrétienne.

Mais quelle sorte de marchand de tableaux aurait-il été sans cette folie-là ? Il n'empêche, à le lire et à l'écouter, on pouvait se demander parfois : à quoi bon avoir côtoyé, connu, fréquenté, apprécié tant de gens de qualité, de créateurs originaux et de brillants esprits, venus d'horizons si divers, non pour en arriver là mais pour en rester là ? Quarante années à frotter son intelligence à celle d'un Monet et n'en être en rien éclairé ? Comment après cela féliciter son vieil ami Georges Clemenceau de sa nomination à la présidence du Conseil et au fauteuil de ministre de la Guerre, et en des termes si exclusifs :

« Je suis chargé par de très nombreux artistes et amateurs, excellents catholiques et patriotes, comme nous devrions être tous, de vous exprimer nos vœux ardents pour le succès de votre sublime mission de restaurer la paix intérieure qui facilitera, avec la protection divine, la victoire finale sur nos ennemis. »

Alors que pour la première fois des chars d'assaut étaient expérimentés dans de terribles batailles, Paul Durand-Ruel comptait sur le Bon
Dieu pour assurer la victoire de la France. Peu
après, alors que les avions allemands attaquaient
Paris et qu'une maison située rue Laffitte juste
en face de sa galerie était pulvérisée par une
bombe, il quittait la cave où on l'avait confiné
à plusieurs reprises, afin de ne pas manquer la
messe de 11 heures à Saint-Augustin.

Le 9 octobre 1918, il rédigea son testament spirituel, profession de foi qui s'achevait par cette
parole du Seigneur que le marchand n'aurait pas
reniée : « Qui n'est pas avec moi est contre moi. »

Il faut s'empresser de la compléter par les mots
qui ferment la phrase : « ... et qui ne rassemble
pas avec moi disperse » (Luc, 11, 23).

Mais qui alors aurait osé être contre lui ? Ses
ennemis étaient morts, ses adversaires convertis.
Quant à ses rivaux, Seligmann, Bernheim et Vollard, il les retrouvait à nouveau comme des partenaires au sein d'un consortium qu'ils avaient
formé en mars 1918 à Drouot, alors que tonnait
la grosse Bertha, pour la vente de la collection
Degas (des dons et des échanges mais aussi des
achats, notamment d'œuvres d'Ingres et de Delacroix), une réunion exceptionnelle dont Paul
Durand-Ruel était l'expert, après en avoir été le
fournisseur et le banquier.

Quant à ses amis, sa longévité les rendait de
plus en plus rares. Restaient Monet et Renoir. En
août 1919, pour son dernier voyage à Paris, celui-

ci usa du privilège que lui offrait Paul Léon, le directeur des Beaux-Arts : on ouvrit le Louvre un
soir à son intention et, alors qu'on le promenait
dans une chaise à porteurs, il se fit arrêter devant
Les Noces de Cana :

« Enfin, j'ai pu les voir en cimaise... »

Il mourut quatre mois après.

Le 20 juillet 1920 enfin, un décret fit Paul Durand-Ruel chevalier de la Légion d'honneur. Il
était temps... Georges Clemenceau et Olivier Sain-
sère, chef de cabinet de la Présidence, avaient
œuvré en coulisses, et cette fois ce ne fut pas en
vain, car, contrairement à son ami Degas, Paul
Durand-Ruel n'était pas protégé des honneurs par
son mauvais caractère. Il obtint sa décoration sur
rapport du ministre du Commerce en qualité de
« négociant en tableaux ». Robert de Brecey, capitaine instructeur à l'École d'application de cavalerie, son petit-gendre, la lui remit avant l'accolade.
Dans son dossier, au chapitre « Détail des services
extraordinaires rendus par le candidat », il était
précisé :

« A largement contribué à la diffusion de l'art
français aux États-Unis, en particulier par le
concours qu'il a prêté à l'Exposition de San Francisco et aux expositions américaines qui en ont
été la suite. »

Ah, la République...

Il disait que s'il était mort à soixante ans, c'eût
été criblé de dettes et insolvable parmi des trésors méconnus. Ce ne fut pas tout à fait le cas.

Sa galerie, ses réserves, sa collection personnelle appartenaient déjà à la légende. Les initiés s'aventuraient à les chiffrer au cours du marché. Par leur nombre, leur rareté et leur valeur, ses tableaux faisaient désormais rêver. Mais les Durand-Ruel avaient appris à se défier de toute ostentation. Un matin de 1919, rencontrant l'un de ses fils sur le paquebot pour New York, le marchand René Gimpel en fut pour ses frais :

« Nous ne sommes pas riches, nous n'avons jamais recherché l'argent, nous possédons seulement une collection qui vaut une certaine somme. »

En effet... C'était une manière délicieusement anglaise de dire que Paul Durand-Ruel laissait à ses héritiers, entre son stock à Paris et New York et sa collection privée, entre cinq et six mille tableaux, dessins et pastels signés par les impressionnistes historiques, par leurs suiveurs, par des artistes mineurs, ainsi que des œuvres du Greco ou de Rembrandt pour ne citer qu'eux.

Il pouvait partir en paix, même si à quatre-vingt-onze ans, à la veille de rendre l'âme, il pouvait entendre de la bouche de Charles, l'un de ses petits-fils, qu'au collège, certains de ses camarades le désignaient ainsi aux nouveaux :

« Tu vois là-bas, le grand dégingandé, son père vend des tableaux qui déshonorent la France. »

Il s'éteignit chez lui, le 5 février 1922.

Curieusement, c'est de ce moment-là que le dictionnaire data l'apparition de l'adjectif « impressionniste » comme synonyme de « subjectif », dans un usage dépréciatif non sur le plan artistique mais intellectuel.

Sept à huit cents personnes assistèrent à ses obsèques en l'église Saint-Augustin ; seuls les plus proches furent admis au caveau familial du cimetière de Montmartre. La presse française et américaine abonda en éloges. De ce jour, Renoir et Monet, les derniers survivants, ne laissèrent jamais passer une occasion, en public comme en privé, devant des professionnels comme face à des amateurs, d'exprimer leur absolue gratitude à son endroit. Longtemps après, à la fin du siècle, à la seule évocation de son nom, le marchand Daniel Wildenstein dira simplement dans un murmure :

« La grande maison. Les pionniers. Paul Durand-Ruel... »

Il savait qu'il n'avait pas été un saint et que, de toute façon, nul ne pouvait se vanter d'être en état de paraître devant Dieu. Tout juste espérait-il être digne de mériter sa grâce.

Devenu hémiplégique, il visitait ses amis en voiture accompagné de son valet de chambre. Un jour, sentant la fin proche, il avait confié à l'un d'eux :

« Le Paradis auquel je crois, je l'ai toujours imaginé avec la sereine douceur d'un paysage de Corot ou de Camille Pissarro... »

Reconnaissance de dettes

Qui dira jamais l'insondable vanité de celui croit avoir inventé la matière de son livre ? Celui-ci n'étant pas destiné *a priori* aux chercheurs et aux spécialistes mais au grand public, je n'ai pas cru devoir alourdir et interrompre le récit par des renvois de notes. Ma gratitude n'en est pas moins grande vis-à-vis de celles et ceux qui ont soutenu mon projet, Paul-Louis Durand-Ruel, Denyse et Philippe Durand-Ruel, Claire Durand-Ruel Snollaerts, Flavie Mouraux Durand-Ruel,

ainsi que Michel Drouin, Jean-Pierre Leduc-Adine, Serge Lemoine, Evelyne Lever, Henri Loyrette.

Les réflexions sur les mécanismes du marché de l'art et le système marchand-critique doivent beaucoup aux travaux de Raymonde Moulin, Nicholas Green et Linda Whiteley ;

celles sur l'histoire de l'impressionnisme à Sophie Monneret ;

celles sur les collectionneurs à Anne Distel ;

celles sur l'intitulation des tableaux à Léo H. Hoek ;

celles sur les institutions artistiques à Pierre Vaisse et Gérard Monnier ;

celles sur la toile de fond historique à Patrice Gueniffey et Jean-Louis Panné ;

et celles enfin, bien sûr, sur l'œuvre de Paul Durand-Ruel à Lionello Venturi à qui nous devons l'édition de sa correspondance avec ses peintres et de ses mémoires, deux documents indispensables, fussent-ils « allégés »...

Qu'il me soit permis de remercier mes éditeurs Olivier Orban et Anthony Rowley, ainsi que mon agent François-Marie Samuelson, pour avoir fait en sorte que cette biographie puisse être réalisée dans des conditions pas trop impressionnistes.

Merci à Stéphane Khémis de son amitié vigilante et critique.

Merci enfin à Angela, Meryl et Kate de donner des couleurs à la vie.

J'aimerais enfin dédier la bibliographie à la mémoire de Francis Haskell, pour tous les bonheurs que je dois à ses livres et à ses articles, et pour la chaleur de l'accueil qu'il me réserva en 1987 à l'université d'Oxford.

LIVRES

Bader, Luigi, *Le Comte de Chambord et les siens en exil*, 1983

Bailey, Colin B., *Les Portraits de Renoir*, Gallimard, 1997

Balzac, Honoré de, *Le Cousin Pons*, Folio, 1973

Bann, Stephen, *Parallel Lines. Printmakers, Painters and Photographers in nineteenth-century France*, Yale University Press, 2002

Barter, Judith A. (sous la direction de), *Mary Cassatt, Modern Woman*, The Art Institute of Chicago / Abrams, 1998

Baudelaire, Charles, *Œuvres complètes*, Bouquins / Robert Laffont, 1980

Bernier, Georges, *L'Art et l'Argent. Le marché de l'art à la fin du XX*[e] *siècle*, Ramsay, 1990

Bertrand-Dorléac, Laurence (sous la direction de), *Le Commerce de l'art de la Renaissance à nos jours*, La Manufacture, Besançon, 1992

Blanche, Jacques-Émile, *Dieppe*, Émile-Paul, 1927
—, *Propos de peintres*, Émile-Paul, 1919
—, *La Pêche aux souvenirs*, Flammarion, 1949

Bled, Jean-Paul, *Les Lys en exil ou la seconde mort de l'Ancien Régime*, Fayard, 1992

Bluden, Maria et Godfrey, *Journal de l'impressionnisme*, Skira, Genève, 1970

Boime, Albert, *Art and the French Commune. Imagining Paris after War and Revolution*, Princeton University Press, 1995

Bontoux, Eugène, *L'Union générale, sa vie, sa mort, son programme*, Savine, 1888

Bouillon, Jean-Claude, *La Promenade du critique influent. Anthologie de la critique d'art en France*, Hazan, 1990

Bouvier, Jean, *Études sur le krach de l'Union générale 1878-1885*, PUF, 1960

—, *Le Krach de l'Union générale*, PUF, 1960

Brady, Patrick, *« L'Œuvre » d'Émile Zola. Roman sur les arts. Manifeste, autobiographie, roman à clef*, Librairie Droz, Genève, 1968

Brimo, René, *L'Évolution du goût aux États-Unis d'après l'histoire des collections*, J. Fortune, s.d.

Buzon, Christine de, *Henri V, comte de Chambord, ou le fier suicide de la royauté*, Albin Michel, 1987

Cabanne, Pierre, *Monsieur Degas*, J.-C. Lattès, 1989

Cachin, Françoise, *Manet « j'ai fait ce que j'ai vu »*, Découvertes / Gallimard, 1994

Cahn, Isabelle, *Cadres de peintres*, RMN / Hermann, 1989

Callu, Agnès, *La Réunion des musées nationaux 1870-1940. Genèse et fonctionnement*, Librairie Champion, 1994

Caumont, Anne de, *La Passion aux enchères. Cinq œuvres d'art et leur destin fabuleux*, Grasset, 2000

Cazelles, Raymond, *Le Duc d'Aumale*, Tallandier, 1984

Cézanne, Paul, *Correspondance*, Grasset, 1978

Chiappe, Jean-François, *Le Comte de Chambord et son mystère*, Perrin, 1990

Clemenceau, Georges, *Claude Monet*, Perrin, 2000

Cohen-Solal, Annie, *« Un jour, ils auront des peintres » L'avènement des peintres américains Paris 1867-New York 1948*, Gallimard, 2000

Courbet, Gustave, *Correspondance*, Flammarion, 1996

Daix, Pierre, *Paul Gauguin*, J.-C. Lattès, 1989

Darragon, Éric, *Manet*, Fayard, 1989

Dauberville, Henry, *La Bataille de l'impressionnisme*, J. et H. Bernheim-Jeune, 1967

Daumard, Adeline, *Les Bourgeois et la bourgeoisie en France depuis 1815*, Flammarion, 1991

Delacroix, Eugène, *Journal 1822-1863*, Plon, 1996
—, *Dictionnaire des beaux-arts*, 1996

Denis, Maurice, *Le Ciel et l'Arcadie*, Hermann, 1993

Denvir, Bernard, *Chronique de l'impressionnisme. L'histoire d'un mouvement jour après jour*, Éditions de la Martinière, 1993

Distel, Anne, *Les Collectionneurs des impressionnistes. Amateurs et marchands*, La Bibliothèque des arts, 1989
—, *Renoir « il faut embellir »*, Découvertes / Gallimard, 1993

Drouin Michel (sous la direction de), *L'Affaire Dreyfus de A à Z*, Flammarion, 1994

Durand-Ruel, Paul, *Lettres d'un grand-père*, Paris, Imprimerie Lahure, 1933
—, *Correspondance avec Renoir, 1881-1919*, La Bibliothèque des arts, Lausanne, 1995

Duranty, Edmond, *La Nouvelle Peinture*, 1876

Fauchereau, Serge, *Pour ou contre l'impressionnisme*, Somogy, 1994

Fels, Florent, *Le Roman de l'art vivant*, Fayard, 1959

Fénéon, Félix, *Au-delà de l'impressionnisme*, Hermann, 1966

Fèvre, Henry, *L'Exposition des impressionnistes (1886)*, L'Échoppe, 1992

Francastel, Pierre, *Études de sociologie de l'art*, Denoël, 1970

Fried, Michael, *Le Modernisme de Manet, ou le visage de la peinture dans les années 1860. Esthétique et origines de la peinture moderne*, III, Gallimard, 2000

Gachet, Paul, *Deux amis des impressionnistes, le Dr Gachet et Murer*, Éditions des Musées nationaux, 1956

Gasquet, Joachim, *Cézanne*, Bernheim-Jeune, 1921, réédition Encre marine, 2002

Geffroy, Gustave, *Monet, sa vie, son œuvre*, Crès, 1924 (rééd. Macula, 1980)

Georgel, Pierre, *Courbet. Le poème de la nature*, Découvertes / Gallimard, 1995

Gerdts, William H., *American Impressionism*, Abbeville Press, New York, 1984

Gold, Arthur, et Fizdale, Robert, *Misia. La Vie de Misia Sert*, Gallimard, 1981, Folio, 1984

Greffe, Xavier, *Arts et Artistes au miroir de l'économie*, Unesco / Economica, 2002

Patrice Gueniffey, « Du consulat à la IIIe République » in *Journal de la France et des Français. Chronologie politique, culturelle et religieuse de Clovis à 2000*, Quarto / Gallimard, 2001

Haddad, Michèle, *Khalil-Bey, un homme, une collection*, Les Éditions de l'Amateur, 2000

Halévy, Daniel, *Degas parle*, Fallois, 1995

—, *Mon ami Degas*

Halpérin, Joan U., *Félix Fénéon. Art et anarchie dans le Paris fin de siècle*, Gallimard, 1991

Haskell, Francis, *De l'art et du goût, jadis et naguère*, Gallimard, 1989

Havemeyer, Louisine, *Sixteen to Sixty. Memoirs of a Collector*, New York, 1993

Heinich, Nathalie, *La Gloire de Van Gogh. Essai d'anthropologie de l'admiration*, Minuit, 1991

Herbert, Robert L., *L'Impressionnisme. Les plaisirs et les jours*, Flammarion, 1988

Hillairet, Jacques, *Dictionnaire historique des rues de Paris*, Minuit, 1985

Hoek, Leo, H., *Titres, Toiles et Critique d'art. Déterminants institutionnels du discours sur l'art au dix-neuvième siècle en France*, Rodopi, Amsterdam, 2001

Hugo, Victor, *Choses vues*

Huysmans, J.K., *L'Art moderne / Certains*, 10/18, 1975

Laneyrie-Dagen, Nadeije, *Lire la peinture. Dans l'intimité des œuvres*, Larousse, 2002

Laurent, Jeanne, *Arts et Pouvoirs en France de 1793 à 1981. Histoire d'une démission artistique*, université de Saint-Étienne, 1983

Laurentin, Antoine, *Ferdinand du Puigaudeau 1864-1930*, Salvador, 1989

Lecomte, Georges, *L'Art impressionniste, d'après la collection privée de M. Durand-Ruel*, 1892
—, *Ma traversée*, Robert Laffont, 1949

Lethève, Jacques, *Impressionnistes et Symbolistes devant la presse*, Armand Colin, 1959

Lévêque, Jean-Jacques, *Les Années impressionnistes 1870-1889*, ACR, 1990

Loyrette, Henri, *Degas*, Fayard, 1991

Mallarmé, Stéphane, *Correspondance*, Pléiade / Gallimard, 1959
—, *Écrits sur l'art*, Flammarion, 1998

Manet, Julie, *Journal 1893-1899*, Scala, 1987

Mathews, Nancy M. (ed.), *Cassatt and her Circle. Selected Letters*, Abbeville Press, 1984

Maupassant, Guy de, *Bel-Ami* in *Œuvres*, Bouquins / Robert Laffont 1988
—, *Au Salon. Chroniques sur la peinture*, Balland, 1993

Mension-Rigau, Éric, *Aristocrates et grands bourgeois. Éducation, traditions, valeurs*, Plon, 1994

Merlhès, Victor, *Paul Gauguin et Vincent Van Gogh 1887-1888. Lettres retrouvées, sources ignorées*, Éd. Avant et Après, Taravao, Tahiti, 1989

Meyer, Arthur, *Ce que je peux dire*, Plon, 1912

Mirbeau, Octave, *Combats esthétiques*, Séguier, 1993
—, *Des artistes*, 10/18, 1986

Mitterand, Henri, *Zola*, Fayard, 1999-2002

Monneret, Sophie, *L'Impressionnisme et son époque. Dictionnaire international*, Bouquins / Robert Laffont, 1987

Monnier, Gérard, *L'Art et ses institutions en France. De la Révolution à nos jours*, Gallimard, 1995

Moore, George, *Confessions d'un jeune homme*, 1888

Morand, Paul, *1900*, Flammarion, 1931

Moreau-Nélaton, Étienne, *Manet raconté par lui-même*, Henri Laurens éd., 1927

—, *Daubigny raconté par lui-même*, Henri Laurens, 1925

Moulin, Raymonde, *De la valeur de l'art*, Flammarion, 1995

—, *Le Marché de la peinture en France*, Minuit, 1967

Murat, Laure, *La Maison du docteur Blanche. Histoire d'un asile et de ses pensionnaires de Nerval à Maupassant*, J.-C. Lattès, 2001

Nochlin, Linda, « Degas and the Dreyfus Affair. A Portrait of the Artist as an Anti-Semite », in *The Dreyfus Affair : Art, Truth, Justice*, sous la direction de N. Kleeblatt, University of California Press, 1987

Noël, Bernard, *Dictionnaire de la Commune*, Mémoire du Livre, 2000

Pagès, Alain, et Morgan, Owen, *Guide Émile Zola*, Ellipses, 2002

Panné, Jean-Louis, « La première moitié du XXe siècle » in *Journal de la France et des Français. Chronologie politique, culturelle et religieuse de Clovis à 2000*, Quarto / Gallimard, 2001

Patin, Sylvie, *Monet, « un œil... mais, bon Dieu, quel œil ! »*, Découvertes / Gallimard, 1991

Picon, Gaëtan, *1863, naissance de la peinture moderne*, Folio, 1988

Pissarro, Camille, *Lettres à son fils Lucien*, Albin Michel, 1950

—, *Correspondance*, éd. J. Bailly-Hertzberg, Éditions du Valhermeil, 1991

Pitt-Rivers, Françoise, *Balzac et l'art*, Chêne, 1993

Pomarède, Vincent, et Wallens, Gérard de, *Corot, la mémoire du paysage*, Découvertes / Gallimard, 1996

Proust, Marcel, *Écrits sur l'art*, GF / Flammarion, 1999

Reitlinger, G., *The Economics of Taste. The Rise and Fall of the Picture Market 1760-1960*, Holt, Rinehart and Winston, New York, 1964

Renoir, Jean, *Pierre-Auguste Renoir, mon père*, Folio, 1981

Rewald, John, *Histoire de l'impressionnisme*, Albin Michel, 1986
—, *Le Post-Impressionnisme de Van Gogh à Gauguin*, Albin Michel, 1961
—, *Seurat*, Flammarion, 1990
Riout, Denys (éd.) *Critique d'avant-garde, Théodore Duret*, École nationale supérieure des Beaux-Arts, 1998
Robida, Michel, *Le Salon Charpentier et les impressionnistes*, La Bibliothèque des arts, 1958
Roger-Marx, Claude, *Le Commerce des tableaux sous l'impressionnisme et à la fin du XIXᵉ siècle*, 1958
Rothenstein, William, *Men and Memories, Recollections 1872-1938*, Chatto and Windus, Londres, 1978
Rouart, Jean-Marie, *Une famille dans l'impressionnisme*, Gallimard, 2001
Saarinen, Aline B., *The Proud Possessors. The Lives, Times and Tastes of Some Adventurous American Art Collectors*, Random House, New York, 1958
Sagnier, Christine, *Courbet, un émeutier au Salon*, Séguier, 2000
Seligman, Germain, *Merchants of Art 1880-1960*, Appelton, New York, 1961
Sérullaz, Maurice, *Delacroix*, Fayard, 1989
Schumpeter, Joseph, *Capitalisme, Socialisme et Démocratie*, Payot, 1951
Sirinelli, Jean-François (sous la direction de), *Histoire des droites en France*, Gallimard, 1992
Sombart, Werner, *Le Bourgeois : contribution à l'histoire morale et intellectuelle de l'homme économique moderne*, Payot, 1926
Spate, Virginia, *Claude Monet. La couleur du temps*, Thames and Hudson, 2001
Spurling, Hilary, *Matisse*, Seuil, 2001
Stendhal, *Salons*, Le Promeneur, 2002
Sweet, Frederick A., *Miss Mary Cassatt. Impressionist from Pennsylvania*, University of Oklahoma Press, Norman, 1966

Taylor, J. R., et Brooke, B., *The Art Dealers*, Hodder and Stoughton, Londres, 1969

Ten-Dœsschate Chu, Petra, *Correspondance de Courbet*, Flammarion, 1996

Toudouze, Gustave, *Albert Wolff. Histoire d'un chroniqueur parisien*, Havard, 1883

Tulard, Jean (sous la direction de), *Dictionnaire du Second Empire*, Fayard, 1995

Vaisse, Pierre, *La Troisième République et les peintres*, Flammarion, 1995

Valéry, Paul, *Degas Danse Dessin*, Gallimard, 1965

Van Gogh, Vincent, *Correspondance générale*, Biblios / Gallimard, 1990

Venturi, Lionello, *Les Archives de l'impressionnisme* (comprenant la correspondance et les mémoires de Paul Durand-Ruel), Durand-Ruel éditeurs, Paris-New York, 1939

Verdès-Leroux, Jeanine, *Scandale financier et Antisémitisme catholique. Le krach de l'Union générale*, Le Centurion, 1969

Vollard, Ambroise, *En écoutant Cézanne, Degas, Renoir*, Grasset, 1938

—, *Souvenirs d'un marchand de tableaux*, Albin Michel, 1937

Watson, Peter, *From Manet to Manhattan. The Rise of the Modern Art Market*, Vintage, Londres, 1992

Weitzenhoffer, Frances, *The Havemeyers : Impressionism Comes to America*, New York, 1986

White, Harrison C., et Cynthia, *La Carrière des peintres au dix-neuvième siècle. Du système académique au marché des impressionnistes*, Flammarion, 1991

Wildenstein, Daniel, *Claude Monet. Biographie et catalogue raisonné*, Bibliothèque des arts, Lausanne, 1979

Wildenstein, Daniel, et Stavridès, Yves, *Marchands d'art*, Plon, 1999

Wolff, Albert, *Mémoires d'un Parisien. Voyages à travers le monde*, 1884

—, *Dialogues entre deux antidreyfusards dont l'un est de bonne foi*, 1904

Zamacoïs, Miguel, *Pinceaux et Stylos*, Fayard, 1948

Zola, Émile, *Écrits sur l'art*, Tel / Gallimard, 1991

—, *L'Œuvre*, Folio, 1983

—, *Correspondance IV 1880-1883*, Presses de l'université de Montréal / CNRS, 1983

ARTICLES

Alexandre, Arsène, « Durand-Ruel, portrait et histoire d'un "marchand" » in *Pan*, Berlin, novembre 1911

Berry, Betty, et Traiger, Lynn, « Bonjour, M. Durand-Ruel » in *Art News*, vol. 69, avril 1970

Boime, Albert, « Les hommes d'affaires et les arts en France au XIXe siècle » in *Actes de la recherche en sciences sociales*, n° 28, juin 1979

Brown, Stephen, et Kleeblatt, Norman L., « Les arts visuels » in *L'Affaire Dreyfus de A à Z*, Flammarion, 1994

Daulte, François, « Le marchand des impressionnistes » in *L'Œil*, juin 1960

Distel, Anne, « Some Pissarro collectors in 1874 », in *Studies on Camille Pissarro*, éd. by Christopher Lloyd, Routledge and Kegan Paul, Londres, 1986

Durand-Ruel Godfroy, Caroline, « Paul Durand-Ruel's marketing practices », in *Théo van Gogh and the 19th Century Art Trade*

—, « Durand-Ruel's influence on the impressionist collections of european museums » in *Impressionism : Painting Collected by European Museums*, Atlanta, Seattle, Denver, 1999

—, « Les ventes de l'atelier Degas à travers les archives Durand-Ruel », in *Degas inédit*, Actes du colloque Degas, La Documentation française, 1989

Duranty, Edmond, « Ceux qui seront les peintres », in Fernand Desnoyers, *Almanach parisien*, 1867

El Gammal, Jean, « Les Crépuscules des royalistes », in *Les Collections de l'Histoire* n° 14, janvier 2002

Fénéon, Félix, « Les grands collectionneurs. M. Paul Durand-Ruel », in *Le Bulletin de la vie artistique*, n° 10, 15 avril 1920

Green, Nicholas, « Dealing in temperaments : economic transformation of the artistic field in France during the second half of the nineteenth century », in *Art History*, vol. 10, n° 1, Oxford, mars 1987

Guicheteau, M., « Essai sur l'esthétique spontanée du marchand de tableaux », in *Revue d'esthétique*, V, janvier-mars 1952

Heinich, Nathalie « Le mythe de l'engagement », in *Cassandre*, n° 40, mars-avril 2001

Hepp, Alexandre, « Impressionnisme », in *Le Voltaire*, 3 mars 1882

House, John, « Material on Monet and Pissarro in London 1870-1871 », in *Burlington Magazine*, octobre 1978

Houssaye, Arsène, « Du Divan Le Peletier aux hôtels d'Arsène Houssaye », in *La Renaissance de l'art français et des industries de luxe*, avril 1925

Huth, Hans, « Impressionism comes to America », in *Gazette des Beaux-Arts*, avril 1946

Jobert, Barthélemy, « Portrait de groupe : l'aventure des impressionnistes », in *L'Histoire*, n° 253, avril 2001

Lafont-Couturier, Hélène, « La maison Goupil ou la notion d'œuvre originale remise en question », in *Revue de l'art*, n° 112, 2ᵉ trimestre 1996

Le Flaneur, Luc, « En quête de choses d'art », in *Le Moderniste*, 13 avril 1889

Lloyd, Christopher, « Britain and the impressionists », in *Impressionism : Painting Collected by European Museums*, Atlanta, Seattle, Denver, 1999

Meller, Peter, « Manet in Italy : some newly identified sources for his early sketchbooks », in *The Burlington Magazine*, volume CXLIV, n° 1187, février 2002

Mercillon, Henri, « Un médiateur culturel. Rencontre avec Jacques Thuillier », in *Commentaire*, n° 96, hiver 2001-2002

Nathan, Peter, « Marchand de tableaux. Vocation et devoirs », in *L'Œil*, juin 1986

Proust, Antonin, « L'art d'Édouard Manet », in *Le Studio*, 21, 15 janvier 1901

Pucks, Stefan, « The Archenemy invades Germany. French impressionist pictures in the museums of the german empire from 1896 to 1918 », in *Impressionism : Paintings Collected by European Museums*, Atlanta, Seattle, Denver, 1999

Rewald, John, « Jours sombres de l'impressionnisme. Paul Durand-Ruel et l'exposition des impressionnistes à Londres en 1905 », in *L'Œil*, n° 223, Lausanne, février 1974

Rials, Stéphane, « Henri V et l'affaire du drapeau blanc », in *L'Histoire*, n° 59, septembre 1983

Richard, Gaston-Charles, « Feu M. Durand-Ruel », in *Le Petit Parisien*, 9 février 1922

Roquebert, Anne, « Degas collectionneur », in *Degas inédit*, Actes du colloque Degas, La Documentation française, 1989

Rowley, Anthony, « Un certain art de vivre », in *La Droite*, numéro hors série de *L'Histoire*, n° 14, janvier 2002

Suwala, H. « Le krach de l'Union générale dans le roman français avant *L'Argent* de Zola », in *Les Cahiers naturalistes*, n° 27, 1964

Tinterow, Gary, « Les peintures de la collection Havemeyer », in *La Collection Havemeyer. Quand l'Amérique découvrait l'impressionnisme*, Éditions de la RMN, 1997

Vaisse, Pierre, « L'affaire Caillebotte », in *L'Histoire*, n° 158, septembre 1992

Whiteley, Linda, « Accounting for Tastes », in *Oxford Art Journal*, n° 2, avril 1979

COMMUNICATIONS

Durand-Ruel, Charles, « Allocution prononcée devant l'Académie des Beaux-Arts le 26 octobre 1983 », Institut de France, 1984, n° 4
—, « Au service de l'impressionnisme », in *Impressionism, Fondation Anne et Albert Prouvost*, Marcq-en-Barœul, 22 juillet 1980

JOURNAUX ET REVUES

L'Art dans les deux mondes ; *La Revue internationale de l'art et de la curiosité* ; *Gazette des Beaux-Arts* ; *L'Impressionniste* ; *L'Histoire* ; *Le Figaro*.

CATALOGUES D'EXPOSITIONS

Cent ans d'impressionnisme 1874-1974. Hommage à Paul Durand-Ruel, 15 janvier-15 mars 1974, galerie Durand-Ruel
Corot 1796-1875, Galeries nationales du Grand Palais, Paris, 28 février-27 mai 1996, RMN, 1996
Impressionism : Paintings collected by European Museums, Atlanta, Seattle and Denver Museums of Art, 1999
Degas inédit. Actes du colloque Degas, musée d'Orsay 18-21 avril 1988, La Documentation française, 1989
La collection Havemeyer. Quand l'Amérique découvrait l'impressionnisme..., RMN, 1997

Splendid Legacy. The Havemeyer Collection, Metropolitan Museum, New York, 1993

House et Distel, Anne, *Renoir*, RMN, 1985

Lemoine, Serge (sous la direction de), *De Puvis de Chavannes à Matisse et Picasso. Vers l'art moderne*, Flammarion, 2002

Berthe Morisot 1841-1895, RMN, 2002

Stevens, MaryAnne (sous la direction de), *Alfred Sisley*, Yale University Press, Londres, 1992

Tadié, Jean-Yves (sous la direction de), *Marcel Proust. L'écriture et les arts*, Gallimard / BNF / RMN, 1999

Théo Van Gogh. Marchand de tableaux, collectionneur, frère de Vincent, RMN, 1999

Wildenstein, Daniel, *Claude Monet. Biographie et catalogue raisonné*, La Bibliothèque des Arts, Lausanne-Paris

THÈSE INÉDITE

Whiteley, Linda, *Painters and Dealers in Nineteenth Century France 1820-1878, with Special Reference to the Firm of Durand-Ruel*, D. Phil. Thesis, Trinity Term, St Anne's College, University of Oxford, 1995

Index

DU MÊME AUTEUR

Biographies

MONSIEUR DASSAULT, Balland, 1983

GASTON GALLIMARD, Balland, 1984 (Folio, n° 4353)

UNE ÉMINENCE GRISE : JEAN JARDIN, Balland, 1986 (Folio, n° 1921)

L'HOMME DE L'ART : D. H. KAHNWEILER (1884-1979), Balland, 1987 (Folio, n° 2018)

ALBERT LONDRES, VIE ET MORT D'UN GRAND REPORTER, Balland, 1989 (Folio, n° 2143)

SIMENON, Julliard, 1992 (Folio, n° 2797)

HERGÉ, Plon, 1996 (Folio, n° 3064)

LE DERNIER DES CAMONDO, Gallimard, 1997 (Folio, n° 3268)

CARTIER-BRESSON, L'ŒIL DU SIÈCLE, Plon, 1999 (Folio, n° 3455)

GRÂCES LUI SOIENT RENDUES : PAUL DURAND-RUEL, LE MARCHAND DES IMPRESSION-NISTES, Plon, 2002 (Folio, n° 3999)

ROSEBUD, ÉCLATS DE BIOGRAPHIES, Gallimard, 2006 (Folio, n° 4675)

Dictionnaires

AUTODICTIONNAIRE SIMENON, Omnibus, 2009

AUTODICTIONNAIRE PROUST, Omnibus, 2011

Enquêtes

DE NOS ENVOYÉS SPÉCIAUX (avec Philippe Dampenon), J.-C. Simoën, 1977

LOURDES, HISTOIRES D'EAU, Alain Moreau, 1980

LES NOUVEAUX CONVERTIS, Albin Michel, 1982 (Folio Actuel, n° 30)

L'ÉPURATION DES INTELLECTUELS, Complexe, 1985, réédition augmentée, 1990

GERMINAL, L'AVENTURE D'UN FILM, Fayard, 1993

BRÈVES DE BLOG. LE NOUVEL ÂGE DE LA CONVERSATION, Éditions des Arènes, 2008

Entretiens

LE FLÂNEUR DE LA RIVE GAUCHE, AVEC ANTOINE BLONDIN, François Bourin, 1988, La Table Ronde, 2004

SINGULIÈREMENT LIBRE, AVEC RAOUL GIRARDET, Perrin, 1990

Récits

LE FLEUVE COMBELLE, Calmann-Lévy, 1997 (Folio, n° 3941)

FANTÔMES, Portaparole, Rome, 2009

Romans

LA CLIENTE, Gallimard, 1998 (Folio, n° 3347)

DOUBLE VIE, Gallimard, 2001. Prix des Libraires (Folio, n° 3709)

ÉTAT LIMITE, Gallimard, 2003 (Folio, n° 4129)

LUTETIA, Gallimard, 2005 (Folio, n° 4398). Prix Maison de la Presse 2005

LE PORTRAIT, Gallimard, 2007 (Folio, n° 4897). Prix de la langue française 2007

LES INVITÉS, Gallimard, 2009 (Folio, n° 5085)

VIES DE JOB, Gallimard, 2011 (Folio, n° 5473)

COLLECTION FOLIO

Dernières parutions

Composition Nord compo
Impression Maury Imprimeur
45330 Malesherbes
le 10 juillet 2017.
Dépôt légal : juillet 2017.
1ᵉʳ dépôt légal dans la collection : avril 2004.
Numéro d'imprimeur : 219947.

ISBN 978-2-07-030123-2. / Imprimé en France.